U0691422

W'

万榕

传播新知 优美表达

玉观音

海岩

——

著

SPM 南方传媒 | 花城出版社

中国·广州

图书在版编目（CIP）数据

玉观音 / 海岩著. — 广州 : 花城出版社, 2023.4（2025.5重印）
ISBN 978-7-5360-9864-0

Ⅰ.①玉… Ⅱ.①海… Ⅲ.①长篇小说 – 中国 – 当代
Ⅳ.①I247.5

中国国家版本馆CIP数据核字（2023）第017075号

出 版 人：张　懿
选题策划：王会鹏
责任编辑：杨淳子
责任校对：梁秋华
技术编辑：凌春梅　张　新
封面设计：任展志

书　　　名	玉观音
	YUGUANYIN
出版发行	花城出版社
	（广州市环市东路水荫路 11 号）
经　　销	全国新华书店
印　　刷	天津鸿景印刷有限公司
	（天津市武清区梅厂镇财源路 1 号）
开　　本	880 毫米 × 1230 毫米　32 开
印　　张	15.5
字　　数	331，000 字
版　　次	2023 年 4 月第 1 版　2025 年 5 月第 2 次印刷
定　　价	59.80 元

如发现印装质量问题，请直接与印刷厂联系调换。
购书热线：024-23284481

目 录

一

我要结婚了。

我二十四岁，与新娘同龄。新娘是特别富有而且长相也还凑合的贝贝。

婚礼前的最后一周过得既热闹又疲惫，贝贝家的亲戚朋友真多，我的日程中塞满了没完没了的迎来送往、仪式化的客套和像考试一样的自我介绍。那些祝贺的、送礼的、来看新郎的，就像排队买东西似的一个挨着一个。贝贝的父母得不厌其烦地把我这个从中国大陆来的陌生人引见给他们的整个家族和这个家族在上流社会的圈子。还有电话。电话不停地响着，从西雅图、旧金山、芝加哥以及温哥华和多伦多打来的电话，"恭喜""恭喜"之声不绝于耳。也许只有儿女婚嫁这种事，才最能看出这家人在整个北美华人社会中的影响和根基。这影响和根基是历史造就的，绝对速成不了，因而也是令人骄傲的。贝贝已经算是这个家族中的第四代移民了。

婚礼将在洛杉矶比佛利山庄最有名的教堂举行，很多人都在为这桩婚事而忙碌、而喜不自禁，尤其是新娘贝贝。看得出婚礼之前的贝贝是世界上最幸福的女孩儿。

　　我呢？

　　我应该感到幸福，在这个浮华之家如此受人瞩目，有那么多人忙着为我去订教堂，到饭店里去订喜宴，找设计师来做衣服，找摄影师来拍电影，屋里的礼品堆成小山，还专门有人登记造册……我知道，这一切都是我从未享受过的，是我的幸福！

　　当然，我最应该感到幸福的还不止这些，贝贝那位从埃塞俄比亚来的黑人保姆玛瑞丝太太告诉我，这一切都算不上什么，最值得我庆幸的，其实是这桩婚事能让我很快就到移民官那里去唱"卡拉OK"了！玛瑞丝太太在这个华人家庭里工作了二十年，不仅可以说一口流利的台湾腔，而且，对华人社会的风俗习惯和他们喜闻乐见的一切东西都能一一道来，如数家珍。可让我这个最纯粹的华人都感到莫名其妙的是，难道去唱卡拉OK也算是一件幸事？

　　"当然啦！就是到移民局去唱美国的国歌呀，就当它是唱卡拉OK好啦。"玛瑞丝说，"我来这边二十年了才拿到了这个身份，可你只要在这边住上半年，移民局就会通知你去唱歌了，因为你娶了一位美国公民做太太！"

　　我故意无动于衷地说道："当美国公民又有什么好！"其实我明明知道，这是这里的每个外国移民都梦寐以求的归宿，但我偏偏要做出这样冷淡的神情。

　　"当然好啦。"玛瑞丝太太夸张地叫起来，"美国，多好的地方！

美国对自己的公民很偏心的，很袒护的，法律呀、福利呀，每一样每一样，都很照顾的。"

我淡淡地说："好啊，唱一遍《星条旗永不落》就能拿美国护照了，拿了美国护照就能受美国的照顾了，我当然没意见。"

"还有啊，"玛瑞丝太太认真负责地告诉我，"不是单单唱歌的，移民官还要问你一些话呢，不过也很好答的。他会问你：喜欢这个国家吗？你就答：喜欢。当然喜欢啦，这是多么伟大的国家。他再问你：愿意为这个国家做贡献吗？你就答：噢！尽我所能吧。总之他问什么你答什么，然后就可以宣誓啦，唱歌啦，唱完歌你就是一个美国公民啦！"

是的，我因为要和贝贝结婚，所以将很容易地成为一个美国公民，这不仅是幸福，而且，几乎可以说是幸运。于是，我在这个家里装出了笑，装出激动和感谢的表情，装出幸福的模样。我想让贝贝和疼爱她的父母感到满意，我不想让这家里的一切人，包括玛瑞丝太太在内，感到失望和扫兴。

即便如此，在婚期临近的一天早上，在花园里，贝贝依然疑惑地问我："你不开心吗？你不高兴吗？你是不是累了？"

我说："没有。"

我搂了搂贝贝，想用身体的温存来掩饰内心的空茫，贝贝问：

"那你怎么啦？"

我不知道我怎么啦，在这个人生最美好的时刻，我却没有热情。

这里没有我一个亲人，也没有一个熟悉的朋友。除了贝贝，这里的一切都让我感到隔膜和陌生，包括她的父母。

贝贝说："你肯定是累了。不如我们躲开这儿，下周再回来，你喜欢去哪儿？拉斯维加斯？想去赌赌你的手气吗？或者我们干脆走远一点，去夏威夷怎么样？找一个安静的海滩，就我们两个人……"

安静的海滩？

我点了头，说："好啊。"

安静的海滩……

我预料到我必然要和我一直逃避的那个梦境相逢了，在那个安静的海滩。

这家人都熟知贝贝的任性，当天就有人帮我们订了机票，送我们去了机场。从洛杉矶去夏威夷，我们将在太平洋上空，进行长达七个小时的横渡。

这是2000年的冬天，新千年的第一个中国春节的前夕。而在这里，在夏威夷，却到处是夏天的棕榈、刺眼的阳光、蔚蓝的海和烫脚的沙滩。

夏威夷的这家酒店贝贝显然来过，对一切都是很熟悉的样子。这里远离城市，每个房间都面向大海。清晨，我站在弧形的阳台上，看一只孤单的海鸥从脚下歪歪地滑过。贝贝还在床上熟睡，这给了我一个真正可以静思的片刻，我开始仔细地、贪婪地、如饥似渴地咀嚼昨夜的梦。

——是你吗，安心？是你在笑吗？这梦的背景太朦胧了，以致我想不出我们是在哪里，我们在哪里有过这样的开怀大笑。在欢快的气氛和跳跃的节奏中，你的面孔显得极其模糊，甚至若隐若现，但我知道，那就是你，你就是安心。

你在哪里？你还记着我吗？

连着三天，那个美丽的梦总是如期而至。我每天执意早早地睡下就是为了等它到来。每天清晨，太阳刚刚跳出对面的海平线，我就迫不及待地醒来，悄悄跑到阳台上，去凝望平静的海面和一两只离群的海鸥。那美丽的梦让我心如刀绞。

白天，我不再去海边游泳，不想吃饭，一整天躺在床上，像个病人一样。

贝贝问："你又怎么了？"

我说："没事。"

晚上，在紧临大海的露天餐厅里，面对着一盏橘黄的玻璃烛灯，我们枯燥地吃着晚餐。海是看不见的，漆黑一片，只能通过由远及近的涛声，想象它的广大。除了海的声音，四周的一切仿佛都静止了。贝贝的脸在暗处，有些闪烁不定，跳动的烛光浓缩进了她的那双疑惑而又气恼的眼眸。

贝贝问："你到底在想什么，为什么不告诉我？"

我抬了头，透过烛火看她。我说："我想回去，回中国去。"

贝贝半天没有答话，她当然听出来了，我的语气、神情，显然告诉她将有什么事情发生。但她还是镇定了一下自己。

"你想你老爸了？好啊，我陪你一起回去。"

我低了头，像犯了罪一样："贝贝，我心情很乱，我不想这么急就结婚。我们都还年轻。"

贝贝沉默下来，她肯定明白了我的意思，要不然她怎么没声了呢，怎么没有一句追问、一句谴责呢？这个沉默比厉声的追问和愤怒的谴责更让人难受。终于，她从餐桌前站起，一个人离开了，她说："你和我父母去说吧。"

贝贝的父母都是有身份的人，也是有知识有教养的人。而且，我知道在华人圈儿里，他们的面子是何等的重要。他们有那么多亲朋好友，谁不知道他们宝贝女儿的一只脚，已经跨进了洞房的门槛？

我们从夏威夷回到了洛杉矶，路上几乎没有说一句话。像同行的路人那样陌生、客气。

在和贝贝父母谈话的时候，我的头始终低垂着。我对不起他们，对不起贝贝。贝贝的父亲很严肃，他默默地听完了我的过于简单的陈述，他的回答更是简单得令人心悸。

"好，你不愿意现在结婚的想法我们表示尊重，只不过，这个想法你应该早说。作为一个男人，我希望你以后能够对你的决定，对和你有关系的其他人负起责任来。"

他的态度是严肃的，甚至可以说，是愤怒的。他说完便从沙发上站起来，走出了房门。

贝贝的母亲没有走，依然和我面对面地坐着。我低着头但我能感觉到她的目光，那一向温和的目光里充满了疑惑和责备。

她问："能告诉我原因吗？"

我回答不出。

她再问："你其实不爱贝贝，是吗？"

我把头更深地垂下，无颜正视这位母亲，我说："原谅我，我心里一直有一个人，她离开了我，我想回去找她。"

"那你为什么还要跟贝贝来美国？"

我无言以对。

贝贝的母亲也站了起来，她说："你伤害了贝贝，杨先生，你伤害了我们全家，你应该对你的行为感到羞愧！"

二

　　如果把一个爱你的女孩儿甩了就算是伤害她的话，那伤害女孩儿对我来说已经是家常便饭了。

　　谁让我有一张让所有女孩儿都能过目不忘的脸呢，再加上一张还算有幽默感的嘴，那张嘴里总是随时储备着无数招之即来的笑料。幽默感是大多数女孩儿都会追求的目标，她们喜欢被你逗得哈哈大笑。另外，更重要的是，在上大学以前我就拥有了一套一室一厅的，完全由我独自支配的房子。这些条件加在一起，让我从十七八岁开始，身边就从没断过模样漂亮的女孩儿。

　　和我上床的第一个女孩儿是我在高考的考场上认识的。按我现在挑肥拣瘦的标准，她身上的肉好像太多了一点儿，手感不好，而且智商也不高。那天这胖妞考试居然紧张得忘了带笔，差点误了一生的前程。我把我的一支备份的钢笔借给她了，这样的相识使我在她心目中的第一印象是一个优秀的好男孩儿。后来我们一起去蹦迪，蹦到半夜三更我送她回家。她说她家楼道黑让我送她上去，我就送她上去了。然后就进了她的家门，然后就在她的卧室里动作紧张地脱了衣服，和她干了那事儿。公平地说，是她勾引了我。如果仔细回忆一下那天晚上的种种细节，就知道这种事对她来说肯定不是第一次了。明白了这一点让我有一种失身的屈辱感，觉得吃了亏，也让我在以后很久，一直对处女有一种特别渴望的心情。

后来我考上了北方矿业大学，留在了北京。那胖女孩儿则考到南京去了，自此分手，再无联系。第二个和我发生关系的女孩儿是我在矿大的一个同学，我们算是正式谈了三个月的恋爱，后来是我主动，干了那事儿。如果不干那事儿的话，也许我们之间互相学习互相帮助的恋爱关系会持续得更久些。

这位同窗女友和那胖女孩一样，也不是处女。

大学三年级以后，我对晚上约朋友一起出去泡吧开始上瘾。在酒吧那种地方认识的女孩儿可就太多了，其中一半以上是主动愿意和我亲热的，只是因为我自己比较端着，所以成事的不多，成了事也就是一晚上的勾当，露水情缘，一般不会有什么没完没了的故事发生。而且我也知道，想在酒吧那种地方找一个含苞未放的纯情处女简直是痴心妄想。

就在那时候我认识了贝贝。在一个叫"男孩女孩"的酒吧，在我毕业前的一个周末。

她那天是和她北京一个亲戚的女儿一起来这家酒吧听音乐的，我和刘明浩上去套磁，我们谈了音乐，也谈了北京的名胜古迹和北京时髦的笑话。贝贝始终夸张地笑，她的开朗的性格和大方的举止给人好感。后来我们约了第二天一起去慕田峪。贝贝是来北京过暑假的，我和刘明浩就成了她的向导。

刘明浩原来是我爸厂里的一个业务员，后来自己跳槽单干，开了一个小公司。虽然生意做得三天打鱼两天晒网，可总算凑足了一套大款的"行头"——诺基亚8810、二手的本田雅阁，看上去已经是个有钱人的派头，也许只有我知道他家里家外实际上的拮据。也许正因为他手上的钱并不充裕，所以刘明浩对钱的敏感常人不及，他一眼就看出贝贝是个有钱的女孩儿，于是极力怂恿我全力投入。刘明浩其实比我还花，只不过长得太胖，对贝贝这种女孩儿是有贼心有贼胆没有贼本钱。他后来和在"男孩女孩"一起聊天的贝贝的表姐结了婚，也算是抓住了机会。

我们陪贝贝在北京玩了几天，和这种在美国长大的华裔女孩儿相处使我觉得自己提高了修养，有一种从未经验过的新鲜感和满足感。但我和她除了游山玩水之外什么都没干，因为在性的方面，她显然不是让我着迷的那种类型，在她面前我没必要像个馋猫儿似的那么贪婪。同时我也自然而然地做到了不说脏话和随地吐痰，走到哪儿都彬彬有礼，过街时红灯停绿灯行，排队时从不加塞儿。因此我留给贝贝的印象仅仅是北京青年热情、达观、率真而又不失庄重的一面。

也因为那时候我还没有走上社会，没有面对生存竞争，没有自食其力，也就是说，还没有体会到金钱的残酷和魅力。

也因为那时候我父亲还在北京金华电器厂厂长的位置上正襟危坐，我对我爸领导的这家国有大厂快要破产关门的情况一无所知。

我大学毕业那年是我们家的一个转折点。先是我妈病倒，花光了家里的积蓄又背了债，也没能留住她那一脸全世界最慈爱的笑容。我妈走后紧接着就是我爸的厂子倒了，被一家民营企业很便宜地买走了。广大职工或光荣下岗或自谋生路，我爸回总公司待分配，待分配说白了也是下岗，只是听上去稍微体面点儿罢了。没办法，谁让他们的产品太老了呢。再说这年头空调都换了好几代了还有人往家里搬电风扇吗！以前我爸他们倒也想过实在不行就转产，开发点符合时代需求的新产品，可他们又没这个能力，什么事儿还都得集体研究、职工讨论、民主决策，程序太多，没有真正能够拍板做主的人！三研究两讨论还没等决策呢，他们的上级单位就把他们厂一笔卖给财大气粗的国宁公司了。其实国宁公司对经营这个厂并没兴趣，他们是看中了这块地，要用这块地起他们的国宁大厦！要不然市区三环以内这么大一块地上哪儿找去，在这儿盖高档写字楼盖星级饭店盖外销公寓盖什么都好卖！

　　我爸忙碌了三十几年，突然在一天早上醒来时发现自己已不用再去上班，以往门庭若市的家也一下子冷清下来，猛然间他有点儿受不了，受不了这种寂寞和失败的感觉。他整天玩儿命似的喝酒，从早到晚老是醉得胡说八道。看他那样子，我很难想象当年的奖状上那些"青年攻坚英雄""技术革新模范""新长征突击手"之类的偶像称号是怎么写在他的名字旁边的。每一个时代都有每一个时代的骄子，我们家也曾经是那样一个有着无数荣誉和体面的家庭，我能体会到那种英雄迟暮的悲剧感。那时，我就要从大学毕业走上社会了，好像只是一眨眼的工夫，我爸下岗我妈过世，家道中落和亲人的离散，让我在心理上一下子感到特别孤单无助，从早到晚心里头总有一份突如其来而且适应不了的凄凉。

人在倒霉的时候才知道朋友的可贵，这时候到我家来看我爸的，只有过去和他不知隔了多少级的部下刘明浩。刘明浩来看我爸一大半是因为他是我的朋友。他跟我去了我家，在那儿跟我爸胡扯了半个小时，走的时候还留下了一千块钱。这一千块钱让我深受感动了好一阵。

我爸看上去对钱无所谓，还板着脸叫刘明浩拿回去，但他对刘明浩出的一些纯属胡侃的主意却当了真。刘明浩居然建议我爸到那家把我爸从他的工厂里赶出去的国宁公司求职应聘去！这主意不仅荒唐可笑而且颇给人一种有奶便是娘、认贼作父，亡国灭种还去吃嗟来之食的软骨头的感觉。

"他们的国宁大厦筹建处正招人呢，像您这种有能力的人，和地片儿上方方面面的关系又熟，他们干吗不用？随便给您开份工资就比您原来挣得多。"刘明浩越说越振振有词，本来是随便说着玩儿的，说到后来他自己都当了真。

我爸一开始还冷静："他们那么大公司，还不有的是人才，还用得上我们这种过气儿的人，我都快五十了，干几年干不动了还得给我们养老。"

刘明浩笑道："国宁公司说是民办，其实就是私营，老板叫钟国庆，我认识。他还有个妹妹，高中毕业连大学都没上就帮他哥盯摊儿了。他们是这几年才发起来的，手底下还真没什么人。再说，这种私营企业聘您就是给您发份工资，生老病死、买房子、上保险什么的都是您自己的事儿。人家不管！"

即便他们越说越热烈，我也一直以为刘明浩也就是这么一说，我爸也就是这么一听，哪儿说哪儿了，听完算完。我真没想到这事儿居然还有下文。过周末那天我从学校再回家时，我爸病在床上，我帮他做了饭，他没吃。我说扶他去医院，他不去。他从枕边拿出一封信交给我，让我替他送到国宁公司去。

我都不敢相信，那是一封求职信。

我爸当领导多年，用秘书用惯了，自己的那一笔字总是划拉得既幼稚又潦草，我很难得见他这样认真地写信。信封上那一行"国宁公司负责人亲启"几个大字，竟是那么刻意地工整。

可我爸越认真我越哭笑不得："爸，刘明浩顺嘴胡诌的事儿，您怎么还当真了？"

我爸说："你甭管，让你送你就送去。"

我说："您都这岁数了，又没什么特别的专业技术，人家怎么会聘您这种共产党的万金油干部？"

我爸说："他们那种企业，还未准有我这种万金油呢。你知道万金油是什么吗？那叫杂家！不是阅历丰富什么都知道一点儿的人，还没资格当万金油呢。再说我这么多年攒下的这点社会关系，工商、财政、税务、公安，这些关系他们不需要？"

我说："这种私营企业，老板是爷爷，雇员是孙子。您当厂长这么多年，吆三喝四指挥惯了，现在去给人家当催巴儿，您受得了那份儿气吗？"

我爸说："我这人，到什么地方说什么话，我当学徒那会儿，师父给你一个拐脖儿，你还得说'谢谢师父，师父教训得好'，你受过这个吗？"

我一笑："您说的是旧社会吧。"

我爸一瞪眼："我就是从旧社会过来的。"

我用鼻子说："旧社会那会儿您还没断奶呢。"

我爸不满地咂了一下嘴："你甭跟我贫，怎么让你干点事儿这么啰唆啊！"

我实在懒得去。何况去那家国宁公司求职，别说我爸了，我都有受辱的感觉。

我对我爸说："您要真想求职等您病好了亲自去，人家肯定还得跟您面谈呢。"

我爸一脸认真："让他们先看看我的简历，他们要真需要，自然会找我。"

我拗不过我爸，看他那上心劲儿，也有点可怜他，只好收了那封信，愁眉苦脸地说："那我给您寄去，回头我打听一下国宁公司的地址。"

我爸一听还不高兴了，瞪眼道："你有那工夫，早送到了。"

没办法，第二天我拉上刘明浩，让他带我去了国宁公司。那公司在黄寺附近一幢不怎么起眼的楼房里，占了整整一层。从装修上看倒还算有点现代公司的氛围，不少人进进出出的看上去业务挺繁忙。在走道的入口我们被接待柜台的秘书小姐挡住，听说是来求职的便板着脸说："我们这儿也没招人啊。"刘明浩说："你们国宁大厦筹建处不是招人吗，报上都登了。"秘书小姐说："那你们应该到国宁大厦筹建处去，怎么到这儿来了。"我说："我们就是送一封求职信，能不能麻烦你们这儿给转一下。"小姐说："我们转不了，你们直接去不就得了，转来转去别再给你们转丢了。"

我实在不愿意再到什么国宁大厦筹建处跑一趟，便问刘明浩："你不是认识他们老板吗，你找找他们老板。"刘明浩有些支吾，说："他们国宁公司还欠我一笔货款没还呢，我要找人家人家准以为我是上门讨债来了，不好不好。"我说："欠债还钱，天经地义，怎么倒像是你欠了他的？"刘明浩敷衍道："人家老板做大了，咱们总得给人家留点面子嘛。咱们还是上国宁大厦筹建处去吧，就在你爸他们厂子那儿，反正我有车。"

正说着，楼道里走来另一位白领女孩儿，个子高高的，衣着笔挺，一脸严肃，头发短得像个男人，口气也像男人那么大模大样，上来就问："是美佳图片社的吗？"

秘书小姐像小鬼见了阎王似的从座位上站起了身，毕恭毕敬地答："哟，钟总，美佳图片社的人到现在也没来。这两位是来求职的。"

那女孩儿的派头让我有点发愣，也有点反感。我一向讨厌女孩子剃野小子式的头，穿中性服装，没女人味儿了。而且我观察过，一般都是长得太一般的女孩才有意把自己打扮得这么另类，有遮丑的作用。她们以为另类都是单一路，很难互相比较，其实比较还是容易的，男人看女人，是美是丑还能看不清？

除非碰上刘明浩这种色大胆小的家伙，见着打扮新鲜的女孩儿就能眼花缭乱，这时他果然堆出满脸讨好的笑纹，生生地上去套磁说：

"钟总,我是好运贸易公司的,我跟咱们国宁集团做过生意,你们矿泉水厂厂房的外墙涂料就是我进的。矿泉水厂的中央空调我们也报价了,还没定给不给我们做呢。"

那位被称作什么"总"的女孩儿的脸上,仍然面无表情,那种冷漠简直就是一种趾高气扬。她看一眼刘明浩,淡淡地问:"怎么,想到我们公司来呀?"

刘明浩连忙指指我:"不是不是,是他来求职,我是陪他来的,我不是跟咱们国宁公司熟嘛。"

刘明浩接这腔的时候那女孩儿已经转身走了。走了两步又回了头,两只眼睛在我的脸上扫了一下,那目光肆无忌惮无遮无掩,让人那份不舒服就跟给你一个大嘴巴再让你吃一口苍蝇似的难以形容。我真不明白难道有点臭钱就能这么牛×吗!

我一句话不再说,拉着刘明浩走向电梯,刘明浩说:"这就是国宁公司钟老板的妹妹。"我没做任何反应,故意无动于衷,按了电梯然后仰头看上面闪亮的数字。刘明浩问我:"去国宁大厦?"我依然沉着脸没答话。电梯门开了,我们还没走进电梯,那位秘书小姐不知为何又追了过来。

"先生,请等一等。"她的话是冲我说的,"我们钟总请这位先生来一下。"

我问:"干什么?"

"你不是来求职的吗?"

我犹豫了好一会儿,才又离开电梯随着那势利的女秘书往楼道里走去。操!我这真是为了我爸!

那女秘书带我进了那位老板妹妹的办公室。那办公室比我想象的要小得多，我原来还以为这种大公司老板的办公室真的像电视剧里演的那么富丽堂皇呢，至少这老板妹妹的办公室并不比我爸原来的那间大多少，装修也有点儿俗气，东西也不会摆，摆放得乱七八糟。只有写字台和书柜看得出是进口的挺贵的那种，再就是台灯也不错。

我进屋时那位老板妹妹正坐在大班椅上，见我进来连动都没动，我也对等地没等主人发话就一屁股坐在她对面的大皮沙发上，不甚礼貌地仰着脸看她。

那女孩儿也看我，我们的目光就这么互不避让地对峙着。最后，她出乎意料地微微笑了一下，首先开口问道：

"怎么称呼呀你？"

我没笑，我说："我叫杨瑞。"

"噢。"她点点头，居高临下地，没报自己的名字，继续问，"你到我们这儿想求个什么职位？"

我冷淡地说："不是我求职，是我爸爸，这是他的求职信。"

那女的一愣，意外的同时竟然还夹带了些失望的表情，看看我放在写字台上的求职信，疑惑不解地问："你爸爸？他求职怎么你来呀？"

我不动声色，说："你们如果需要他这样的人，可以通知他过来面试一下。如果你们现在定不了，那信上有电话，以后你们可以打电话找他。"

那女的连信封都没有打开，问我："你在哪儿工作？"

我说："我还在矿业大学上学呢，今年毕业。"

"是吗，你学什么的？"

我没说我的专业，冷笑着反问："你们开矿山吗？开煤窑吗？"我说，"我可以帮你们挖煤去。"

那女的没笑，口气又恢复了一本正经的官腔，说："那就这样吧，我们看一下，如果需要的话，我们会通知你父亲的。"

这是送客的意思，我马上站起来，说了声"谢谢"就出了门，临出门前那女的又叫住了我。

"你叫什么来着，啊，杨瑞。"那女的一双略带凶相的凤眼盯着我，说，"没准儿，以后什么时候我会找个地方，真的开个小煤窑去。"

后来我知道，这女的不仅是钟国庆的妹妹，还是国宁公司的副总经理，名叫钟宁。接下来事情的发展就有点像故事了，几天后我父亲居然真的接到电话叫他到国宁公司去面试。面试简单得近似于走过场，然后他就被正式聘为国宁大厦筹建处副主任，让他随便什么时候报到上班都行！他原来的总公司不同意他去私营企业任职，他索性就申请提前退了休，无官一身轻地下了海，又回到了和他厮守了三十多年的工厂。国宁公司给他开的工资每月三千，他拿着这份大大高于期望值的报酬，开始兴高采烈地，积极负责地，动手拆毁那座由他一砖一瓦盖起来的工厂。

这下刘明浩可以吹牛了，他说："杨厂长，您怎么谢我，这主意可是我出的。"我爸说："我的能力、资历，摆在那儿，我能把这么个大厂管起来，干什么不行？"刘明浩说："咱厂子不是让您给管残废了吗？这是我在人家钟总那儿给您垫了好多话，我跟他们一直有生意，不信您问杨瑞。"我爸说："好，说吧，怎么谢你？"刘明浩咧嘴笑："大恩不言谢，您记着就行了，将来国宁大厦工程上要订什么材料，跟我支应一声，给我个效力的机会。"我爸说："我才去还没站稳呢，你别给我找这麻烦。"刘明浩只是笑，笑完了冲我爸拱手："到时候再说，到时候再说。"其实我爸并不知道，或者他什么都知道但嘴上不说，国宁公司能用我爸，完全是因为我。刘明浩心里有数，他后来不止一次地冲我感叹过：都说女孩儿靠脸盘儿就能挣钱，现在我长见识了，男孩儿的脸盘儿也照样能挣钱。他说这话时我已经从北京矿业大学矿山机械专业毕了业，并且也和我爸一样，被国宁公司聘用，到他们的供应公司担任了项目经理，月薪八千。刘明浩说："过去讲究郎才女貌，你知道现在讲究什么？"我问："什么？"他说："现在流行的是，郎貌女财！"我笑了，说："操，你丫长得太难看，所以你忌妒。"

　　就这么着，没人介绍、没人明说，我和国宁公司的女老板钟宁，谈上恋爱了。钟宁有钱、对人热情率直，这是她的长处。短处是脾气火爆、任性。她发脾气的时候，连钟国庆，她的比她大了十多岁几乎像她老爸一样的哥哥，也拿她没辙。

　　好在钟宁比较喜欢在公司里管人管事，每天都给自己找一大堆事做，从早到晚忙着见客户、接电话、参加各种谈判和各种应酬、接受部下的请示等，乐此不疲。说好听点儿，属于事业心比较强的那种，说难听点儿，是比较喜欢出风头，喜欢发号施令，喜欢听别人恭维，喜欢看别人在她面前唯唯诺诺，她因此而有乐趣，而有快感。不过，这在无形中倒解放了我。自从和钟宁上过床以后，我在她身上好不容易发掘出来的那一点新鲜感很快就淡了，她不整天婆婆妈妈地缠着我，只会让我感到轻松。最烦的倒是我爸，见了我就问："和钟宁处得怎么样啦？你对人家可得好点儿，在公司当着同事得尊重人家，公是公私是私，你懂规矩她绝不会小看了你，知道吗?! 你可别再和你过去那些女朋友来来往往啦，不合适。你既然和钟宁定了就得专一，这是做人最起码的道德，知道吗?!"

我说："知道!"

我挺看不上我爸这样的，虽然我可以对钟宁好点儿，也可以公私分明中规中矩，不去拈花惹草我也不是完全做不到，我是讨厌我爸那口气那表情，让人觉得特势利特没劲儿，有股子好不容易攀上一个高枝就战战兢兢怕掉下来的小市民气。虽然我也知道我爸在国宁大厦筹建处工作特认真特负责，天天在工地上风吹日晒，比前几年在国有企业当官的时候干劲儿大多了。我也知道，我爸从没为他自己的事找过钟家兄妹，他骨子里还有那么一点国家干部的清高和自尊。他对我的关于千万把钟宁伺候好的那些教导，也只是父子之间关起门来的体己话，不宜与外人道。这是他骨子里的另一种东西，我了解我爸。

毕竟，我爸从一个下岗待分的干部变成了月薪三千的副总；我大学刚毕业看上去还是一个毛头小伙子却一下子当上了集团供应部的项目经理——供应部负责集团所属各公司的大宗物资设备的选型采购和进货工作，这个部的项目经理当然是个肥缺。虽然集团对供应部的项目经理管得很严，一旦发现暗中收回扣的苗头立即除名，但同时对这些人实行高薪养廉，项目经理除了每人配备一部诺基亚和一部桑塔纳之外，另有月薪八千。而且一天到晚老有客户请吃饭，每个月个人的饭钱算是基本省下了。谈生意就得吃饭，这个公司允许。

那一阵儿北京兴吃鲍鱼，好几百甚至上千元一个的鲍鱼我都吃顶了，吃得整天只想喝粥就咸菜。我知道，所有这一切，都是因为钟宁。

我刚到供应部的时候，分给我做的项目并不多，部里的头头也知道我和钟宁的关系，也就情当养着我。我每天没事就找几个朋友泡酒吧打保龄球，和他们领来的女孩儿聊天。有不少女孩儿喜欢我，总约我出去玩。对这些女孩儿我总是若即若离浅尝辄止，轻易不和她们上床，一来怕被谁缠上没完没了闹出去被钟宁知道，二来我那时眼光高了也确实没有看得上的。

刘明浩也给我介绍过几个女孩儿，开头都是跟我吹嘘如何如何漂亮，可等我一见着人没有一个不失望的，越吹得玄乎越让人跌破眼镜。我老损刘明浩："老刘你见过漂亮的吗？"刘明浩说："别的不敢吹牛，漂亮姑娘见得太多了。"我说："电影里？哎，你知道吗，现在又出了个章子怡，挺纯的。"刘明浩顺杆儿就上："咳，章子怡呀……"我用话打断他："熟！"刘明浩笑道："那倒不是，不过我还真认识一个人，跟章子怡长得那叫一个像，比章子怡还纯呢，不骗你！"我斜眼看着他，一点都不信，但还是忍不住问："在哪儿呢，谁呀？"刘明浩说："就在京师体校跆拳道俱乐部！"

刘明浩最近参加了一个跆拳道训练班，一是为了赶时髦，二是为了减肥。刘明浩说："杨瑞，你还不练练跆拳道去，就你这身材，这肌肉，半年就能练到蓝带级。你练练就知道了，真的挺有意思的。"

我笑笑，问："你说那女孩，真那么漂亮？"

刘明浩不笑，说："操，绝对是个处女，错了管换，行了吧。"

我说："漂亮女孩练跆拳道，那不毁了吗？"

刘明浩说:"她不是练跆拳道的,她是道馆的杂工。"

噢,杂工?

处女,杂工,长得像章子怡一样的女孩……不知为什么,这几个东西加在一起,真的让我有了一种要看个究竟的渴望。第二天我和刘明浩一起吃中午饭,一人喝了一小瓶红星牌二锅头,都有点脸红耳热,一个赛一个的话多。饭后,借着酒劲儿和被酒劲儿扩张起来的一种游戏心理,我跟着刘明浩去了京师跆拳道俱乐部,报了名。

京师跆拳道俱乐部是京师业余体校自办的三产,用了体校的场子,那场子比我想象的不知要破旧多少倍。两天以后,就在那幢简陋得像个大仓库一样的训练厅里,我见到了我后来发誓与之生死相爱的女孩儿安心。

三

飞机从洛杉矶起飞时天已经黑了，混沌中仿佛一直是在暗夜中飞行，在东京很烦琐地降落了一次之后，在上海又无端地停了很久。我没去计算总共飞了多长时间，漫长的旅途加上东西半球的时差，生理感觉早已晨昏倒错。当我走出北京的新机场大楼，乘坐出租车驶向城区时，整个北京依然被扣在漆黑的天幕下。

虽然只不过离开了几个月的时间，可当我终于又看到了那些自小熟悉的街道，看到那么多似曾相识的路人，闻到车窗外扑面而来的夹带着汽车尾气的味道时，我几乎忍不住要轻轻地喊出声来："嘿，北京！我回来了！"

我回来了！我曾经以为我不会再回到这里，因为我深爱的安心离开了我。她走得那么突然，那么坚决，刹那间无影无踪，让人以为我们永远不会重逢。所以那时我要离开这里，我必须忘掉过去，必须在记忆中抹掉所有能让我流泪的痕迹。

现在，我回来了，我终于明白我无法忍受没有安心的日子。我回来了，我发誓即使找遍全中国每一个角落，即使耗尽我的一生，我也要找到安心。这个誓言使我激动得几乎热泪盈眶。

　　我能清楚地记起第一次见到安心的那个下午，阳光从京师跆拳道馆高高的窗户外斜射进来，让地上已被磨平的绿色地毡显得更加陈旧。在旧地毡的中央，一群高班的学员正在训练劈腿，"啊嘿、啊嘿"的喊声既振奋又枯燥。我们这群刚入道的初级班学员则在训练厅的一角列队而立，恭听着教练像背书一样一本正经的训导。

　　在我的印象中，那天的训导是在向我们启蒙跆拳道的历史和意义：跆，就是脚踢腿踹；拳，就是拳击拳挡；道，就是精神！精神，你们懂吗？跆拳道提倡勇往直前，提倡友爱，提倡礼仪，提倡尊重对手，讲究人格的完善！内修精神、性情，外修技术、身体，培养常人难以企及的意志品质和忍让谦恭的道德精神……哎哎，大家注意啊，听课时精力要集中……

　　我知道教练是在说我和刘明浩。在我认真听讲的时候刘明浩悄悄用手捅我，我移目走神，果然看到一个少女拎着一只水桶和一把墩布，从道馆大厅一角的小门出来，顺着墙边向大厅的另一侧走去。头顶的阳光从训练厅高高的窗户上像瀑布一样倾泻下来，给那女孩儿的轮廓镀了一层雾一样的朦胧和辉煌。我看得有些发呆，那女孩儿的轮廓真是很美，但脸的细部无法看清，也许是越模糊的美越有神秘感的缘故，所以那女孩儿的朦胧反而更加令人心慌意乱。

　　说实话我最初见到安心并且一下子就喜欢上她的内心起因，不过是缘于一种最原始的生物冲动。我看到她的第一眼就敢担保，她绝对是一个花苞未开的处女，这给了我很多疯狂的幻想，同时对教练那边言之谆谆的什么跆拳道的技法和精神之类已经充耳不闻。我满心盼着快快下课好尽早和刘明浩商量怎么设计追她。

如果说，刘明浩以前拉着我泡酒吧，陪我上国宁公司送求职信是因为跟我的交情，那么现在，他帮我泡妞则完全是为了他自己的生意。他的好运公司正在争取国宁大厦空调设备的采购订单，我是钟宁的男朋友，又是国宁集团供应部的项目经理，自然也就成了好运公司的"大客户"。刘明浩帮我办事，应该说是一种名副其实的客户公关工作，本质上是他好运公司分内的事。

可能是刘明浩跟我太熟了，他还真没把我当"大客户"那样捧着，我求他时他居然还有点心不在焉，他说："你追就追吧，还用得着我出主意吗？那女孩儿一见这么漂亮的帅哥，看上去又挺有钱，还不立马晕菜！你就留神别将来想甩甩不掉就行。"

追女孩儿对我来说当然不难，其实这两年更多的是女孩儿追我。我干什么都没有像和女孩儿打交道那么有自信。可这回不知从何而来的，有一点心虚。所以我对刘明浩说："这女孩儿可能真是挺纯的，不像能和男的随便乱来的那种。"

刘明浩歪着头看了我半天，笑着拍拍我的肩膀："哎哟，看来你还真上心了，不容易。这样吧，我先替你打听打听，看看她是哪儿来的，叫什么名字。哎，是不是最好知道她家住哪儿，家里有没有人，是不是？"

刘明浩冲我暧昧地诡笑，我不想跟他逗，认真地沉默着。那几天我什么都不想，只等着刘明浩的消息，同时天天按时去京师跆拳道俱乐部，心不在焉地习道。虽然常常只有一瞬间的长短，但还是每天都能看见那个干杂工的女孩儿在练功大厅里静静地穿过，干一些清洁和收拾垫子之类的零活儿。每当她出现在练功厅的时候，总能吸引很多学员的目光。这帮人都是色狼！我也抓紧机会看清了她的脸——细嫩的皮肤，小小的鼻子，嘴有点翘，眼睛黑白分明，眉毛既清晰又干净，有点男式的英武。我敢打赌这张脸可以让所有的男人都心里痒痒，想入非非。

刘明浩没用几天便鬼鬼祟祟地探来了一些情况，这女孩儿名叫安心——一个很好听的名字——从云南来的，就住在京师跆拳道馆里，负责收拾器具，打扫卫生，早晚开门关门之类的工作。从这些情况可以断定，她在北京应该没什么可以帮衬的亲戚。

一个初来北京的，孤独一人的，无依无靠的打工女孩儿，这就是安心的全部。这很好，跟我想象和期望的几乎完全一样。我有了信心，开始具体地琢磨机会。

根据跆拳道馆的规定，当然，也是根据跆拳道的"精神"，我们每天下课之后必须留下两个学员帮教练做收练功服、皮靶子和清理场地、关窗户等工作。对于我们这群入道不久道行不深的新人来说，这是件打心眼里不愿意做的苦差事。可这苦差事轮到我的这天，却使我意外地发现这居然是一个可以和安心套磁的最自然的机会，因为我们收好东西以后要一一交付给她，交付给她的时候我便有意磨蹭，特别认真负责似的。安心只是专心清点、整理，然后分门别类地把那些东西装进柜。动作小心而又麻利，半天了都没有抬头正面看我一眼。我竭力表现得殷勤友好，什么事都抢着帮她做，但似乎没起到什么效果，连个正眼的交流机会都没有捞到。

于是我又开始故意挑剔她："嘿，这东西是放这儿吗，不对吧？"

她倒是一脸认真地解释："是啊，是放这儿。"

"那这个呢？"

"这个也放这儿，我来吧。"

"我来我来。"

收完东西之后，我又眼里有活儿地帮她归置了一下这间凌乱的储藏室，这时她的反应有些不同了，抬头留意地看了我一下，大概她从来没有见过这么热心勤快、热爱劳动的优秀青年吧。

她终于主动开口问我话了："你是学生吧？"

"我已经工作了。"我说，然后不失时机地延伸了话题，"你呢，你不是北京人吧？"

她没答，却反问："能看出来吗？"

应该说，她说话的措辞和口音，并没有太多的外地腔。可如果一个北京女孩儿长得像她这么精致，谁会到这个地方来当杂工呢。这个论据当然是不能说给她听的，说了就不礼貌了。我岔开话头，说："你叫安心对吧？"

女孩儿有点惊讶，那表情甚至可以说，有几分警觉，她问："你怎么知道？"

"咳，听人说的呗。"

"听谁说的，你身边有人认识我？"

"没有，我听张大爷说的。"

张大爷是京师体校守夜看门的临时工。在这儿，大概只有张大爷跟安心相熟。

"张大爷?"安心疑惑地做思索状。在我看来,那副思索的表情和疑惑的声音,都是天真无邪的,她的眉头微皱,嘴半张着,有如孩童一般的幼稚。她的每个动作、每个姿势,似乎都能让人心里一动。

我再次绕开话题:"你就住体校里吧,那你每天在哪儿吃饭呀?"

"我自己做,我有个煤油炉。"

我停了一下,突然说:"晚上请你吃饭怎么样,吃过北京烤鸭吗?"

安心笑一下,我发觉这个笑突然变成了一种很成熟很老练的笑,她说:"对不起,晚上我有事呢。"

我本想叮问一句:那你什么时候有空?但没有开口,因为那样多少就有点死缠烂打的味道了,说不定会让她感觉不好,感觉不好就欲速则不达了。

我放长线钓大鱼地结束了和她的闲聊,主动和她告了辞。从跆拳道馆出来,刘明浩还在等我,他车坏了要搭我的车。上了车就问:"套得怎么样啊?我估计那妞准是不搭理你。"

我撑着面子:"谁说的。"

刘明浩诡笑:"我说的。"

我说:"你别嫉妒了,我们聊了好半天呢。"

刘明浩半信半疑:"没请她出来吃顿饭?"

我说:"哪有这么急的,你也太没档次了。"

刘明浩几乎笑出了声:"行行,你丫有档次,你就慢工出细活儿悠着来吧。"

看来这事是得悠着来。接下来的一周,我又间隔着向安心发出了两次邀请，每次都找了个合适的由头，话经过预先编排，也说得挺自然，但都被安心既简单又坚决地回绝了——对不起，我今晚有事。她的"今晚有事"虽然语气表情上还算委婉，但说得不假思索让我相当下不来台。在女孩子面前我的自尊心一向极强，被女孩儿拒绝很容易让我恼羞成怒，我心里会忍不住用香港电影里的那句话发狠：你以为你是谁呀！

直到很久以后我才知道安心拒绝我的邀请确实是"晚上有事"，她每天下班后要赶到东城区文化宫去上夜校，她上的是初级会计班。当然这些情况也是刘明浩刺探来的。这小子在北京三教九流跟什么人都混得半熟，"伟哥"涨价、巴以打仗、克林顿买房子、布莱尔当爸爸，世界上的事他知道一半，中国的事他全知道。

我去东城文化宫打听了一下，这个财会班已经开了两个多月了，但只要交钱，随时可以插班。于是我就报了名。第一天晚上上课我去得稍稍晚了点，课已经开始。我走进教室一眼就看见了坐在后排的安心，她正低头做笔记呢，旁边的座位空着，就像是特意给我留的似的。我夹着书包走到后排，在安心身边坐下，她才抬头无意地看了我一眼，愣了。

"杨瑞？"

我也故作惊讶："咦，是你？"

这场邂逅弄得挺自然，从安心的表情上，能看出她并未发现我有什么居心不良的破绽。愉快的同学关系就此开始，第一天下了课我就主动提出用车送她回体校，她说不麻烦了，我坚持要送，说没事，反正顺路。她没再客气，就上了我的车。我老老实实开车送她到地方，路上除了几句闲聊，别无饶舌。从那以后，她每次下课都允许我用车送她，后来又发展到接受我提出的在她下班后"顺路"把她捎到学校的好意。再后来，我又顺理成章地在去上课的路上提出先吃点东西的建议，我说："我饿了，咱们找个地方垫垫肚子吧，你喜欢吃什么？"

一说到吃饭，安心又表现得既坚决又果断了，说："我吃过了，你吃吧，我等你。"表情语气依然委婉，但依然说得不假思索。

我问："我今天训练完了和你一起出来的，你吃什么了？"

"我吃了一块饼，中午买好的。"

我真的有些心疼她了："你干吗那么艰苦呀。"

"没有啊，挺好的。"她说。

我有意挑了一家比较高档的酒楼，停了车，拉她进去。我猜想她大概从未在这么讲究的地方吃过饭吧，这让我很兴奋。我喜欢看女孩子跟着我的时候目露惊喜的那种感觉，那会让我觉得特有面子特有快感。

那天我点了足够两个人吃的菜，我想云南不靠海，大概吃不着海鲜吧。所以我点的菜就以海鲜为主，什么生蚝、带子、青蟹之类，估计她一辈子都没吃过。在我的劝说下，她动了筷子，吃得不多，有点儿两袖清风、不占便宜、抵制拉拢的架势。她的冷淡的反应让我多少有点失望，也许是我的期望过高了，我原来期望她大呼过瘾然后狼吞虎咽才好。

这次请客对我来说弄不清是成功还是失败。当我第二次又提出在路上"随便吃点什么"的时候，她的态度变得更加坚决起来，表示已经吃过不想再吃了。我说："那你坐在一边陪陪我吧。"她也不干，她说:"我一陪你,你又该点一大堆菜了,吃不了太浪费了。"我说:"如果你觉得好吃哪怕只是尝一口,那就不是浪费,我心甘情愿花这个钱。"她沉默了片刻,然后说:"你心甘情愿,可我承受不起。"

再往下我实在说不出更多的甜言蜜语了,我们都沉默下来,终于没有停下来吃饭,直到车子开到了东城区文化宫,也没有再说什么。那一天我们是全班来得最早的一对。

那一阵我真是很辛苦,我从未这样煞费周章地泡过任何女孩儿。除了来回接送安心上课下课之外,我还总在每次跆拳道训练结束时,积极主动地替其他学员值班收拾器具,帮安心打扫卫生。但安心对我,总是彬彬有礼,保持距离。时间一长,我有点泄气,也有点烦了。看得出安心很穷,生活极节俭,可对我的帮助总是那么清高不取。开始我心里还挺赞赏她的安贫乐道、穷困不移,可她总拒绝总拒绝就让人觉得她是端臭架子,拿着劲儿,让人难以亲近,让人觉得这女孩儿怎么那么不知好歹,怎么总也泡不开喂不熟啊!

渐渐地,我有些没趣了,道馆训练后的杂差我也不那么上赶着大包大揽了,文化宫的会计课更是三天打鱼两天晒网。我本来就没想学什么会计!

刘明浩说:"我早知道没戏,我一看那女的就知道是从小让父母关家里和男孩儿握个手都觉着你占她便宜的那种小地方人。你要把她泡开了得费多大功夫呀,等于是替社会进行基础教育呢,等泡开了估计你也腻了。另外,我估计这女孩儿有点性冷淡,对男人从根儿上就没兴趣。你这么有型的男孩儿这么泡她,放一般女孩儿早降了,她一点反应都没有,我估计就是。"

我说不出话来。

和刘明浩聊过这次之后，我心里特烦！那枯燥乏味的会计课，我干脆彻底不听了，谁要当什么劳什子会计。本来钟宁对我心血来潮去学什么会计就有意见。她平时虽然总是忙着公司里的事不缠着我，可一旦有空来情绪了就要求我随叫随到，我和安心一块儿上会计课就关了手机也不搭理她的呼叫，她为这个冲我发了好几次脾气。

她发脾气我就不说话，做出一副不解释不反击也不妥协的样子，这策略看上去还挺有效。

会计课中断下来，但对跆拳道，我却渐渐有了些兴趣。我在中学和大学都是学校排球队的主力二传，四肢灵巧有力，在京师道馆我们这一班里，我的身体基础最好，进步也是最快的。教练总在全班面前表扬我：攻防会用脑子，动作标准，膝夹得紧，送髋到位，落地控制好之类的。不到两个月的时间，我已经大体掌握了前踢、横踢、下劈、侧踢、后踢等动作的技术要领，跆拳道中最好看的后摆腿也做得很像那么回事了，就是侧摆还有些生，摆不好总要自己捧着自己。拳法那一块也练得还行。教练说得对，拳法主要是靠判断，靠脑子。还有就是步法，步法靠的是经验、是体力，那不是一天两天的道行。

于是每周五次去跆拳道馆的训练我还是坚持下来了。照例还能看到安心在角落里默默地干活儿，目光相遇时，她挺严肃，我也就没什么表情。其实我还是挺喜欢她的，但我不露出来了，心里有点跟她较劲儿！

在我们的训练满两个月的时候，道馆决定进行一次班内的竞赛，决出一些项目的名次。虽然这只是教练们的一种训练方法，但对学员来说，毕竟有种考试的感觉，所以没有不重视的，每天早早地就来训练。刘明浩的身材练跆拳道本来就勉为其难，一说要比赛，更是知难而退，再加上他那一阵的生意也特别忙，所以干脆彻底不来了。

我们这个班平时训练是在下午四点至六点，星期六和星期天是下午两点至六点。在比赛前的最后一个星期天，我中午因为陪钟宁参加一个应酬，快两点半了才完事，再怎么往体校赶也是铁定迟到。我索性慢慢开车，到体校门口放好车又慢慢地往训练馆那边溜达，以便对刚刚塞满一肚子的山珍海味做一番消化。没想到遛到训练馆时却见大门紧锁，很多学员都堵在门口还没过去呢。来晚的在小声询问原委，来早的在大声发着牢骚，个别嘴狠的已经开始骂骂咧咧。我问一个同学怎么了，他说："咳，开门的到现在也没来。"我说："操，这都过了快一个小时了，应该找他们俱乐部退钱去。"这时教练过来了，大家都住了嘴，因为根据跆拳道的精神，骂骂咧咧是不行的。

教练板着脸，看表。让大家对着树先自己练练步法。大家没动，有人代表大家说："鞋都没换，怎么练啊！"教练有点没好气，说："能练的练，不能练的就别练。"

大家谁都没动，好像谁要去练谁就有点傻帽儿似的。突然，大家的头都向一个方向转过去，包括教练，似乎都找到了同仇敌忾的目标。我也看到，安心正气喘吁吁地朝训练馆跑来。我这时才猛醒，原来每天负责开门的，正是安心。

教练故意看表，他的表情和看表的动作像鞭子一样抽得安心面色惨白。她上气不接下气地说："对不起，我……我来晚了，对不起……"

大家都不作声，看她。她慌乱地在自己的衣服里和背包里摸索，摸不出钥匙。她突然想起什么，磕磕绊绊又向训练馆边上自己住的那间简易的小房跑去，教练在她身后没好气地大声催促："你快着点儿吧！"

　　有人在教练身后嘀咕："这还不炒了她。"教练回应了一句，算是对所有学员的安慰："回头跟俱乐部反映吧，再这样没法练了！"教练的话和现场的气氛，让我心里直发紧，有些为安心不安，进而我突然腾地蹿出一个念头，拔腿便向那间小房跑过去，跟在安心身后进了屋。安心这时已找出钥匙，我顺手把钥匙接了过来。

　　我问："你上哪儿去了，没出什么事吧？"

　　我的语气是体贴的、安慰的、替她担忧着急的，安心喘着气，说："对不起。"

　　我和安心一起跑回训练馆的大门口，我打开门，在大家往里进的同时我大声对教练说："不好意思教练，安心今天有事出去，把钥匙交给我了，让我来开门，我他妈给忘了。不好意思不好意思！"

　　教练直愣，半天才说："你什么狗记性啊，得得，赶快进去吧，回头再说。"

　　有关系不错的学员在身后拍我："你丫得请客啊！刚才你也站半天了还跟着起哄，你就愣没想起来？"

　　当然，安心也愣在那儿了。

　　那天下午我练得特别卖力，全神投入，内心很快乐。安心好像被俱乐部的人叫去干别的活儿了，直到我们结束了训练熄灯走人了也没有再见着她。

晚上，我又去了东城文化宫的会计班。因为我想见到安心，想看看她对下午这事有什么反应。

安心见我又来上课有点意外，想问我什么却没开口。我也没开口，更是故意不提下午的事。我们都做出专心听课、专心记录的样子。其实我落课落多了，老师讲的什么"现收现付制、权责发生制"之类的内容我大都没有听懂。

下了课，我们收拾着书包，我问安心："要送你吗？"

安心犹豫了一下，点了头，说："好。"

我们一起走出教室，走出大楼，直到上了我的车，安心才开了口："能跟我说说吗，干吗要对我这么好？"

我说："没什么，我觉得你挺不错的。"

我没有发动汽车，两人都沉默着。天下雨了，车前的风挡玻璃上有了些稀疏的雨点。安心说："我该怎么谢你？"

我说："请我吃顿饭吧，我这人就喜欢吃。"

安心说："你喜欢吃的那些东西，我请不起。"

我说："你知道我现在喜欢吃什么？我现在就喜欢喝粥，吃咸菜。"

安心看看我，想判断一下我是说真的还是逗呢。她说："好，你什么时候有空，我请你。"

我说："现在就有空，我今天晚上正好没吃饭。"

安心不知是没有准备，还是想要推托，说："今天？今天不行，我身上没带钱。"

我好像今天这顿饭非吃不可似的，我说："没事，我先借你。"

安心说："我不想欠别人的钱。"

我说:"那你是宁愿欠别人的情啦?"

话这么说下去,安心当然脱不开这个套。于是我们驾车来到了地安门,那儿有一家二十四小时都开门的饭馆名叫嘉陵阁,是一家不算高档但川菜做得很不错的馆子,而且人不多,环境幽雅。我们落座后我让安心点菜,安心说:"我吃过了,你想吃什么你自己点吧。"我说:"有你这么请客的吗?真让我不好意思。"安心听不懂北京人的幽默,有点脸红地接了菜谱,说:"那你想吃什么?"

说实话我真喜欢看她那局促的样子,我更加相信刘明浩的话,她绝对是个处女,错了管换。我笑笑,又把菜谱拿回来,说:"我自己来吧,不过你得答应我一个条件,否则这饭我不吃了。"她问:"什么?"我说:"你得跟我一块儿吃。"

我叫了菜,都是些挺便宜的家常菜,我怕安心心理上受不了,没敢点贵菜。但我要了酒。

酒菜上齐,我喝白酒,强迫安心喝啤酒。我们举起杯,安心先说:"谢谢你的救命之恩。"

我笑道:"这可说大了,我让你请客其实是跟你逗呢,救命之恩我可当不起。"

安心倒挺认真:"可不是救命之恩吗,我要是让俱乐部给辞了,我就没饭碗了。"

我静下来看她,她有那么一张耐看的脸,有这样一张脸的女孩儿会没有饭碗吗!我说:"安心,你在北京待的时间还太短,时间长了你会发现你肯定有很多机会的,可能用不了一年,你就不会再干俱乐部杂工这种活儿了。在北京漂亮女孩儿永远都是紧缺的,你以后说不定会大红大紫比我都有钱呢。"

安心看着杯里的酒，脸上出人意料地无动于衷，她说："我在北京，只想学一门专长，能自食其力养活自己就行。"停一下，她又说："我只想平平安安地生活。"

我沉默了，她的平淡和低调好像藏了许多深意似的，那张娇嫩的脸也突然显得老成起来。我看到她低头喝酒，喝了很大很大的一口。

我说："安心，我真想知道，你是从哪儿来的，你家里都有什么人，你在家生活得好吗，干吗要一个人跑到北京来？你到北京来，就是为了谋生吗？"

此刻，确实，这一切我都想知道。但我不知道的是，安心能不能用真实的她来回答我。

四

我回到了北京。

我离开美国离开贝贝回到北京，是为了寻找我的安心，尽管我知道，此时的安心，绝不可能还留在北京。

从机场乘车驶入市区的时候天已很晚。车子从三环路由北向南，开得很快。三环路比我以前的印象显得宽阔了许多，车流也不像过去那么拥挤。我特别留意了中途经过的团结湖小区，在长虹桥西侧的万家灯火中似乎看到了我爸住的那片楼群，看到了那个亮着幽黄灯光的窗口。我鼻子里有点发酸，我知道我爸这两年过得不好，他因此而恨我，我倒霉的时候也因此而不管我，我们父子之间从那以后就几乎断了来往。我随贝贝去美国时都没有向他辞行。快一年过去了，我现在总想再见见他，不管怎么说他是我爸，他养大了我。

但这一晚上我没有去我爸那儿，而是让司机从北到南几乎贯穿北京把我一直拉到了靠近南三环的方庄，找到了我以前常来的那座塔楼。塔楼的电梯坏了，我摸着黑拎着不算太轻的行李一直爬到了十五楼，敲开了刘明浩的家门。

刘明浩的新婚太太李佳大概已经从跨海长途中知道了我突然退婚回国的消息，见了面就是一通劈头盖脸的质问和责骂。我这才发觉自己真是昏了头自投罗网，竟忘记了李佳是贝贝的表姐，现在到刘明浩家简直就是找骂来了，但想要退出为时已晚。

等李佳唠叨够了，刘明浩才把我拉到书房，问："你和安心和好了？"

我摇头回答道："我还没找到她呢。"

刘明浩说："她不是回老家了吗？"

我说："对，我明天就去买火车票，我要到云南清绵去找她。"

清绵——这就是我在那个名叫嘉陵阁的小饭馆里第一次听到的地方。

在我和安心交往的日子里，我们无数次说到清绵这个地方。在安心的描绘中，清绵的山永远是深绿的，水永远清澈见底。那是一片没有任何污染的净土，连汽车的尾气都难以闻到。进入清绵要经过一条长长的索桥，桥下是水浅流急的清绵江。许多年前安心从那条长长的索桥上走出来，走进了保山城里最好的中学，从那时开始，她实际上便已离开了自己的家乡。

在清绵，安心的家大概算得上一个富足之家。她的父亲开了一家中药加工厂，还给周围的群众开方子治病，既是医生又是私营企业主，在山里是个受人尊敬的人物。她的母亲原是山西的插队知青，在清绵扎根落户，一直没有回城，后来在清绵的群众文化馆工作，是当地的一个文人。安心说她母亲没事儿还写诗呢。看得出与开作坊做医生的父亲相比，安心更崇拜她的母亲，谈话时以母亲为荣的神情屡屡溢于言表。这使我多少有点感动——即使在那样穷困闭塞的山区，人们更尊重的，更看得起的，更津津乐道的，还是文化。

于是更加让我疑惑的一个问题是，安心为什么不去上大学呢？为什么不去追求一份更体面更轻松更有意义的学业和工作呢？她父母的收入完全可以帮她实现每个年轻人都会有的基本梦想，她干吗要到这个又破又旧的跆拳道馆来当这份任人驱使的临时工呢？

这是我在那个风雨交加的晚上，在嘉陵阁的餐桌前，在酒后，向安心提出的疑问。她没有做出回答，她的脸同样被酒弄得微红，她的眼里，不知是因为回首往事还是因为喝了酒，有了一些眼泪，她说："我喜欢北京，我喜欢人山人海的大城市，这儿谁都不认识谁，让我觉得安全放心。"

她的话和她的神情，既天真又有些深意似的，让我一时弄不清她究竟像个孩子还是更像个厌世的高人。她的言语也有点半醉半醒，眼神也有点半浊半清，以致我猜不出她是真喝高了还是在借酒说愁。

那天我们互相说了很多童年往事。我说了我的从徒工一直当到厂长的爸爸，也说到了我的善良不寿的妈妈……我真是喝高了，居然家丑外扬地跟安心说我爸这人其实特别势利，当了那么多年干部了还那么小市民。我甚至还说了我上中学时就有过好多女朋友……当然我还没有彻底烂醉，还不至于傻到说出钟宁。

安心也说了很多关于她家乡的风土人情和山水草木，还说了她的父母，说了她小时候最喜欢吃的东西，最喜欢玩儿的游戏，还背诵了几首她妈妈写的诗。那诗在我听来有些晦涩难懂有些又太像儿歌；有些是明媚晴朗的山水咏叹，有些是当年知青的万丈豪情和后来悲观晦暗的心境。无论韵与不韵，无论高深莫测还是简单直白，我都非常认真地听着，尽管我知道她背诵这些诗句与其说是给我听，不如说是在发泄她自己的思乡之情。

终于，在背诵她母亲最后一首诗的时候，她哭了。我听不懂那诗，但我感动。

她很快控制住了，一直浮动在眼窝里的几滴眼泪刚流下来，就马上被她擦去了。没有抽泣，如此而已。

天不早了，我们在这家小饭馆里消磨了太长的时间，安心喊服务员过来结账，她真的要付钱。我把账单抢过来，说："还是我付吧。"安心说："今天不是我请你吗，这是谢恩的饭。"我说："别跟我分得那么清，等以后你发财了，我天天找你吃大户去。"但安心还是抢先把已经拿出来的钱交到服务员手上，转脸冲我说道："我已经欠你了，不能再欠。"

她执意付了钱，我也不再争，当着服务员争来抢去的太现眼，让人一看会以为我们是刚刚认识的。而且女孩儿就是这样，她说不想欠你你就别硬上，上了反而显得别有用心。

好在那顿饭只不过花了六十多块钱。那时我还不知道这六十多块钱对安心来说，意味着什么。

我们走出嘉陵阁的大门，风已经止住，雨也停息了。我们上了汽车。我把汽车开得飞快，地上的积水击在车的底盘上，砰砰作响。那声音令人快意盎然。天很晚了，车子开到京师体校的大门口，停车时我们都看到体校的铁门已经关住。安心下了车，站在关死的大门前发愣。我也下了车，我知道她进不去了。我的脑子里此时除了酒精之外就只有这个惊喜！我说："安心，到我那儿去住吧。我那儿有地儿。"她没有回头，说："不用。"我站在她身后不肯走，我说："你进不去了。"她依然没有回头，只说："我自己想办法，你快回家吧，谢谢你把我送回来。"

我突然上前一步，用力抱住了她。两个月来，我一直在她面前装得温文尔雅，对这个我喜欢的女孩儿，我早就该来粗鲁的了，早就该痛痛快快地撒一回野！我抱住安心，用嘴亲她的耳朵，大概我太突然了太粗鲁了把安心吓了一跳，她甩开我下意识地往墙边躲："杨瑞你干什么你！"我的脑子一发热就冷静不下来了，我冲上去将安心挤在墙上，硬要亲她。安心叫着："杨瑞你喝醉了，别闹了，你走开！"她拼命挣脱我，向前面的街口跑去。我拉了她一把，拉住了她的衣服，衣服哗的一声撕破了。那声音让我清醒了一些，我知道我这下搞糟了，撕了她的衣服她会生气。我追上去，想抱住她向她道歉，可这歉意的动作适得其反，她更加害怕，步伐加快，拼命甩开我向灯光明亮的街口张皇奔逃。我追上去伸手还想拉住她，我想拉住她说"对不起"，不料她突然停住，一个就地转身，一只脚飞旋起来，又高又快，在空中闪电般地画了半个圈，砰的一声击中我的头部。我"哎哟"叫了一嗓子，整个人斜着摔了出去，狠狠地摔在了马路牙子上。

我的酒醒了，我惊呆地看着安心。我意识到她刚才那突如其来的一击，竟然是一个做得极其漂亮甚至堪称完美的后摆腿！是那种只有跆拳道高手才能做得如此大开大合干脆利落的后摆腿！

我歪在冰冷潮湿的地上，脑子清醒过来。我看到安心此时的脚步一前一后，步法既标准又稳健。她这姿势几乎一点不像我所熟悉的那个纯纯的少女安心。在那一瞬间我只有惊奇和叹服，完全忽略了身上不知是哪儿发出的疼痛。

　　安心也吓呆了，她这一脚也许也出乎她自己的意料。她看我躺在马路牙子上起不来了，以为那一脚肯定把我踢坏了，一时瞪着眼不知所措。这时我才感觉到我的口鼻发热，湿乎乎的像是出了血，用手一抹，手果然红了。安心见了血也慌了，这才跑过来蹲下，掏出手绢为我擦拭，我们几乎同时说出了一句："对不起。"

　　安心扶我起来，我的右脚真的崴了，疼得几乎不敢沾地。安心扶着我试着硬往前走："你真伤着啦？"我真的走不动，她皱了眉："那怎么办呀，你还能开车吗？"

　　我看着她，问："你怎么会跆拳道？"

　　她没有回答，说："上医院吧。"

　　我靠在她的身体上，往我的汽车那边走。她的身体很柔软，也很有力，感觉好极了。疼痛因此而变成了快乐，只愿前面的路再长些才好，可惜我的车子偏偏就在眼前，几步就到了。

　　我说："我右脚崴了，开不了车了，要是左脚崴了可能还行。"

　　安心没做反应，把我扶到车前，才说："钥匙。"

　　我疑惑地掏出车钥匙，不敢相信地问："你会开车？"

　　安心不答话，扶我上车，然后坐进驾驶座，打着汽车、挂挡、松手刹，用一连串熟练麻利的动作让我目瞪口呆！汽车唰的一声启动，那声音、那速度，有点像警匪电影中的车技。车子开出路口，她才说:"我可没驾照,警察要是检查可是扣你的。"

我挺高兴她用这种毫无拘束的口气跟我说话。我回嘴道:"你把我弄成这样了,还要让警察扣我的本子,你还打算怎么毁我,啊?"

她说:"我不是向你道歉了吗?"又说:"是你先动手的。"

我们也不知附近哪儿有医院,就让她开车在街上找来找去,最后找到了北京医院,在北京医院的夜间门诊部处理了一下我受伤的口鼻和右脚。等我们走出医院时已是深更半夜,地上积着闪亮的雨水,雨水使夜晚的街道更加萧条,医院门前几乎看不到任何过往的汽车与行人。路灯昏暗,整个城市因此而显得有几分暧昧,仿佛每一个角落里都可能会有些秘不可宣的事情发生。

我突然想起来问安心:"刚才看病花了多少钱?"

"八十多块吧,怎么啦?"

我掏兜,说:"我给你。"

我把钱拿出来,拿了一张百元的钞票,递给她,她看着那钱,没接,说:"这是应该我出的钱。"

我说:"你一个月挣多少钱?"

她又重复一句:"这是应该我出的钱。"

我说:"是我先动的手,这是应该我出的钱。我还得赔你的衣服呢。"

我把钱硬塞在她的口袋里,她躲闪:"我不要。"我硬塞进去,说:"算是向你道歉吧。"

我一瘸一拐地向汽车走去。她跟上来,扶我上车,然后发动车子,似乎是想了一会儿,才问:"你住哪里?"

她这句话让我心里笑了一下，这个机会来得可真是不易，因其不易，才显得格外有趣。终于，时近午夜，我把安心带到了我的家里。在这样夜深人静的时候带一个心爱的女孩儿回家，这个结果确实出乎我的意料，尽管整个过程看上去有那么一点处心积虑的嫌疑。

　　安心扶我上了楼，扶我进了屋，一直把我扶到了床上。她问我："喝水吗？"

　　我说："不喝。"

　　她说："那我走啦。"

　　我说："那我喝。"

　　她帮我去倒水，我指点她杯子在哪儿水在哪儿。等倒完水她又说："我该走了。"

　　我说："这么晚了你上哪儿？"

　　她说："我总不能在你这儿睡吧。"

　　我说："在我这儿睡又怎么啦，还怕我非礼吗？"

　　她说："有点。"

　　我说："你看我伤成这样，就是有这贼心有这贼胆也没这贼能力啦。再说，我也没这贼胆。"

　　她笑了："这么说，你是有那个贼心啦？"

　　我觍着脸，索性厚颜无耻地说："我心里想什么，谁也管不着吧，我连'意淫'的权利也没有了吗？"

　　"什么？"她好像没听懂。

　　我岔开话，说："你睡床上，我睡外面的沙发，还不行吗？"

　　她想了想，说："还是你睡床上吧，我睡沙发。别人的床我睡不惯的。"

好，我不再执拗，一瘸一拐连蹦带跳地为安心找出干净的床单、枕巾和毛巾被。这天夜里，这个我绞尽脑汁拼命追求一直劳而无功的女孩儿，终于睡在了我的小小的客厅里。这是一个很难得的机会，因为钟宁和她哥哥恰巧前一天一起到俄罗斯谈生意去了，估计要半个月才能回来。我也不必担心她半夜或者清晨突然闯过来"捉奸成双"。这一夜我睡得很香，那点儿"贼心"还真的没有动过。早上，我被轻轻的敲门声叫醒。我知道是安心，我喊："进来，门没锁！"安心推门进来，有点焦急又有点歉意地说："对不起我起晚了，本来想帮你做早饭的，可我今天说不定又要迟到了。"

我说："没事，我从来不吃早饭的。你开我的车去吧，这回再迟到可没人替你顶这个雷了。"

她掩饰着高兴："行吗？你今天不用车吗？"

我伸出两条光溜溜的胳膊，使劲儿伸着懒腰，说："我让你弄成这样，怎么开车呀。我这次好人做到底，你把车开走吧，别让警察抓住就行。"

安心很高兴，拿了车钥匙就走，我冲她喊了一声："晚上下课别忘了把车送回来。"

我睡了一天。

晚上，安心回来了，送回了车子。见我还躺在床上，问我今天干什么了，吃晚饭没有。我说连中饭还没吃呢。安心说："怎么了？"我说我浑身疼得做不动饭。安心说："那我给你做，你家有什么？"我蓬头垢面下了床，到厨房拉开冰箱指指点点，告诉她有什么有什么，然后洗了脸回客厅打开电视看。没一会儿，安心居然有模有样地端出了两菜一汤，还蒸了大米饭。虽然那两菜一汤都是利用以前我剩的一些熟食加工的，但我敢说那是我有生以来吃得最香的一顿晚饭。

我也真的饿了，边吃边大叫好吃。我说："安心你将来要是嫁给谁，谁可算是享了福了。"安心说："我谁也不嫁。"我歪着头问为什么，至于那么恨男人吗？安心说："我不恨男人，是男人恨我。我是一只狐狸精，男人跟了我，都要倒霉的。"

我笑了笑，冷不防地说了句："那我倒想试试。"

安心说："昨天你不是已经试了吗？"

我知道她是在说昨天晚上她的那一脚。她那一脚真的好生厉害，让人佩服同时心有余悸。一说昨天她这一脚我差点没注意她是用这种回答的方式，把我的意思巧妙地岔开了。

我也只好岔开话题，问道："哎，你还没回答我呢，你怎么也会跆拳道？"

安心沉默了一会儿，敷衍说："没吃过猪肉，还没见过猪跑吗？整天看你们在那儿'啊嘿啊嘿'地练，这么一踢那么一踹的，还不就那两下子。"

我说："你骗谁呀，跆拳道看着简单练着难，就你昨天那个后摆腿，我练了两个月了也没练出来。你那一腿，没个三年两年，绝对出不了那个'法儿'。是不是咱们道馆哪个教练下了班单给你吃小灶啊？"

安心眼睛看着电视新闻，淡淡一笑，说："我要有那个时间就好了。"

我想也是，她每天打工、上课，从早到晚，不可能有空闲去练什么跆拳道。

我吃完饭，安心帮我洗了碗，然后说："这会儿还有公共汽车，我得早点回去。"

我叫住她："别呀，你没看见我生活都不能自理了吗？你踢坏了我总得负点责任吧。"

她愣了："我还要怎么负责任呀？"

我说："你帮我做几天饭吧，我受伤了营养不能跟不上。"见她没答话，我又跟了一句，算是一种补偿和交换："这几天你可以一直用我的车去上班上课，也能节省你一点挤车的时间。"

她犹豫了一下："你自己不能给自己弄点吃的吗？"

我坚决地说："不能！"

她说："我老住你这儿街坊四邻该说三道四了，我谁也不认识，无所谓，主要对你不好。"

我说："这都什么年月了，谁还有兴趣管你这些呀。住这种单元楼就这个好处，都是关起门来各过各的日子，谁家也不管谁家的事，我都在这儿住了四年了，一个邻居也不认识。大家鸡犬之声相闻老死不相往来。"

她还犹豫。

我笑笑："你是怕我吧？我保证不碰你，行了吧。"

她摇头否认："我不是怕这个。"

我马上跟了一句："真不怕假不怕？"

她也笑了："你敢乱来，我让你再躺半年。"

我说："你要是愿意天天伺候我，我还乐得这么躺着呢。"

她住了嘴，因为再说下去就有点互相打情骂俏的味道了。但她也没再坚持要走。这一天她又住下来了。

她一连住了十多天，每天早出晚归。有时回来得很晚很晚，说是办事去了。不管多晚回来她都帮我收拾屋子、做晚饭，早上还起来帮我做早饭和中午饭。我以前从来不吃早饭的，但有安心陪着，也改了睡懒觉的习惯。开始安心做完饭并不跟我一起吃，总说她已经吃过了，后来在我坚决要求并佯作生气的情况下，才开始和我一起吃早、晚两顿饭。两人在家一起吃饭的感觉很特别，真是有种小两口过日子的味道。白天，我会拄拐杖慢慢走到附近的菜市场去买很多好吃的鸡鸭鱼肉，每天晚上我们都大吃大喝一顿，然后一起看电视、聊天。除了照样各睡各的之外，真的就跟两口子似的，生活得既和谐又快乐。这是在我和女孩子相处的经历中，第一次体会到精神恋爱的美感。

我和安心"同居"的这段日子，对我后来的生活理想和关于幸福的标准，起到了重要的心理开发作用，潜移默化地影响了我对女人、对爱、对性、对家庭的看法和感受。夸张一点说，这段日子是我成长过程中的一座启蒙运动和重要的里程碑，让我向成年人的心态迈进了很大一步。尽管这些我当时并未意识，也并未马上立竿见影地改变我表面上的生活态度与思维习惯。我还是原来的我。但我后来的改变很大程度上就来源于对这段日子的回顾和向往。

和一切美好而不现实的事物一样，这段日子也是短暂的。当它就要结束的那一天，我特别留恋，仿佛觉得它才刚刚开始似的。

这天晚上我们吃完饭、看完电视，要睡觉的时候，安心突然说："杨瑞，我不能再住下去了，明天我就不来了。你要自己照顾自己了。"

她把汽车和家门的钥匙放在了我面前的茶几上。我没有说挽留的话，因为我知道钟宁马上就要从俄罗斯回来了，我也不能再留她。

我一声不响，收起了钥匙，闷闷地说："谢谢你安心，谢谢你这些天照顾我。我很高兴能有这么一段生活，我从来没有过这样的生活。"

安心沉默了一下，看着我，说："像个家，对吗？"

没错，她说得没错，可我没有马上认同，反问她道："你是这样感觉的吗？"

安心移开目光，低头说："这种生活，我以前有过。"

我不解地看着她，心里突然咯噔一下，我脱口问道："你以前……有过男朋友？"

安心抬头，我们目光相视，在我隐隐的感觉上，那是一种告别的目光。她说："别问我的事，听了你会失望的。"

我想听，我真想听到关于安心的故事。也许她的目光让我心里产生了一种结束的预示，也许这种预示让我突然变得宽宏大量，让我不在乎安心到底有什么缺点和经历，哪怕她过去确实有过男朋友，哪怕她其实早已不是处女，我都会像现在一样喜欢她。也许我早该想到，像她这样美貌的女孩儿，怎么可能从未被男人追求过，怎么可能从未有过或长或短的一段恋情，甚至，怎么可能在男人的追逐中从未开苞完完整整地留着给我？但是，我想过，她不管是什么样，不管过去她发生过什么，她在我心目中永远都是纯洁的。一个女孩儿是否纯洁应该取决于她的个性和心灵，而不取决于她的历史。

五

那个晚上我们彻夜不眠，杯子里的茶早已冷却，而小客厅里的灯光却依然温暖。我们都坐在地毯上，靠着沙发，相隔之近几乎能听到彼此的心跳，可安心娓娓道来的声音，又仿佛非常非常的空灵和遥远。

也许我并没有真正爱上安心，也许我对她已经爱得太深，当她说出与她相爱的另一个男人时，我没有失望、没有反感，我在内心里冷静地接受并端详了这个陌生的男人。

他名叫张铁军，岁数比我大，在两年半前他爱上安心的时候就已经二十七岁。他毕业于著名的云南大学，是学新闻的，毕业后分到了云南广屏市的市委宣传部，在新闻处当干事。他的老家就在广屏。他的父亲是广屏师专的校长，母亲是广屏市妇联的秘书长，也算是一个不大不小的政界人物。而他爸爸任职的广屏师专，由省里和广屏合办，是广屏仅有的三所国家承认的大专院校之一。因此可以说，张家在广屏，算得上是个显赫之家。

张铁军自己，也不是一般人物。他和电台、电视台，和报社的人都熟得很。在广屏，张铁军干什么事都挺方便。

这样一个有背景、有权势、有学历……按安心的说法，也有能力的青年，爱上了从偏远山区清绵来的女孩安心。

安心在上中学的时候参加了保山地区体校的跆拳道运动队，曾代表保山参加了全省的跆拳道锦标赛，为地区拿过一枚品势赛的金牌。并且因为这个特长，早上了一年大学，在她十七岁那年通过全国统一高考之后，被广屏师专体育系抢先接收。她和张铁军相识是因为铁军的父亲重病住院，那时正值安心在广屏师专的最后一个寒假，学校里的学生会组织没有离校的学生轮班陪护，她在病床前认识了这位校长的公子。在所有陪护的学生中，让铁军的母亲最为满意的，就是安心。关于这一点我绝对深信不疑，安心确实是个很会照顾人的女孩儿。或许是铁军的母亲第一眼就相中了这个勤快、朴实而且美貌的女生，在铁军父亲病危之后，她就请求学生会安排安心固定陪护。整整二十天，安心吃住都在医院，和铁军母子一道，为这位老校长送了终。丧事刚刚办完，喜事接踵而来，铁军和安心正式确定了恋爱的关系。铁军对安心原本就有意，但还是托了母亲的大媒，由母亲正式出面撮合。虽然学校明文规定学生不准谈恋爱，但继任的校领导都是铁军父亲的老部下，对这一段金玉良缘，私下里都很支持。只是闪了一大帮像我现在一样为安心害着相思病的愚蠢的男生。谁都没有想到这位全校最出众的女孩儿，这么快就名花有主了，而且还是个谁都惹不起的主家。

这位张铁军长得是个什么样子？他英俊吗？这是我最关心的问题之一。这当然出于一种非常正常的心理。因为人人都会控制不住自己某一时刻的低级幼稚，譬如喜欢和情敌做出种种对比，喜欢以己之长攻彼之短并以此为快。好在安心倒很坦率，对张铁军的评价直言不讳："他不英俊，一般人。"虽然她如此说，但我仍想知道得更详细："他有多高？"我问的时候故意东张西望，做出漫不经心的样子，像是有口无心随便问的，安心笑了。"比你矮半头呢，"她说，"而且挺胖的。"

　　好，我心里稍稍好受了一些，在想象中把这位张铁军归纳为一个矮矮的胖墩儿。后来我在安心那里见到过他的照片，那是与安心的一张合影。不知道是不是摄影师把他照得太好了，比我恶意的想象要好得多，很正派的样子，国家干部式的表情和气质，配以款式过时的西服，总体感觉还比较忠厚。

　　可安心和他在一起太显小了，在我看来，他们俩一点儿都不般配。

　　我问安心："你真爱他吗？"这是我最希望她说真话也最怕她说真话的一个提问。对这个提问安心很长时间都没做过正面的回答。从世俗的眼光看，张铁军这样的家庭，对安心这种从边远山区走出来的女孩子来说，是一个理想的归宿。在现实的生活中，能这样一步到位地进入大城市中的主流社会也就够了。至于爱情，爱情是可以慢慢培养的。那种一见钟情的爱都是短暂的，短暂的东西都不免虚无，不去追求也罢。

　　这个夜晚对我来说是非常重要的，不仅因为安心以非同寻常的信任，向我讲述了她和别人的爱情，而且，正是这个倾心交谈的夜晚，把我对这个女孩儿的暗恋从幻想推向了现实。与安心促膝而坐的记忆是非常温暖的，很多细节我至今历历在目。当天色将将透亮，窗户上有了薄薄一层雾状的晨光时，我轻轻地吻了安心。我吻了她的手，她没有躲闪，也没有回应。

我问："你真爱他吗？"

她默不作声。

在度过了这个不眠之夜以后，我和安心的关系，似乎有了某种微妙的转折。互相倾诉自己的过去，能很快使彼此心心相印。我又恢复了中断一时的会计课程，以便每天用车往返接送安心。我们之间越来越无话不谈，话题越来越无边无际。我也向她讲述了我从上中学开始就层出不穷的罗曼史，那些跟我好过的女孩儿在我印象中大都早已面目不清，但我一律把她们描绘成或传统或新潮的绝世美人，各有羞花闭月之韵。我唯独没提钟宁，我还没有下定决心把我和钟宁的关系和盘托出。

我们的话题更多的，还是关于那位张铁军。我当然希望更透彻地了解他究竟是何人等——他很有才华吗？脾气好吗？对女人忠诚吗？用我的话就是：花不花？还有他的母亲，那位本身也是领导干部的校长遗孀，是一个和蔼可亲、很好相处的长辈吗？

安心并不隐瞒她对铁军的评价：他有能力，在单位里很受器重；在社会上也颇吃得开；人很诚实、内向，喜怒哀乐都不挂在脸上。安心觉得男人就该如此，男人就应该是成熟和深藏不露的。在她的描述中，这位张铁军似乎满身上下都堆砌着优点和男性的魅力。他有没有缺点呢？我发现我真正感兴趣的其实是他的缺点。"缺点嘛，也有，没有缺点还叫人吗？"安心说，"他有点小心眼。心胸狭窄、气量不大。当然，有些事是我做得不对，也不能怪他。"

我问："你那么不能容忍男人的气量狭窄？"

她答："那也不一定，那要看是什么事了。"

我问："你最不能容忍什么事儿？"

她想了想，答："撒谎，我最不能容忍的事，就是男人撒谎。"

我不再问下去，这时我的脸上已经有点发热，我甚至疑心安心对我和钟宁的关系早已洞悉无余。

我顾左右而言他："什么时候他来北京，你让我见见他。"

安心问："谁？"

我说："你的那位张铁军啊。他来北京看过你吗，他知道你在北京这么艰苦吗？"

安心的目光从我的脸上移开，沉默了一会儿，说："我们分开了，他不要我了。"

我一愣，有点意外："是吗？是你不要他了吧！"

安心摇头，眼里突然有了一些闪亮的泪水，这个话题随即到此为止。她说："我不想说这个了，咱们说点别的吧。"

她的这个表情让我似乎明白了一切，让我马上猜想到她之所以孤身一人跑到北京来，说不定就是因为刚刚经历了一场失败的恋爱。

从这时起，我不再主动谈起关于张铁军的任何事。每个人都有自己的伤疤，更何况安心看上去是那样一个柔弱的女孩儿。你要是爱这个女孩儿就应该保护她身上的每一寸肌肤，也包括那些还在流血或者已经愈合的伤疤。

但是第二天安心就仿佛好了伤疤忘了疼，她照旧和我聊起铁军，事无巨细地说起她和铁军在一起时的种种生活情态，和一些有意思的事情。在我面前，她甚至并不隐讳对铁军的怀念，言语之间，眉目之间，看得出来的。她说铁军一直对她很好。她在上学的时候每个周末和周日都要去铁军家吃饭，铁军的母亲也很喜欢她，像女儿一样视如己出。在她毕业之后，为了能让她留在广屏，铁军的母亲四处奔走，托了好多关系。虽然安心最终还是没能如愿留在广屏，但铁军母子确是倾尽全力了。也许他们托人没托到点子上，也许铁军的父亲在位不在位还是不一样的，人情冷暖，世态炎凉，这个社会现实极了。安心后来还是被分到了谁都不想去的边境城市南德。

她被分到了南德一所中学当体育教师。

这是一九九八年的事情，那一年教委下了通知，要求各地要保证分到老少边穷地区的毕业生按时到位，对拒不服从分配的，要严肃处理，直至取消学历。在这个大形势下，铁军母子虽然继续进行各方面的疏通努力，但安心还是得打起行囊，到南德那个初创的中学报到。

我在北京的矿业大学当学生的时候，就知道有南德这个地方。这地方不仅在云南及其周边的省份，就是在北方，也被许多人听得耳熟能详。南德并没有什么特别的物产和特别的名胜，它的出名——在当地人说来颇有些让他们脸红——是因为一种植物，那植物便是著名的罂粟。南德本身不产罂粟，但它是距离世界罂粟最大产区金三角最近的一座中国城市。这个城市被终年苍郁的南勐山三面环抱，一条清清浅浅的南勐河从这城市的边缘无声地流过，然后穿越南勐山谷，往怒江方向寻源而去。这山环水抱的城市有着和罂粟花一样的天然之美，美的外表下也潜藏着众所周知的罪恶。南德，以这样无法躲避的地理位置，首当其冲地成了毒品交易转运的一个有名的据点。

我曾经笑着问过安心："你没近水楼台先吸两口？"安心也笑，笑完却不让我笑："你别笑，连我们学校的学生都有不少吸的呢，我不骗你！"

我想，安心确实够倒霉的，怎么不偏不正就分到了这么个不吉利的地方。

南德距广屏有四百多公里。铁军每个月都要乘火车来往于两地之间，与安心相聚。偶尔安心能请下假来，也回一趟广屏，当然有时还要回清绵，看看她的父母。安心的教研室主任，也是安心的顶头上司，姓潘，是一位年近半百的老体育教师，对她很照顾。虽然体育教师人少课多，但安心在南德工作的头半年，就被准假回了三次广屏，还回了一次清绵。

在我听来，安心和铁军的这一段情缘，因为相隔两地，需要在铁路上辗转往来，倒反而显得缠绵动人起来。情感的积蓄总是离不开守候和牵挂，以及离别和重逢。他们的这段经历加倍地诱惑我想要知道，究竟是什么原因，导致了他们最后的背离。是性格不合、话不投机，还是不堪忍受长期的两地分居，抑或是戏剧性地出了个"第三者"，引发了情感上的危机？

关于"第三者"的话题，是我一向比较回避的。尽管我和钟宁之间，还算不上订了终身，但我和安心的交往对钟宁来说，算不算是第三者插足呢？单从我的外表看，也许这两个女人都以为我是挺纯的那种男孩儿，大概她们都想不到，在我的身边还有另外一位女人。

和安心的交往越深，秘密就越难遮掩，起码跆拳道馆的教练和学员，已经有人看出些端倪。还有那个夜里看门的张大爷，平常也有些闲言碎语，而且格外不巧的是，我和安心第一次发生那种关系，就被这老家伙给撞上了。

那日我送安心下课回体校，天不算太晚，我就到她的小屋里坐着闲聊。她那屋子是个临时性的砖式建筑，小得只能放下一张窄窄的床铺，我们就脱鞋上了床并肩靠在墙上开聊。我们的话题更多地已经不是对过去的回顾，而是对未来的展望。那天晚上我们都兴致勃勃地问了对方未来最渴望得到的东西。我先说了我，我说我最渴望得到一个我爱的人。安心说那我和你正相反，我最渴望得到一个爱我的人。我们彼此公布了自己的渴望，之后不约而同地陷入了沉默。这时我拥抱了安心。我紧紧地拥抱着她，我在她耳边唉唉低语，我说我就是那个爱你的人。安心流了泪。这是安心第一次让我这样拥抱她。她也抱了我。她在我怀里泣不成声。我不知道她以前到底有过多么深痛的创伤，但她的泪水还是让我万分激动。

就在那个晚上我们终于融为一体，这是我很久以来始终未能实现的渴望，那等待已久的饥渴让我变得倍加疯狂。我的力气和喘息大概像只第一次厮杀的幼兽，我真想将怀里那个柔弱的身体用力挤碎。安心的表现则很克制，克制得几乎过于被动，而且似乎没有明显的高潮。这使我和她的第一次做爱有点儿不够尽兴，完了事仍觉得意犹未尽似的。干这种事我一向喜欢对方的反应强烈，只有双方都全心投入然后产生那种和谐共振的效果才会让我得到最大的满足。

也许，是久蓄的激情使我的高潮来得太快，安心还没有完全进入节奏我就一泄如注了。不过幸亏我们结束得很快，在我喘息未定的时候，就有人敲门。敲门的声音很大，砰砰砰砰像打家劫舍的土匪。

我吓了一跳，安心更是面如土色，她在我身下我能感觉到她心跳的剧烈。她抖动着声音，问道：

"谁？"

门外，是张大爷粗哑的嗓门："安心，电话！"

安心推开我，慌慌张张地坐起来，背向我飞快地穿衣服。这样的收场让我索然无味，也默默地穿起自己的衣服。安心跑出去接电话了。我慢慢地穿上鞋，拿上我的背包，替她关了门。路过黑着灯静无一人的跆拳道馆，走到体校大门口的传达室，我看到安心还在里边打电话。张大爷站在她身后，透过窗户，伸着脖子，审视地，甚至还有些反感地看着我，眼神中的意思是：这么晚了你小子在这儿干什么哪！我没看他，对安心说了句："安心，我走啦。"

安心只顾打她的电话，只用表情匆匆回应了一下。我走出了京师体校的大门。我听到身后张大爷重重的锁门声。

第二天我像往常一样去跆拳道馆参加训练，没有见到安心。训练结束时，教练突然冲我走过来，说："杨瑞你留一下。"我的脸唰地一下子红了，心虚得不行，头上立竿见影地出了一层汗，喉咙发紧但幸亏还保持了镇定。我故作随口无心地问："有事儿吗教练？"教练脸上看不出半点阴晴雨雪，说："有事儿，俱乐部的马经理要找你谈一谈。"

我心里大概有数了，同时把那个值夜班的张大爷恨到了牙根儿上，不用猜也知道准是他这张老臭嘴又去传播了是非。但当我走进俱乐部办公室的时候感到有点意外，那位一向严肃不苟的马经理不但立即起身相迎，而且笑容可掬："来来来，来来来！你就是杨瑞吧，请坐请坐。你大学刚毕业对吧？"

我在那只已经被坐歪了的破沙发上坐下来，丈二和尚摸不着头脑，我问："马经理，找我有事吗？"

马经理答非所问："听说你在你们班练得相当好，你这身材，手长腿长，真是练跆拳道的材料。上次比赛你没参加对吧，太可惜了，参加了准能拿名次，你们教练都跟我说过。"

我说："上次我脚崴了。马经理，您找我有事吗？"

马经理这才言归正传："啊，有这么个事，我听我们这儿的人跟我反映，你有个女朋友是……"

我立即迅速地接了话头："马经理，谁说我有女朋友啊，您是不是听你们这儿人胡说呀……"

马经理眯着眼睛："哎，你不是有个女朋友吗，他们说你女朋友就是……"

我态度坚定地再次打断他："没有，他们肯定是造谣呢，我发现咱们体校有些人没事不好好待着老爱传播是非！"

马经理眨眼皱眉："哟，我还真不止听一个人说的，说你女朋友是什么集团的来着……哦，对，是国宁集团的！"

我一下愣住了，紧接着竟脱口而出："噢，您是说国宁集团的那个呀……"

"对对对，"马经理抱歉地笑笑，"就是国宁集团的这个，我知道国宁集团很有实力的。哎，你帮我打听打听，他们集团有没有兴趣跟咱们俱乐部搞点合作什么的。现在体育也是一个新兴的产业，在中国，体育产业还没有得到充分开发，所以市场前景还很大。一个有眼光的企业家，我相信他是会把他的视线投向体育的！体育搞好了也照样挣大钱，像 NBA 的芝加哥公牛，像足球的红魔曼联……"

噢，原来是为这个。我彻底地松了一口气。窃喜之下，马上表示可以帮忙转达他们的意思，把钟家兄妹请来见个面也不成问题，小事一桩，好说好说，生意不成交个朋友也可以。马经理见我这么大包大揽拍胸脯，激动地上来直握我的手，说了好多"发展体育事业，增强人民体质"之伟大之高尚之赚钱之类的话。他百倍客气地把我送出办公室，一直送到体校的大门口，让不少走得晚的教练同学都看得一愣一愣的。

我很快促成了钟宁和她哥哥钟国庆与马经理的会面，会面时马经理又拉上了区里的体委主任副主任等政府官员。会面的气氛和结果比我想象得还要好，他们越谈越热乎，越谈越投契，简直有点相见恨晚、一拍即合的劲头。

这次见面是在顺峰酒楼的餐桌上，我作为双方的介绍人也参加了这个饭局。后来他们又谈了几次，我就没再参加了。但我知道协议很快达成，京师体校以土地投资，国宁集团以现金入股，双方成立新的国宁跆拳道俱乐部有限公司。新公司将投资九百万元兴建一座规模宏大的国宁跆拳道馆，据吹那将是全北京乃至全中国乃至全

亚洲最牛 × 的跆拳道馆。

这件事给了我很大的影响，这毕竟是我人生中参与做成的第一件大事，感觉上很不凡，事业心由此受到诱发和鼓舞，觉得像以前那样闲极无聊整日泡吧、追妞、打电脑、玩保龄球的生活，实在是太浪费青春，太没劲儿了。

接下来我在几夜深思未眠之后，一日清晨，推窗看见初升的朝阳，心里油然有种脱胎换骨的感觉。那天上午我找到钟宁主动请缨，向她要事做。钟宁对我的这个变化非常高兴，她一直希望我能做一个事业上有成就的男人，这或许是女人对男人的普遍期待。现在我终于有了事业心，她当然全力支持我，在她哥哥那里一通力荐，很快让我当上了国宁跆拳道馆工程项目的副总指挥，协助项目总指挥学着做一些工程基建方面的业务。钟宁还怕我嫌这差事太苦太累，一再对我晓以大义，告诉我业界凡成大事者，最初都是从一个具体项目的实际过程做起的。

其实我对这个差事这个职务已经很满意了，我已经不是过去那个高傲懒散的家伙。发现新的自我和对过去的反省，使我在投入新的工作时情绪高涨，同时不知不觉地疏远了安心。或许这也是男人的一个通病——在得到女人的肉体之后便会厌倦。在性的方面我对安心的兴趣，也随着好奇心的消失而迅速锐减，见不到安心也不再有那种难熬难耐的期盼和焦灼。

我再次中断了会计班的学习，以工作太忙为由，不再接送安心，甚至，不再去跆拳道馆参加训练。我们的工程指挥部在国宁公司楼内设了两个办公室，我每天在里边忙得四脚朝天。新官上任三把火，副总指挥一呼百诺的体验让我的神经处于一种亢奋状态，对其他东西暂时全都失去了兴趣，况且这个上班的位置也自然使我远离了安心，接近了钟宁。

对我改邪归正最感到欢欣鼓舞的该是刘明浩。我一上任刘明浩就百般热情地黏糊上来，要请我吃饭，想在我这儿拿活儿。饭我吃了，刘明浩的饭不吃白不吃，可活儿没有。我跟刘明浩说："又是空调是不是？国宁矿泉水厂没用你的空调，砸手里了是不是？"刘明浩急眉瞪眼地说："我那空调真不错，美国的主机……"我打断他："空调属于设备，设备还是归集团供应部统一招标采购。我现在不在供应部了，现在我这儿是工程指挥部，我只管土木工程，你怎么早没想着开个建筑公司呀？"

我调侃的微笑尚未收回，刘明浩顺着我的杆子就爬上来了："建筑公司？有啊！龙华建筑装饰工程公司，听说过吗？怎么没听说过，有国家二级资质呢，那就是我的。"

"你的？"我一点都不信，"我从上中学那会儿就认识你了，我怎么从来没听说过您在哪块儿为社会主义大厦垒上糊泥添砖加瓦呀。"

刘明浩笑道："这是我一个哥们儿的公司，我最近入了百分之十的股。现在真是没什么可做的了，做什么都赔钱。人家让我入股也是看我各方面的关系多。你这回无论如何得帮你大哥一次吧。"我眨巴着眼睛，足足地愣了好半天，才说："你丫真是无孔不入啊！"

确实，刘明浩是我的大哥，以前也没少帮我和我们家的忙。现在是我有机会帮他的时候了。于是我又做了一次介绍人，让刘明浩请客，我把我的顶头上司，我们工程指挥部的总指挥边晓军请到了亚洲大酒店三楼的锦江府，在饭间听刘明浩的那位哥们儿，龙华建筑装饰工程公司的老总介绍情况，推销自己。开始没什么，他们说，我们听，偶尔提点问题，全都一本正经。边晓军因为还另有一场应酬，没吃完就先走了。我们几个接着吃，直到酒足饭饱，买单之后，起座之前，龙华建筑公司的那位老总突然拿出一个鼓鼓囊囊的信封，贴着桌子往我的面前这么一推，说了句："谢了啊！"

我从没经历过这样的场面，有点不知所措，我转脸看刘明浩，说："这是什么呀，不用不用，刘明浩我们是老交情了，再说这事还不知道成不成呢。"

那位老总老到地说："生意不成仁义在，咱们就算交个朋友吧。"

刘明浩跟着帮腔："拿着拿着，这没什么客气的，这是这行的规矩。"

我的脸都红了，这是我二十二年的人生中，第一次碰上这种事。这种事虽然早就听得习惯成自然，但第一次碰上了还是有些不自然，拿不拿都很难受似的。我一时不知道说什么，就说："我岁数小，这样挺不好的，算了算了……"

刘明浩说："干建筑这行，开支项目里都有这份钱，反正公司的账目里已经把这份钱开出来了，你不要我们就自己花了。"

刘明浩边说边把那信封拿起来，直接塞在我的背包里。我没再推辞，就说："那好吧，我给我们边总带去。"

龙华的老总说："这是你的，边总那里我们另外有。"

尽管这样说，我在第二天一早还是把这笔高达两万元的回扣放在了我的上司边晓军的办公桌上，算是交公了。边晓军搞基建多年了，对这种事见怪不怪。而且我在他的眼里，是个有来头的小子，所以他一直对我客客气气，所以他连信封都没有拆就淡淡地说：

"不就是回扣吗？你拿着吧。"

当天晚上，钟宁去南京参加她一个姐们儿的婚礼，我去机场送她，路上就跟她说了钱的事。钟宁平静地说："啊，这事儿我已经知道了，老边让你拿着你就拿着吧。"

我说："我刚一上来就这么明目张胆地拿回扣，让下边的人知道了还不都乱来了。"

钟宁笑了，亲了我一下，说："我没看错人，我就喜欢有骨气的男人。这钱你就拿着吧。回扣这种钱，只要是公司批准的就可以拿。"

送走了钟宁，我从机场回到家里。时间还早，无所事事，我打开灯，打开电视，然后慢慢地脱衣服，一边脱一边看电视。电视里正演一部国产的警匪片，不知片名，我从半截看对情节也不甚了了。国产片现在也弄得好人不好坏人不坏了，我光着身子看了半天也没分清是非善恶，终于冷得受不了放弃了那些打打杀杀的场面去卫生间里冲了个热水澡。洗完澡之后擦干身体披着半潮不湿的浴巾看晚报，看了一半想起打开电话的留言录音听。录音里又是安心的声音，她这几天已经来了好几次电话了，我每天回家都太晚所以一直没回。我要回电话就得通过那个值夜班的张大爷，我不想让那个张大爷再去砸明火似的敲安心的门。

安心在录音里的声音显然有点埋怨："杨瑞，你又不在吗？你这几天一直没回家吗，你能抽时间给我回个电话吗？"我咀嚼着她的语气，似乎她在怀疑我其实在家故意不接电话似的，怎么叫"你又不在吗"，我当然不在啦！我犹豫了一会儿，拨了电话给京师体校，结果逃不掉正是那位张大爷接的，大概听出是我了，一开口就没好气，说："安心出去了，不在！"还故意问我："你谁呀？"我说了句："麻烦您了，我再打吧。"便把电话挂了。我想起来安心这个时间正在东城区文化宫上课呢。

我走出家门，开了车，向东城区文化宫开去，心绪有点犹豫不定。仔细想想，其实到现在为止我还是喜欢安心的，但我渐渐开始意识到，那不过是一种少年式的激情。这激情在本质上也许仅仅是一种情欲罢了。从理论上说，这种两性相吸、两情相悦的快感是不可能长久的。也许是这些日子热火朝天的工作经历给了我这个觉醒——对我的事业和未来而言，显然钟宁要比安心更适合我。在男女相爱之初，性的吸引往往是最重要的，压倒一切，而在以后，性往往就变成最不重要的了。安心连续不断地打电话找我也给了我一个隐隐的担忧，我想以后她可别黏上我想甩都甩不掉了。车子开到文化宫，还不到下课的时间。我没有进去，就坐在车里等。下课的时间到了，开始有人陆陆续续地出来，可直到人都走光了，也不见安心的身影。我锁上车门，上去找她。上楼后发现教室的灯已经黑了，楼道里也空无一人。我想了想，决定开车到京师体校再去看看。

晚上车少，从东城区文化宫到京师体校不过两根烟的工夫。体校的路口因为修路被拦掉大半，车进不去，我只好把车停在路边，然后下车徒步往里走。体校的大铁门已经关闭了，我犹豫了一下，还是敲了门，开门也还是那位张大爷，还没容我开口便粗声说："没回来！"我问："您知道她去哪儿了吗？"张大爷板着脸说："不知道。你找她有什么事啊?"我心想你管得着我有什么事吗,我压着火又问:"她这几天一般都几点回来?"张大爷凶狠地答道:"你找她到底有什么事啊?有事明天再说吧,前一阵儿她晚上还经常不回来呢。"我知道他所谓的前一阵儿就是安心在我家照顾我的那段时间。我不再多问,出于礼貌道了谢,便往回走。刚走出沟沟坎坎的路口,还没走到我的汽车跟前,就在抬头侧目的无意之间,看到了安心。

安心站在马路的对面,背向一个无人值守的交通岗亭,她在那岗亭的阴影里正和一个男人窃窃私语。不,确切地说,她正在向这个男人哭泣! ——虽然隔着一条马路,但凭借地面上路灯的反射,我仍然可以毫不吃力地看到她用手背擦泪的动作。我也可以毫不吃力地看到她对面那个男人并不年轻的面孔,看到那面孔上沉闷无奈的表情。

六

虽然我已经知道，我最初想象中的安心，那个纯纯的、简单的、只埋头于打工和深造、对未来充满淳朴梦想的少女，是多么不真实；与现实中的安心、与那个被动人外表包藏着的真正的安心相比，是多么虚幻。但当我在京师体校路口黑暗的角落里，看到那个在安心的哭泣中面色僵滞的男人时，我才真正体会到，最真实的安心，很可能比我已经想象到的还要复杂得多。她不仅过去和那位名叫铁军的男人有过很深的关系，而且现在，她的身边依然会鬼鬼祟祟地出现另一个男人。她实际上是一个历史复杂、面目不清、比我的城府还要深得多的神秘的女孩儿。可笑的是我原来还一直自以为轻轻松松就能把她搞定呢。我发觉和她相比，我才单纯呢。

简直就是傻！

我把车开回了我的家。尽管这一段我对安心早已没有了初始的热情，甚至早已冷静地思考这样的女孩儿对我究竟合不合适，但这个偶然撞见的幽会，仍然让我感到大大的失望和愤恨，内心里有种受骗和受伤的刺痛。我想说不定安心幽会完那个男的还会再给我来电话呢，还会透着委屈埋怨我怎么不搭理她呢。看来我不回电话不搭理她还真是对了，一点儿都没委屈她，她身边那么多男人还有什么资格跟我这儿装委屈！

我仔细回想了那个男人的面容，那嘴脸在昏暗的街灯下看上去得有四五张了吧。安心和这么老的男人傍着，这人要不是个大款我敢磕死！她跟那大款哭什么？是那大款想甩了她？有钱的男人还不都这样，你以为你好看他就能守你一辈子？别做梦了！对那种男人来说，最好的女人就是刚认识的女人，男人图的还不就是"新鲜"二字！

那个晚上安心并没有再来电话。我心里也很不宁静，上了床熄了灯很晚很晚都不能睡去。

第二天早上起来，洗漱之后，上班之前，我一边打领带一边犹豫，等领带打完，我决定还是往京师体校打个电话。我承认我其实很想知道安心总打电话找我是不是对我真有那个意思了。也许过去她对我的进攻不做反响就是因为还傍着那个老家伙，而现在那老家伙终于把她甩了。

安心很快接了电话，还没容我说话便急急地问我，而且果然是一副关切的口气："杨瑞，你这些天上哪儿去了，没出什么事吧？是不是一直就没回家？"

我淡淡地说："啊，工作忙。"

安心说："我给你打了好几个电话呢，你一直不在，我呼你你也没回。"

我说："啊，有事吗？"

安心说："你什么时候有空，来找我一趟好吗？"

我说："什么事，电话里不能说吗？"

安心大概听出我的态度反常的冷淡，她停顿了片刻，也放平了口吻，说："你什么时候方便，我去找你吧。我不会占你太多时间的。"

安心的口气马上变得事务性了，显然不像是谈情说爱的架势。我心里更冷，思考片刻，还是和她约了晚上在文化宫夜校的门口见。挂了电话，我不免有些俗气地想：她不会是刚和我上过一次床就想求我办事吧。

晚上下班前，刘明浩打来电话，他知道钟宁去外地了，所以约我晚上到巴那那夜总会去玩儿，说今天有好几个舞蹈学院的女生也一起去，要是我过去的话就介绍给我认识认识。我因为约了安心，所以就回绝了刘明浩，我笑着说："你那帮朋友太闹，我现在工作累得不行所以下了班就想静一点。舞蹈学院那帮就都留给你自产自销吧，你留神别搞坏了身体就行。"

晚上，估摸着那会计班该下课了，我如约把车开到文化宫，到达时安心已经等在路边，她一声不响上了我的车，我也一声不响把车开了起来。

走了半条街，谁都不说话。我心里挺烦，便先开了口，先说了句无关紧要的话：

"怎么今天下课那么早？"

安心心事重重地应了一声："啊。"

然后我们似乎又没话可说了，好像彼此都陌生了许多。又默默地开了一段车，这种沉默让我感到越来越无趣，于是我有点生硬地再次开口，问道：

　　"你找我有什么事，说吧。"

　　安心依然低头不语，我有些不快地来了一句："我今天晚上还有个约会呢，你到底有没有事啊？"

　　安心对我这么不耐烦显然有些意外，她抬起头来看我，我板着脸看前方，不看她。我听到她说："我没事了，你有事你去忙吧，你把我放在路边就行。"

　　我听出来她是生气了，岂止是生气，更多的是一种失望。我知道我在她面前一向非常注意自己的表现的，我把我能做到的热情、殷勤和耐心都表现在安心的面前了，她还从没见过我会有这么一副冷淡的面孔呢。

　　我没有停车，我知道自己这样对安心不好，让她感觉我变化太大了，不好。我把口气放缓下来。

　　"我这一段太忙了，一直没找你，你是不是生我气了？"

　　"没有。"

　　安心的口气有点言不由衷。我说："我也给你打过电话，也找过你，可你总不在。不信你去问那个张大爷。我昨天晚上还去找你来着。"

　　我的解释听上去还算诚恳，安心的口气果然好多了，说："我知道你忙，我真的不想给你添麻烦……"

　　我接下来再次直问："到底什么事你说好了，能帮忙的我一定帮，帮不了我也会明着告诉你。"

安心把眼睛移向车外，呼吸有些紧张地说："你能借我点钱吗？我有点急用。"

我心里沉了一下，她终于跟我开口要钱了！就像男人们常常说起的那些女人一样。尽管我已经知道安心过去有过一个男人，尽管我在昨天晚上又发现了她还有另一个男人，但今天她开口向我要钱，无论如何还是把我对安心的幻想和好感，砰的一声磕破了。我心里特难受，但我没动声色，问：

"你要多少？"

"三千，行吗？"

我毫不犹豫地说："行，你是想买什么东西，还是想回趟家，还是要交学费？三千够吗？"

安心回避了我的视线，说："我真是万不得已，三千我已经张不开口了。"

我想，昨天，大概她找那个男的，在那个男的面前掉眼泪，也是为了要钱吧。也许那个男的给得不够……

"你什么时候要？"我问。口气已经像在谈生意。

"能快一点吗？我有急用。"她答。

我没有说话，打着方向盘把车往家开。那两万元的回扣还放在家里一动没动呢。

进了家门，我进卧室拉开柜子拿钱，把钱拿出来时看见安心站在客厅里正眼巴巴地等着，连坐都没有坐下来。我把钱递给她。她接过那一沓钱时怀疑地问了一句：

"三千？"

我说："五千。"

她犹豫了一下，没再坚持只要三千。她低了头，说："谢谢你，杨瑞。"

在我把这五千块钱给出去的那一刹那，我心里就有了一种感觉，我感觉我这是在为自己付钱，为我那天晚上在安心的小屋里做的那件事付钱。我感觉这笔钱就像是我们两人之间的一个交易，一个终结。

安心站在我的对面，低着头像做了亏心事似的默默地把钱放进背包里，然后看我一眼，低声说："杨瑞，我想，过几天找个时间，我应该把我的一些事情，告诉你……"

"是关于你和那位张铁军的事吗？"我故意冷冷淡淡地接了她的话。

安心愣了一下："不，不是他的事。"

"是你和另一个男人的事？"我的目光像刀一样，不客气地刺在安心的脸上。

安心也看着我，神情有几分疑惑，有点猜不出我话里的话。她试探着问道："这种事让你讨厌了，对不对？"

我把目光收回来，无所谓地说："看你吧，你愿意告诉我什么，随你的便。"

安心的声音有些抖，一种她竭力想压制的颤抖，她张了半天口，说："杨瑞，我，我还以为，你有兴趣听呢。我一直以为你对我，和别的男人不一样的……"

我也终于忍不住把我的失望发泄出来："安心，我确实很喜欢你，我喜欢你也是因为你和别的女孩儿不一样。可你知道我这人有个毛病，凡是跟我有金钱往来的女孩儿，我就不想跟她再谈别的了。因为我分不清她对我好到底是为了钱还是为了感情。感情这东西必须很纯洁，别跟钱沾上，沾上钱味儿就不对了。"

安心呆若木鸡地听着，我看出她想说什么，想解释或者辩驳，但我最后那句话像根棒子那样打了她一下，有点狠，她面色苍白，说不出一句话来。看她那样我有几分快感，也有几分不忍，有点可怜她。我对安心和对其他女孩儿不知为什么心理上总是不太一样的，总是心太软。她一可怜我心里还是有点疼她，她一可怜我的气就消了。于是我笑了笑，松弛了一下气氛，说：

"好吧，有空咱们一起见个面，还在上次那个嘉陵阁怎么样，你要告诉我什么，我洗耳恭听。"

安心眼里有了点泪花，但没有流下。她也笑了一下，用笑来维持镇定。她平静地说："我会再来找你的，我会把钱还给你的。"

她说了再见，转身开门。我在她身后问了句："你回体校吗？我送你。"

她答了一句"不用"。她答话的时候没有停下，甚至没有再看我一眼。她出了门便把门轻轻地关上，轻得连下楼的脚步声都没让我听见，就这么迅速而无声地消失了。我一个人站在客厅里，觉得我们的分别如此恓惶，让人不敢回望。她走得毫不迟疑，连个流连返顾的背影都没有留下，让人心里空空的，有一种说不清道不明的失落。

那天晚上很晚了我还是开车去了巴那那夜总会，去找刘明浩。这样的夜晚我不想一个人待在家里。我需要嘈杂、我需要刺激、我需要陌生人、我需要酩酊大醉！我去的时候刘明浩和一帮生意上的朋友已经喝高了，身边果然有几个一看就知道是搞舞蹈的女孩子，个个穿一身紧绷绷的衣服亭亭玉立，只是我此时对任何羞花闭月的脸盘和腰如细柳的身段都没有了兴趣。我不理她们，我大口喝酒，我拼命跳舞，迪斯科音乐强烈的撞击让我想吐！

刘明浩跟着我一通狂饮，半醉不醉地扯着嗓子问我："怎么啦今儿，这么没精神，是不是跟钟宁吵架啦，啊？小心人家一脚踹了你！跟你一样漂亮的小伙子有的是。你看看这儿……"他指指四周，"全是漂亮哥儿漂亮姐儿，不稀罕，别太拿自个儿当人！"

我不搭理他，闷声喝酒，脑袋随着迪斯科的节奏来回晃，跟真的吃了咳嗽水摇头丸似的。刘明浩凑到我耳边，又问："要不然，就是和安心闹别扭了？这女孩儿你到底搞定了没有？"

我的头突然停止了摆动，皱着眉愣愣地问："谁？"

"安心，跆拳道俱乐部那个杂工，她到底怎么样啊？"

我不知该说什么，脑袋又继续晃起来，爱搭不理地回答道："咳，就那么回事吧。"

刘明浩笑笑："对，漂亮姐儿有的是，别那么认真。"

没错！就那么回事吧！别那么认真！这的确是刘明浩，也是我，我们这一帮人，对待女孩子的规则。我这些年也就对安心认真来着，这对我来说反倒是怪怪的，可能是当初太投入了吧，心里想把她放下却偏偏放不下。心里恨她、鄙夷她，却偏偏又想她、念她，就跟走火入魔似的。

那天晚上我在巴那那喝多了，之后一连几天头痛欲裂，精神恍惚，魂不守舍，思绪总被安心牵制。我很想再见她一面，哪怕是骂她一顿，让她哭！看她怎么无地自容，也好！

这样在心里发狠发多了，时间一长不免又想她的好，想她的与众不同处，不知不觉又想原谅她。像她这样的女孩子，生活中不止一个男人，在这个时代还算稀罕吗？我过去还和好多女孩儿好过呢，我现在也还瞒着她另有一个钟宁呢。自己都达不到的境界，干吗去要求别人。我想我的气愤可能源自一种约定俗成的观念——很多女孩儿并不喜欢正人君子式的男人，但没有一个男人不希望女人守身如玉的。所以男人花心不值得大惊小怪，女人风流那简直就是放荡淫乱。这观念也统治着我，如果我爱的女孩不重操守那我绝对接受不了，可我要是另有欢情就会对自己比较宽容。

推己及他，这事也就渐渐想通了，一旦想通了，就特想再见到安心。钟宁从南京回来了，带着她的姐们儿和姐们儿的新郎官儿一起回到北京，还准备陪他们到内蒙古大草原度蜜月去。江浙的人一辈子都活得太细致，所以比较向往大草原这种粗莽空旷的地方。可能是受她那位新娘子姐们儿的怂恿，钟宁一见到我就没头没尾地说了句："杨瑞咱们也别老这么傍着了，干脆结婚算了。人家都说男人有个家才会有责任感，我觉得这话特对。"

我开始还以为她也就是这么说说，所以有点爱搭不理，何况我根本就不想这样匆忙地决定终身，对成家过日子也完全没有一点心理准备，甚至对是否选择钟宁过一辈子也还没有彻底拿定主意，尽管她是一个那么有钱的富妞。

我和钟宁打岔："你怎么想起一出是一出呀，你姐们儿是不是恨不得全世界的人都陪着她一块儿办喜事呀。"

钟宁说："喂！人家都是男的向女的求婚，女的还得端端架子拿着劲儿，你怎么反过来还跟我拿劲儿啊。"

我说："咱们岁数这么小，这么早就结婚不是让公司里的人笑话吗？"

钟宁说："人家说男的非得结了婚才算个大人呢，结了婚你就成熟了，省得你像小孩子似的老也长不大。你没听公司里的人都说你像我弟弟吗？"

我一脸厌恶地说："他们那是嫉妒！"

我最讨厌公司里的人说我小，他们实际上就是说凭我这资历要不是靠吃软饭怎么能当上项目经理、副总指挥！钟宁大概也想到这层意思上去了，她老谋深算地一笑，说：

"咱们只有真结了婚，那些人才不会嫉妒了，咱们真结了婚人家也就不议论了。"

我理屈词穷，干脆说："我不想这么早就结婚让你管着，我还想再自由两年呢。"

钟宁怀疑地问："你还要怎么自由啊，你现在是不是还在外面泡妞啊？"

我一愣，连忙用笑来掩饰："没有，没有。"

钟宁把眼一眯，凶神恶煞的目光从眼皮缝里射出来，狠呆呆的声音也从牙缝里挤出来，她说："我告诉你杨瑞，你别以为我什么都不知道，刘明浩什么都跟我说了。"

我后背上的汗咕噔一下就冒出来了，嘴硬道："你听刘明浩胡说八道！"

钟宁见我紧张，越发冷笑。猫玩儿耗子似的点了我一句："好，那我问你，你认识不认识一个叫贝贝的女孩儿？别跟我说不认识啊！"

贝贝？我的心哐的一声又归了位，暗暗喘息了一下，故作愤愤地骂道："刘明浩丫怎么老这么满嘴里涮舌头啊，那是他女朋友的表妹，我们在酒吧里一块儿喝过酒……呃，还出去玩儿过一次，就一次！上次我在'滚石'又见着她了我都没理她。"

钟宁在我脸上观察着，我假装生气的表情没有明显的破绽。她放慢声调，说："杨瑞，你到底爱不爱我，你好像从来没跟我明确表示过。"

我收起一脸的委屈，换成傻笑，想绕开这个尖锐的问题："你们女孩儿怎么都这毛病，就喜欢听那些卿卿我我山盟海誓让人倒牙的话。我以前还一直以为你不像她们那么俗呢。你不想想要是一大老爷们儿整天爱呀爱的挂在嘴边上该有多傻，你真喜欢那种娘娘腔吗？"

钟宁眨巴着眼睛，有点接不上话。她当然也不希望她男朋友的性格举止过于"奶油"，何况她本来就觉得我的长相太阴柔了点。其实我的眉眼秀气但绝不女气，钟宁纯粹是因为看惯了她哥哥的傻大黑粗和冷酷无情，所以看男人的眼光绝对有点走偏。不过我的关于男人的这个说法显然被她接受，她退却下来，说："杨瑞，我对你怎么样，对你老爸怎么样你心里知道。你可别干对不起我的事，别他妈让我抓着！"

我不作声，我讨厌她总是这样居高临下以我和我爸的大恩人自居。对，我承认，你是对我们不错，可你总挂在嘴边就没劲儿了。我毕竟是个男人，男人有男人的自尊。

凭这一点，我就想，还不如跟安心在一块儿好呢。和安心在一块儿我至少还能有点自信，还能有独立感，还能觉得自己是个男的。

第二天我爸打电话找我，让我回趟家。我有很长时间没见着我爸了，所以我一下了班就开车回去了，一进门就闻见屋里飘着炒菜的香味。我爸让我妈伺候了一辈子，我妈一死我爸完全照顾不了自己，每天的生活起居都弄得一塌糊涂。自打我爸每月有了那三千大洋的收入，他就找了个小保姆。那小保姆很会做饭，桌上已经摆了一些精致的凉菜。我到厨房转了一圈，看厨房里有鱼有肉正准备着，我冲我爸笑道："您现在可真是想开了，什么好吃什么。"我爸没笑，挺严肃地问我："你最近是不是又和钟宁闹别扭了，啊？"

我一下明白我爸找我要干什么了，索性皱着眉直问："钟宁说什么了？"

"她说你最近老是对她挺冷淡的，你因为什么呀你？"

"谁对她挺冷淡的呀。"我说，"最近我工作上的事还不够烦的呢，谁能老那么大精神伺候她去！"

我爸循循善诱地说："她虽然是公司的老板，可毕竟是个女孩子，又年轻，今年也不过才二十二岁，你应该关心她体贴她，是不是？虽然你比她也大不了多少，可你是男的，这男的就应该主动照顾女的。我跟你妈在一块儿生活这么多年……"

我打断他的"现身说法"，我说我妈和您在一块儿的时候都是她伺候您！您就别管我的事儿了好不好，我都这么大了。我爸立马戗着嗓嚷："我不管你怎么长大的！你从小干了多少拉屎不擦屁股的事都是我给你擦的！"我不爱跟他吵，躲开他到了客厅，我说："行行行您管吧，我看您能管到什么时候去。"我爸跟过来，说："待会儿钟宁来，你当我面别对人家爱搭不理的，你要是犯浑别怪我不给你留面子。"

我愣了："钟宁也来？您叫她来的？"

我爸理直气壮："对呀，我怎么不能叫她来，这是我给你创造机会把你俩的关系缓和一下。你说你都这么大了你自己这点事儿还得让你爸爸给你操心你像话吗，我要死了你就等着栽跟头去吧！"

我说："钟宁今天不是陪她一个发小儿去内蒙古大草原了吗，又不去啦？"

"去，回头吃完了饭你送她从这儿直接去机场，晚上九点的飞机。"

我冲我爸埋怨："公司有车送他们，您干吗又让我送，您以后别管这些闲事好不好？我今晚还有别的事呢。"

我爸瞪了眼："你小子怎么那么不懂事啊，我花钱搭工夫做一桌子菜让你们来，给你创造机会对钟宁好一点儿，你怎么好赖不知啊！"

我们正在拌嘴，钟宁来了，敲门，我和我爸都住了声。我爸去开门，他和钟宁寒暄时脸上的表情尚未完全自然。钟宁不知是否察觉了，但冲我打招呼挺亲热："杨瑞你是不是又惹你爸生气了？"我说没有，然后不多说话。我爸也冲钟宁亲热："这小子，可浑呢，你就慢慢领教吧。不过杨瑞这孩子心眼儿不错，你要真对他好，他可记在心里呢。这孩子就是不会说让人爱听的话，从小就没学会。我年轻那阵子跟他妈处的时候，那甜言蜜语都是一套一套的，我的这点儿优点他全没传下去。"

钟宁应和着我爸的话，却是故意说给我听的："杨瑞的脾气我知道，我不在乎。男的嘛，多少也得有点儿脾气，要不怎么叫老爷们儿呢。其实我最腻味的，是那些拈花惹草的男的，吃着碗里的看着锅里的还想着灶台上的，见个漂亮女孩儿就想黏糊上去，这种男的女人都烦。"

我爸马上正色道："这点杨瑞不会，这点我还了解，追杨瑞的女孩儿多了，杨瑞对这个还是把得住的。"

钟宁看我一眼，颇有城府地冷笑一下："听见没有，你爸可说你把得住，回头我得检验检验。"

他们一来一往，机锋闪烁，话里话外，笑里藏刀。我低着头往桌上摆菜，死不言声，表情上更是不置可否。钟宁看我可能有点不高兴了，也不再多说。吃饭的时候话题移向天南地北，还说了一些工作上的事——关于我爸抓的国宁大厦的工程进度和关于我抓的国宁跆拳道馆的筹备情况等。一说工作我们的态度不知不觉地严肃正经起来，我和我爸都有点像汇报工作接受指示似的毕恭毕敬，这顿家宴的气氛马上变得不伦不类了。

饭后，我送钟宁去机场。路上，我说了些让钟宁出门在外注意安全，小心感冒着凉之类的体贴话。钟宁这才高兴起来，笑着说："杨瑞，我认识你都一年多了，我发现你要是真懂起事儿来还真挺可爱的。你以后就不能像个大人吗，也知道知道心疼人。"

我没笑，也没回答她的话，手把方向盘，目视前方，说："你早点回来，别让我惦记你。你把你姐们儿他们安排好了让他们在那儿自己玩儿不就得了，人家度蜜月愿意让你在一边跟着吗？"

钟宁笑了："哟哟哟，今儿太阳真是从东边落下去了，真不容易听你跟我说这话。"

确实，这类甜言蜜语我很少跟钟宁说的，所以这几句话效果神奇，一路上钟宁情绪快乐，话比往常多多了。我把钟宁送到机场，看她与她姐们儿一行接上了头，公司已经有人帮他们提前办好了登机牌，我目送他们走向安全门。钟宁回头看我，含情脉脉，我冲她挥手说再见。

从机场出来，我没有回家，在机场高速路上把车子开得几乎飞起来。出了高速路，我把车直接开到了东城区文化宫夜校的门口。十分钟后，我看到了安心。她随着三三两两下课的人群走出文化宫大楼，站在路边想过街去。我用车灯晃她，她转头看了半天才认出是我，犹豫了一下，还是上了车。

一上车，我就看出她的表情很不自然，甚至有些紧张。她第一句话就说："对不起，那笔钱还得过些天……过些天才能还给你，我一定会还的，这你放心。"

我不知说什么好，她当我是来催债的，这让我特别难过，难道我们之间的误解已经如此之深吗！

我沉默了片刻，这片刻沉默代表忏悔。我说："咱们别说那钱了，我就是想见见你，我想你了。"

安心愣了一下，然后低了头，说："哦。"

我问："你想我了吗？"

我侧过头来看着她，白色的路灯把她的脸映得没有一点血色，可那种苍白竟是那样动人的美。那种美让你体味到忧伤和宁静，有时忧伤和宁静比一切激情和奔放都更加摄魂夺魄！

我把声音放轻，连我都没料到声音放轻后会突然变得沙哑，好像不沙哑不足以表达我内心的动情和焦灼。

"你想我了吗？"

我再次问她，可我失望了。安心摇了摇头，说："噢，没有，我这一阵太忙。"

我看着她，良久，我说："可我想你了。"

她轻轻地又摇了一下头："你并不了解我杨瑞，你看到的一切都是不真实的。我不是你想要的那种单纯的女孩儿。我这个人太复杂了，我做过很多很多错事，我生活中有太多太多的麻烦，这都不是你想要的。"

我开动汽车，往我住的地方开去。我们一路都没有再说话。车开到我家楼下，我熄了火，静静地一言不发。

安心开了口："杨瑞……"

我看她。

安心回避了我的注视，目光移回窗外，欲言又止。

"太晚了，我该回去了。"她说，"明天道馆新开一个初级班，我还得早点起来收拾呢。"

我把一只手放在她的手上，我的右手握住了她细细的左手，手心贴着手心，都有些发热。慢慢地，安心的指尖不易察觉地在我的手背上动了动，那是一种特别微妙的沟通，很温情很动人的感觉。那感觉就是：我们彼此吸引，我们都需要对方，我们之间应该有一种激情和感动。我说："安心，你答应过我，要把你的事情告诉我。"我问：

"你想告诉我吗?"

安心转过头来,脸色很平静,平静得几乎看不到任何表情。但她的声音,我听得出来的,包含了原谅和亲近,她轻轻地问道:"你想知道什么?"

我微微地笑了。

我说:"我想知道,你的过去,我想知道你过去的一切。"

七

　　去云南清绵的火车是晚上十一点零五分从北京西站发车的，刘明浩把我送到火车站，一直送到了站台上。

　　钱行的晚饭是在刘明浩的家里吃的，刘明浩的新婚妻子——也就是贝贝的那位表姐——出去看电影一直没回来，所以我们就喝了一瓶说不清真假的五粮液，而且得以满嘴脏话满口酒气地放肆地胡侃。主要是听刘明浩侃北京这帮熟人的新闻，我也侃侃中国人在美国的衣食住行和投机钻营之类。喝得差不多的时候，刘明浩突然起身离座，从他的卧室里拿出一个厚厚的信封，一声不响地放在我的面前。我打开来看，果然和我猜的一样，信封里是钱，是刚刚从银行里取回来尚未打开封条的两万块钱。

　　刘明浩脸红着，不知是因为酒上了头还是因为对他来讲并不常见的局促，仿佛他不是给钱的，而是收钱的。"老弟，你知道我这婚结的，真跟倾家荡产似的，从小地主一下变成贫雇农了。你嫂子可没有贝贝那么一个有钱的爸爸，可她还非得学着贝贝的样子摆谱。也怪我以前跟她吹牛吹大了，她还以为我这公司跟钟国庆的公司一样牛×呢。我们光结婚那顿饭就花了三万……现在拿这两万块钱，我这儿还是亏了。"

我把钱推回去，诚心诚意地说："上次你给我钱我就没要，这次我也不能要，我要这钱没道理的……"

刘明浩把钱又推回来，打断我："这次和上次不一样，这次你不是要去找安心吗，你离开了贝贝你哪儿还有钱。现在你也没工作，你去云南这一路，身上总得揣点儿钱呀。你总不至于再去求钟宁吧。"

我再次把钱推回去，笑笑："钱我还有点儿，哪天要真断顿儿了再找你吧。"

刘明浩低了头，我明白他想说什么，想表示什么，可这话我又不能替他点破。

"杨瑞，"刘明浩把头抬起来，目光却躲着我，"我知道你还没到断顿儿的时候，这就是我的一个心意，现在我心里一想起你来就觉得挺对不住的……"

我笑笑："过去的事儿，我都不想了你还想，算了吧，咱们还是展望未来吧，未来总是美好的。"

我们最后碰了杯，喝干了那点儿剩酒，我祝刘明浩未来多多发财，祝他对他老婆好着点儿，也祝他别让老婆给拿住。他老婆那凶劲儿有点像钟宁。刘明浩祝我一路顺风，祝我一切顺利，祝我早点儿找到安心，然后和安心……该干吗干吗！

我们上了街，街上有风，风的凛冽提醒我现在的北京已是严冬时节。风也让我们知道自己有点醉了。刘明浩吐了，吐在了自己的汽车前。我说："你还行吗，要不我打'的'吧。"刘明浩摇头说没事没事，他还歪歪斜斜地拥抱了我，酒气冲天地说："我的好弟弟，我怎么也得把你送上火车！"

街上华灯溢彩，北京现在真是不错了，夜晚的北京光看灯光显得比洛杉矶还要繁华热闹。北京现在究竟比那帮发达国家差在哪儿呢？论吃、论喝、论玩儿、论买东西、论高楼大厦，哪儿也不差！

这时，我开始想象我要去的那个叫作清绵的地方。那地方究竟是什么样？在彩云之南，大概都是山清水秀、人杰地灵吧！谁说中国没有环境优美的地方，清绵要不是山水灵秀，哪儿能养育出那样美貌的女人！

刘明浩上了车，把发动机轰得特别的响。他开车的动作倒是一点儿看不出醉态，就是话多。他说："我过去还真没想到你丫对女人能这么一根筋，我真服你了杨瑞！"

我说："你不是也收心了吗，要不然干吗结婚。"

刘明浩哈哈大笑："哎呀，我跟你不同，我都比你大了快一轮了，再拖下去，我妈非跟我急了不可。"

我说："过去总怕被哪个女的缠上，其实原来不知道，专心喜欢一个人是另一种感觉，这感觉现在才发现也挺好。专心喜欢一个人，也被一个人专心地喜欢，这感觉是另一个味儿。"

刘明浩调侃地笑着，斜眼看我："什么味儿？"

我想了半天，才扑哧一笑："假五粮液味儿。你丫这不是抬杠吗，味儿还能说得清吗？"

刘明浩说："安心对你，专一吗？她过去不是有好几个男朋友吗，你到底了解她多少？你对她真那么知根知底了吗？"

我没有回答这个问题。

我知道这对我曾经是个问题。

安心，我到底了解你多少？关于你的过去、你的经历、你交往过的男人，我到底知道多少？

我知道的，除了张铁军——那个大学校长的儿子之外，还有一个人，那就是在我去文化宫找到安心表示歉意的那天晚上，她对我说起过的毛杰。

我之所以能准确地记住那个夜晚，是因为那天钟宁陪她姐们儿去了内蒙古，我还到机场为他们送行呢，然后我去找了安心。我把安心带到了我的家里。还是在我的那间小小的、凌乱的客厅，还是背靠沙发，在地毯上促膝而坐，她和我说到了毛杰。

对那位张铁军来说，毛杰是一个第三者。尽管安心并没有使用这个词来形容她和毛杰的关系，但很显然，毛杰是安心的一个情人。

我没有看到毛杰的相片，安心说她没有毛杰的相片，但她说他很高，很帅。也许正是这一点，使他在张铁军的身影下，显出了光彩。

安心第一次见到毛杰是在南德的一个深夜，那天她在学校有事走得很晚，肚子饿了，于是在回宿舍的路上走进一家小吃店坐下来吃东西。那小吃店里有几个男的喝多了，见有单身女孩儿进来便上来废话。一个矮壮的男人问她是不是唱歌的某某某，安心说："你认错人了，我不是唱歌的。"其他几个男人马上起哄，说："你摆什么架子呀，不就是一个唱歌的吗，有什么不敢承认的呀。"安心不理他们，低头吃一份热汤米线。矮壮男人索性挨着她坐下来嬉皮笑脸，说：妹妹，唱一个吧唱一个吧，哥哥我付钱。他的脸离安心近得有点不成体统了，嘴里酒气冲天。安心低头吃米线，目不斜视，那人竟弯下身来看安心的脸，还评论，说皮肤还捂得真白。他的同伙哈哈大笑。店里的伙计都躲远了，不敢出来，除了在这店里吃饭的另一位顾客，没人敢多管闲事。

那位顾客是个二十来岁的小伙子，这时居然挺身而出，他说："喂，你们不要欺负人啊，欺负一个小姑娘算什么本事！"

几个恶汉都愣了，愣了片刻看清了形势：对方孤身一人势单力薄，居然敢玩儿英雄救美。那矮壮汉子绰起一瓶喝了一半的啤酒扔过去，那小伙子低头一躲，没躲彻底，让瓶底捎了头皮的边，酒瓶在墙上砰一声炸碎了，这个声响和小伙子头上涌出的鲜血把安心从椅子上拉了起来。她本来是不想跟这几个醉鬼纠缠不清的，她本想赶快再吃几口赶快回宿舍算了，这下她走不了了，因为有一个见义勇为的旁观者为她挂了彩，她不能不同仇敌忾，不能像个没事人似的走开。

这个见义勇为的小伙子就是毛杰。

毛杰的不平则鸣转移了醉鬼们的注意力，他们把撒酒疯的目标转向了毛杰，他们和毛杰打起来了。其实安心要是作为一个普通女孩儿这时候乘机逃跑也是正常的，算是被救嘛，可她没跑。在几秒钟之后毛杰和那几个闹事的醉鬼都知道了她原来是一个跆拳道高手！

那个场面我没有看到，从安心简单的描述中做镜头式的推想，大概有点像一个港台打斗片的画面。因为我是领教过安心那旋风式的后摆腿的，所以知道她不是吹牛。那后摆腿的厉害已被我后来的印象不断地夸大，有如一道霹雳闪电那样出神入化。那几个男人本来就醉了，当然不堪一击，三下两下即被打翻在地，个别试图挣扎反扑、充硬汉、不服气的就又挨了一下。

小吃店的老板和帮工们，还有那位路见不平的毛杰，都看呆了。而毛杰，也许就在那一瞬间爱上了安心。这本来是一个挺俗的故事，只不过"英雄救美"的情节到最后变成了"美救英雄"，而"美救英雄"是比较少见的。

接下来应该发生的事就是安心要送毛杰去医院，但毛杰不去，他要求安心送他回家，他家就在附近。这和安心某夜与我之间发生的情节有些区别，我被安心打伤后是先去了医院然后才让她送我回家的。

安心去了毛杰家，到毛杰家后帮他做了头部包扎。毛杰一脸是血让安心看了脚软，但洗去血迹后发现幸好伤口不深，情况没有想象的那么严重。

毛杰的家是一幢独立的院落，这种"三间四耳倒八尺"的院子在南德是一种富裕的象征。但毛杰家内部的陈设，在安心看来，则多少有点穷人乍富的堆砌，杂乱无章，缺乏协调感，看得出有钱也看得出没文化。毛杰说他父母都是做生意的，哥哥在外边也是做生意的。他自己高中毕业没找工作，在家已闲晃了三年，有时也帮父母跑跑生意，生活挺无聊的。虽是初次见面，毛杰就毫不见外地把自己小时候的各种照片拿出来给安心看。安心挺有兴趣地看了，看得出他小时候家里很穷，从照片上的衣着打扮和家居变迁上可以发现，毛杰家境的明显改善是在他上高中以后，也就是这几年的光景。毛杰也是这几年才长开了，越长越英俊了，所以他的照片也集中在这几年。安心一边翻相册一边劝毛杰还是应该找个正经职业，或者趁年轻赶快学点什么，别把青春荒废了。毛杰点头说对，他也是这么想的。

毛杰的父母已经睡了，他的哥哥一直不在家住，偌大的一个院子，大小十来间房子，只有他和安心两个人哝哝低语。这夜晚因此而显得很温存，也很宁静。这种宁静让安心感到很舒服，她对毛杰有了好感。这也许是任何一个像安心这样年龄的女孩都无法例外的反应——在她的生活中不期然地出现一个英俊少年，那少年为她挺身而出，这种故事虽然很俗却能开启所有女孩深藏于心的某些幻想。所以，当安心为毛杰包扎好伤口以后并没有急着要走，她坐下来看毛杰的相册，还喝了毛杰为她沏的一杯据说是可以安神压惊的牛奶，而且，当她最后终于起身告辞要走，毛杰坚持要送她回家的时候，她没有拒绝。

毛杰的家和安心的宿舍都在南德市区的北面，但东西相隔，步行也要半个多小时的路程。他们两人沿着南德潮湿无人的街道边走边聊，话题轻松愉快。毛杰个性内向，看上去不善言谈，但他对安心的表情始终兴奋而专注，这让安心感到快乐。这或许是因为铁军不在她身边的缘故。她在这儿没有家，没有一个亲人，甚至，没有一个同龄的朋友。在南德，她过的是一种清苦和寂寞的单身生活。年轻人之间的话题总是浪漫而高远的，他们走在流淌着脏水的街巷里，谈论着个人的理想和人类的未来。他们互相询问了对方的人生向往，也通报了自己的奋斗目标。他们甚至都想影响对方，仿佛两人已是一对彼此都很重要的朋友。安心知道这感觉有点荒唐，他们不过是刚刚相识，但她没有纠正和中止这份美妙的感觉在他们之间的蔓延。

安心首先发表了自己对未来的设计，那设计看起来每一样内容都很现实，但加在一起就不免显得贪大求全了。她说她计划先在基层干上几年，多积累点实践经验，然后再去读书，读研究生。然后，有一个温馨的家庭。然后，有一个孩子，最好是个女孩儿。还有，再好好练练跆拳道。最好趁着年轻再拿个全省冠军或者进入全国的前十名什么的，到老了把金牌拿出来看看，对自己是个安慰，对后代是个炫耀。安心想要干的事情太多了，一个女人要是真能把上述目标都实现了，那简直太壮观太不堪重负了。比如光生孩子这一件事，说不定就能把一个女人全部缠住，让你干不了别的也没心思再去干别的。孩子一旦出世，对女人来说就会变成她生命的主体，压倒一切。孩子几乎会使女人省略掉自己。当然，这一点对那些尚未生育的女人来说，通常是难以预见的，安心也不例外。

而毛杰对未来的理想却极其简单，那就是：有钱！他相信自己今后一定能挣到大钱！安心想启发引导他一下："钱固然重要，但钱能代替你的全部快乐吗？你没有事业心吗？不需要成就感吗？不需要美好的爱情吗？"毛杰很严肃，雄辩地说："需要！事业、成就、爱情，我都需要，但要得到这些就必须有钱，有了钱你就可以自由地选择一切。"毛杰说他讨厌整天为了生活而四处奔波而愁眉苦脸的样子。

安心觉得毛杰的逻辑有点乱：没有事业、没有成就，怎么会有钱？事业、成就对钱并不排斥，相反，是挣钱的条件。她揣摩毛杰大概向往的是那种一夜暴富的现象。这也难怪，社会上这种现象并不少见，包括南德这种小地方。这里紧邻鸦片天国金三角，一向是数以万吨的毒品流向内地和海外的"黄金通道"。"是的，贩毒最能挣钱，一本万利，不需要本事，只要有胆！你干吗?!"

安心用这个最极端的比喻把毛杰问愣了，他愣了半天终于诡笑一下，对安心耳语般地说道：

"你要我干吗？你要我干我就干！为了你我不怕冒险！"

这回是安心愣住了，毛杰的声音、表情，当然已经超过了寻常友情的范围，有点暧昧的味道了。她故作迟钝地笑笑，说："为我干什么，你挣钱应该是为了你自己，为了你的爸爸妈妈，你说对吗？"

毛杰还是笑笑，然后低头走路，不做回答。

他先前的话语，他后来的沉默，安心听得出来的，那是一种求爱。她也小心起来，有意识地停止了热烈的讨论。他们听着自己在夜间的街道上踏出的清晰的脚步声，像在心里继续交谈似的。安心觉得有个同龄的朋友，有个能彼此交谈的朋友真好，感觉很单纯的。从安心后来向我的叙述中我能想象，在那个边境的小城，最平静的月光之下，默默地走着一对青春洋溢的年轻人，那脚步声既迷茫又空灵，有点像他们那时的心情。

他们走到了安心的宿舍。

安心的宿舍是单位分的，那地方我后来去看过，就在南勐河畔那一大片高高低低的吊脚楼里。吊脚楼在云南最早是壮族的经典宅居，因为依水而筑，所以用长长的木柱支撑居住平台以防潮湿。用我们北方人的想象来看，住在上面大有空中楼阁水上亭台的快感。不过我没住过。从安心的介绍中我知道，那片吊脚楼是二十世纪六十年代建的，已不是传统的竹木结构，代之以砖石鳞瓦，外观上有些"解放"感，屋里刷灰抹白，也易于进行现代装修。安心那间宿舍虽然只有十余米见方，但推窗便是清澈的南勐之水，可以看到水上竹筏款款来去和对岸像晚霞一样燃烧着的木棉树。远处，时常会传来隐约的鼓声，安心说她一直分不清那究竟是德昂家的水鼓还是傣家的象脚鼓。有时那鼓声传来时河面上会有雾气缥缈，把远近的一切涂抹得影影绰绰……如果你没有亲临其境的话，千万不要去想象，因为那声音那景致肯定比你所能想象到的感觉要动人得多。

安心把毛杰带到宿舍时，已是夜里四点钟了，从礼貌上讲，她应该让他进屋休息一下，喝口水再走。毛杰就进了屋。安心为他倒了水，他没喝，四下看这间屋子。一个单身女孩布置出来的种种温馨的小情调，让这男孩有几分神往。每一样女孩子特有的小摆设小物件，对毛杰似乎都是一种撩拨。终于，在进了屋子的几分钟之后，他抱了安心。他喘着气喃喃地在她的耳边说出这样一句话来：

"你跟我好了吧，我保证让你过最好的生活！"

多年以后，安心向我说到这个晚上，她说这个晚上对她来说是个无可挽回的错误，她说也许那一阵她太需要什么了。她需要什么呢？一个女孩儿独自一人在一个陌生的小城，每天上班、下班，回宿舍看书。除了一个月铁军能从很远的广屏赶过来看她一眼，在这吊脚楼上和她亲热两天，之后她依然得自己守着这份孤独。一个花一样的女孩儿，她需要的东西其实太多了。我可以理解她那时的状态。她和毛杰发生那种事并没让我反感，并没让我不能接受。

从那以后，他们之间的情形对安心来说有点麻烦了，毛杰几乎天天晚上要到这吊脚楼上来找安心。可能是事过境迁的缘故，在两年后安心跟我谈到这事的时候非常坦白，她并不隐讳地承认她和毛杰又做过两次，但心里的矛盾和自责越来越强烈了。她不想再这样和毛杰偷偷摸摸地厮混下去。特别是每当铁军带着他母亲亲手做的各种有营养的食物跨越数百里过来看她的时候，她更会有挥之不去的负罪感。她把铁军和毛杰做过比较，铁军的外形远远不如毛杰那么帅气，也没有毛杰那种野性的激情。但他稳重、专一、思想成熟，从个人经历到文化修养都和安心更加相配。在理智占据上风之后，安心决定早点和毛杰分手，该结束的要让它尽快结束。

还没等她想好怎么开口的时候，毛杰自己先开了口。他那天很晚了跑到安心的宿舍，想干那事，安心拒绝。她说："毛杰，咱们别再这样了，这样下去不是个办法，对谁都不好。"

毛杰正抱住安心上下其手，听她此言便停了下来，一言不发地看她。安心正想说下去，他厉声打断了她：

"那好，我们结婚好了，我娶你！"

安心看着毛杰那张脸，那张脸真好看。她知道他对她是真心的。她想和他分手但不想伤害他，她不想说咱们不合适，你连大学都没上过；她不想说南德这地方我待不长，我不能在这儿找对象……她不想说任何有可能刺伤毛杰的话，她只能用坦白这一招，她向毛杰坦白了自己。

她说："毛杰，我有一个男朋友的，我们都订婚了……"

她本想详细说说她和铁军的关系，以及和铁军家庭的关系，但她刚说完这一句毛杰的脸色就变了。甚至，安心没想到的，他目瞪口呆地愣了半天，突然在安心刚要继续说下去的时候喊了一声："别说了！"接下来他跳下床，一摔门就走掉了！

他的这个反应把安心吓了一跳，也正是这个激烈的反应，让安心心里充满了歉疚。这下让她再次体会到毛杰对她是认真的。是她欺骗了他，伤害了他，尽管当初是毛杰主动。

后来，她想给毛杰打个电话，或者给他写封信，但她不知道写些什么，也不敢面对和毛杰通话的尴尬。她以为毛杰生气了也就不再理她了，不再找她了。这样也好，就让他恨她一辈子吧，她也知道谁恨谁一辈子都是不可能的。时间是最强力的消化剂，可将一切刻骨铭心之事化解为无。

就这样安心度过了一段自我谴责良心不安的日子，内心受了些折磨，有几天茶饭不思。中国人本来是最缺乏忏悔精神的，因为忏悔是西方宗教原罪说的产物，中国人不承认原罪，所以不需要忏悔。但她真诚地忏悔了。她只是忏悔而已，并不是为与毛杰分手而后悔，因为她知道她必须、只能，做出这样的选择。

两个星期以后她渐渐平静了，心里不再像以前那么难受，她以为一切都已成为往事。可就在这时，毛杰又来了。那一日天色很晚他敲开了安心的门，一进屋就把安心紧紧抱住了。他说："安心，你跟我走吧，我有钱，我可以养你一辈子！你把你那个工作辞了，我们可以离开这个地方的。"

安心让他抱了一会儿，这一会儿代表了她对毛杰的未及表达的歉意。但她说："毛杰，我不想辞职。我和你不一样，我是把事业放在第一位的。如果不是为了事业，我也不会到南德这个小城市来。"

毛杰松开了她，他听出安心的语气是严肃的、深思熟虑的、不可更改和不容置疑的。他铁青了脸，喘着粗气，说："我还以为，你在乎我！"

安心想解释，她想该和毛杰好好谈谈，哪怕自己认错，求他原谅。她搬过椅子，想拉他坐下来，还未开口，毛杰突然粗暴地把她的手甩开了，他全身都在哆嗦，声音也控制不住地哆嗦。

"我还以为……你在乎我！"

他不容安心解释和道歉，摔了门，又跑了，从那以后，他不再来找安心了。但当时他这一跑，安心不知怎么竟哭了，因为毛杰毕竟给这间小屋带来过温暖，带来过快乐。

这就是在钟宁去内蒙古大草原陪别人度蜜月的那个晚上，安心向我讲述的关于她生命中出现过的另一个男孩儿的故事。这故事并没什么特别，但它的结尾却让我有些莫名其妙的遗憾，我甚至有一点同情那个倒霉而且无辜的毛杰，尽管我和他没有半点相近之处，但在我的下意识里，不知为什么觉得那个小子有点像我。

八

当时我还不知道这个故事其实远远没有结束，因为在说到毛杰离去的情节时安心中止了叙述。她长久地沉默，情绪低沉，我只好转移话题，并且试图用什么方法重新振奋她的心情。

"喝点咖啡吗？我去煮。"我说。

"我来吧。"安心替我站起来，到厨房去了。像是要逃避开这间灯光暗暗的客厅，这客厅里充满了过于伤感的回忆。安心在我这儿住过将近半个月，每天为我烧水做饭，对怎么煮咖啡显得比我还熟。

我进了厨房，帮她洗咖啡壶咖啡杯，我们谁都不说话，只有哗哗的水声和电咖啡炉发出的咝咝声。安心煮上咖啡，接过我手里正洗着的一只杯子，说：

"我来洗吧，有人敲门。"

我放下杯子，看看表，已经十点多钟了，谁会来呢？我走出厨房，穿过客厅，打开房门。楼道里的灯黑着，但我看到门前果然站着一个人，我问："谁呀？"门外的人却几乎在我发问的同时，没等我允许就一步跨了进来。

"我呀！"

我像见了鬼似的脑袋涨大、口唇发麻、两腿僵硬，身上一下子冒出汗来。

"……钟宁？"

一点没错，确实是钟宁！

钟宁得意地笑着，上来就提了一下我的耳朵："我敲半天门了，怎么才听见！没想到是我吧！我一猜你就想不到！"

我僵硬地堵在门口，几乎忘记让路："你不是……不是去内蒙古了吗？飞机误点了？"

我几乎要怀疑这个钟宁是不是真的，两个小时以前，我明明把她送到了机场，明明看着她和她的姐们儿夫妻俩有说有笑地走进了检票口。真正的钟宁此时应该还在天上，或者，刚刚降落在呼和浩特郊外的机场。

钟宁一本正经地说："你不是让我早点回来吗？我这不是听你的早点回来了！"

她见我还愣着，才扑哧一笑，又说："我根本就没上飞机，在机场打了个电话给内蒙古我们那个客户，让他全陪了。我跟机场的人说我有急事走不了了，航空公司的人还能非把我架到飞机上不可呀！顶多不退票了呗。怎么啦，我这可是废了机票牺牲了我最铁最铁的发小儿就为了回来陪你的，你怎么好像还不高兴似的！"

钟宁看着我脸上的那份惊呆，得意忘形地把手上的提包往沙发上一扔，双臂环绕在我的脖子上，整个身体一吊，便悬了空。她笑着命令道：

"把我抱进去！"

她重重地吊在我身上，我一下毫无准备，差点让她给吊趴下，连忙下意识地接住她的双腿，把她抱了起来。接下去，无法躲避的情形终于发生了，安心端着咖啡从厨房里走出来。两个女人像是命中注定地遭遇在这间不大的客厅里，四目相对，近在咫尺，我恨不得身边能有个地缝钻进去。

钟宁似乎忘了她此时还四脚离地吊在我的身上，眼不饶人地对着安心咄咄直视，声音虽然不大，却是一副挑衅的腔调："哟，谁呀这是？"

安心一手端着咖啡壶，一手端着杯子，愣在厨房的门口。她当然看出钟宁和我是什么关系了——钟宁两手搂着我的脖子让我这么抱着，还能是什么关系！钟宁肯定也会把安心此时的角色猜透——一个女孩儿快半夜了还待在这儿，还能是干什么的！钟宁把头转过来，突然挑高了嗓门冲着我的耳朵大声叫喊，我甚至能在她那双凶光毕露的眼珠子里看到自己张皇无措的脸。

"这谁呀她是！"

我一松手把钟宁放了下来，心里想拯救这个局面，又绝望地想干脆破罐破摔，在这刹那间我完全是凭着一种下意识的反应，才发出了声音：

"她，她是我同学，来北京，顺便来看我的。"

我也不知道这个应答属于急中生智还是愚蠢到家。最先镇定下来并做出正常姿态的是安心，她放下手里的咖啡，平静地对我说："啊，你有客人，我先走了。"

钟宁叫住她："等等，别走！你是他同学吗？"

钟宁声色俱厉，她对安心的这个态度让我的心像着了火，我真想冲上去像个老爷儿们那样抽她一顿，可我没动。我只是压着火儿叫了一声：

"钟宁！"

钟宁甩过头来，冲我怒目而视："怎么着，我不能问问？"

我也怒目而视："这是我的客人，你客气点儿不成吗！"

我们都有点儿急了，只有安心依然一脸平静，没有任何表情地拿起她的背包，从容不迫地拉开房门，回头冲我说了句"再见"，就出去了，房门随即被轻轻地带上。

那声"再见"，我听出来了，很冷淡，冷淡得让你觉得是带了些怨恨。

安心走了，只留下我和钟宁，我的心也不像刚才那么紧绷了。现在只有我们俩，我可以随心所欲地撒谎，可以没有顾忌地编出各种解释，而且还可以继续把义愤填膺的姿态进行到底！——"人家就是我同学，大学毕业分回老家我们一年多没见了，人家到北京来看看我怎么啦！您对我这态度赶明儿传出去让我们同学知道了，大家还不得当笑话说！你给我留点脸面伤着你什么啦，啊？"

钟宁斜眼看我，然后一言不发地在屋里四下查看，翻东找西，像是要找出什么奸夫淫妇的证据。结果还好，她什么也没找到，连疑点也没有，最后，她终于说：

"你们男的，我知道你们要脸面，你们要脸面就别干那没皮没脸的事儿。我告诉你杨瑞，我什么都能容你，你说你暂时不想结婚，也随你。可就是有一条，你别总觉得你聪明你干什么事谁也发现不了。纸里包不住火，没有不透风的墙，要想人不知，除非己莫为，你提防点儿别让我抓着，抓着了你别后悔就行！"

我不再说话，晚上钟宁就睡在这儿了。熄灯之后她有要求，我没情绪，表现得很被动。钟宁折腾了半天也没调动起我的热情，她有点恼火，使劲儿推搡着我问："怎么啦，跟我置什么气呀！你也不想想，我飞机都不上了，专门跑回来找你，你倒好，和一个女的半夜三更躲在这儿干什么哪！我看了能不跟你急吗？结果你还生上气了。前一阵儿我老去外地，又出国，谁知道你一个人在北京都干了什么！"

其实，我并不是生气，我只是心里很乱，只是在想安心。我想，这下我在她心目中的形象可是彻底毁了，她肯定伤透了心，就像当初毛杰对她的那种心情。她走时只不过没有像毛杰那样用力地摔门。

第二天上午，钟宁和我一起上班，一起参加国宁跆拳道馆工程筹建处的会，听设计院的设计师来谈平面设计的方案。钟国庆也来了，方案主要是说给他听。我心不在焉地坐在一边，熬到中午散会，钟国庆要请几位设计师吃个饭，说有些问题还可以边吃边谈。钟宁拉我一起参加，我推说头晕不舒服，想找个地方眯瞪一会儿。钟宁以为我是昨夜让她折腾虚了，便异常宽松地随我怎么都行，分手时还没忘说了几句体恤的话。

我一出公司，就急急忙忙用手机给安心打电话。京师体校传达室的电话总没人接，好不容易有人接了，请他帮忙去找安心，结果等了半天又告诉我安心不在。我知道她在，她是不接我的电话。我顾不上吃中午饭，驾车直奔京师体校，到体校后直奔跆拳道馆。果然，安心在呢，正在水房里洗墩布呢。她知道我站在身后，故意不回头。我说："你生气了？"她说："没有。"我说："我爱你。"她回了头，拎着带水的墩布想离开这间屋子，她说："你爱的人太多了。"

我拦住了她，叫了一声："不是的！你应该听我解释！"我的声音大得有些粗暴，安心站下来，抬头看我，可我竟不知道该解释什么。

我不敢和她这样子对视，移开目光，放低了声音，还是那句话："我爱你。"

安心摇了下头，我看出她的平静是成心做给我看的。她平静地说道："你知道吗杨瑞，我只想平平安安地生活，我不想搅进任何是非里面去，我希望你能让我像原来一样安静地生活！"

最后这句话，听得出的，安心终于有点激动了，她竭力压抑着，声音已经压得有点发尖。她说完拎着墩布夺门而去。我还想拉她，可这时有人来了，来叫安心去练功厅帮忙抬东西。安心跟着那人去了。我站在水房里没有出去，听着他们在门外一边说话一边走远。那天晚上，很晚了，我在确信安心肯定下课回了体校之后给她拨了电话。电话照例是张大爷接的，一听是我的声音他就粗声粗气地说："找安心吧？她不在！"

还没等我第二句话问出口，电话就被挂断了。我也摔了电话，狠狠地骂了一声："妈的！"我也分不清是骂张大爷，还是骂安心。

我没有再去找安心。几天之后我收到一张邮局的汇款单，汇款额是五千元整，汇出的地址是云南南德某街某巷某号，姓名写的是安心。我知道，我和安心，完了。

这是我在和女孩子交往的经历中第一次真正的恋爱，第一次真正的失败，那滋味一时难以说清。开头几天感觉最强烈的，是自尊心意外被人挫伤的那种窝囊，而后来几天脑子里频频出现的，却还是和安心在一起时的种种快乐和温情。每一件事，每一个细节，都想起来了，想不想都不行了，控制不住。想来想去还是觉得在所有女孩儿中，安心是最好的。也许正如刘明浩说的那样，安心是从小地方来的人，和大城市的女孩儿不一个味儿。小地方女孩儿的清纯、用功、勤劳和不势利，对我们这些几乎没有离开过北京的人来说，有一种特别的新鲜感，或者用刘明浩的话来形容我，就是："可能你就好这口儿。"

我努力要求自己不再去想安心，全心全意地投入工作，让工作占据我的精力和思考的空间。在公司里，我力图和所有人友好相处，不露"驸马"相，尊重边晓军。见着钟国庆，也和大家一样恭恭敬敬地称呼他"钟总"。和钟宁的关系也尽量正常，不卑不亢，避免争吵，该严肃时严肃，该轻松时轻松，不冷淡她，也没有太多的激情。

在庆祝国宁大厦结构封顶的新闻发布会上，我见着我爸了。我又有好久没见着他了。他比前一阵发了些福，那天的发布会就由他主持，举手投足掩饰不住一脸的春风得意。发布会刚结束，他把我叫到一边，拿出个存折塞在我的手里，说："拿去，给钟宁买个钻石戒指，这是男方必须得买的。这就算你爸为你以后结婚送你的礼物吧，我这算提前送了。"

我打开存折，存折里有一万块钱。整的。尽管我爸现在的工资比过去高，但一万块钱对他来说依然不是个小数目，我想推回去：

"爸，您操什么心哪，我们早着呢。"

我爸瞪眼，骂我："你小子怎么这么浑啊，这是谈恋爱的时候才送的，你懂不懂！钻石恒久远，一颗永留传，这是代表爱情的纯洁和永恒，就是要这个时候送的，等真结了婚就没这个浪漫劲儿了。结了婚就是锅碗瓢盆过日子了。"

我爸连广告词儿都朗朗上口了，看得出这一段在私营企业打工，他的思想个性和语言风格都有了些变化。我爸又损了我几句，扭头走了。我拿了那张一万元的存折，站着，发愣。

第二天，我去了贵友大厦，挑了一颗雕刻不那么花哨的钻戒。价钱很吉利：九千九百九十九。我交了钱。那钻戒被放进一只蓝色的丝绒面的小盒里，外面再用绸带扎好，再用一个精致的小提袋隆重地装起，给人以特别的诱惑。当售货员将那只小提袋交到我手上的那一瞬间，我心里突然闪过了安心的面孔，心里想象这要是给她买的该是何感觉。

几天之后的一个傍晚，钟宁呼我，叫我到她家吃晚饭去，我就带着那颗钻戒去了。钟宁和她哥哥钟国庆是住在一块儿的，他们住在香江花园的一幢别墅里，那地方我已经去过好多次，门卫对我全都脸儿熟了。那天钟国庆也在，吃饭之前，我当着钟国庆的面，把那只丝绒面儿的盒子拿出来，给钟宁，说："送你一东西。"钟宁开始还说："你还送什么东西呀，咱俩都老夫老妻了。"打开一看是钻戒，有点意外，憋了一脸幸福地问："哟，送我这个是什么意思呀？"我说："没什么意思，就是送你。"钟宁笑了，挨近我，说："这玩意儿，得你亲自给我戴上吧。"

我想想，好像是有这个规矩，于是我就托起钟宁的左手，把钻戒套在她的无名指上。她特高兴，得寸进尺地歪过脸，意思是让我亲她一下。

　　我亲了她一下。她也亲了我一下。她哥哥钟国庆笑道："咳咳咳，当着人的面别那么肉麻好不好。"

　　那顿饭钟宁吃得很快乐，不仅胃口好，还主动说了好多笑话，甚至是一些黄色的笑话。很黄很黄的那种。黄得连钟国庆都不忍卒听，说："你怎么这么恶心哪，男的说这个还凑合，你一个女孩子说这个，你也不嫌寒碜。"钟宁说："那有什么，反正在自己家里又没外人，逗逗乐儿呗。"钟国庆冲我无奈地摇头，说："她这大大咧咧的毛病，在你面前全暴露了。"钟宁撇嘴道："你问杨瑞，我和他谁毛病多。"我说："我有什么毛病？"钟宁说："什么毛病，什么毛病你自己还不知道！"我知道她指什么，只好装傻充愣不再较真儿。

　　吃完饭，钟宁到书房里去接她一个女朋友打来的电话。女孩儿之间聊起天来总是飞短流长没完没了。钟国庆点了一支烟，跟我在客厅里闲聊起来。

　　他先问我："怎么着，打算什么时候办呀，你们？"

　　我开始没想到他会问这个，后来一想也是，我今天是来送戒指的，这话题是我自己带过来的，于是我仓促答道："还没想呢，我们都还太小，也不着急吧。我俩加起来还不到四十五呢。"

　　钟国庆的态度挺严肃，说："我和宁宁，父母都不在了，我就算是宁宁的家长吧，这事，我建议你们早点考虑。我既是为了你俩，也是为了公司，你和宁宁要是成了夫妻，公司里好多事就可以交给你了。国宁公司越做越大，现在我可缺人呢。我也知道私营企业任人唯亲搞家族式管理不行，可没办法，这年头找个能干的人不容易，找个忠心耿耿的就更难，我吃过亏。我过去用过一些能人，有专业、学历高，我真心实意对他们，可中国人个个都想自己当老板，一旦他们翅膀硬了，能单飞了，照样跟我翻脸！我们现在那几个竞争对手，原来都是跟着我干的，都是让我喂肥了出去的。还有的人，看着挺老实，挺勤谨，结果背地里净贪公司的钱，让我给查出来了。要不我现在累呢。宁宁虽然爱管事，可她是个女的，现在也还嫩了点儿，再加上她那个脾气，在公司里积怨太多，时间长了也不是个办法，我净给她擦屁股了。你要是成了咱家一分子，那肯定能帮我不少忙。你上过大学，又是个男的，人也聪明，你跟着我好好学，用不了几年就能练出来。将来我就把公司的日常运作都交给你了，这些年我太累了！"

钟国庆严肃地讲，我严肃地听。他言之谆谆，我也不能听之藐藐。而且说实话，钟国庆比我大了十来岁，和我像个平辈知己似的这么掏心窝子还是第一次，而且话说得这么深，这么情真意切，这么推心置腹，我挺感动的，我的刚刚发育起来的事业心由此再次受到了鼓舞。我当即表了个态："大哥，我听您的，我和钟宁的事到底怎么办，您定吧。"

我的这枚戒指，我的这句话，我自己事先也没想到的，稀里糊涂就算是跟他的妹妹钟宁订下了终身。

婚期由钟国庆和我爸又商量了一次，我爸当然没什么意见，让钟国庆全权做主拿主意，最后定在一个月后的一个周日，虽然不是什么节庆日子，但皇历上说此日时辰好，宜嫁娶。而且星期天亲戚朋友也都能抽出空儿来。

佳期甫定，钟国庆又找我谈了一次话，地点是在他的办公室。他的办公室和钟宁的挨着，面积可大多了，大班台也更讲究。钟国庆在那大班台后面正襟危坐，严肃庄重，弄得我坐在他的对面也必须一脸的深沉，气氛上完全像是在谈工作，其实我们是在谈婚论嫁，说的全是家务事。

钟国庆说："我就这么一个妹妹，她是我唯一的亲人，现在我把她托付给你了，你能对她负责到底吗？"

我迟疑一下，才说："尽我所能吧。"

钟国庆有些不够满意地看着我，似乎在琢磨我这个有些暧昧的回答是什么意思。他也许以为我会激动万分，会信誓旦旦，会脸色赤红，但我没有，我脸上很平静，而且只有这么一句不让人过瘾和不让人放心的表态，于是他加重语气，又说：

"你以前，我听说和京师体校一个干临时工的女孩挺近乎，现在还有来往吗？"

我吓了一跳，想不到钟国庆居然知道安心的事，想不到他会跟我提这个。我愣了一下，才问："您听谁说的？"

钟国庆面无表情地看着我，说："你现在和宁宁定了，这方面的行为举止就一定要注意了。我在生意圈里混了这么多年，没别的，就是朋友多，你有什么事想瞒我，可不容易。你以前的事我不管，从现在起，你可别欺负宁宁。再说，现在大家都知道你跟宁宁的关系了，你再不检点的话，那不是让我丢面子吗？生意场上的人，丢什么都行，不能丢面子。"

我低了头，无言以对。钟国庆棒喝之后，又杵给我一个"胡萝卜"，移过话题说："你们结婚以后，要是愿意在香江花园住，就住在那儿，反正四百多平方米的房子够你们住的。你们要是想单住，我给你们另买一套房，公寓也行，别墅也行，你们自己挑。就算我当哥哥的送你们的结婚礼物了。"

我当然不想和钟国庆住在一块儿，钟宁也想跟我找地方单过。于是，我和钟宁那些天一有空就出去看房子，后来钟宁看中了富城花园的一套别墅，户型不错，环境也好，物业管理看上去也上档次，就是太贵。钟宁回家跟她哥一说，她哥也皱了眉头。钟宁不满地说："哥，这可是我结婚，一辈子我就这一次，我可不想凑合。"钟国庆犹豫了半天，终于点了头。那几天钟宁为这事显得特别高兴。对我和她哥都亲得不行。

我也高兴，说确切点儿，是一种神经上的兴奋。可神经上的兴奋肯定是长不了的，没用多久就难以为继了。和钟宁结婚对我来说，也许仅仅算是对人生成就和事业发展的一个选择，而不是对个人感情和家庭幸福的真切追求。那些天我竭力回避思考，回避追问自己，回避对自己心灵和情感的深入拷问。因为事业成就和感情幸福究竟孰轻孰重的问题，我左顾右盼也难以答出。一切都随着事情的进程自然而然地往前走，我只想，这一步反正是早晚要走的。

婚虽然还没有结，但我已经搬进了香江花园，那幢四百多平方米的别墅里，有了我一个舒适的房间。那房间里配有很大的卫生间，卫生间里配有很大的浴缸，躺在浴缸的热水里，略一抬头，就可以看到窗外满目的绿茵。

在公司的业务上，钟国庆也开始有计划地栽培我。公司里很多重要的会议让我旁听，很多大的活动让我参加，大大小小的客户一一介绍给我，以便我积累知识，了解情况，增广见闻，熟悉关系。他给了我一个国宁集团董事长助理的虚职，而我在国宁跆拳道馆工程指挥部的职位，从这以后也就不再兼任了。

所以那天在国宁跆拳道馆的工程奠基仪式上，我是以董事长助理的新职露面的，座位的位置还排在了我原来的上级，工程总指挥边晓军的前头。边晓军见了面对我更客气了，一口一个杨总，亲热得我身上直起鸡皮疙瘩。

刘明浩那天也去了，胸前挂着"嘉宾"的红花。他凭自己社会关系多而名义上占有百分之十干股的那个龙华建筑装饰公司这一段对国宁集团上下其手内外夹击，终于如愿以偿地中了标，拿到了这笔近八百万元的大活儿。那天出席奠基仪式的，还有京师体校的校长，还有区体委的几个头头，还有体育界几个过气的明星。大家围着钟国庆请来的一个刚刚退下来但威望犹存的领导干部，人人都是一副弹冠相庆、各得其所的样子。

奠基仪式很简单，合资各方讲讲话，然后由施工承建单位，也就是龙华公司的那位老总表表态。再然后由特别邀请来的体育界名人给几句祝贺。再然后嘉宾们一人一把铁锹，挖几锹土，扬在奠基纪念碑上，意思意思。然后镁光灯一闪一闪，都留下了纪念。

再然后，就是去万家灯火酒楼吃奠基饭。在大家呼隆呼隆乱哄哄上车的时候，我在钟宁耳边说道："我不去了，我肚子有点不舒服，可能要拉稀。我也不想吃这种应酬饭，一大帮人起哄似的，没劲儿。"

钟宁看我一眼，我让太阳晒了半上午，脸上确实有点潮红，有点汗渍渍的样子，她说："那我也不去了，你肚子不好我陪你上哪儿喝点粥吧。"

我说："不用，你不去不好，到时候你哥又该不高兴了。上次我头疼他就说我事儿多。你还是去吧。"

钟宁说也好，她嘱咐我几句，跟着那大拨人上了车。我望着那些汽车鱼贯而去，直到它们被工地上扬起的灰尘遮了一下，然后消失得无影无踪，我才返回身又进了京师体校。

还不到中午吃饭的时间，我直奔那座行将拆除的跆拳道馆。馆里正有一个班在上着课，我看到教练，还没来得及开口客气，教练就一通冲我说："哟，听说你现在是咱们俱乐部的老板了，看在你我师生一日的情分上，将来可得给口饭吃。"

我笑笑，没兴趣跟他贫嘴，我问："安心今天在吗？"

"谁呀？"

"安心，那个杂工。"

"噢，她呀，早走了。你找她有事？"

"走了？今天出去了？"

"她让我们这儿开除了，这都是多少天以前的事儿啦。别人不知道你应该知道啊。"

"开除！"我大吃一惊，"为什么？"

"我也不知道，是俱乐部开的，听说这女孩儿在外面比较风流，咱们这儿毕竟是国家办的俱乐部，她在外面万一出点什么事儿，对咱们这儿影响不好。"

我愣了半天，转身就走。教练好像在我身后又说了句什么，我没听清。

我飞快地跑到安心住的那间小屋，小屋的门反锁着。我从门缝里探头探脑，里面黑黑的什么都看不清。我又跑到京师跆拳道俱乐部的办公室，迎面看见俱乐部的马经理拿着一个饭盒出来，看样子正准备去食堂吃饭。我知道马经理很希望在新合资的国宁跆拳道俱乐部里继续担任经理，可其实国宁公司对他并不满意，今天去吃奠基饭的名单里，都没把他摆进去。国宁公司最早还是他跟我接头请进来的，如今看来，真有点算是引狼入室了。我顾不得寒暄和安慰，急急忙忙地问：

"马经理，安心为什么给开除啦？"

"安心？"马经理正想跟我亲热，冷不防我上来就直眉瞪眼地这么一问，反应了半天才说，"你是说原来这儿的那个临时工吧，怎么啦，你认识？"

我胡乱地解释："啊，是我一同学的妹妹。她犯什么错误给开了？"

"啊，开她是你们国宁公司提出来的。你们现在是咱们体校的投资伙伴、合作对象了，又是大股东，你们的意见咱们不能不尊重啊！"

"国宁公司提出来的？"我像被什么人打了一记闷棒，脑子里说不清是发蒙了还是清醒了，只觉得心头一阵剧痛！

"为什么？她得罪谁了？"我明知道这是怎么一回事，可还是下意识地追问。

"听说这女孩儿生活作风不大好，在社会上属于那种比较乱比较那个的女孩儿，说不定还在外面靠她那脸盘挣着钱呢。这种人咱们要是知道了咱们也不能留。"

我胸膛堵住一口气，堵得我几乎说不出话来："凭什么……他们凭什么这么说人家！"

马经理显然并不掌握什么真凭实据，笼而统之地正面分析道："你们国宁公司的人，社会接触面大，我估计可能是有人知道了她的什么事儿吧。"

我几乎是大吵大闹地叫道："那你们，你们也应该调查清楚再说呀！怎么别人这么一说你们连调查都不调查一下就给人家开除了，开除了人家吃什么？"

马经理愣了，似乎觉得为一个同学的妹妹犯不着如此光火，但他还是耐心解释道："她又不是我们这儿的正式工，我们也不可能到处去调查她这些事儿啊，既然股东方提出来了，我们当然相信股东了。另一方面说，万一我们不开了她，你们公司再不给我们投资了，这不是因小失大吗？"

"她，她上哪儿了？"我已经绝望。

"不知道，走了有一个多月了吧。"

我明白了，从时间上算，就在钟宁那天晚上在我家见到安心不久，安心就被他们赶走了。这事已经发生了一个多月了，我居然一点儿都不知道。我只顾着准备结婚，选别墅，买家具，我一点儿都不知道安心的生活实际上已经让我给毁了。

我很难受，我很生气！我太对不起她了！

那天我没有回香江花园，我回到了自己住的小屋。中午饭和晚饭我都没吃，我没觉得一点饿。我只觉得气愤！我气愤得束手无策！我只能把自己一个人关在屋子里，专心地想着安心。

晚上八点多钟的时候，钟宁呼我，我回了电话。从周围的声音上，听得出她又是在哪个酒楼吃饭呢。钟宁说："你在哪儿呢，怎么手机一直不开？"我说："我在家呢。"她问："在香江花园？"我说："没有，我不去那儿了。"

我把电话挂了。

半个小时后，钟宁赶来了，砰砰砰地敲门，我打开门，眼睛没看她一眼就转身坐回到沙发上。屋子里黑黑的没开一盏灯，钟宁啪一下拧亮了吊灯，大声质问："怎么啦你这是，谁又招你啦？怪不得我哥说你事儿多呢，你就是事儿多！"

我喝水，不理她，她劈手把我的杯子夺过去，声音又放大了一倍："你给我说清楚，你到底要干什么！"

我这才抬眼盯着她，我憋着气慢慢地问："你怎么知道的，那女的在跆拳道馆工作，是谁跟你说的？"

钟宁大概已经猜到我为什么这样了，面不改色心不跳地说："要想人不知，除非己莫为，你和她到底有什么见不得人的事怕我知道，啊？"

我突然大喊了一声："到底谁说的！"

钟宁吓了一跳，我也吓了一跳，我还从来没有冲钟宁这么大喊大叫过！

钟宁盯着我，眼泪都出来了。她气得哆嗦着说："好，我一直是给你留面子不捅破这事儿，结果你反倒冲我发火儿。那好啊，我等着你杨瑞，这事儿你不跟我说清楚不跟我承认错误，咱们没完！"

钟宁用她的哭腔发完了狠，一摔门走了。我当时压了半天，才把要跟她分手的冲动压下去。

后来我才知道，那个"告密者"，就是刘明浩。钟宁找刘明浩打听我交往女孩儿的情况，从尿布时代问起，一直问到了安心。刘明浩不敢不说，他不说就拿不到国宁跆拳道馆的工程，那工程对他能否拿那百分之十的干股很重要。按刘明浩后来的解释就是：大家都得活。

是啊，我无话可说。大家都得活！这是一个物质生存头等重要的时代。

我也去找了刘明浩。

我去找刘明浩不是为了几句没用的谴责，我只需要刘明浩告诉我：安心去哪儿了。

刘明浩自己倒是面红耳赤，一千个对不起，一万个真不好意思。我冷冷地说："你别来这套了，当了婊子就别再立牌坊，你把安心给赶走了，你再把她给我找回来！"

刘明浩苦着脸说："她呀，我估计是回老家了吧，不过我肯定替你打听着还不行吗？"

我和钟宁的关系，紧张了很长一段时间，彼此不说话。我也不回香江花园住，也不去关照富城花园那幢新房的装修布置，只是每天还照常去公司上班。上班也没什么具体事，我就在办公室里看看书，看看报，耗着，耗到下班走人。我爸把我叫去痛骂了一顿，他骂他的，我反正一言不发。钟国庆也和我谈了一次话，还是那么推心置腹，意味深远，甚至，他还做了几句自我批评："让他们辞退那个女孩儿是宁宁找的体校领导，当然，我也知道。这么做是狠了点，我也劝过宁宁，让她当面跟你谈谈，把事情谈开。可这事儿咱们得说清，首先是你不对，你跟那女孩儿是在你和宁宁好了之后又交上的。宁宁对这事反应过激一点儿，是正常的。她要是不喜欢你，就这一条，她完全有理由跟你吹了，犯不上和那女的过不去。我看，你还是主动去跟宁宁道个歉吧。宁宁呢，我也劝劝她。这事儿，就到此为止啦，好不好？"

我没去跟宁宁道歉。我凭什么道歉，该道歉的是她，她凭什么害人家安心。我没道歉，也不搬回去。宁宁也不理我，在公司见了面就跟不认识似的。我们俩的冷战，一直持续了很久，公司里面的人差不多都知道了。有的人还觉得我挺有骨气呢，还对我改变印象觉得我这人挺不错了呢。

我们预定的婚期到了，过了，连我爸和钟国庆在内，结婚的事谁也没提。不过，我听宁宁的司机说，宁宁依然每天忙着装修富城花园的那幢房子，依然忙着到处去选家具选窗帘什么的，窗帘的面料已经选好，让人做去了。家具也都买得差不多了。司机还特别告诉我，上次我在"力异"看上的一套健身器，她也跟人家订了货。

这天晚上刘明浩到我家来了，说是没事儿路过这儿上来看看我还活着没。他自己给自己沏了壶茶就坐下来开聊，头两句话一说我就听出他今天到此的身份是钟宁的特使。他说："你丫要什么脾气呀，人家钟宁不管怎么说也是你们公司一老板，再说这事儿是你这边欠着理呢你丫还牛 × 什么呀。钟宁也就是好你这口儿，喜欢你这种嫩小生，要不早把你给废了。今儿她见着我还跟我聊半天呢，说当初真想把你给端了，想想又觉得舍不得。我本来跟她说我今儿过来劝劝你，让你给她赔个不是去。你猜人家钟宁说什么，她说算了吧，我知道他是不会给我道歉的，杨瑞那脾气我还不了解，自尊心忒强。谁让他是一男的呢，给他留这个面子吧。你瞧瞧人家这胸怀，我以前还真没看出来，比他妈你强多了！"

我没做反应。却问："让你找安心，你找着了没有？"

刘明浩眨巴着眼，憋了半天才憋出一句："你说我是告诉你呀还是不告诉你呀？"

我有点意外："你找着了？"

刘明浩恨铁不成钢地说："我要真告诉你了其实就是毁了你了，你说你跟钟宁都这德行了，怎么还惦记着你那个情儿啊！你为那么个泡不开的妞犯得着自毁前程吗！"

我瞪着眼逼刘明浩："你快说她在哪儿！"

刘明浩吭哧半天，迟迟疑疑，扭捏道："我要告诉了你，钟宁知道了还不得跟我拼了。"

我说："你放心，我不告诉钟宁。"

"你真能保证不告诉她？"

"我告诉她干吗呀，我有病呀！"

"这可说不准，两口子好的时候，什么掏心窝子的话都说得出。赶明儿你哪天跟钟宁又腻乎上了，枕头边上再把我出卖了，我以后还跟国宁公司打不打交道了？"

我眼红着说："咱们俩谁出卖谁了？!"

刘明浩一时语塞："好好好，我出卖你了，我是叛徒，行了吧？你也别再利用叛徒当特务了，安心的事儿别问我，我不知道。你说你跟这俩妞的事把我搅进去干什么！"

我说："大哥，求你了还不行吗，我跟安心不会再有什么，我只想找她道个歉。她要有什么困难，我能帮她就帮一下，要不我良心上老是过不去。"

刘明浩笑道："哎哟哎哟，以前真没看出你还能对哪个女孩儿良心发现呢。"接下来他收了笑，又叹了口气，自嘲了一句："我现在才算明白过来，当他妈叛徒特务其实最辛苦了。好吧，那我今天就再毁你一道吧。告诉你，你那个安心呀，现在在三环家具城帮人家卖家具呢！"

九

　　三环家具城我知道，就在西三环路的路边上，我印象中离香格里拉饭店不太远。平时开车走三环常能见到它那特大也特怯的招牌，但从没停车进去过。

　　家具城门前，沿着三环路的辅道上，停满了各种汽车，有好几拨人在进进出出地搬运着家具。我本以为这里的生意不错，进去之后才发现，在一眼望不到头的巨大的家具展厅里，各种各样的家具塞得满满的，而在其间走动的顾客却寥寥无几。在绝大多数家具摊位上，售货员们都坐在待售的沙发上聊天，或趴在卖不出去的大班台上睡觉。我一路往里走，每经过一个摊位，售货员们便停止聊天、抬起头来，或虎视眈眈或睡眼惺忪，盯着我不放，直到确信我肯定没兴趣驻足，才又恢复自由懒散的原样。

　　我一个厅一个厅地找，像犁地似的一垄一垄地在家具的阡陌里来回地穿行。找到第二个厅，我终于看见了安心。她在一个卖卧房家具的摊位上，正朝着远处不知在张望什么，也许仅仅是闲得发呆吧。我真服了刘明浩的神通广大，天底下果真没有他不知道的事儿！

我走进安心的摊子，装作看家具。这里卖的是那种木制的、样式早就过时的产品，一张双人床的床头上，还包着粉不粉红不红的人造革，怯得没法儿再怯了。安心发现有顾客到，连忙走过来，跟在我身后卖力地推销她这堆"怯活儿"。她口齿麻利，声音柔和，普通话说得比我刚认识她的时候地道多了，但那些推销的说辞，全是在别处早就听腻的俗套。

"先生买家具吗？"——这是废话——"我们这儿都是实木的家具，货真价实，您看看这木纹儿……"——我想她真是不懂，好家具不一定非得是实木的，而且木纹越大越不是好木头——"我们这套卧房家具现在打七折，不过您要是结婚的话，我们可以另外优惠……"

这时我转过头，看她。

她的话戛然而止，吃惊地瞪圆了眼睛，我们对视了几乎整整半分钟，她才呆呆地开了口，声音一下子变得既刻板又机械："……您结婚的话，凭结婚证可以打五折。"

我严肃地看着她，说："我不结婚。"

她停顿了一下，似乎是找不出此时该说的话，于是顺着刚才的话问下去："那您，您是来买家具吗？"

我摇摇头："不。"

她竭力做出职业化的礼貌，说："不买也没关系，您可以随便看看。"

我说："我想找你谈谈。"

她十分冷淡但又客客气气地回答道："对不起先生，我现在在上班。我们规定上班时间不能和客人闲聊。我和你们北京人不一样，我能找到这份工作是很不容易的。"

这时又有顾客路过，她再次说了"对不起，请原谅"，便抛下我去招呼其他顾客了，依然是那一套"货真价实"的推销辞令，声音又恢复了正常的活力。我默默地站了一会儿，然后默默离开她的摊子，向门口走去。

我坐在路边的汽车里，等她。

两个小时后，太阳西斜，三环家具城关门下班。安心跟在一批卖家具的售货员当中最后走出大门，大家四散而去，安心独自往南走，我发动车，跟了上去。

那天晚上我用车把安心拉到了嘉陵阁餐厅，我期望嘉陵阁能带给我们一些共同的记忆和感性的话头。尽管回忆过去显然不可能成为这个晚上的主题。

和两个月以前相比，安心明显地消瘦了，脸色苍白，这让人心疼不已。消瘦和苍白都是一种历经磨难的标志，而磨难会使人显得更加高尚和更加美丽，甚至，更加性感。我看着那张依然纯净的脸，真想说我爱你！但我没说。我只是详细地问了这两个月以来她的经历。我迫切地想要知道，她是怎样度过了这场突如其来的打击。

安心表现得比我预想的还要心平气和，她没有一句抱怨和诅咒，甚至没兴趣再谈起这件"糟事"。她的宽容和平静让我感动，同时也让我更加羞愧自责。

"我前一个月没找着工作，有点着急，后来到一个小餐馆打了两天工，再后来就到三环家具城去了。是常来我们那餐馆吃饭的一个老客人介绍我去的，他就是家具厂搞销售的。"

我看她挺满足的样子，也就笑，替她高兴。我问："他们这样诬陷你、开除你，你真的不生气？"

安心一笑："以前有一个相面的说过我，说我年轻的时候多灾多难。我一想，这都是命中注定的，气也没用。"

我说："你不应该认命，受了委屈还是要据理力争，实在不行可以去告他们。他们靠编造谎言就能把你炒了，你怎么就不能维护自己的合法权利？"

安心淡淡地说："我只是个临时工，他们要辞退你，说什么不行。欲加之罪，何患无辞，我告也没用，随他们说去吧，反正又不往档案里写。"

我被她随遇而安的生活态度感染，也就笑着问："哟，你也有档案呀？"

不料这句话却把她问得愣了一下，她淡淡地笑笑，然后扭头看着窗外，自言自语地说：

"我现在，就是得找那种不需要档案的地儿。"

她说的这句话，以及说这句话时的那个表情，都怪怪的，像真有什么"历史问题"似的。我心里的疑问，不便直露，只能用玩笑的口吻刺探：

"哟，你以前犯过什么错误吧，你档案里是不是有什么见不得人的记录啊？"

安心的目光收回来，重又落到我的脸上，她说："我犯的最大的错误，不是已经告诉你了吗？"

"什么错误，我怎么不记得了。"

安心再次移开目光，她说："我最大的错误，就是和毛杰有了那种关系。"

每次提到毛杰，她总是脸色枯死，这使我真切地意识到，这大概就是她灵魂中最深的伤痛。我把我脑子里突然闪过的猜想，脱口而出："因为你和毛杰的事，所以那个张铁军离开你了，对吗？"

安心转头看我，眼里分明有了些闪亮的东西，可她却咧了咧嘴，生硬地笑了一下。我看出她想沉默，同时又听见她用几乎听不见的声音，确认了我的推断。

"对。"

我们都不再说话，我完全能体会到安心的悲伤和孤独。我还可以进而推断：她应该是依然留恋着那位张铁军的，不然怎么会至今不能解脱！

我们沉默良久，我一向不大善于安慰人的，所以我不知怎么搞的竟不合时宜地问了这么一句："后来你又交过男朋友吗？"

安心很明确地回答："不算你的话，没有。"

她的这个回答让我说不出是高兴还是难过，怎么叫不算我呢，难道我不算吗？可细一想想，这个回答至少说明她是把我和她的关系，放在一个特殊的位置上了。

我绕开话题，假装随意地问道："我刚认识你没多久那会儿，有一次去找你，在路口看见你和一个四五十岁的男人在一起。我看你们好像很熟似的，反正不是一般关系，所以我就没叫你，怕打搅了你们。"

安心疑惑地反问："什么时候，谁呀？"我大致描绘了一下那人的外貌，反正那人特显老。安心恍然点头："啊，是他呀，那是我一个最好的朋友。"

最好的朋友？最好的朋友是什么意思呢？我不便直问，只好带了些恶意的酸劲儿，说了句："是吗，我还以为他是你爸爸呢，他那岁数，和你算是忘年之交了吧。"

安心没有回答，对我的尖刻只报以淡淡一笑。她不回答本身似乎也有点反常。她那淡淡一笑，更有几分暧昧可疑的味道。

我接下去问："两个月以前我收到你还给我的钱，是从云南南德寄过来的。是谁寄的？是你家里的人吗？你们家不是在清绵吗？"安心这下倒是毫不回避地说道："就是我那个朋友寄的，他姓潘，他写了他的名字吗？"

我说："没有，落的是你的名字。看来你们俩关系还真不是一般二般，都好得不分彼此了。"

我的口气上，明显话里带刺的，但安心不知是装傻还是真的迟钝，竟随着我说道："对，他对我真的很好。"

我看着她那张画儿一样标致的脸，难以看透她是单纯到顶还是老谋深算。我现在才发觉她是一个让人一眼看不透的女孩儿。我突然意识到，也许恰恰是这一点，才让我一直对她神魂颠倒、欲罢不能。

那天我们从嘉陵阁出来，我本想拉安心找个酒吧坐坐，但后来没去。一来因为安心说有事得早点回去，二来我也怕酒吧那地方熟人太多，万一被谁碰上三传两传传到钟宁的耳朵里，又是一场风波。

我开车把安心送到西三环路离三环家具城不远的一个路口，安心下了车。我坚持要把她送进去，她坚持不让，说里边窄车子不好掉头。她最后跟我说再见时我抓住了她的一只手，把那只手放在我的手心里轻轻地揉搓着，然后拿到我的嘴边，轻轻地吻了一下，她没有拒绝，但也没做反响。

我说："还想再见面吗？"

她笑笑，反问："你还想买家具吗？"说着她给了我一张名片，上面写着他们家具厂的经营项目，还写着安心的名字。她说："下次来别忘记拿着它，凭这个可以给你打七折。听说你要结婚了，带上结婚证我打对折卖给你。不过我们那家具可是属于工薪阶层的，你们才看不上呢。"

她说完想拉开车门下车，我按了一下锁死按钮，车门哗的一声锁死了。她回过头来，疑惑地看我。我皱着眉问道：

"你听谁说的？"

"什么？"

"你听谁说的我要结婚了？"

"听跆拳道俱乐部你们班何春波说的，他那天到我们那儿买家具来着。"

何春波？我一时想不起这位何春波何许人也，听这名字显然是个跟我并不太熟的人，他根本不可能知道我跟安心的关系，不可能把我的这类事儿在安心面前学舌，我疑心地追问：

"他怎么跟你说起我来了？"

安心不答。

我执意再问："是你问他的，还是他自己说的？"

安心沉默了一会儿，承认："是我问他来着。"

我心里呼地暖了一下，愣了片刻，突然扭过身抱住了安心。虽然在车子里我们的姿势都很别扭，但我仍然紧紧地抱住了她，我在她耳边轻轻地说道：

"你不想我结婚，对不对？"

安心任我抱着她，甚至，她的身体是配合着我的。但她的回答却依然固守了那种和她的年龄极不相称的冷静。

"你还是结婚吧，有个家你就稳定了，要是有个孩子，你就什么都不想了。我希望你有一个安稳的家，我希望你过上最幸福的生活！"

她的话让我感动，特别是最后的那两句，让我从表面的冷静中，分明听出她内心的某种悲伤。我都想掉泪了。那一刻我都想发誓索性跟着她离开我已经拥有的一切，相依为命地过那种一贫如洗的生活去！

但我什么都没有说出口，我只是紧紧地抱着她，心里头难受极了。

我知道，我爱上了安心。

但我又不能决心了断和钟宁的关系。那是一个现成的富贵，一个近在眼前触手可及的显赫的事业。事业对男人来讲，就意味着功成名就和一辈子的地位与寄托！而爱情，我知道的，总有冷却的一刻。

我是不是太俗气了？太市侩了？太一身铜臭了？

是，我就是俗气，就是市侩，就是名利熏心！但我也想得到真正的爱，我也向往纯真的爱情，真的，我爱安心！

那些天我一有空就去看安心，约她出来吃饭，和她聊天，甚至，还站在她的家具摊位前，帮她吆喝生意。但我心里总是黑洞洞的，沉甸甸的，充满矛盾。每次去三环家具城，心理上都是偷偷摸摸，做贼似的，因为总还是怕被熟人碰见，碰出麻烦。

我和钟宁的关系，那些天也恢复了正常。我们第一次恢复接触是因为我爸在家门口过街时让一辆出租车给剐了，我得知后急急忙忙赶到朝阳医院。钟宁已经先到了，正在病房外跟肇事司机吵架。我们既无意又有意地对视了一眼，谁也没和谁说话，连招呼都没打。我先进了病房。我爸伤得不重，腿上有点擦伤，已经做了包扎，头部磕了一下，还需要进一步检查。我正跟我爸问长问短，钟宁匆匆结束了吵架进来了，帮着端茶倒水，指使护士拿这拿那，一副孝子贤孙的样子。我爸挺感动，我也挺感动。忙乎到医院开始往外轰人了，我们才走。

出了医院大门，天色已晚，钟宁先开口问我："你饿吗？"我点头，说："找个地方吃点东西吧。"于是商量了一个地方，各开各的车去了。

然后一块儿吃了饭，互相点了对方爱吃的菜。我们也就这么和好了，过去的事儿谁也不再提起。

我的苦闷只和刘明浩说过，我需要倾诉。刘明浩是唯一认识安心的人。但刘明浩也是一个现实的人，他当然不会鼓动我为了纯洁的爱情而牺牲一切，他说："对一个女人的感觉迟早是要变的，你不可能把对一个女孩儿的激情永远固定地保持下去。男人一到了某个年龄，就不会那么浪漫了。对咱们男的来说，感情这玩意儿很快就是过眼烟云，唯一实在的，能一辈子对你有价值的，还是事业！要事业就甭讲感情，谁讲感情谁垮台！真的，老弟，你还太年轻，千万听大哥这句话，大哥说别的都是扯淡，唯独这句话，绝对是至理名言！绝对是真的！"

我知道这话绝对是至理名言，绝对是真的。道理我全懂，可也许正因为我还太年轻，还没有完全度过生理和心理的青春期呢，所以总是摆脱不了对安心的思恋。这思恋总是一天到晚折磨得我坐立不安。

是的，我以前泡妞，常常是三分钟的热气，只要一上过床，兴趣马上减弱，可唯独对安心不是这样。尽管后来我找地方和她又上过几次床，我不敢说对她的身体，对她身体的每一个部分，都迷恋如初，但确有一种东西始终令我激动，那就是精神上的吸引和心灵中的默契，是那种和其他女孩儿交往时从未产生过的生活的幸福感。和其他女孩儿的肉体交往真是不算少了，但只有安心能够让我的心突然变得忠诚和善良起来。

由于有了安心，我和钟宁的每一天，都过得索然无味。小的口角层出不穷，脸红脖子粗也时有发生。争吵无论大小，起因和内容全是鸡毛蒜皮。钟宁为此多了一个口头禅："你他妈真不像个男的！"没错，我一点都不知道让着她，她生气了也懒得去哄。而且对她陷害安心那件事，始终耿耿于怀，怀恨在心，所以我有时和钟宁吵架拌嘴纯粹是成心找碴儿，以发泄心中的怨气，控制不住似的。

慢慢地，钟宁似乎也知道这是怎么回事了，她找了刘明浩，她问刘明浩我这一段又泡上谁了，刘明浩装傻："不会吧，上次你都晾了他俩月了，现在借他胆儿他都未必敢。"钟宁说："你别他妈替他装，你们男的我还不知道，你们要是对自己的傍尖儿爱搭不理了，那肯定就是又泡上别的妞了！你们那点德行劲儿我还不清楚，你蒙谁呀！"

刘明浩那天晚上火急火燎地狂呼我 BP 机，约我见面。我和他在莫斯科餐厅见了面，刘明浩向我通报了钟宁找他的情况，他告诉我钟宁在打听安心的行踪，打听我和安心还有没有勾搭。我问刘明浩是怎么回答的，刘明浩说他开始还坚贞不屈来着，后来钟宁软硬兼施，甚至威胁刘明浩："跆拳道馆的工程尾款你不想要了吧，以后国宁公司的生意你也不想做了吧。"刘明浩是个软骨头，终于叛变，供出了安心的新单位。他解释说："从钟宁话里可以听出她已经知道了安心的行踪，我再硬扛着也没用了，扛着也是无谓的牺牲。"

开始听刘明浩这么说我还断定这肯定是钟宁凭空诬和，刘明浩就是贪生怕死出卖朋友。后来刘明浩突然说出钟宁在我衣服口袋里曾经翻出过一张安心的名片来，这个情节立刻令我哑口无声。"安心给过你名片吗？"刘明浩问我。我未置是否，但脸色已经白得很彻底。我真他妈后悔死了，只能暗暗怪自己实在是太马虎大意了。

刘明浩劝我早做准备，或者和安心暂停来往，避过这阵儿再说。再不行的话，干脆让安心换个工作，安全转移。刘明浩找我通报情况并且出谋划策是因为他也不想得罪我，要在抗日战争那会儿，他肯定是个见人是人见鬼是鬼的"双面保长"。不过听说那时候这种"双面保长"最后的下场大多是让其中一方，或者是日本鬼子或者是八路军游击队，给一枪崩了！

我表面坦然，不再埋怨刘明浩，其实心里七上八下。刘明浩那天要了很多菜，我一口没吃，呆呆地听他如此这般地说，听他给我出各种点子。菜都凉了，奶油汤像糨糊似的凝在盘子里，他的点子却越出越热闹越出越邪乎。还逼着我发表评价，让我说他那些点子怎么样，聪明不聪明，绝不绝。我听着，不予置评，最后只说了一句："你还吃吗？"

他看看我，愣了一会儿，说："不吃啦？不吃咱走吧。"

我们就起座走了，刘明浩差点忘了结账。

我开车往家走，半路上呼了安心两遍，没有回复。我把车开到香江花园，从我爸让车撞了以后我就又搬回这里住了。我进了门，看见钟国庆和钟宁正在客厅里窃窃私语，见我进来，都住了嘴。钟国庆站起来，板着脸看了我一眼，没说话就走到他自己的书房里去了。钟宁不看我，也不说话，眼睛红着，像是刚刚哭过。我一看这架势，心里当然明白了。

我也不说话，就往自己的卧房里走。钟宁这时叫了我一声：

"杨瑞，你来一下，我给你看样东西。"

她的声音很哑，因此有些阴森恐怖。我没理由不理她，于是就过去，在她对面的沙发上坐下。

"杨瑞，你看这是谁呀？"她从茶几上拿起几张照片，放在我的面前，"你认识吗？"

我看那几张照片，脸上尽量平静，但心里却轰的一下，脑门怦怦直跳。这都是安心的照片，显然是被什么人偷拍下来的，背景是黄昏中一片破旧的居民楼，还有夹在居民楼楼缝中的一轮昏晕的夕阳。我说不清是尴尬还是愤怒，但我没有爆发，因为我惊愕地看到，那些照片里的安心，还领着一个一两岁大的孩子。

我发着抖，问："这是谁拍的？"

钟宁没有回答，反问："这女的是谁呀，你认识吗？还有这个小孩儿，你认识吗？"

我抬高了声音："这是谁拍的？"

钟宁冷冷地说："我拍的，我让人拍的。"

我红了眼睛："你想干什么？"

钟宁说："没想干什么，我就想知道知道，这小孩儿是谁的。真看不出来，这个大喇表面上装纯像个大学生似的，实际上早就当妈了！孩子都快上街打醋了！"

我眼睛发直，口唇麻木，连心里都失音不会说话！安心怎么会有孩子？在我头顶上，好像有一个漆黑的大锅压下来。在那一刹那，我脑袋里闪电般地闪过我对爱情和幸福的所有回忆和憧憬，然后，我看到它们统统地粉碎了，随之而来的那种刺痛让我禁不住用最大的疯狂嘶声叫喊：

"你到底想干什么！"

钟宁先是吓了一大跳，继而绰起那些照片，用更大更尖的声音反击过来："谁是这小孩儿的爸爸！啊！谁是他的爸爸！啊！是你吗！啊？"

她把照片摔在我的胸前，我真想给她一巴掌，但我压制住了。我站起来走进卧室，把门砰的一声关住。我几乎喘不过气来，我竟然泪流满面。

钟宁在外面叫骂："杨瑞！你给我出来！你给我滚出去！你早就有女人有孩子，你他妈骗了我这么久！你还有脸住在这儿，你还是人吗!"

钟国庆也从书房出来了，先是和他妹妹说了句什么，然后在我门外厉声叫道："杨瑞，你出来!"

我打开门，还没看清钟国庆的样子，脸上便重重地挨了一巴掌，我没有一点准备，一屁股坐在了地上，不知道是牙被打出了血，还是鼻子出血流到了嘴里，我满嘴是红！我没有还手，我想我毕竟有对不起钟宁的地方，所以我不还手！

钟国庆咬牙切齿："你他妈玩儿得够狠啊，你不打算在北京待了是怎么着！小子你别以为这就完了，你敢跟我来这个，我他妈照死了整你!"

我爬起来，一言不发，返身去卫生间把一嘴的污血吐出来，然后洗干净，再然后回卧室把我的衣服和一些东西快速地装进一只手提包里。装那些东西不过是一种要离开的表示，并没有算计哪些东西该带走哪些可以不要了。三下两下把包装到半满，拎起来就走。钟国庆骂完，已经恶狠狠地回书房去了，不知给什么人在高声打电话，大概也是说我的事。钟宁趴在客厅的沙发里抽泣，我大步从她身边走过，走了几步又回身，把国宁公司发给我的手机和我那辆车的钥匙，统统拿出来放在茶几上，然后离开了这个灯火辉煌的华丽的家。

天色已晚，我徒步沿着开阔的京顺公路往城里的方向走，没有出租车。那些运货的大卡车和拉人的小轿车没人敢搭理我。我后来也不再心存侥幸地招手了，这么晚了谁敢贸然停车拉上我这样一个幼兽般的流浪汉？我走了两个多小时，走到夜里快一点了才走到了三元桥。夜里风大起来，风一直吹着我的脸，我的脸有点肿，脸和脚都感觉麻木。

我反复想着：一切都结束了，一切都结束了。

我还想着：那孩子是谁的？

后来我才知道，那天钟宁从三环家具城的门口跟踪了下班出来的安心。跟到一个居民小区，看到安心走进一幢居民楼，没用多久又抱着一个小孩儿出来，路过一个小卖部时，安心放下孩子去买东西。孩子大概一岁了，已可以在旁边颠着跑。钟宁从汽车里下来，假意去逗那小孩，她问："你几岁呀？"小孩低头不答。

钟宁又问："你叫什么呀？"小孩腼腆地笑，抿嘴不答。钟宁再问："妈妈呢？"小孩回身指指安心，说："——妈妈！"钟宁拿出了她常常随身带着的一张我的照片，问孩子："这是爸爸吗？"小孩懵懵懂懂地，居然点了头。这时候安心买完东西，回头看见了钟宁。

安心马上认出了她！钟宁也没有回避，她用仇恨的目光盯着安心，嘴巴却咧开来恶毒地一笑。

她说："你真够有福气啊，有这么好看的孩子，他爸爸也一定长得不赖吧。"

安心没有回答，她抱起孩子就走。钟宁也不追，返身回到她的车上，这时她已经面色铁青，她已经把我恨到骨头里去了，她那时就在心里发誓一定要让我付出代价！

她上了车，车上还有她的一个随从，正在收起相机，取出胶卷。她接了那胶卷，说了句："走！"

这些情况是我事后才知道的，但我同时也知道，这并不是一场误会。

一切都是我的错，我爱一个女孩儿却不敢和她公开在一起，而我不爱的女孩儿却要因为某种功利的目的和她违心地厮守。我是个卑劣的男人。

　　这一切还是结束了好！

　　我站在三元桥上，深夜的三元桥不再拥挤，四周的空旷使我蓦然发现这座老式立交桥的壮观，从它的主干延伸出去的无数阡陌般的支脉通往东西两面，把成串的路灯带向不知尽头的远方。这时我突然痛恨安心。她口口声声最不能容忍的，就是男人撒谎，可她自己最大的毛病就是撒谎！她什么都瞒着我，明知道我爱她可依然对我吞吞吐吐，话总是说到一半，总是说得模棱两可，含混不清。她知道我是谁，住在哪儿，我有什么亲人，我从哪儿毕业，在哪儿上班，我的一切她统统知道！连我还有一个钟宁，她也一清二楚，我对她已经没有任何隐瞒！而她呢，她是谁，她过去发生过什么事情，她究竟爱过几个男人或被几个男人爱过，我至今模糊不清，我居然连她还有个已满周岁的孩子，都一无所知！

　　我越想越失望，越想越愤怒，越想越不可思议。当初我追她是以为她纯，为了得到这个"纯"，我彻底丧失了已经拥有的一切！我追她的原因和过程的本身就带有一种讽刺的意味，她不仅不是我想象中的纯情少女，而且，我怎会想得到呢，她还是一个拖儿带女经风历雨的妈妈！也许她自己都说不清，那孩子的爸爸是谁，在哪儿，还管不管她，还管不管这个孤儿般的孩子！

十

　　我乘坐的火车是早上六点多钟进入云南的，进入云南后停靠的第一个小站名叫礼昂，乍听起来还以为到了法国的南部。自礼昂之后，列车走得越来越拖沓，停得越来越频繁，车上的短途旅客上上下下，不断更迭。客人的成分结构也明显地发生了变化，有点农村包围城市的阵势。拥上车来的人越发普遍地，带着大筐小篓的农货，像赶集似的在车厢里挤来挤去，用难懂的土话大声吆喝，我在这些人的骚扰下，精神上不胜其累。

　　最让我感到累的，还是我对面铺位上那对一直没有换过的年轻夫妇。他们带着一对大概只有两岁大的双胞胎，那是一对龙凤胎。他们管那男孩儿叫小阿哥，管那女孩儿叫小格格。一会儿哥哥，一会儿格格，分不清他们带着口音的腔调是在叫谁。连那两个不知疲倦，上蹿下跳，一点家教都没有的孩子也时常搞错。叫哥哥时，格格会应，父母则以此为乐，大概同时也过足了"皇阿玛"和"皇额娘"的瘾。

从真心论，我不太喜欢孩子，也许我还没到喜欢孩子的年龄。我总觉得有个孩子在身边什么事都干不成，一是太闹，二是孩子会用各种手段吸引大人的注意力，使自己成为中心，使其他人统统变为陪衬，这让我觉得无趣。我一直猜不出如果我自己有一个亲生的孩子该是何感觉。我会喜欢吗？像我这样尚没有做父亲愿望的人，也许还难以体会到天伦的乐趣。

　　最好笑的是，在一年半之前我比现在还要年轻的时候，就已经被人指认为父了。我被指责为一个不负责任的、偷偷摸摸的、道德败坏的父亲。那时我连这个孩子的面都未曾见过。因为这个孩子，我曾经不想原谅安心，我曾经和安心发生过激烈的争吵。关于这个孩子的争吵我至今记忆犹新。

　　三环家具城在那天上午开门营业时，我甚至比安心到得都早。当她来到她的家具摊位时，我已经坐在那张包了粉红人造革的大床上，一脸怒气地等着她呢。

　　她看到我这么早就等在这儿了，看到我脸上不加掩饰的怨恨，我想她应该是明白了，但她不动声色，甚至还像没事儿人似的和我心平气和地打招呼。她说："你来得真早。"

　　我冷冷地沉默了一下，回问道："你怎么来晚了，是不是刚送完孩子？"

　　安心一动不动地站在那儿看我，她大概早就预料到我今天一上来就会问孩子，但我话里的刺儿和我发泄愤怒的方式还是刺伤了她。她尴尬地站了半天，才说："孩子的事，我找时间会向你解释的。"

　　我紧跟着说："你现在就应该向我解释。我把我的一切都告诉你了，可你什么都瞒着我。你到底还有多少秘密？还有多少见不得人入不了档案的隐私？"

我的声音大得有点肆无忌惮，安心惶惶然环顾左右，说："杨瑞，我现在在工作。你知道我找这份工作不容易。我不能没有工作！"

说到工作我的情绪更加激动，更加凶狠："我现在已经没有工作了！我也不能没有工作！"

我说完，扭头大步走了，我走出了家具城的大门。街上起了风，满天的尘土，空气让人窒息。我把衣领竖起，站在街边，不知往何处去。

安心追出来了，她的头发被风吹乱在脸上，那样子说不出是凄凉，还是残酷。我看她一眼，心中有了怜悯，我低声咕噜了一句，像自言自语那样有气无力："你上班去吧，我走了。"

她没有动，张皇地看着我，半天才说："你真的没工作了吗？是因为我吗？"

我转过头，我并不希望她向我表示什么同情或自责。我的目光茫然地盯着三环路上滚滚的车流。这真是一个忙碌的城市，在这样的城市中，每天该有多少个角落发生多少个悲欢离合的故事，数也数不清吧！但整个城市就如同这鱼贯而行的车流一样，没有人会停下来关注一番，感叹几句。每个人，都埋头过着自己的日子，其他都是闲事！

于是我只好自己发出一声叹息，我对安心说："快去上班吧，别再把工作丢了。你说得没错，工作对你确实很重要。我以前不知道你还有孩子。"

安心显然是想抱歉，想解释："杨瑞，孩子的事，我应该告诉你的，我应该……"

我挥挥手打断了她，我挥了挥手，好像在告诉她一切解释都不重要了，一切！我说："你的秘密，你的隐私，你过去的事儿，都是你的私事，我无权过问，我也不想过问。"

安心没有走，她甚至没有从我脸上移开目光。我尽管面朝大路但我能感觉到她的歉意。她说："你真的没工作了吗？真的是因为我吗？"

我说："对，他们以为我是那孩子的父亲！"

安心认真地说："你去跟他们说，你不是的！我可以跟你一起去说，孩子跟你没有一点关系！孩子根本不是你的！"

我转过头，看安心，良久，才咬牙说道："我知道不是我的！"停了一下，我问道，"是谁的？"

安心低了头："我早应该告诉你的……"她虽然低了头可我还是能看见她眼里流出了眼泪，强劲的风马上毫不犹豫地把那几滴还发着热的眼泪吹碎了。她说："我瞒着你，是因为我喜欢你，我喜欢你所以我怕你知道了受不了。你对我好，真的……你对我好我都知道，我怎么张得开口和你说这些事……"

安心哭起来，泣不成声。这不是她第一次对我哭，却是她第一次毫无遮掩地说她喜欢我。我的心顿时被一片柔软和温暖的情感包围起来，我拥抱了安心。

安心也抱了我，我们不顾过往路人的侧目和讪笑，紧紧拥抱在一起。一切怨恨和不满在此刻都微不足道了。我们拥抱着对方的身体，也拥抱了我们彼此的委屈和共同的苦难，拥抱了一种相依为命的心情。感受到这个心情让人禁不住想要流泪，可同时又有一种无法形容的快乐和安慰。

我们拥抱了很久，风把我们吹透了，吹得全身麻木。我轻轻地说了句："回去上班吧，别丢了工作。你要想跟我说什么，晚上就去找我。"

我松开她，转身跨街走了，像个大男人那样头也不回。

白天，我最后一次去了国宁公司。没见到钟氏兄妹。但公司里的人看我的眼神都明显地不自然了，我的身后总是一片嘀嘀咕咕交头接耳声。我把办公室的东西清理了一番，拿了我的私人物品，把属于公司的东西整理清楚，连同办公室和文件柜的钥匙，都留在了屋子里。

走之前我去找了隔壁的秘书，告诉她我已辞职，办公室里的东西要不要向她清点交接一下？她犹豫片刻，让我回去稍等。十分钟后，她竟然带来两位公司的保安，进了我的办公室一言不发地清点东西，甚至还要求检查我要拿走的那些私人物品，平时那一脸过度热情和天真装纯的笑容，此时一点影儿都没有了。我微微咧开嘴笑了，仔细看她。她回避着和我对视，拧着脸只看那些东西。我这么看她并不是为了谴责，而纯粹是因为好奇。我原来怎么也想象不出她这张总是带笑的乖乖脸竟能做出如此凶狠冷酷的表情。

离开了国宁公司，我乘出租车直接回了家。回家后我给我爸打了个电话。我说："爸，我跟钟宁吹了，我今天已经辞职了，跟您说一声。"我爸在电话里跟我急了："什么，到底又因为什么？是不是又因为那个叫什么安心的？"我说："对！"我爸说："你怎么这么浑……"我没听他说下去就把电话挂了。

晚上，天擦黑的时候，安心来了。我们煮了咖啡，像以前那样靠着沙发，面对面地在地毯上盘膝而坐。我们都没有吃饭，或者说，都没有饥饿感，咖啡因此在嘴里显得很苦。这大概正呼应了我们此时的心情。苦涩现在恰恰最能让我们为之感动。

安心说："关于那个孩子，你想知道什么？你想知道谁是他的父亲？"

我淡淡笑一下："我想我已经知道谁是他父亲了，这事儿不难猜的。"

安心看着我，毫不惊讶，她平静地问："你猜到了谁？"

我故意沉了一下，用同等的平静，回答："是那个姓潘的，那个替你还钱的人，对吗？"

对，是那个姓潘的，我其实早该想到了。从那天夜里安心在街角向他哭诉，到后来他替安心还了欠债，他们之间显然不是一般的朋友。如果他是孩子的父亲，一切就都顺理成章，就都能解释得通了。唯一让我别扭的是，这个姓潘的，年龄太大了，他几乎可以成为安心的父亲。

我不想说那男人的坏话，我本可以对他那一脸的褶子好好地挖苦几句的，但我怕刺伤安心。我只说了句："那个人，你不觉得他太成熟了吗？找一个成熟的男人是不是特有安全感？"

安心先是皱了眉，那是吃惊的表情，继而她笑了："你猜到哪儿去了，你怎么会以为是他？他是我的头儿，他是在真心实意地帮助我!"

"头儿?"我有点犯愣,"什么头儿? 你和他,你们到底是干什么的?"

安心回避开我的注视,她不回答。她转脸看窗外,也许是在思考应该怎样地回答我,她迟疑得连我都有点不堪重负。我想开个玩笑替她解脱,我想让她知道,我什么都不在乎,在我面前任何事都不必成为难言之隐。

"你们不是什么黑社会团伙吧?"

我的玩笑开到了极致,用以帮她放松神经。安心没有笑,但至少她脸上的线条已被松弛。在夕阳最后的一道余光下那张脸依然美丽,依然娇嫩、单纯和天真,这使她刻意保持平静的声音难免有些不相匹配。

"杨瑞,我告诉你,我没有上过什么广屏师专,也没有到南德的什么中学去当老师。你说的这个老潘,是南德公安局缉毒大队的队长,二级警督,我是他手下的一名警员。"

我的心咚咚直跳,安心说她是警察和她说自己是黑社会一样让人震惊,让人几乎无法相信!就如同我无论如何也看不出安心已经是一位母亲那样,我无法从她那张尚嫌幼稚的脸上,看出她是一个从枪林弹雨中走过来的缉毒警察!

我真的发呆了,再也装不出镇静,我喃喃地说了句:"你到底哪句是真的?"以掩饰自己的惊慌失措。其实,我问这话的同时已经知道,她现在坦白的一切,才是那个真正的安心。

天色似乎比平时暗得要早,也许冬天到了,白昼已经缩短。客厅里那两个挂了纱帘的窗户上，仅仅残余着些日落的天光，像两只大而无神的眼睛，默默地看着渐渐沉入阴影的我们。我们谁也没有想起去开灯，似乎都希望黑暗能将自己的表情隐藏。

安心的声音，在看不清面孔的黑暗中显出少见的成熟，那低沉而且略哑的语言几乎像是一个沧桑女人在讲述一段陈年的往事。虽然这段往事对她的人生来说只是刚刚翻过的一页，但她说来和我听来竟有一种岁月遥远的隔世之感。

"我六岁在清绵老家上的小学，比正常的学龄小一岁，十一岁升入中学，十七岁参加全国高考，分数刚刚过线。因为我有一块全省跆拳道女子冠军的金牌，所以被广屏公安高等专科学校首轮录取。三年大专毕业，按照公安部的统一规定，公安院校大专毕业生一律下放基层公安机关锻炼两年。在我自己的要求下，我被分到了南德市公安局缉毒大队，当内勤。"

安心对自己二十年人生的叙述就是这样简短、平易、语气单调，单调得让你几乎找不出年轮的痕迹。

"南德，是缅甸金三角罂粟种植区通往中国内地和欧美大陆的重要通道，这里发生的犯罪百分之八十和毒品有关。搞禁毒工作的人都知道，南德是毒品进入中国的第一个门户，是一个斗争最激烈最残酷的地方，所以，我要求去了南德。"

"为什么？"我问安心，"难道你特别喜欢残酷吗？特别喜欢过那种冒险的生活？寻求刺激是不是你与生俱来的本能和性格？"

安心摇头："我给了你这种印象？"

"对。"我说，"像你这种女孩子，能喜欢跆拳道，又去当警察，又主动要求上前线，说明你特别喜欢做一个力量型的人，特别崇拜英雄。你小时候是不是特爱看惊险电影和武侠小说？"

安心再次摇头，她想了一下，似乎想找到最贴切的解释："不，我练跆拳道是因为我家离我上学的地方太远，我得住校，所以我妈让我参加跆拳道队，算是下了课有人能管着我；我上公安专科是因为我练了跆拳道所以他们要我；我要求去南德也不是想追求刺激。在公安专科上了三年学，除了学会了些法律、侦查之类的专业外，很重要的，是我们熟悉并且慢慢接受了我们内部的一种氛围，那就是渴望战斗。这个氛围就像是一个巨大的'场'，你在其中，就必然被它吸引，被它左右，在它的轨道里旋转。它的引力，能让你不由自主地改变自己。"

安心打开了茶几上的台灯，她在那蜡烛般的灯光中看到了我脸上的茫然。她笑了，说："真的，是我自己要求去南德的。上次跟你说我毕业后千方百计想留在广屏，那些话全是假的。"

是的，刚才她说过，什么广屏师专，什么南德的中学，那些话全是假的。我问："那张铁军呢，还有他那个在广屏当妇联秘书长的妈妈，他们也是假的吗？还有那个在南德认识的毛杰，也是假的吗？""不，"安心摇头，"在我上大学三年级的时候，我们的校长病重，我被派去帮忙陪护，认识了他的儿子张铁军。在我毕业半年后，我们结了婚。"

"结婚？"我心里暗暗地吃了一惊，"你和他已经结婚？"我心里吃惊但脸上竭力做出漠然的表情，声音也装得漫不经心："你才多大？你才多大就结婚？"

"二十一岁。那年张铁军已经二十八了。"

我心里有点乱，我对安心从一个处女的想象开始，随着对她的真实情况的每一步了解，都要承受一次心理的打击。我心烦意乱地问："啊，在你们云南，女孩子二十一岁就结婚，不觉得早了点儿吗?"

安心低了头，我看不清她藏在阴影里的面孔，但从她轻声的回答中，我知道了那上面的表情。

"不是，我这么早就结婚，是因为，因为那时候，我发现我怀孕了。"

十一

我得承认，我爱上了安心，尽管她已经结了婚，尽管她已经有了孩子。

从上中学开始，我记不清追我的女孩到底有多少拨儿了，也记不清被我追的女孩究竟有多少个了，但可以肯定的是，我那时怎么也不可能想到我二十三岁时会爱上一个有夫之妇，一个做了母亲的女人。

要是我不爱这个女人，我干吗要在听到她结婚，听到她有孩子的时候这么不开心？而且不管心里怎么别扭，我还是要听下去，我甚至是万分焦急地，满心渴望地，想要听完她的故事。

从安心给我讲述她的故事的那天傍晚开始，到现在已经过去一年了。在这一年多的时间里我不断重复温习着这个故事中的事件和场面，不断在想象中丰富着那些场面的细节。这些细节最终留给我的感受，并不是先前的别扭和遗憾，相反，它竟然奇怪地延续了我对安心的感情。

在安心的故事中，最让她自己万般留恋的，是在南德缉毒大队当内勤的那段生活。我在京师体校街口的路灯下看得没错，缉毒大队那位姓潘的队长已经年近五十，他对安心几乎像一个兄长甚至父亲。他并不是南德人，他的老家是南德以东三百里的沙茅。他在那里出生、上学，从小学上到中学。老潘本来是一心想离开沙茅到省里上大学的，但中学没上完家里就破败了。破败的原因在他生长的那个小镇并不稀罕，那就是他的父亲染上了吸毒的毛病。父亲吸毒之后没有多久，母亲就远嫁他乡，再也没有回来。在老潘十七岁时，父亲有一次注射了过量的海洛因，半夜死在街上的一间公共茅房里，据说死相惨不忍睹。别人将他父亲的死讯告诉老潘后，老潘并没有去看，他也不知道他父亲后来是被谁埋了。他从十五岁开始就独自住在学校，再也没有回过家，再也没有把那个因为吸毒而变成疯子和无赖的人当成自己的父亲。他从十五岁开始实际上已经是一个孤儿。中学没有上完老潘就参加了工作。他在沙茅地区公安局工作了将近三十个年头，其中有十五年从事缉毒工作，在他手里落网的毒贩不计其数。在安心下放到南德的前一年，省里把几个反毒斗争比较残酷的地区的缉毒干部像洗牌似的全盘调动，被调者一律举家迁移，所去的目的地也都对外保密。这无疑是对这些干部的一种有效的保护，以防止罪犯可能的报复。老潘就是那时从沙茅迁到了南德。说是举家迁移，老潘实际上是孤身一人来到南德的。因为他老婆觉得南德太偏远，老潘这工作又总是没日没夜的不着家，嫁给一个缉毒警察就跟守寡差不多，而且担惊受怕，还危险，缉毒警察的家属也一向是罪犯恐吓和报复的目标。于是老潘的老婆就带着儿子迁到她娘家大理市去了。她娘家是傣族人，除了傣历新年泼水节的时候老潘请假回大理看看他们之外，他老婆和儿子一次也没有来过南德。

在安心眼里，老潘是个苦命的人，父母在时已是孤儿，娶有妻室却如同单身。安心原以为像老潘这样长期从事对敌斗争从小又缺疼少爱的人，生性一定特别的冷酷残忍，可事实恰恰相反，在安心第一眼见到老潘的那一刻，确实没想到这位满脸沧桑苦相的粗硬汉子，竟是一个充满爱心的人。安心在南德工作的那一年多的时间里，老潘始终像母鸡护蛋似的照顾着她的方方面面。

安心是南德缉毒大队里唯一的一位大学生，可以说老潘对她的照顾不仅是对一个年轻女孩儿的偏向，从内心起因上那几乎是代表了对"知识分子"的爱护和庇佑。这种庇佑最突出的表现，就是从不让她参加任何有可能发生伤亡和危险的侦查缉捕行动。南德是一个战场，在战场上所能给予的最重要的关照，无疑就是对生命的保护。

那个环境对我这样几乎从未远离过北京的人来说简直陌生得难以想象，遥远得好像不在同一个生存的时空。后来安心像讲故事一样地给我讲了很多缉毒的案例，那些案例与好莱坞及港台电影的情节相比，大都显得简单无趣、平淡无奇，只有少数几个勉强凑合称得上惊险的，也不过仅仅像个掐头去尾的情景短剧。但无论是简单平淡的还是勉强凑合的，在安心嘴里无一不绘形绘色，说的比听的还要来劲儿。这些案件尽管她并非个个亲力亲为，但敌我双方的出场人物她大都见过，这些人物都曾和她擦肩交臂，她认识他们、熟悉他们，与其中有些人甚至朝夕相处，所以每个案例由她说来几乎等于对往事和故人的追忆。

在我听来，安心在南德的生活和工作是顺利的，也是愉快的，只是有点年轻人特有的寂寞而已。张铁军每个月从广屏坐火车来看她一两次，每次只能待个两三天便要匆匆赶回。和毛杰短暂的出轨行为并没有影响她和铁军的感情，她爱铁军想铁军对铁军再无半点杂念。她那时最渴望的生活就是和铁军天天见面。而处于热恋状态的铁军对这样牛郎织女的分居生活更是难以忍耐，那些天也一直琢磨并和安心讨论他要不要从广屏临时借调到《南德日报》当记者。

总的来说，安心是个理智型的和责任感比较强的女孩儿，所以能很干脆地中断了和毛杰的这段危险关系。也许干公安的人总是比一般人具有更多的果断和心计，她和毛杰的事来得快，去得快，人神不知。尽管她后来和我谈到这段往事时不得不承认，是她对不起毛杰，所以有很长一段时间她心里暗自隐藏着一种负罪感，无论是对毛杰，还是对铁军。

对铁军她还可以补偿，那就是，在后来的生活中对铁军加倍地好。她用尽各种各样的办法让铁军和她在一起时享受到充分的快乐。铁军每次来到南德她都不惜花大量时间为他做各种好吃的饭菜，晚上还要为他捏头捶肩，甚至给他洗脚。她对他好得几乎到了一种讨好的地步。她竭力在她那间小小的单身宿舍中，模拟演习出未来家庭的全部温馨。她这样做一半是出于本性，一半是为了赎过。

在她到南德实习刚满半年的时候，市里不知从哪儿拨了一笔专款，给公安民警做了一次全面的体检。用缉毒大队一些老同志的话来说，这是破天荒的一项"温暖工程"。那几年队里好多人连药费都报不了呢，打针吃药的发票一直攥在手里欠着呢，现在居然有病没病都可以去体检了。这次体检缉毒大队查出有大毛病的一共有两个人，一个是大队的副教导员，查出有肺结核。肺结核让人总感觉是旧时代久违的一种文人病，遗老遗少似的，很少见了，不知怎么让他赶上了。再有就是安心，医生问安心最近有什么不舒服，安心说没有啊，她这么年轻，身体从小就好，练跆拳道的身体还能差吗？她一向不看医生的。她对身体的不适极不敏感，一般有个头疼脑热感冒发烧之类的小病，一扛就过去了，连药都不吃。但医生既然问了，她就仔细回想，她对医生说最近有时有点头晕恶心，不过还行，不算严重。接下来她又告诉医生，她的例假有一阵儿没来了……这算不算病呢？医生是个女的，还挺懂事的，给安心留了面子，旁边没人的时候才面无表情地问她：

"你结婚了吗？"

她的样子完全是个少女，所以医生才这么问。在听到她回答"还没有"三个字以后，医生冷冷地点了一下头。

医生说："噢，你怀孕了。"

安心吓了一跳，她不仅长得小，在心理上也一直把自己当个小女孩儿呢。她刚刚大学毕业，她还不到二十一岁，她从没想过她也会有怀孕这种事情，一点思想准备都没有。和铁军在一起时他们也有一些常规的避孕措施，可居然还是怀了孕。怀孕这事让安心有点不知所措。医生虽然给她留了面子，但也不是完全没有组织原则的，后来医生悄悄告诉了缉毒大队的队长老潘。老潘是知道安心和铁军的关系的。铁军的父亲是老公安，是云南唯一一所公安高等专科院校的校长，在云南警界有知名度，所以老潘对安心怀孕这件事，态度上是理解的，处置上也是宽容的。他没有在队里满处嚷嚷，甚至都没有在大队领导层的内部进行"通气"。他只是私下里提醒安心，让她赶快去医院把孩子打掉。

女孩子没结婚就怀孕这种事，在南德那种小城市，特别是在公安队伍内部，反正不是什么好事。

安心急急忙忙给广屏打了长途，把这事告诉了铁军。铁军当天就搭火车赶到了南德，他带来了他母亲的正式意见：这个孩子要留下来！

孩子留下来怎么办，肚子再过两个月就能看出来了，可安心和铁军一样，都不敢违抗这位严厉的母亲。好在这位母亲赐予了安心一个最大的幸福，那就是：马上与她的独生儿子结婚。

安心一天没有耽搁地，向队里提出了结婚的申请，并且请了婚假。队里那时很忙，但潘队长当即照准，这是心照不宣的事儿。于是安心就回了广屏，待了半个月，把婚结了。婚礼在广屏唯一一家四星级饭店举行。那次婚礼，在广屏可算得上名贵云集。政界、新闻界和市政法系统，都来了很多要人。还有几个当地的文体明星，也请来贺喜，演节目助兴。铁军的爸爸是老公安，妈妈在妇联负责，社会联系面大，铁军自己又是市委的新闻官，朋友多、关系广，他们那天婚礼的录像，就是广屏电视台的专业摄像师过来帮忙拍的，拍得就跟电视里的纪录片一样。

证婚人是广屏人大常委会的副主任，是铁军妈妈费了很大面子才请来的。那副主任原是广屏的市委副书记，以前和铁军的父亲私交甚好。

热闹的婚礼之后，铁军照风俗跟安心回了一趟娘家。他们在清绵仅仅住了两天，便告别安心的父母去了昆明，然后从昆明乘飞机来到北京，开始了他们的蜜月旅行。

这是安心第一次到北京，北京给她的印象很好。他们托了铁军妈妈的关系，住进了长安街上妇女活动中心的好苑商务酒店。他们逛了天安门、长城和故宫；铁军看望了几个在北京工作或深造的大学同学；安心看望了她过去的一个教练，现在在北京武警某部跆拳道训练队当按摩师的一个老头儿——那是她在北京唯一的熟人——发了些香烟和糖果。

然后就是买东西。给他们自己和双方的长辈买东西。

在北京待了一个多星期，玩儿得很开心，然后他们带着大包小包的东西，乘火车回了广屏。短暂的婚假马上就要结束了，但两人难舍难分，他们商量再三，并说服铁军母亲同意，决定：铁军马上向单位申请，用借调的方式，到《南德日报》下放锻炼当一年记者。这是他们宣传部的领导早就口头同意过的事儿。

安心先回了南德，按期归队销假。很快，铁军也搬家似的带着大箱小包的东西来到这个边境小城。市里的有关领导对铁军下放至此挺重视，市委宣传部一位领导还专门请铁军和安心小两口吃了顿饭。《南德日报》还为铁军安排了两室一厅的一处单元房，安心也就从那间吊脚楼里搬了过来。两个人新婚的小家布置得还挺是那么回事儿。

搬家那天潘队长带了帮警察过来帮忙，看这一对郎才女貌的新人，没有不羡慕他们的。潘队长像大哥似的笑着警告铁军："你比安心大，可不许欺负她，她在队里是我们大伙儿的小妹妹。她要受了委屈可有处说去。"铁军也笑："天地良心，我敢欺负她？她是跆拳道冠军，一脚就能把我踹到医院去！"

大家也都知道，新结婚的小两口，爱还来不及呢，谁欺负谁呀。

有了新的家，公安局也并没有把分给安心的那间吊脚楼的单身宿舍收回去。因为那间宿舍就在美丽的南勐河畔，离缉毒大队很近，和安心的办公室只隔了一个路口，而《南德日报》给铁军安排的那套两室一厅的单元房离缉毒大队实在太远了，一个在城南，一个在城北，几乎是这个城市的两端。安心需要经常加班到很晚，特别那时临近国庆节，公安局抓节前保卫，忙得人人四脚朝天。还有一些群众关心有社会影响的大案要案，市里要求必须在节前侦破。破了案对群众有个交代，也能提高市民的安全感，增加节日的祥和气氛，也算广大公安民警向国庆节献上的一份厚礼了。

所以那时安心特别忙，缉毒大队无论谁的案子，只要是老潘还没回家，她一般也就下不了班，抄抄写写做记录打报告留守值班接电话的事没完了。逢到安心回家晚了，铁军下了班就到城南来，两个人就在安心的那间十多平方米的宿舍里凑合一夜。反正安心回来也就是上床睡觉，没精神聊天或干别的，第二天常常是铁军还未醒来时她就又走了。

铁军挺心疼她的，就说："以前你说你忙我没想到是这么忙，咱们还是想办法给你换个工作吧。你一个女人这么起早摸黑的不是个长久的事。你现在年轻不觉得什么，等年纪大了身体不好了你怎么办？"

安心也就是笑笑，对换工作的提议从不回应。铁军也搞不懂她干吗对干警察这行儿还这么上瘾。安心说："我辛苦没什么，就是觉得对不起你。等我忙过这段，我一定每天早点回家做饭收拾屋子好好伺候你，让你回来就舒舒服服的。我其实绝对是个贤妻良母型的人，不骗你，等以后你就知道了。"

国庆节的那天晚上，缉毒大队的民警都被抽去参加南德市中心广场国庆群众联欢晚会的执勤任务，铁军也要参加晚会的现场采访，两个人在电话里约定，完事后还是回城南安心的单身宿舍住。因为第二天早上虽然铁军可以睡个懒觉，但安心还得早起。

晚会散场以后，安心回到宿舍时铁军还没回来。她用煤油炉烧了水，又到街对面的小吃店里买了几个茶叶蛋，等铁军回来要是饿了好吃。

十点半左右有人敲门，她以为是铁军忘带了钥匙，连忙把门打开。门一开她的心忽地一下提到了嗓子眼儿，原来门外站着的，是她早已不再来往的情人，毛杰。

她吓坏了，不是怕毛杰，而是怕铁军。铁军马上就要回来了，说不定已经走到了这条街的街口。她不能让铁军知道在她的经历中还有这么一个毛杰，她不能让刚刚开始的幸福生活节外生枝。

她脸色苍白，语无伦次，她说："毛杰，你来干什么，你赶快走吧，我还有事呢……"

毛杰的脸有点红，看上去像喝了酒，但并没有醉。他一把抱住了安心，他说："心肝，我想你都想疯了！"

安心被他抱得紧紧的，她有点慌了。她想应该告诉他自己已经结婚，是有丈夫的人了，过去的荒唐已不可能继续。但她没有说，她了解毛杰的个性，而且他喝了酒，跟他说这些也许不能使他冷静反而能让他更加疯狂。她想无论如何得先让他走，以后慢慢再和他解释。于是她挣脱开他的手臂，她说："毛杰，我还有事，我马上要出去。咱们另外约个时间再谈吧，有些事我也想和你谈谈呢，咱们另约时间。"

毛杰看着她，终于点了头："好吧。"他说："你去哪里，这么晚了我送你。"

安心顺势关了屋里的灯，走出来带上了门。因为屋里的很多细节都可以看出这里有两个人在住。毛杰要看出来非得盘根问底不可，而时间已不允许他们之间再发生任何话题。安心关好门，率先往外走，一路快步走到了街上。上了街她毫不犹豫地往南走，她知道铁军回来一定是从北面来。

毛杰跟在她的身后，问她："嘿，这么晚了你到底要去什么地方？"

安心依然快步走，一路往南，那里有一个长途汽车站，恰巧有辆客运的面包车正要发车。她对毛杰说："明天吧，明天晚上六点半，我们在瑞欣百货商场的大门口见，我现在有急事要到下溪去。"安心跳上车，车开了。她看见毛杰站在车站那里发愣。路边有一根灯杆，一束简单的黄光把他的轮廓勾勒得非常好看。安心承认，毛杰是一个外形很酷的小伙子，是一般女孩都会一见倾心的那种小伙子。

下溪是南德的一个郊区站，距刚才的始发站有五六分钟的车程。安心当然不会一路坐到那里。车开不久，拐了一个弯，她就向司机出示了工作证。

"我是公安局的，请停一下，我要下车！"

司机当然停了车，安心在一车旅客惊异的目光下，一脸严肃地跳下车去。

　　她一路小跑回到宿舍时，铁军已经回来了。铁军疑惑地问她："晚会不是早完了吗，你怎么才回来？"安心说："晚会完了我们还负责清场呢，清场完了没有命令谁也不敢走啊！"铁军说："我一看这桌上有茶叶蛋我以为你早回来了。"安心遮掩道："茶叶蛋是我走前买的，我怕你回来饿。"铁军说："我还真饿了，我们报社准备了盒饭，我一直没时间吃。"

　　然后他就剥了茶叶蛋，大嚼大咽起来。然后开始说起今天晚会上的种种趣闻和失误。安心拿暖瓶帮他倒了杯开水，心跳这才渐渐缓慢下来。

　　第二天晚上下了班，安心先给铁军的报社打了电话，她说她晚上要加班，要去出一个现场，可能回家会很晚。她必须说她是去出现场，否则说不定铁军忙完了会来队里找她，他和潘队长他们都挺熟了。虽然她很少出现场的，但晚上加班这种事很正常，所以铁军丝毫不疑，说："那今天晚上我和几个同事出去吃饭，晚上咱们还是回你宿舍那边住吧。"安心说："行。"

　　挂了电话，安心换了便衣，匆匆忙忙赶到了瑞欣百货商场。她赶到的时候还不到约定的时间，但毛杰已经非常显眼地站在了商场正门的中间。他穿着一身很潇洒的外套，领子竖着，整个身材因此显得更加挺拔；衬衣有点艳，但艳得很舒服，在商场门口进进出出的那些灰头土脸的人群中，格外引人注目。毛杰看她来了，迎上来，脸上挂着顽皮的笑。安心没有同他寒暄，一开口就用事务性的语气问：

"咱们到哪儿谈？"

毛杰却一点也不事务性，他用长长的胳膊一挽，挽住了安心的肘弯儿，亲亲热热地拉着她往停车场走，声音快乐地说："走，咱们找个好地方吃饭去。"

安心没想到，毛杰竟有一辆八成新的 2000 型桑塔纳停在停车场。在南德城里，私人有这种车的还很少很少。安心想起来了，她第一次见毛杰那天晚上是去过一趟他家的，印象中算得上是个大富之家。她想起毛杰说过他父母和哥哥都是做生意的，从他家的房子和眼前的这辆车子上看，大概生意做得不错。所以毛杰的穿戴举止也能看出手面挺阔。

他开车把安心拉到南德最有名最讲究的一家名叫东山大酒店的酒楼，安心坐在车里不肯下来，她不愿意在这种热闹地方和毛杰单独相聚，万一让认识的人看见了说不清楚。南德是个弹丸之地，抬头不见低头见的半熟脸几乎到处都是。

她说："咱们换个地方吧，吃不吃饭无所谓，还是找个清静的地方，能谈话就行。"

毛杰低眉凝目，做沉思状，随后眉眼绽开，一笑："清静地方？有！"

他开动汽车，穿街过巷，一直开出了城区。安心疑问："你这是去哪儿？"其实她正是希望他们走远点儿的，越远越没人的地方她越觉得心定。

安心看得出来，车子是往南勐山方向开的。他们在郊区国道上飞驰了十分钟，拐入山间小路。太阳还未落去，两边风景如画，山上层层叠叠茂密的植被，被夕阳尽染，红得让人感动。车开到半山，穿过一片夕阳的阴影，一处彩霞夺目的悬崖迎面而出。在那悬崖的险处，躬临百丈深谷，孤零零有一幢房子，鬼斧神工般地倚崖而筑。上面的顶盖是德昂族毡帽顶式的大草篷，下面的基础是傈僳族千脚木屋式的支撑，房的主干，又仿了傣式竹楼的风格，看上去煞是有趣。安心在当地的一本旅游画报上见过这个地方，这是南勐山一个很出名的饮茶之处。

据说，这间茶水店每天中午常被游客挤满，但晚上却是十分清静。他们进去后发现茶店里一个顾客都没有，于是任意挑了一个凭窗而坐的小桌，点了茶和几样点心。南德的茶馆都兼卖小吃的。毛杰还吩咐老板娘去做两碗过桥米线。然后，他把带着笑意的目光落在了安心的脸上，问道：

"怎么样，这地方够不够浪漫？"

安心扭开脸，不想回应他的兴奋。从这窗口她能看到对面绝壁上一株枝丫峥嵘的独木，夜幕正从那独木的身后，一声不响地笼罩上来。

毛杰把手伸过来，拉住了安心放在小桌上的手，吓了安心一跳，触电似的把手缩回。毛杰被她的神经质的反应逗笑了，他大概是那种喜欢较劲儿的人，安心越退缩他越觉得刺激，越要弄到手不可。他说："哎，咱们住在一起好不好，我去找个房子，你搬出来，这样你可以过得舒服一些，好不好？"

安心当然不接他的话，她今天必须把一切统统讲清楚，可又拿不准该如何讲开头，她说："咱们两个算什么，怎么可以在一起住？"

毛杰满不在乎地笑笑，说："喂，你思想好封建嘛。像我们这样的年轻人，住在一起的可多啦，有什么稀奇！我们可以找一个离你的学校远一点的地方。这辆车子我爸爸说以后要送给我的，我可以每天开车去接你，不会让你们领导知道的。你到底在哪个学校当老师？告诉我又怕什么，我说了保证不去学校找你的，你怕什么！"

安心跟毛杰认识这么久了，但她始终没告诉毛杰自己是干什么的。最初还不是怕毛杰冒冒失失地到单位找她去，而是缉毒大队有个规定，对不熟悉不摸底的人一律不能透露职业和谈论工作，原因很简单：南德是一个战场！这里表面平静如水，无波无澜，而水下却暗涌猖獗，暗礁纵横。安心在上学的时候就是个守规矩的人，所以她按规定只告诉毛杰自己在一所小学里当老师，就像她后来骗我一样。可能她觉得老师的形象很高尚，也比较符合她的扮相。

毛杰说："当那个孩子王好玩吗，你要没兴趣的话，可以辞职不干的，我养得起你。我爸爸妈妈很疼我的，我要多少钱他们都肯的。你要同意我今天就带你去见他们。"

安心终于开口说她要说的话了，她竭力想把话说得圆润委婉："毛杰，我知道你对我好，说实在的我一直觉得你这个人挺不错的，所以我现在必须向你说实话……我，我已经结婚了，我是个有丈夫的人了，我不配再跟你交朋友了。……其实，其实像你这样的小伙子，长得这么帅，家里条件又这么好，找什么样的姑娘还不是随你挑吗？"

对安心的这个坦白，毛杰显然感到意外，甚至，他被震惊了。上帝给了安心这样一副迷人的外表，她看上去是那么一个纯纯的小女孩儿，谁也不会把她往一个有夫之妇的身份上去想。就像我当初一眼看去就相信她还是一个处女一样，毛杰也同样是被这情窦未开的模样骗过了。他从安心的表情上看出，安心说的是真的，他在震惊之后的第一个反应，就是愤怒！

"这么说，你一直是在骗我，你到底有多大了？"

安心看他脸色通红，下巴发抖，心里不禁有点害怕，但这局面是回避不了的。她说："毛杰，如果你觉得我骗了你，我可以向你道歉。我不想再骗你了，我再这样不声不响地和你交往下去，那就更不对了。"

毛杰使劲盯着她的脸，盯了半天，才说："我知道，你是讨厌我了，想和我分手了，才故意这么说，对不对！"

安心完全镇定下来，据理反驳道："咱们不是早就分手了吗，分手以后我就结婚了。是你昨天喝醉了又来找我的，我必须和你讲真话！"

毛杰口气突然软下来，几乎像是一种哀求："我没和你分手，我没和你分手，我只是这一段一直跟我哥哥在外面做生意，我刚回来就来找你了。我从来没想和你分手，我一直非常喜欢你的，你别再说笑话了好不好？"

毛杰孩子般的哀求令安心的口气不得不像一个长辈那样循循善诱："你是个大人了毛杰，你应该理智地想一想。咱们都是大人了，咱们不能像小孩子似的再做那些荒唐事了！"

安心的话还没说完，毛杰已经咣当一声推开桌子，站起来就走。走了几步又转回来，双手撑着桌子，把一张暴怒的脸逼近安心，大声喝问：

"你到底嫁给谁了？那家伙是谁！啊？"

安心咬住嘴唇不答，毛杰好像也并不等着听她回答，因为接下来安心的脸上就挨了他重重的一巴掌！她没有提防，整个头部都被他打得剧烈地甩了一下。

毛杰打完，恶狠狠地走了，他大步走出了茶店，开走了那辆桑塔纳2000。他和安心发生争吵并且动手打她的时候，茶店的伙计和老板娘都在，都看愣了。后来见男的走了，女的一个人默默地坐在窗前发抖，也不好过来劝，都装聋作哑地缩在一边。

安心低着头，竭力憋住眼泪，把眼泪硬是咽到嘴里。然后，抬头，看那目瞪口呆的伙计和老板娘，哽咽了一句：

"结账。"

安心是一个人走下南勐山的。走到半路天黑了，虽然她是警察可还是不由自主地害怕起来。山路蜿蜒，两边是黑黢黢的树林，树林挡住月亮的时候，几乎要摸索前行。树林的深处，不时有几声鸟兽的窸窣和鸣叫，或者是一阵让人分不清性质的响动，有点像人在搞鬼的声音。安心知道这里没人，一个人都没有，但还是有点心惊肉跳。她百感交集地直想哭，可没人的地方往往是哭不出来的。她不恨毛杰，她知道毛杰就是这样的个性。而且，既然是她自己一时不慎惹下的麻烦，那就活该受这份折腾。她只求这事到此为止，只求毛杰打她的那一巴掌能够成为一个句号，但愿毛杰出了气这事也就完了。

她下了山，沿公路往城里走，走到一半拦了一辆军队的车子进了城。这时候都快九点钟了。安心在那辆军车路过铁军分到的房子附近时下了车。她希望这事到此就算完了，但她隐隐觉得没那么好完。毛杰是个冲动的人，他的冲动有时给人一种疯狂的感觉。安心一开始曾觉得这冲动还挺诱惑人的，现在才领教到它的危险。她想也许今天夜里，也许明天早上，毛杰又会找到她的宿舍去吵闹或者道歉，所以她不能回那儿去。尽管她此时已经精疲力尽但她还是跑着回了她和铁军的那个家。家里有电话，她用电话打了铁军的手机。铁军早就回了她那边的宿舍了，正躺在床上看书等着她呢。铁军问："你到底干吗去了，怎么还不回来？"她编了一套话，说干吗干吗去了，说她去出的那个现场离这边近，就回这边家了。铁军说："这么晚了你就别过来了就在那边睡吧。"安心说："你不过来了吗？"铁军打着哈欠困意蒙眬地说："我不过去了，你自己睡一晚上吧，明天再说。"安心撒娇："不，我想你，我要你过来嘛……"她很少这样黏糊的。铁军笑了："真想我呀，好，那我过去。"安心说："你可快点啊。"

　　放下电话，安心松了口气。她不能让铁军待在她的那间宿舍里，万一毛杰过去找她和铁军碰了面，谁知道他会说出什么要命的话来。

　　从这天以后，安心再也不敢回那间宿舍去住了。每天不论下班多晚，第二天早上上班多早，她都要走大半个城，赶回城北去住。铁军有点奇怪："你怎么不喜欢住你那宿舍了？在那儿凑合睡一晚上得了，总来回跑干什么？"可安心从那天开始就学会了撒娇，她用女孩的撒娇来掩饰其行为明显的不合理："我不，我想回去住，这边多少还像个家，我现在下了班就想有回家的感觉。我也想让你每天回家舒舒服服的。咱们老不在那边住，屋子总不收拾，一回去都没一点人气似的，那吊脚楼又那么潮，住在那儿多不舒服啊。咱们俩结了婚就应该舒舒服服地过日子，我可不愿意总委屈你。"

她没再回宿舍住，当然，也就没有再见到毛杰。她也不知道毛杰是不是又去宿舍那边找过她。

这就是安心的婚姻，既幸福又充满不安的婚姻。从这里不难看到，结了婚的人要是有个情人有多受罪，整天让你提心吊胆的，电话响了不敢接，有人敲门不敢开，那真是受罪。连刘明浩这种有便宜不占王八蛋的家伙有一次都冲我感慨，他说妈的好事儿太多了就不是好事儿了。一个人得了这个就别再想要那个，发了财就别再想当官，当了官就别再惦记发财，要惦记了就准得出事儿。老天爷把好事儿早就分派公平了，谁想多占一点儿就准得倒霉，你不信就试试。英国王妃戴安娜牛 × 不牛 ×？名誉、地位、金钱，还有头衔爵位，什么都有了，这不挺好了吗，可她还不知足，她偏偏还想要爱情，那就得死！好事儿不能让你一人全占了，老天爷是最公平的。所以，好多东西，你看着是好，其实，没有是福！

十二

　　但不管怎么说，安心在回顾她的这段新婚生活时，总的感受还是美好的。其中最使她感到满意的，是铁军。我是看过铁军的照片的，相貌上乏善可陈，和安心绝对说不上相配。但在安心的嘴巴里，这位夫婿有学问、人正直、知道心疼老婆，在家也不懒、不脏、不邋遢，在个人生活小节上，属于毛病不多的那类男人。男人能这样就不容易啦。唯一的毛病，对安心来说，就是心胸有点狭窄，偶尔安心和哪个小伙子眉飞色舞地多说了几句话，他就会表现出醋意来。这醋意对于正在相爱的男女来说，本来也是一味幸福的作料，但因为暗地里有毛杰这块心病，所以铁军这种眼里不揉沙子的个性，就让安心格外恐惧不安，所以安心才觉得这是铁军的缺点。

　　还有一件事，两人也有很大争议，那就是，他们今后的归宿，是在南德这个美丽的小城长期待下去呢，还是在安心两年实习期满后他们一起回到大城市广屏去。

南德公安局缉毒大队是安心参加工作的第一个单位，虽然仅仅干了一年多，但她已经找到一种如鱼得水的感觉。队里的每个人都很友善，都很喜欢她，工作上她也能胜任。这里离她的老家清绵也挺近的。她和铁军在半年的时间里回了两次清绵，她母亲也来南德看过他们一次，队长老潘还请她母亲吃过饭呢。老潘对安心工作上的帮助和他作为一名领导在各方面的表率作用，使他几乎成了安心的偶像。他生活上对安心的照顾，也一如兄长般的温暖。这一切使安心认为自己和这份工作，和这些战友，和她的领导，和这个小城，甚至和这里每一天的阳光和细雨，已经密不可分。

铁军虽然在《南德日报》的工作也还顺心，但整体上还是客居他乡的感觉。他在南德即便住得习惯了，也绝对没到以此为家，以此为最终归宿的程度。他来这里主要是为了安心，本来就是短期临时的事儿，安心在这儿实习期满后他们理当回到广屏去，这是原来就说好了的。广屏地方大、条件好，那才是好好生活、好好干事业的地方。更重要的是，不管怎么说广屏是铁军的家，他妈妈在那儿，他所有的朋友、同学和所有有用的社会关系，也都在那儿，所以必须回去。

这是一件大事，是决定他们未来共同生活的方向性的大事，两个人从务虚到务实，讨论甚至争论过多次。好在归期并非迫在眉睫，他们还不至于为此发生争吵。双方的各抒己见，基本上还处于心平气和的理论探讨阶段。

安心说服铁军留下来的理由，看上去全是为了铁军着想的：第一，这里空气好，对铁军的身体有好处——铁军是有哮喘病的——还有什么比身体好更重要的事情？第二，这里上上下下的领导对铁军很重视。广屏虽好，但地方太大，人才济济，竞争激烈，想在广屏出人头地不那么容易。而在南德，以铁军的能力和那点"背景"，估计很快会有提升的机会，所以从事业上说利大于弊；第三，从生活上算，这里的物价便宜，供应丰富，东西实惠……

而铁军坚持回去的理由似乎也全是在为安心着想，其中首要一条就是安心在南德干的这差事，真是太不安全了。夸张一点说，夜里在南德街上走来走去的人，弄不好有一半儿在和毒品做着生意呢。这帮干公安的有个内部的口头语铁军也知道：南德是一个战场！铁军是去过缉毒大队的，缉毒大队会议室墙上挂着的烈士遗像比锦旗奖状还要多。"你说你一个女孩子非要这么出生入死的干什么，想当英雄吗？有这瘾？"

安心说："我不想当英雄，但我喜欢和英雄在一起。"

"谁呀？你们那儿谁是英雄？"

"多啦，比如说，老潘。"

"哎哟，"铁军说，"老潘他爸爸是吸毒吸死的，他苦大仇深，你又何苦来的？"

安心正色道："你以为我们这些人在这里拼命工作都是为了报私仇吗？我们在这儿干是为了……"

铁军连忙抬手让她打住："别跟我讲大道理，讲大道理你不是对手。你和老潘他们不一样，你是女同志，又是大学生，组织上也不应该让你长期干这个。"

话说到这一步，不说大道理也没法儿说了："缉毒是为国为民建功建业的事，是你们男人的专利呀？多读了两年书就没资格干缉毒了？女同志就没资格干缉毒了？"

铁军皱眉："你说你这大道理跟我说有什么意思呀，你要不是我老婆，我马上带一群记者采访你去。把你包装成一个战斗在公安缉毒第一线上的女英雄，在报纸上、广播上、电视上天天吹你，让你家喻户晓！把你架到火炉子上烤着，让你想下来都下不来了，想不干都不行了！等哪天你累了，烦了，想苟且偷生了或者只想松弛一下了都没那么容易。你是英雄模范就得按英雄模范的样子做事，按英雄模范的腔调说话，上街买菜都不能和人家讨价还价，要不人家会说英雄怎么这样啊！要是你哪天真的牺牲了，那就真算善始善终了，我们就更有的可写了，更说明我们树立的典型没树错！"

其实，安心早就和铁军说过的，潘队长几乎从来不让她参加任何有危险性的任务。在整个儿缉毒大队，几乎每个人都对她这位下放锻炼的女大学生带有一种自觉的保护意识。这些情况铁军都知道。

当然，在南德缉毒大队下放锻炼的整个儿过程中，安心也并不是没有经历过任何危险的，她甚至还参加过一次与毒贩面对面的诱捕行动呢。虽然她参加那次行动完全事出偶然，但正是这次偶然，才改变了她后来的生活。

那是缉毒大队追查了很久的一个大案，安心只知道每次这个案子出现了重要线索或者要采取什么大动作的时候，省公安厅都要来人。那年年初，省里从缅甸那边找到一个重要的情报源，从这个情报源提供的情报分析，南德肯定有一个贩毒运毒的大据点，潘队长他们按情报还真的截了几批毒，打掉了几个从境外进来送货的毒贩。每次截的时候都发生了战斗，对方抵抗得都比较顽强，所以没能留下一个活口，所以这案子的线索总是一露线头马上就断，一直没有挖到境内的那个据点。

这个案子就这样从春天开始立案，中间屡有小胜，但真正的突破直到秋天才姗姗而来。秋天他们在南德宾馆的一个旅客房间里，截到了这个情报源透露过来的最新的一批货——装在一只将军牌帆布行李箱中的二十九千克高纯度的海洛因，更重要的在于，他们在那个房间的厕所里，生擒了那个送货的人。而且整个行动部署周全，做得极为隐秘。抓这人的时候连宾馆的服务员都没有发觉。送货人被带回了缉毒大队，连潘队长都吓了一跳，那是个二十几岁的女人。

这个女人看上去是个新手，被抓后唯一的盼望就是活命，所以在审讯中非常配合，主动得几乎近于殷勤。按照她的口供，她本来计划在第二天的傍晚前往离南德市区很近的一个名叫乌泉的镇子，和接货的人碰面。双方接头的暗语是，交货的问：你知道今天下雨吗？接货的答：今天不下明天下。另外那个接货的人手里还须拎着一只黑色的大象牌旅行包作为识别物，只要识别物和暗语都对上了双方一换包就行。

这一套几乎跟电影里拍的差不多，也许压根儿就是跟电影里学的。

这案子接下来的搞法大概看过电影的人都可以猜到了，派人伪装成送货人去乌泉接头。当然，派的人得是个女的。

这种大智大勇的任务当然不可能有安心的份儿，不光是担心她的安全，说白了，让她这种没经验也没上过阵的新人去，还怕把这行动给弄砸了呢。缉毒大队没有能够胜任的女同志，市局专门从刑侦大队临时调来一位。那女的安心一看就知道是干刑警多年了，那沉稳劲儿、麻利劲儿都在脸上写着呢。

那女刑警第二天一早就来了。整整一上午，潘队长忙着和全体参加诱捕行动的人员开会，还要派人去火车站搞票，派人去乌泉踩点，一上午紧紧张张。安心给他们做会议记录，中午吃饭的时候她还主动和那女刑警聊了一会儿天，无论言谈举止，她都挺佩服这位老大姐的。

从南德到乌泉的火车是下午四点钟发车，从三点钟开始大家就分批出发去火车站。火车站距缉毒大队也就是十几分钟的路。三点一刻，那位女刑警带着那只装了毒品的将军牌帆布箱上了一辆老潘让人专门找来的出租车，从缉毒大队后门的小街出来，一拐，开上了大路。一件谁也没有料到的事，就在这时候发生了。

那就是车祸。

一辆拉啤酒的小卡车在路口抢行，为躲对面一群放学的小学生，一头撞在那辆带有特殊使命的出租车上。卡车和出租车只不过各自有点小伤，不严重。装扮成出租车司机的缉毒警毫发未损，可坐在后座上的女刑警头部撞在前后座之间的隔离栏上，头破血流，当即昏迷不醒。

接头任务必须马上换人，问题是，几乎一点时间都没有了。老潘在队部办公室正准备出发，接了那位充当出租车司机的同志在街口打来的电话，当即傻了眼。他愣了半天，最后，转过头来看安心。

安心那时候正在清理桌上地上开完会剩下的垃圾，一点都不知道发生了什么事情，见老潘看着她，她就也看着老潘。

老潘几乎是没头没脑地问了她一句："安心，你的枪呢？"

十分钟后，安心穿上了便衣——一件白色的半截袖短衫，外套一件灰色的马甲，下着深青色的牛仔裤，典型的学生打扮——站到了缉毒大队后门的街道上。她的右手，拎着那个刚从被撞的出租车里拿出来的帆布行李箱，左手扬起，拦住了一辆路过的出租汽车。她把行李箱往车上装的时候有点吃力，老潘他们都在附近，在附近的一辆面包车里，只能注视着她，不可能过来帮忙。他们看着她装好箱子，砰的一声拉上车门，看着那出租车闪着转弯灯缓缓起步，才开动他们那辆面包车，悄悄尾随了上去。

安心对这次行动的感受是难以描述的，因为一切都发生得太突然了。当时除了老潘一辆车外，参加这次行动的同志都已经出发了，队部原来只有她一个人留守。她本来是准备打扫完卫生就把大队给家不在本地的民警发的那份中秋节慰问信抄出来呢，她哪里想得到十分钟之后自己竟突然成了整个儿行动中那个最重要的角色！

她在火车站的站前广场上下了车，拎着那只帆布行李箱往车站里走，候车大厅门里门外那些先到的便衣警察们，突然看见她这样子出现没有不糊涂不吃惊的。但看见老潘带着人面无表情地跟在后面，也都猜出了个大概，于是也都纷纷进入角色，该观察的观察，该上车的上车。

南德至乌泉的第 676 次列车是一列省内的区间小火车，总行程不过两百多公里，逢站必停，主要是为便利沿线上班赶摆和做生意的人每天往返。这趟车安心从没坐过，上车之后才知道乘客不算太多，她那节车厢里尚有不少空座。她刚坐下来，车便开了，听到广播员报出下一站的站名——乌泉，她的心情就有点紧张。她把目光移向一边，透过视野开阔的车窗向远处明亮的山峦眺望。正是太阳西斜的时候，山上凝结着几缕轻纱一样虚淡的白云，白云轻抚着金黄的梯田，层层叠叠的梯田里，看不到一个耕作的人影。安心虽然生长在一个偏僻的山城，但从没下农村干过农活儿，她一直就没搞明白，山上那么多梯田，都是谁种的？

　　关于梯田的欣赏和猜想，舒缓了她的紧张，她甚至差点忘了在她的座位下面，还塞着一个装满了海洛因的将军牌帆布箱。从南德至乌泉的沿途，风景美不胜收。南德方圆百里之内，堪称一个尚未开发的天然的公园，是一个植物种群最为丰富多彩，丘陵、平原、森林、河流兼而有之的巨大的风景区。可能是因为这里离边界太近，反毒斗争也太尖锐的缘故，所以从外地专门来旅游的人并不算多。

　　乌泉离南德不过三十多公里的距离，但安心从来没有去过乌泉。根据那个被捕的女毒贩的交代，她将在乌泉很出名的渡船码头上登船摆渡到对岸，上船后她就会见到那个拿着大象牌旅行包的接货人，然后她和他就在船上进行交接，船到对岸之后他们各走各的。安心出来时行色匆匆，一切细节都来不及稍做琢磨，她只顾得拼命记住那两句接头暗语，生怕到时忘了误了大事。尤其是她先要说出的那句问话，一旦忘了可就砸了。至于其他，包括那个渡船码头的四周环境，还有其他同志到时候怎么跟她策应联络等，她都一无所知。

　　当然她更来不及给铁军打一个电话，她昨天是跟铁军约好了回家做饭给他吃的。她不知道这个任务是否会进行得顺利。但即便一切顺利她今天回家恐怕也得晚上十点以后了。铁军下班回去见不到她说不定会生气的，弄不好以后更得逼着她换工作了。

看着窗外移动的黄昏景色，安心一路胡思乱想。她想到了老家清绵。清绵的黄昏比这里更加安宁。她不知道整个儿中国还有没有比清绵更小的县城了，那不过是夹在两面巨大的峭壁之间的几条纵横的街市。每到黄昏，峭壁上便涂满了耀眼的金色，而小城清绵，则笼罩在一片静默的阴影里，那缓缓移动的明暗，写意了它特有的幽深。她又想到了北京，印象最深的是紫禁城角楼上那片夺目的夕阳，它俯瞰着车流滚滚的嘈杂的街口，却依然以一种历史的庄严，固守着并且让你深深地感受到那一片巨大无形而又不可浸染的肃穆。

这时她突然被什么东西撞了一下，那是一个乘客在她身边一屁股坐下来时动作过大，大到几乎令人怀疑是成心挑衅。她把目光从窗外收回，回头一看，坐在她旁边的是一个年轻小伙子，衣着光鲜，与这一车厢土头土脸的人对比明显。他撞了她不但不抱歉还冲她笑，她刚要皱眉瞪眼却突然惊得差点叫出声来。

——毛杰？

毛杰还像以前那样帅得不行，笑嘻嘻地看着她开口先问："你怎么在这儿？我看你后脑勺看了半天还怕认错人呢。"

安心惊慌了好一会儿说不出话来，在这儿碰上毛杰真不是时候。毛杰又说："我知道你躲着我，可你想一想，南德这么个小地方，你躲得了吗！"

安心下意识地环顾左右，不知道潘队长和车上那些侦查员们看到毛杰和她这么亲热熟络的样子会做何猜测。她下意识地应了毛杰一句："谁躲你呀！"便又不知该说什么，她只是琢磨着该怎么想办法尽快地把他支走。

毛杰笑道："怎么没躲？我找了你好几次你都不在，半夜三更都不回去，你现在是不是住到别的地方去了？"

安心没有回答他的问题，反问："你去哪儿？在哪儿下车？"

毛杰笼统地往前边指了一下："在前边，你呢？"

安心的回答同样模糊不清："我前边就下了。毛杰，你别再找我了，有事我会找你的。"

毛杰说："好啊，你什么时候找我，咱们说好！"

安心说："有空吧，我找你。"

毛杰说："那不行，你得跟我说好了。你现在到底在哪里住？你到底在哪里上班？这么长时间你连你在哪个学校都不告诉我，咱俩可太不平等了吧。"

安心说："你也没告诉我你干什么工作呀。"

毛杰说："我说过我现在没工作，帮我爸爸妈妈做生意，我怎么没告诉你！"

安心一想也是，这些他说过的。她理屈地辩解："谁知道你们家做什么生意，你也没说过呀。"

"怎么没说过，什么生意赚钱做什么生意。你呢，你到底在哪个学校教什么？我看你一点都不像老师。"

"那我像什么？"

"顶多像个学生。你是不是个大学生？我知道南德只有一个大学就是林业学院，是民办的。我去那里头找过你，可没找到。你告诉我的名字到底是不是真名？"

"我还怀疑你是不是真名呢。"

"那我今天晚上把我家的户口本身份证拿来给你检查！你今天回你那里去住吗？我晚上去找你。"

安心见他越说越缠上了，有点着急。她必须马上结束谈话，因为乌泉已经近在眼前。她站起身，做出要下车的表示："今天晚上我不回去，你要找我就明天吧，明天晚上七点，还在瑞欣百货商场门口，我们再见个面，我会告诉你我是干什么的。"

火车摇摇晃晃地开进了乌泉车站的站台，安心弯腰从座位下面拉出她的箱子，她弯腰的时候潘队长和另外两名侦查员就从后面适时地挤上来，挤在她的身边，隔开了毛杰。在乌泉下车的人看来还不少，周围有点乱，在一片嘈杂的声音里，她听到了身后毛杰对她的告别：

"好吧，明天见，不见不散。"

安心挤在乘客中下了车，下车的人一下子把狭长的站台挤得满满的，一时疏散不开。安心随着人流好不容易挤出站台，来到站前的小街上，她回头看看，看见潘队长他们也挤出来了。一看见老潘她紧张的心情就稍微放松了些。

她拖着行李箱沿着小街走。拐过一个街角，四周无人，老潘跟了上来，轻声问："刚才那是谁呀，怎么回事？"

安心不想让单位里知道在她的私生活中还有毛杰这么个人，于是故作厌恶地说道："一个小卜冒，小混混，缠着我没话找话，要不是因为有这任务我早骂他一顿了。"

老潘也就信了，没再多问，只是低声提醒她："接头暗语没忘了吧？"她说："没忘，我先问那个人：你知道今天下雨吗？那个人回答我：今天不下明天下。"老潘点点头，又提醒她码头怎么走。两人没说几句就走出了街角，出了街角他们随即分开，一脸漠然各走各的。

乌泉如果算不上是个城市的话，那就得算是个相当不小的镇子了。它的好几条挺热闹的大街，看上去不比南德的商业区差到哪里。但乌泉最有名的地方，除了那座在整个南德地区最大的佛寺曼龙寺之外，就是穿过这几条大街之后才能看到的那个渡船码头。乌泉的名字，就起源于这条水面宽阔的乌泉河。

也就是说，乌泉河比南勐河还要长还要宽还要平坦，它也是怒江母亲河的另一条分支。也是南德地区最值得一提的风景带。南德地区政府组织的很多大的民族节日和文化体育民俗庆典，都在这里主场兴办。这天安心来到河边时，太阳落山，天色渐暗。她排队买了船票，走进码头，但码头上没有渡船。两侧的岸边，不知为什么聚拢着许多小划子，很多人正在往那些小划子上装着纸灯船。周围拥挤着不少围观的群众，其中还有不少一看就知道是远道而来的游客，还有不少拍照的，镁光灯一闪一闪的。安心侧目看看潘队长他们，老潘似乎对这里意想不到的热闹也是一脸茫然。安心向身边一位干部模样的男子问道：

"同志，这么多人在这儿干什么呀？"

"噢，"那人显然当她是个外地的游客——从她拖着的行李上一般都会这么判断——于是热情地解答道，"在放灯嘛，今天是我们这里的河灯会，一年一次的。等一会儿天黑下来点上灯就好看了。你是要乘船吗？"那干部模样的男子问她。

"对，乘船，我到河对面去。"

"啊，船快来了，等一会儿你在船上应该也可以看到的，靠河这边漂的全是灯啊。天要再黑一黑就都点上了。你要是不赶路的话可以等下一班船，天黑掉以后非常好看——你是从哪里来的？"

安心随口说从南德来的，她不想与他闲扯，表示了谢意就拖着箱子往码头上走。她无心欣赏河面上即将出现的景观。尽管乌泉每年一度的河灯会她在广屏上大学时就有耳闻，但她现在不可能有闲情和这里的人一样驻足同乐，她今天不是游客！

摆渡船终于从河对面姗姗而来，那是一个比安心的想象要巨大得多的宽体大船，不但宽，而且长。这摆渡船泰坦尼克号般的气势和体量，使本来相当宽阔的乌泉河显得狭窄起来。那船有着开阔的不分前后的前后甲板，开得上十几辆小汽车的。中间有篷，那篷子的样式有点少数民族的风格，花哨中还有几分华丽的感觉。船的两侧，更有讲究的扶栏，单看那扶栏简直就像一艘航行海上的远洋客轮。

搭这船从对岸来的人很多，有些似乎就是来看河灯会的游客。等着上船到对岸去的人也不少，码头上一时有些混乱。上船的人也不等船上的人下光就往上挤。安心看到，已经有几个侦查员率先挤上船去，占据了船的各个角落。老潘也上去了，站在后甲板上，目光从她脸上扫过去，没做停留，但她知道他是在催她。于是她拎起箱子，跟在一组农民模样的男女身后，踏上了拥挤不堪的栈桥。

上船之后，她选择了一个比较显眼的位置，眼睛往四下里搜索。依然有很多人挤在栈桥上拥上船来，秩序看上去没人管。栈桥刚刚撤开，汽笛就呜地叫了一声，很短暂，船身随之缓缓离岸。

安心站在后甲板上，目光从天边晚霞烧残的余烬，移向沉入暗影的河边。果然，她看见了那些刚刚燃起的美丽的纸灯，浮动在雾气初起的河面上。天虽然还没有完全黑下来，但那些纸灯都显得红红的，在颜色变深的水面上一闪一闪，让人觉得很温暖。那温暖的红光把整条河带入了一种童话般的幻境。看到这片缓缓游动的浮萤，安心几乎忘记了紧张；甚至，忘记了她身上此刻肩负的重任；甚至，忘记了她手上的那只帆布箱里装的是什么东西。她真是有点忘情，心里感叹着生活真好。她想要是铁军此时也在这里就好了，他是一个理想主义者，喜欢追求任何浪漫的意境，所以他要在的话肯定会迷恋上这个仙境般美妙的河灯会。这样的情调和气氛，他看了肯定能写出一篇唯美的散文来。

　　船已经走到了河的中央，离那片星星之火似的纸灯越来越远了，那片"萤火"与西面天上最后的一片晚霞呼应得天作地合。而东面的天际又蓝得像孔雀的屏尾，那么深厚饱满，透彻得没有一丝杂质。安心想：这些毒贩真是缺乏常识，跑到这么蓝的天底下问"今天下雨不下雨"。让旁边的人听见岂不觉得你们神经病吗！如果天正下着雨你问这个也神经病，天正下着雨接货的答"今天不下明天下"更神经病。这暗语只有在天空欲雨未雨时问答才显得自然，但欲雨未雨时问这话的人可就多了。在公安专科学校老师讲课时还讲过：做侦查情报工作的接头暗语千万别说天气，说天气很容易被偶然的巧合给搅了。幸亏今天的天气好，没人会谈下雨的事，而且接货人的暗语是：今天不下明天下，可以把前一句问话的傻气遮掉一些。周围人听了，也勉强听得过去。安心甚至孩子气地想，等抓住那个接货的人以后，她就把这些关于接头暗语的常识告诉告诉他们，让他们知道他们被抓全是因为太笨!

　　接货人此时应该正在这条船上,安心四下搜寻,却一直没有发现他们要找的目标。他们知道的唯一的识别标记,就是那人手里会拿着一只大象牌的旅行包。她,当然还有潘队长他们,在码头上就已经开始留意了,谁也没看到有拎这种包的人。

　　船离对岸越来越近,安心一路上的紧张竟被一种强烈的怀疑所取代,她想说不定情况有变,也许那提货人今天根本没来。或者,他们在旅馆里抓住的那个女的诓了他们,也许根本就没有乌泉交货这档子事,她今天大概是白紧张一通了。她想想其实自己紧张什么呀,前后左右都是他们的人!她揣摩她的那点紧张,大概属于一种很正常的兴奋!

　　对岸已经遥遥在望,已看得清岸边正在等船的人。要不是天色越来越暗,大概都能看到他们翘首以待的神情。安心此时的目光,实际上已经不再寻找那个看来根本不存在的目标,她左顾右盼,想在人群中找到潘队长,想看看他的脸上此时有什么反应。不期然地,她的视线撞上了一个熟悉的身影,她下意识地背过身去,不想让那人看见。又是毛杰!原来他也是在乌泉下的车,也上了这艘渡船。在看到毛杰的那一瞬间安心还以为他是尾随在自己身后跟踪至此的,但偷偷再看又不太像,因为他显然没有看见她也在船上。接下来,安心就看到了让她惊心动魄的一幕!毛杰从他拎着的那个很大的尼龙手提袋里,拿出了一只黑色的旅行包。安心目不转睛,她看清这旅行包正是大象牌的。没错!这全新的大象牌旅行包正是他们要找的那个目标!

安心使劲儿瞪圆了眼睛，她几乎不能相信自己的视觉！

另一位离毛杰不远的侦查员也看见了这只旅行包，他的目光向安心这边闪电般地扫了一下。安心这才如梦方醒地想起挪动脚步，有些机械地向毛杰走了过去。

她站在了毛杰的身后，毛杰正低头将那尼龙手袋叠好，然后塞进那只大象牌旅行包里，对身后的安心完全没有察觉。直到他把旅行包的拉锁重新拉好，转过身子，才突然看见安心一双直视的眼睛，他脸上的意外就和安心刚才看到他时心里的意外一样鲜明！

"咦，你怎么也坐这条船？"

毛杰的脸上露出惊喜的笑，那笑的真诚和天真让安心对毛杰就是他们要找的人发生了强烈的动摇和疑问。她几乎控制不住地将内心的颤抖带到自己的嘴边，带到了自己的声音里。

她说："……你，你知道今天下雨吗？"

她发抖是因为她害怕，她害怕毛杰能够接上这句暗语。她害怕她和毛杰的关系会演绎得这么残酷。

毛杰的脸上，现出了她所期望的表情——他非常茫然地看着她。继而，几秒钟后，那表情却发生了变化，从茫然变成了吃惊。他似乎惊得说不出话来。他的这个样子使安心整个儿大脑一片漆黑！

她机械地，并且隐隐带了些侥幸地，又重复了一句："你知道今天下雨吗？"

毛杰张了张嘴，张了半天才很慢地，也很吃力地回答道："……今天不下，明天下。"

十三

　　我在昆明下火车的时候，这个城市刚刚睡去。街上很暗，且少行人。我在站前没有找到出租车，任意选了一个方向，沿街走了很远，才在一家门口还亮着一盏小灯的肮脏简陋的洗浴中心里，找到一个勉强可以蜷缩一宿的铺位，而且近水楼台地洗了一个热水澡。

　　第二天的白天，我在车站附近简单逛了逛街，没有目的，心不在焉，完全是一副过客的心情。耗到黄昏，我搭上了一列外表破旧的省内慢车，跟着已经西沉的太阳继续前行，往清绵的方向赶去。越往前走天气越暖，树都是绿的。北京此时已进入了整个儿冬天最寒冷的一段节气，而这里仿佛还停留在天高云淡的金秋。只可惜拥挤在这样超载的车厢里长途跋涉实在太累，我完全失去了欣赏沿途风光的兴趣。再加上美国的时差还没有完全倒过来，这里的白天正是洛杉矶的深夜，在火车的摇晃中我头痛欲裂，天黑前终于顾不得周围的喧嚷和挤撞，趴在小茶几上昏昏沉沉地睡去，直到深夜方才醒来。

我醒来时车停着，窗外是一个萧条的小站，似乎没人上车，也没人下车。列车开动时我无意中看到灯光昏暗的站台上，一只孤零零的站牌在夜幕中枯守着，那站牌上暗淡不清的站名从我眼前轻轻划过。我的脑袋突然激灵了一下，睡意顷刻消失。

那站牌上写着两个字——乌泉。

虽已事过境迁，但安心第一次向我说到乌泉，说到在乌泉的那条摆渡船上发生的事件时，还是那么心惊肉跳。她当时还来不及想到如果毛杰栽在公安的手里会给她自己带来什么后果，她那时还想不到这些，她只是对毛杰竟是他们要搜寻的对象这件事本身，感到无比震惊！

安心转了身，向船舷走去。毛杰跟了过来，他们靠在船舷的围栏上，面对着渐渐暗去的乌泉河，默默无言。安心把手上沉重的帆布行李箱放在脚下，毛杰也把那只黑色的大象牌旅行包放下来，像是很无意地，放在了那只行李箱的旁边。这时他们看到，船上的大多数乘客都纷纷拿起了自己的东西，向船头拥去。船就要到岸了。安心和毛杰都没有动，任凭身后乘客们毫无秩序地挤来挤去。安心觉得应该对毛杰说句什么，但她什么也说不出。反而是毛杰，皱着眉头，用压低了的声音，严厉地问道：

"你怎么干这个？"

安心没有回答，她知道队里的几个侦查员就在他们身后，她只是用同样低沉的声音，对毛杰说了句："下船吧。"

她看见毛杰弯下腰，他的右手，伸向放在地上的那两件箱包。她眼睁睁地看着那只手的走向，如果那只手拿起她脚下的帆布箱的话，毛杰的贩毒罪，就基本上构成了。

那只手偏偏没有碰那帆布箱，而是拎起他自己带来的那只大象牌的黑色旅行包，安心的目光随着那只手的落下和抬起，她的心也就一上一下地忽悠了一下，竟搞不清她是把心提起来了还是放下去了。她想，如果毛杰拿了那只装了海洛因的帆布箱，他们今天这个行动就可以大功告成了，但他没拿。如果今天他不拿这个帆布箱的话，那毛杰至少在行为证据上还构不成贩毒。她不想毛杰贩毒！

安心的视线，从毛杰的手上抬起，移向他的眼睛，他们彼此相视。毛杰的眼睛是带了些埋怨和恼怒的，他把那只大象牌的黑色旅行包递给安心，用一种大哥哥吩咐小妹妹的口吻，低声说："以后不许你再干这个了，这不是女孩子干的事情。我不管你干多久了，这是最后一次，听见了吗！"

安心没有回答，因为她的心几乎跳得让她无法开口发声。她看见毛杰把那旅行包交到她的手上，然后再次弯下腰去，再次伸出右手，那只手最终，没有迟疑地，拎起了那只帆布箱。那帆布箱离开地面的刹那，安心的心不知什么地方咯噔了一下，几乎疼得缩成了一团。

她呆呆地站着，那一瞬间竟不知该说什么做什么。反倒是毛杰，镇定地环顾左右，然后对安心说道："走吧，明天我去找你，明天见了面再说。"

安心麻木地转过身，拎着毛杰给她的那只旅行包，往船头走。这旅行包里不知装了些什么东西，并不算沉，但安心拎着它，每一步都迈得重如千钧。

她挤在最后一拨下船的乘客中，走下摆渡。她知道毛杰就跟在她的身后，已经有意拉开了距离。她穿过灯光疏朗的码头，头也不回地随着人流向前方的街面走去，还没跨过第一道马路她就听到了身后一片惊天动地般的咆哮呐喊平地炸开。她同时也看到了街面上的很多人，纷纷向她身后张望，脸上现出惊讶的神色。从那吓人的声音和路人的脸上，她知道在她的身后，潘队长他们已经动手了！

整个诱捕行动进行得顺利圆满，毛杰束手就擒，几乎没有做出任何抵抗。潘队长他们以占绝对优势的人数，以迅雷不及掩耳的速度，拿下毛杰这种小孩子易如反掌！

警察们分头上了等在附近的汽车。安心绕过一条街也过来了。副队长老钱上了车就夸安心，说："安心不简单呀，第一次出马就马到成功，这还是临时救场事先没准备呢，在船上比我想象的可镇定多了。"

其他同志也夸她："别看小安第一次出马，跟那小子一应一答的就跟老熟人似的，平时还真看不出小安会这两下子。"

老钱说："安心对付这种小流氓还挺行，在火车上那家伙就跟安心套近乎。这种人我也算服了。一般人干这种掉脑袋的事，肯定是提心吊胆绷紧弦了，胆再大的人也还是做贼心虚。可你看这小子，见个漂亮的小卜哨还是不忘搂草打兔子，别管打着打不着，也算是自娱自乐，找个消遣了。真是他妈把脑袋掖在裤腰带上就不算自己的东西了。"

其他人也说："我告诉你，你可别小看这些人，能干上毒品这买卖的，心理素质差不了。起码，生死的事是想通了。更何况这小子多年轻啊，还是个半大孩子呢，现在年轻一辈的干坏事，我发现了，比成年人胆还大，心还狠，他们压根儿就没什么罪恶感。你记得去年那个案子吧，十来岁的小孩子，杀人跟玩儿似的，一点不害怕的，抓了以后在看守所吃睡如常，一点不后悔。"

大家都笑笑，说没错。

只有安心笑不出来，她心里此时居然找不到一点胜利的喜悦。对一个缉毒警察来说，对一个初次上阵就马到成功的新手来说，这喜悦照例是应该有的。

她沉着脸坐在面包车的后座上，眼看窗外，一言不发。窗外是黑沉沉的夜色，看不到月亮。车上的便衣警察们你一言我一语，话题又移到了刚才的河灯节和今年的泼水节，越聊越热闹。好在车厢里也很黑，谁也看不清安心脸上的沉闷，谁也没留意她反常的沉默。也许他们都以为她是第一次参加这种任务太激动了，需要一个人静静回味一下刚才战斗的感受呢。

他们绕着河走，晚上十点多了，才把车开回到缉毒大队。押毛杰的车子也开回来了。毛杰被带到一间屋子里连夜突审，那屋子就在安心所在的队部办公室的斜对面，安心通过队部的窗户，能看到那间审讯室里泄出的灯光。她想毛杰也许到现在也不一定知道，他所追求的女孩，今天扮演了一个诱饵的角色。

安心从乌泉回到队里的第一件事，就是给铁军打电话，告诉他她今天恐怕回不了家了，让他先睡。铁军在电话里非但没有半句责怪和不满，反而还说了些心疼她的话，他说："你怀孕了这么熬夜行吗？要不要我跟你们领导说说去？"她说："不用，我自己会注意的。"铁军说:"要不要我去陪你?"安心说:"不用不用,我们这儿正工作呢,你先睡吧,我明天争取早点回去。"

她挂了电话,不知为什么眼泪差点掉下来,既觉得对不起铁军——因为和毛杰的事——也觉得对不起毛杰。她没想到毛杰会死在自己手里,尽管他参与贩毒这件事跟她和他的交往没有半点因果关系。

对毛杰的审讯进行得很不顺利,毛杰连自己姓甚名谁都不肯老实交代,只说自己名叫"毛毛",问他大名叫什么,他说就叫"毛毛",更是完全否认自己和这箱毒品有什么关系。他说他在乌泉上船是为了去给一个亲戚送茶叶的,他亲戚开了一家杂货店,杂货店里就卖这茶叶。他说在船上有一个女孩主动问他是不是送茶叶的,那女孩自称就是那杂货店的伙计,他就把带来的茶叶给她了。而那个女孩——就是指安心——下船时让他帮忙拎着她那个很重的帆布箱。他一下船那女孩就不见了,紧接着他就被捕了。他甚至提示警察你们应该赶快去抓那个女孩儿,这是她的一个金蝉脱壳之计,你们中了她的圈套啦!……他这一番情节编造得还挺有鼻子有眼,自己也说得一本正经振振有词。在他与安心交换的那只大象牌旅行包里,除了那个原来套在旅行包外面的尼龙袋之外,警察们果然只发现了一堆塑料袋小包装的茶叶,那是一种劣质低级的陈年滇红,一点钱都不值的东西。

毛杰的口供,和与这口供相配合的物证——那堆小包装的云南滇红,说明了他的这套说法绝对是事先精心编好的故事。审讯的警察问毛杰住在什么地方,毛杰说了,结果潘队长马上派人过去搜查,发现那不过是一间显然久无人住只装了些杂货的小屋。而这时审讯室里的毛杰则大叫自己冤枉，喝令警察赶快放了他，否则他要告警察非法拘禁侵犯人权。审讯陷入僵局的时候，省公安厅里一位在南德搞蹲点调查的处长在几个市局干部的陪同下赶到了缉毒大队，在会议室里听了潘队长对这个案件大致情况的汇报，然后他们就一块儿商量这案子下步怎么搞。正商量不出头绪的时候，安心敲开了会议室的门。

她说："潘队长你出来一下我有点事情。"

潘队长先说了一句："你先等一会儿吧。"但他随后还是很快就站起来走出了会议室。会议室外的走廊上没有人，于是他就在走廊上问安心：

"什么事啊？"

安心低了头，出语踌躇："有件事，我想报告一下，那个人……我以前认识。"

"哪个人？"

"他叫毛杰，就是咱们南德人，家住在劳动剧场的后面……"

潘队长有点严肃了："你怎么认识他的？"

安心躲避了队长的注视："前一阵，他追过我。"

潘队长吓了一跳，他竭力不动声色，问："这是什么时候的事？多久了？"

"有半年多了吧。"

潘队长停顿了一下，眉毛越拧越紧了，他再问："你是不是和他一直有交往？"

安心张了嘴，她不知该怎么回答这个问题，怎么回答才算符合事实。她张着嘴哑巴了一会儿，终于说："有。"

"到什么程度了？"潘队长知道他这话问得太严厉也太尖锐了，他不得不稍稍放慢了一下语音的速度，"安心，我这不是过问你的私事，你是个警察，你也知道这是个大案子，如果这里头有什么人什么事牵涉到你，你可千万要向组织上说清楚。"

安心怎么能不懂得这个利害关系呢？她知道她和毛杰的关系是再也不能瞒下去了。她把她怎么和毛杰认识的，以及后来他们的接触，以及后来她是怎么和他中断关系的，都简要地，但如实地，向潘队长一一说了。她并且隐讳地说了她和毛杰之间是有过那种事的，她没直说但潘队长当然听明白了。从潘队长的脸色上，她知道这些事对她的身份和这案子都是很严重的事。老潘没有马上对安心的这段从原则上讲已经有点迟了的坦白做出什么反应，没有发表一句看法。他只是沉着脸，说："好，我知道了，你先回办公室去吧。今天行动的过程情况要赶快写完，待一会儿我再找你。"

安心回到办公室，继续写那份诱捕行动的现场情况报告，她是经过犹豫才放下笔去找老潘的。虽然在从乌泉回来的路上她就想到她和毛杰的关系是非说不可的，但知道非说不可和鼓起勇气开口去说还是有一个让人难受的过程。因为她想到，她一旦把这事说出口，她和毛杰的这段秘密全队的人就都会知道了。更可怕的是，铁军也会知道了，迟早的事！

铁军知道了会怎么样？他会对她怎么样？

她不知道，她不敢想。

她本来想向潘队长提个要求的，那就是请他为她保密，给她保住年轻女孩的那点面子，也保住她的刚刚建立的幸福家庭。但潘队长严肃的脸色压迫得她无法开口，她觉得她已经没有权利再提什么要求，她只有回到办公室去，写完那份报告，然后老老实实地听候组织上的处置和决定。

　　报告写完了，但潘队长一直没有回来。后来她听到他们——潘队长和省里的处长在会议室里发生了争吵，而市局的干部，似乎充当了调和的角色，但调和的声音常常被对立的双方激烈的争辩淹没。

　　事后她知道他们的争吵是为了她，省里的处长在听了潘队长关于安心与毛杰的关系的简要汇报之后——这事老潘不能不和上级说——突然提出了一个大胆的设想，那就是：让安心设法打入毒贩内部，把这个案子的战果尽量扩大。具体方案可以是：比如，让毛杰看到安心也被捕了，然后将他们二人押解到某地去，途中弄点意外什么的，让他们侥幸脱逃，让毛杰带着安心逃跑，去找他们的同伙和老窝，摸清内幕后再将他们一网打尽。但老潘对这个设想马上表示了反对，他说这个方案可以，但执行这个方案的人选不行，所以方案恐怕也就执行不了。他说的执行方案的这个人选指的就是安心。老潘说："安心是个女孩子，还怀了孕，又是个大学生，来这儿一直坐办公室当内勤，从来没干过这种任务。你现在一下子把她推到这么个风口浪尖上去，出了危险怎么办？除了她，还有她肚子里的孩子，都快三个月了。再说，那个犯罪嫌疑人以前一直追她，一直没追到，这下你让那个犯罪嫌疑人带她走，他要提出那种下流的要求怎么办？怎么应付他，这都是问题！"

处长被一个级别低于他的基层干部这么直截了当地否定，面子上有点下不来，所以虽然老潘说得有道理，虽然老潘说的关于安心的这些情况他原来并不了解，但他因为面子所以第一步的反应还是坚持并解释自己的方案："我不是说不考虑我们同志的安全，我们可以在基本保证安全的基础上，小心设计，大胆出击。不入虎穴，焉得虎子？何况我们这个同志进去并不是让她长期潜伏，而是速战速决，一两天的工夫就得把这案子拿下来，一两天的工夫！如果措施到位，我看安全问题还是可以基本保证的。我说基本保证，就是不排除可能会有牺牲。干咱们这行你说保证不能有牺牲、保证人人都安全，这个谁给你保证去！你们南德缉毒大队难道从来没人牺牲过，啊？"

　　市局的人见省厅的处长话说得既强硬又激动，便也表了个态："如果是速战速决的话，倒真是可以考虑一下。"他的口气与其说是赞同处长的意见，不如说更多的是劝说老潘别和上面搞僵了，"老潘，这个大学生不是在你们这儿都干了快一年了吗，你看看到底行不行。这案子搞到现在，今天确实是个机会。你看看安全上有没有大的问题。至于那个家伙会不会逼着小安搞那方面的勾当这个问题，我看倒不大可能吧，谁会在逃命的时候想这个事。人的生存需要第一位的是温饱，第二位是安全，先有温饱而后思淫欲。连温饱安全都没有解决的情况下，那个方面不可能有多大的兴趣。"

　　潘队长见这事越说越成真的了，他成了少数派。公安内部的规矩是官大一级压死人，他又争了几句，口气上已不能像开始的时候那么冲。处长和市局干部还是一通分析解释，他坚持己见也没有用，他就闷声说了句："你们做领导的，再好好考虑考虑吧。"省里的处长见他的态度如此固执，索性不理他了，转脸和市局的人进一步谈开了细节。老潘脸上挂着情绪，一个人走出会议室抽烟。他对那处长很抵触，就出来抽烟。抽了两口烟，看见队里的一个侦查员从对面的茅厕里出来，他脑子突然转了一下，开口叫住了那个侦查员。

"小王，你过来一下。"

小王过来了，老潘说："你去队部办公室，叫安心到审讯室把审讯笔录给我拿过来，记了多少拿多少。"

小王说："我去拿吧。"

"你叫安心去拿，她知道拿什么。"

潘队长吩咐那个侦查员叫安心去审讯室，他看着安心从队部出来，往审讯室去了。审讯室里几个人正在突审毛杰，安心一进去，可想而知会发生什么，那就是毛杰看见了安心。他目瞪口呆地，看见安心突然出现在这间屋子里，并且和审他的人嘀咕着说话，然后他们把前面的审讯笔录整理了一下页码顺序，在桌上磕齐了交给她，她拿了就出去了。他呆呆地看她进来，又呆呆地看她出去，然后，那几个警察接着审他，他们又问他什么他就什么都听不清了。

潘队长的目的于是达到了，他掐了烟，扔在地上，又踩上去搓了搓，把可能还有的火星搓灭了，然后回到了会议室。会议室里，处长和市局的几个人正讨论得热烈，方案越来越详细，已渐渐成形。见潘队长进来，市局的人便把他们刚才讨论的方案跟他说——怎么假装把安心和毛杰一起押到看守所去，路上怎么制造意外让他们逃脱，等等，听起来天衣无缝。而市局的人在口气上，也听得出还是想争取老潘转变态度。尽管老潘在这屋子里职务最低，但他资格老，操作方面经验丰富，而且，执行这个方案得靠他的队伍。所以他们都希望他思想上能通，大家思想一致下面的行动才会进行得顺利。

潘队长听着，没有再说一句反对的话，默然点着头，表示服从。于是市局的人便决定就这么办了，他们马上让人通知老钱他们终止审讯，然后把队里的几个头头都叫到会议室里，布置任务。大家都来了，听市局的人介绍方案，下达命令。不料市局的人刚一开口说了没几句，刚才一直负责突审毛杰的副队长老钱就打断了他：

"不行啊，安心和这个家伙刚才已经碰过面了，他知道安心的身份！"

省里的处长脸色马上变了，沉不住气地叫起来："他不是不知道吗，怎么又知道了？"

"刚才安心到审讯室去取审讯笔录那小子看见了嘛。"

"取什么笔录啊，谁叫她去的！"

"我们也不知道你们想安排她打进去啊，再说安心干这事行吗？"

"怎么不行，你们不要低估了女同志的勇气和智慧，今天你们这个诱捕行动她不也是头一次参加吗，人家干得很好嘛！"

"哎哟，这个任务跟那个可不一样，这个是要她一个人深入进去，孤军作战的素质她有没有？……"

一通互相的争辩、埋怨和指责，但一切都为时已晚，都没有了任何意义。这场戏的导演者——潘队长，光在一边抽烟来着，什么话也没说。那位处长一开始还怀疑地斜了老潘一眼，老潘也装没看见。

接下来，他们把安心叫到了会议室。由处长、市局的人，还有潘队长和钱副队长，一起又问了她一遍——和毛杰怎么认识的、交往多久、对他都掌握些什么等。其实安心仔细想想，她对毛杰什么也不掌握，除了他的激烈的个性，他自称帮家里做点生意什么的，其他所知不多。她知道他家里有爸爸、妈妈，还有一个哥哥，但这些人安心都没见过。倒不是毛杰有意瞒着什么，而是她后来并无深入了解毛杰的需求。她和他只是短短的一段插曲，她曾预感到这插曲要不早点结束终究会给她带来麻烦，只是没想到麻烦最后来得这么大！

在安心提供的情况中，唯一有现实价值的，就是毛杰的家庭住址。老潘建议，必须立即行动，搜查毛杰的家。毛杰已经被捕三个小时了，如果他有同伙的话，他接了货迟迟不露面肯定会引起同伙警觉的，说不定他们已经在销毁和转移罪证。

老潘的这个意见，省里的处长马上同意了。于是人马出动，由安心带路，分三辆汽车，十几个人，乘夜色，风驰电掣般地直扑毛杰的家来了。

安心只去过毛杰家一次，就是他们头回见面的那次，那次也是夜里，在夜色中她还能找到一些当时的印象。她带着那几辆车子，和车里塞满的全副武装的警察，穿街过巷，亮着明晃晃的大灯，在那些旧的带着些温情的印象中开过去。

她印象中毛杰的家在劳动剧场的附近，他们的车子在那一片街巷中转来转去，终于，她找到了那个地方。一点没错，她想起来那是个挺大的独院，门前有好几棵参天大树，黑夜中只记得树的华盖黑压压的一片，把小院庇护得里外三层，感觉很隐秘的。她记得毛家的正门挺大，院里还养了狗。那天安心跟毛杰来这儿因为不想让狗半夜三更叫起来，是从后门进的屋。

她把他们带到了后门，四周很安静。警察们熄了车灯，下了车。潘队长指挥部分人往前门去，另一部分人去守住东西两边的围墙，潘队长自己则带人去敲毛家的后门。

后门刚被敲响，前院的狗便狂叫起来，叫门的缉毒队员不得不加大力量，把门敲得更响。没敲几下突然前院响起了枪声："啪！啪！啪啪啪！"枪响得没有规律、很仓促，连潘队长看上去都有点意外。他马上冲身边的队员们喊了一声："撞开！"几个队员一齐上去，用肩膀用力地撞门。但后门和前门一样，都是铁门，以肉撞铁，如卵击石，那门纹丝没动。

前边的枪声很密了，连安心都听得出来，已经是一场混战。潘队长就更听得出来，哪些枪是我们的"六四式""七九式"手枪的声音，哪些不是。从枪声上他可以判断，我们的人占了优势。这时有人建议增援前门，老潘没有理睬，但他只留了两个人继续虚张声势地撞门，其余人都去加强对四面院墙的包围。他让安心马上回车里去，后门也很不安全，他命令她马上离开，自己则冲到前门去了。

安心没想到，她一点也没想到会发生战斗。她听到了这激烈的、近在咫尺的枪响，仿佛才意识到这一切都不是梦，都不是误会，不是虚惊，一切都是真的。这场突然爆发的没有任何预备的战斗让她很难与那个扮相新潮，很精神、很酷、很直爽、很热情、狠追她的男孩毛杰联系在一起，但这一切却如此迅速地，让她不及思索地发生在眼前。她不知道自己该不该回车上躲着去，她向车子隐蔽的地方走了几步又突然停下。她意识到自己并不是这个案件中一个需要保护的证人，而是缉毒大队的一名战士，在战斗中她不应该躲到安全的地方苟且偷生。可她不回车里又能去干点什么？她连枪都没带，她冲进去什么作用都没有弄不好还添乱还得让人保护她。她一时不知进退，下意识地返回身顺着院墙往正门那边走，脑子里并不明确要去正门干什么。天很黑，她几乎看不清这一段院墙有没有人把守，就在这时，枪声像是很整齐地突然停了。

枪声停了，整个院墙里突然呈现出一种奇怪的安静，这安静似乎表示战斗已经结束。据后来队里的同志讲，整个战斗从犯罪嫌疑人先开第一枪算起，一共只进行了一分多钟，但在安心的感觉上，似乎打了整整半宿。

和警察们武力对抗的犯罪嫌疑人实际上只有两个人，一个是毛杰的爸爸，一个是毛杰的妈妈。毛杰的爸爸听见有人敲后门就开前门准备出去，与前门的缉毒队员正巧相撞，随即开枪。一分钟后，他在自己的卧室被击毙。而毛杰的妈妈被击伤腿部，然后被擒。在被抬上汽车时她声嘶力竭，大喊大叫，喊的什么安心一句都没有听懂。

这场战斗我众敌寡，不算艰苦，但打得比较突然，有一个缉毒队员也挂了彩，一颗子弹在他的大腿根部擦出一道血沟，虽属轻伤，但比较危险。那个队员恰恰新婚不久，这颗子弹差点绝了他的后。

负伤队员和毛杰的妈妈一道被送到医院去了。毛杰的妈妈一条裤腿全是血，但到了医院才发觉也只是皮肉伤，未伤筋骨。送走了伤员，警察们随即搜查了整个院落。周围邻居中一些年轻胆大的人在枪声停止一个小时之后，陆陆续续探头探脑地出来看热闹，但战斗的现场已被警察封锁，看热闹的群众只能很不过瘾地挤在隔离线外面向这院子远远张望。

搜查工作进行得比较顺利，在毛杰家的储藏间、灶间和一个地窖里，都找到了隐藏着的毒品，量不大，有海洛因，也有鸦片膏，数量加起来当然也够判死刑的。

当他们把这座院子交给当地派出所封门保护然后撤离时天都亮了。回到队部先吃饭，吃完饭大部分人找地方打盹，潘队长和钱队长他们几个继续审毛杰。这次审毛杰一上来就告诉他他家已在昨夜被抄，"抄出什么了你知道吗？你趁早交代了比较好，交代了算你自己坦白的，坦白从宽，等我们告诉你你再承认就不算了"。但毛杰还是不说，他板着脸反问警察："我爸我妈在家吗？你们抄出什么了？"

他爸爸死了，他妈妈伤了，他的哥哥不在，这些暂时都没有告诉他。

潘队长和钱队长轮流审他，换着出来趴在办公桌上打个盹。到了中午大家都累得不行了，这时毛杰突然说："你们叫安心来，她来了我说。"

钱队长出来叫安心，安心进了审讯室。她一进屋毛杰就盯着她，一直盯着她在他对面的那张桌子后面坐了下来。

钱队长说："她来了，你说吧。"

毛杰说："你们都出去，我跟她一个人说。"

钱队长想了想，居然冲屋里另外几个人摆了下头，示意他们出去。然后，他用一只手铐，把毛杰反铐在椅子上。再然后，他也出去了。

再然后，就是安心和毛杰四目相对。这屋里只有他们俩，他们曾经是情人。现在，一个是高高在上的审讯者，一个是被铐被审的阶下囚。

安心先开了口,她努力让自己的口气严厉得像一个审讯者。"你说吧,"她板着脸看着毛杰,"你不是要我来才肯说吗?"

毛杰也看着她,半天才在脸上浮过一丝痛苦。"我现在才明白,"他说,"你一直在骗我,你从一开始就不是跟我谈恋爱!你用你这张脸,来引诱我,让我中你的圈套!原来你他妈是警察的一条狗,一条发了情的母狗!"

安心的眼圈都红了,但她知道绝不能在他面前哭起来,那成什么体统。她压抑住自己的心情,哆嗦着说:"我是什么并不重要,重要的是你为什么干这个!我也现在才明白,你的漂亮衣服,你开的汽车,你的钱,都是靠贩毒来的!"

毛杰突然哽咽起来,他突然泪如泉涌,他的手被反剪着铐在椅子上,脸上泪水纵横也没法擦一下,他低着头泣不成声:

"他妈的,我他妈的真是蠢,我爱你爱得都快发疯了!……我本来想……我想我为了你什么都能去做,什么都舍得……都舍得!可没想到你其实是在搞我!好,你完成任务了,你可以枪毙我了,你有本事现在就枪毙我!听见没有,我死了以后再找你算这笔账!我死了也不会让你痛快活着……"

安心的眼泪也忍不住流下来了,她不是同情毛杰,一点不是,她不爱他,但说不清为什么她的鼻子就酸得不行。她的眼泪止不住地掉下来,是为他们曾经有过的短暂欢情吗?是为他以前曾给过她的那点温暖吗?是被他现在的哭泣所触动吗?安心都说不清。也许她掉眼泪只是因为她本性太脆弱。她迅速地擦干眼泪,站起身,拉开门就出去了。

钱队长和另外两个同志正站在门口的走廊上抽烟呢。见她出来便扔掉烟头问："怎么样，说什么了？"安心摇摇头，然后扭过脸看远处，她说："没说什么，什么也没说。"

钱队长骂了一句脏话，然后挥手招呼那两个同志进去，说："这不是耍老子吗！走，也该把他老爹老妈的事告诉他了。像他老爹那样，顽抗到底有什么好处！"

他们又进去了。安心站在走廊上没有动，似乎想平定一下自己的心情。整个队部的院子里，静无一人。太阳亮极了，把干燥的土地照得发白，白得刺眼，走廊里因此而显得特别暗。这种明暗的强烈对比使安心的心境很难平和下来，想哭却没有眼泪，心里同时又充满了恐惧不安。她不知道这件事，会不会终有一天传进铁军的耳朵！

审讯室里，响起了毛杰的哭声，那哭声挺惨，像个孩子，至少安心听得出他的苦痛。她知道，他们把他父母的事告诉他了，迟早要告诉他的。

十四

列车过了乌泉，再往西走半小时，就是南德了。

车过南德时天上连月亮都没有，我的视线穿过南勐山黑黝黝的阴影，在远处吃力地看到一些星星点点的灯火，那灯火的疏落让我看出这里并非一座繁华的城市。城市的繁华与否，夜晚才是真正的标志，再冷清的城市到了白天也会被阳光激活，而夜幕一落才又奄奄一息。南德沉默的远景就显示了它夜间的萧索，它的美丽和丑陋，无一不躲进厚重的夜色里，夜色由此而变得特别神秘和深不见底，似乎藏得住一切复杂的原因和结局。

从心情上说，我特别想在这里下车，好好地看一看这座深不可测的小城，好好看一看缉毒大队的那个院子。那院子在我的想象中已经被一再地扩大，大得像一座幻觉中的城堡。我还想看看在那院子的斜对面，只隔了一个街口的路程，安心住过的那间依崖傍水的吊脚楼。我甚至还想去看看，毛家的旧址，在那个深夜的搏杀之后就家破人亡的院落。那院落不知后来是否充公拆建物是人非，或者，早在何时做了谁家的新宅。

但我没有下车，我的目的地还在前面，我必须继续前行。按列车时刻表记载的钟点，我将在天亮之前到达清绵。

毛杰这个案子在毛家战斗结束之后，基本上算是告破了。毛杰的母亲被依法逮捕，父亲被当场击毙。虽然毛杰的哥哥毛放下落不明，但这个以毛杰父母为骨干的贩毒据点已不可能再发生作用。因此可以说，缉毒大队一直在苦心寻找的这条毒品线路在南德的老窝，基本上算是被一举摧毁了。

毛杰的哥哥毛放，人称毛猴，据群众反映是个地道的狠主儿，周围邻居一向都很怕的。毛猴是毛放小时候的外号，想必小时候是个营养不良的样子。可从公安机关搜查毛家看到的照片上，成年的毛放是一个身材粗大、面目凶残的壮男，跟他弟弟毛杰的外表几乎没有半点相像之处。没准儿他俩有一个是他爸妈捡来的。后来缉毒大队围绕毛放这条线索又做了大量侦查调查工作，始终没有找到充分的证据说明他也参与贩毒，所以一直没有正式作为在逃的犯罪嫌疑人部署追缉。

安心在这案子的侦破调查工作稍稍告一段落之后，以身体有病为由，请假和铁军一起回了清绵老家。她在老家住了一个多星期，实际上并没有任何事情，也并不是为了养病，她只是想调整一下自己混乱的心情。在走之前，她和潘队长做了一次私下的长谈，把她和毛杰从认识到交往到分手的详细过程，连同自己在毛杰被捕后曾有过的那些隐秘的彷徨和念头，统统向潘队长做了坦白。坦白也是一种倾诉，她需要倾诉。她一向把老潘当作自己的兄长，当作像父亲那样的兄长看待的，他是她唯一可以与之彻底敞开心扉的人。包括那些连铁军也必须瞒着的事情，她都可以告诉老潘。哪怕老潘骂她，骂她没有像他心目中那类优秀的女孩子那样，立场上敌我分明，生活上守身如玉。老潘骂的是对的，他说："安心啊安心，你受过这么好的教育怎么还干这种荒唐透顶的事情。"他骂了一通，安心哭了一通。他骂完了，安心也哭完了。然后他准了安心的假。尽管，安心没有明确地向他提出要求，但他们结束谈话时实际上已经达成了一个默契，那就是，安心和毛杰的事，老潘不告诉铁军。

安心回清绵去了。铁军是很赞成她这样停下工作，好好去休息一阵的。安心经常加班他是知道的，他原来还真没想到在公安基层单位工作会这么辛苦，连安心这种女同志也不能例外，连怀了孕也不能例外，这叫什么事儿啊！所以，当安心提出回家看看父母同时也休息一下的想法时，他一百个赞同，并且主动向报社请了事假，陪着安心一起回了清绵。

清绵是个小地方，却有中国西南最优美最经典的山峰和湖水，但这并不是清绵真正的诱人之处，清绵最最与众不同的地方，是她的幽静，是那种与世隔绝的曲折和偏僻。这是一个医治心灵创伤的最好的去处。

他们在清绵待了将近十天，这是安心自离家远行之后回来时间最长的一次。每天，她和铁军一起划一条小船，从她家附近的高山平湖漂向对岸。对岸是一大片看不到人迹的草坪，草坪的尽头，连接着古老的原始森林。几乎每个白天，这里都是阳光明媚，脸上的风也很柔和。柔和的风也是有它特殊的力量的，它能吹去一个人心上沉积的灰垢和隐隐的烧灼。

　　享受了清风和太阳，他们再划船回家。安心的妈妈每天都会做些可口的食物，比如像雕梅、水豆豉、菜花腌菜拌蜂仔之类的小吃，款待他们。水豆豉是清绵特有的美食，很合铁军的胃口，但拌蜂仔这种鲜活的东西他这种在广屏城里长大的人就有点消受不了了。这是清绵的一种比较野的吃法，就是把山里的草蜂、葫芦蜂的蛹，用开水洗烫，除去外皮和杂质，加上辣椒油和花椒粉往水腌菜里一拌就吃。水腌菜铁军还吃得惯，但对菜里那些白嫩鲜活的蜂仔，就不敢下筷子了。安心从小喜欢吃蜂仔，正好乐得一人独吞。吃妈妈做的东西，和妈妈聊天，是安心平时最渴望的事情。而在她身心疲惫的此时，母亲用这些她从小熟悉的食物和娓娓道来的交谈，以及堂屋里暖和的炉火，让安心觉得自己内心每一个蜷缩的角落都被轻轻地熨平了。

　　母亲和她聊了她小时候的很多故事，也聊了她的未来就要出生的孩子，聊了把孩子一点一点带大的那些辛劳与乐趣。这些都是最温情的话题，都是令人幸福不已的话题。尤其是在和铁军一起聊起这些的时候。

　　在她告别父母离开清绵时，她又恢复了往日的快乐。她的身心经过有效的调整，已经有能力摆脱和忘掉过去的那些阴影。回到南德之后，她像往常一样很专心地投入了工作。潘队长有意识地不再让她参与毛杰这个案子的扫尾工作。这案子队里正忙着准备向检察院呈报提请起诉的材料，她作为内勤，又在这案子的侦破过程中担当过重要角色，本来是应当参与的。但潘队长没让她参与，分配她去干些别的。她就去干别的，也不向潘队长提这事，两人心照不宣。后来这案子依法定程序报到检察院去了，向法院起诉就是检察院的事儿了。于是慢慢地，毛杰这两个字在缉毒大队，几乎再也无人提起。

接下来发生的事，就是安心的肚子越来越大了，队里对她的照顾，也越来越具体。比如，不再让她加班，每天上下班尽量让顺路的车到她家弯一下接送。毛杰不在了，安心也敢回宿舍住了。她和铁军常常就住在她的宿舍里，省得来回跑，万一搞歪了胎位颠了孩子得不偿失。再说安心也不好意思总让队里用车接送显得特殊影响不好，要是住宿舍的话她上班也就是五分钟的路，一拐就到。只是铁军去报社往返要远一点，比较辛苦。好在他们当记者的也不是每天坐班。

看得出铁军很盼着这个孩子，那些天他们之间的话题最多的就是说这孩子。是男孩儿还是女孩儿呢？起个什么名字？该为孩子提前准备些什么？孩子生下来是自己带还是交给姥姥或奶奶？……总之，期待着这个孩子的出世，那一段成了铁军和安心共同生活中最重要的心思。

所以，铁军对老潘他们照顾安心是相当感激的。在中国，人与人之间的关系都是交互式的，你今天送我一袋米，我明天就还你一束肉，礼尚往来。可铁军又能拿出什么来回敬潘队长和缉毒大队呢？有的！铁军所能回报缉毒大队的，就是说缉毒大队好。把缉毒大队说成一个英勇善战的、不怕牺牲的、前仆后继的、为国为民的、可歌可泣的英雄集体。当然，这样说缉毒大队，这样说队长老潘，也不为过，至少安心就觉得，事实就是这样的，比这还感人呢。那些感人的东西在缉毒大队，都是些看上去很平常的事，可要是你仔细地想一想，上升到某个理论高度总结总结，那都是事迹，上报纸上电视都拿得出去。

铁军先是找了南德电视台的熟人，促成了一次采访。主要是采访毛杰这个案件的侦破工作，后来在当地电视台的一个专题节目中播出，老潘和老钱都上了电视。不过按照保护原则，他们的脸部都用技术手段在屏幕上给遮掉了，声音也做了处理。毛杰的家——那个战斗的现场——也被摄入镜头，毛杰和他母亲也在镜头前过了一下，很短，没多渲染。连毛杰父亲的尸体都给了个远镜头，只晃一下即过，避免让血腥污染了观众的耳目。电视重播时安心和铁军在家看了，铁军挺兴奋，说以后得好好谢谢电视台的朋友。安心默默地看，什么都没说。

在电视节目中播这件事也就是两分钟的长度，宣传效果以事件为主，铁军后来觉得不够过瘾，没有把他对缉毒大队所要表达的感谢体现出来。于是他又通过他在《南德日报》的哥们儿，找了一个擅长写报告文学的专栏记者，据说在当地算是个名记，让他专门来采访缉毒大队，专门以写人为主，写当代公安民警一不怕苦二不怕死的奉献精神。这个精神现在很少有人提了，觉得过时，可很多过时的东西多少年后旧话重提又成了新鲜。这件事得到了南德市的政法委、公安局领导的高度重视，指示缉毒大队要认真配合、协助日报做好宣传工作。宣传工作对公安禁毒事业的建设，也是非常重要的。

潘队长把这事交给了副队长老钱。对接待记者的这类采访他与其说是不重视，不如说是不擅长。老钱其实也不擅长，完全是当个政治任务似的整天陪着记者介绍情况，给他讲案例，讲过去牺牲的一些同志的事迹。活着的人主要讲了老潘。不过老潘刚从沙茅地区调来没两年，老钱过去也不认识他，所以谈不出太多。记者觉得材料还不够，又让他再谈谈别人。让他别光说形容词，"什么勤勤恳恳、任劳任怨、不怕牺牲什么的，不用多说，怎么形容我们都知道。您就说事情，多举些例子，例子，我就要例子！"

钱队长说了些例子，说着说着就说到了安心。记者一听安心是个年轻女同志，又是个大学生，在这种边远地方和这帮男爷们儿一块出生入死，有了兴趣。按他们记者的行话叫：有新闻点、有新闻价值。于是便重点问安心的事。老钱就一通说，当然不外还是勤勤恳恳、任劳任怨、加班加点之类的事。记者还是让他举例子——有没有深入虎穴斗智斗勇临危不惧大义凛然的例子？老钱听明白了，他是想要故事性强的事儿，能吸引读者的事儿。于是他说了毛杰这个案子，说到乌泉接头，船上的那一场大戏，说得绘形绘色，听得那记者眉飞色舞。而且，最后让记者真正感到吃惊的，是安心和毛杰以前的关系。老钱这下可算是彻底满足了记者对戏剧性的渴求——"什么？她和他原来是朋友？是什么朋友？噢，是那种朋友。哎，你刚才不是说她都结婚了吗？噢，是以前的朋友，噢，是吗！不过那也很有意思，也算大义灭亲了，也不容易。女同志一般都比较重感情，比较念旧，特别是对这么年轻的女同志，确实是考验。这是个很严肃的主题，是情感战胜正义，还是正义战胜情感的问题，是国家利益重要还是个人利益重要的问题。在五六十年代这个问题很好回答，不算什么了不起，但是在二十世纪就要结束、二十一世纪即将开始的时候，就确实成了问题了。现在的年轻一代，什么正义不正义的，什么国家不国家的，跟我没关系，现在的年轻人是把个人的情感和个人的利益放在第一位的。这些年，小道理总是比大道理更有道理，所以这个例子你讲得好，有典型性，有教育意义。"

记者满载而归，老钱也完成了任务，大家各得其所。后来那记者在《南德日报》上用了一个整版，刊出他的采访报道。这个报道在发表前送呈公安部门审核时，根据公安部门的要求，隐去了文章涉及的敌我双方人员的全部真实姓名，皆以假名取代。这在禁毒斗争比较残酷的地区，当然是必要的。稿子一经刊出，据说其真实感和震撼力使很多读者为之动容，尤其在南德的老干部和老百姓中，受到特别的好评。现在凡是"二老"说好的东西，党政领导都会鼓励，所以这篇报道在南德风光一时，不少行政机关企事业单位和学校的党团组织都奉命组织干部职工在校学生党团员和积极分子进行阅读学习。不过那时安心已经不在南德了，她在铁军的陪同下请假回到了广屏，准备生下他们的孩子。那篇报道究竟如何真实如何精彩如何感人，她和铁军都不得而知，也没再关心。那时的安心和铁军，还有安心那位马上就要退休当奶奶的婆婆，都把全部的关注投入到安心肚子里的那个小生命的身上。铁军陪安心回广屏时就正式结束了在《南德日报》的下放锻炼，回到了广屏市委宣传部。利用下放回来的调整休息时间，和他妈妈一起在家照顾身子越来越不方便的妻子和妻子腹中的孩子。

铁军的母亲其实还不到退休的年龄，可能因为单位里的人事矛盾不胜其烦，所以上班上得一直心情不佳。安心一回广屏，她便下了提前退休的决心。她符合提前退休的条件，而且妇联也在精简人员和机构，有人自愿提前退休组织上还求之不得呢。她下这个决心的最直接的诱因，就是安心隆起的肚子让她突然有了做奶奶的渴望。而做奶奶抱孙子享受天伦之乐的感觉，常常是和解甲归田联系在一起的。

对一个家庭来说，迎接一个新生儿诞生的过程是最幸福和最祥和的，它的诱人之处是这个家庭的每一个成员和每一个生活细节，都会因为这个小生命而浸染在对未来的幻想中。孩子也是社会的未来，也是人类的希望，因此这幻想既是父母的本能，又显得比较高尚。他们为孩子准备了很多小衣服、玩具和用品，买了和借了很多关于幼儿喂养和智力开发的书籍杂志。铁军还买了不少俊男美女鲜花海洋之类的照片，挂在安心随处可见的地方，说这是现代胎教之一种——怀孕时常看美丽的东西生出孩子来也会开朗漂亮。

给孩子起个什么名字是这家里最常讨论的问题，预先想出的名字几乎可以盛满好几箩筐。男名女名都起了不少，还有一些不男不女或可男可女的名字，也一一排列在候选名单中。据说现在男孩儿起女名和女孩儿起男名或不论男女起一个中性的名字都很流行。其实给孩子准备名字也是在进行某种幻想和表达某种期望，总归是想用名字的含义道出大人对后代的企盼和定位。

安心一直希望生个女孩子，她给孩子选择的名字都是富于诗意的、浪漫的和飘逸轻盈的，如虹云、彩梦、小舟、远亭、萧萧、素女等。

而铁军和他母亲则希望生个男孩，从他们给孩子选择的名字上，可以看出他们给了自己的后代太多安邦定国的使命和济世达人的任务。他们希望这孩子事业上有不凡的成就，虽然是以革命的名义，但骨子里却是耀祖光宗的思想。如济民、成相、耀华、振华、治国、建伟之类。

安心想，到底用什么名字最后还是铁军说了算，而铁军最后肯定还是听他妈的。

在怀孕的这段日子里，安心是这个家庭里最受照顾的成员。晨昏起居，饮食出行，无一不被各种关怀措施和烦琐的提醒包围着。尽管，她知道，这是为了张家的后代，但被关怀的直接对象毕竟是她本人，因此她不能不倍感婆婆的恩德和夫婿的深情厚谊。

安心在婆家的言行举止一向是比较注意的，怀孕之后也并不敢母以子贵摆少奶奶的样子。关于这一点她妈妈一再地提醒过她。她从小受她妈妈的影响，做人做事比较低调，小是小非不去计较，与人聊天从不飞短流长，日常生活中绝不轻易求人，绝不随便受人恩惠。女人做到这一点挺不容易的，这是她最敬佩她妈妈的地方。她把这归结为她妈妈有文化。有文化的妈妈对安心的影响，比沉默寡言、只知道行医卖药的爸爸要大得多了。

虽然身怀六甲，但在婆家每天的家务活儿，她还是抢着去做。有些小时候在自己家从来不做的活儿现在都得抢着做。婆婆的衣服丈夫的衣服她都洗。婆婆但凡抱怨儿子，她必是先站在婆婆的立场上声讨丈夫，等婆婆气消了再委婉地维护铁军几句。凡是看不惯婆婆的地方，只在自己心里消化，从不挂在脸上嘴上，更不在丈夫面前嚼舌。有句话她妈妈跟她说过不止一次：好媳妇两头瞒，坏媳妇两头传。是非都是越传越多的。她妈妈还跟她提醒过：千万别在背后说别人的坏处，说别人的坏处对你自己绝没任何好处！这些话她还真记住了。

除了多干活少是非之外，一般家庭里最容易发生纠纷的是什么呢？是钱。经济上的事儿处理不好最麻烦。所谓家家都有难念的经，在安心看来，难的主要是经济利益的问题。她是一个工资不高的见习警官，大学刚毕业又没有积蓄，在婆家生活主要花婆婆的家底和丈夫的工资。婆婆一家也都是挣工资的，生活并不宽裕。婆婆在妇联，铁军在市委宣传部，基本上都是清水衙门。所以，安心在婆婆家尽量节俭，自己不花钱，也不管钱。她爸爸妈妈到广屏来看过她一次，给亲家母带来好多清绵的土产山货。清绵是出中草药的地方，有"一屁股坐得着三棵药"之说，安心的爸爸又是办药材作坊的，所以给亲家带了些名贵的鹿茸片和一些中成药，都是云南的名优，什么人参再造丸、珍珠抱龙丸之类。不过这都不是安心爸爸那个作坊的出品，而是在国营药店另买的礼品盒，不然拿不出手的。他们走的时候，又给安心塞了五千块钱，他们一走安心全交给婆婆了。这也是她妈让她交的。她妈不是怕亲家挑理，主要是想让安心在人家做媳妇别太受气。五千块钱对安心家是一笔不小的开支，几乎用去了他们那时能拿出来的全部现款。安心那时候才刚刚知道，她爸爸的那家名为中药加工厂的作坊早就赔了本，关门歇业已有半年多了，还缠上了一身说不清道不白的三角债罗圈债。二手商还不上他们的钱，他们也还不上药农的钱，和债权人债务人整天打架，就差打官司了。她妈妈对安心说："你爸不懂做生意，这个下场也是意料之中的。这事我会帮你爸处理好，你就别操心着急了，也别跟铁军和你婆婆他们说。"

安心当然不会说了，云南人最要面子，连她妈妈这样通达的人也不能例外。

其实，安心的爸爸妈妈不来送礼送钱，安心在婆家也不会被亏待，一来她早已深得婆婆的喜爱，二来她怀的又不是别人，是张家一脉单传的后代。年纪大的人，包括铁军妈妈这种当了多年共产党干部的人，骨血继承传宗接代的观念实际上还是很深的。嘴上都不说，骨子里其实有。

谢天谢地，在火把节快要到来的时候，安心如愿生下了她的孩子。孩子很健康，大人也平安，连生产过程都比一般人来得更加顺利。

是个男孩儿。他们原先起好的那一大堆名字全部作废，最后是由铁军的妈妈专门请那位曾经给安心铁军做过证婚人的市人大常委会副主任给起了名字，名叫张继志。这名字乍听上去太通俗了一点，但对铁军的孩子来说，却另有一番意义。

因为铁军的父亲名叫张志，那位人大常委副主任说：张志同志革命一生，高风亮节，为人师表，他的子孙应该像他那样生活和工作，做他那样的硬汉子！铁军的母亲几乎热泪盈眶，她很久没有听到别人，特别是高层的领导同志，提及和评价她的亡夫了，因此感情有些激动，思绪万千，感慨万千。好，就叫张继志，既是继承张志的骨血，又是继承他的遗志，这个名字老领导起得太有水平了。

孩子在医院观察了四天，一切好得不能再好。第四天下午，铁军弄了个车，接母子回家。安心坐月子坐得极其享福，甚至可以对婆婆主动吆来喝去。是婆婆要她吆来喝去的。她一要干什么婆婆就跑过来嚷着说"你别动你别动，你要什么我去拿"。一个月后安心照镜子，吓了一跳，她没想到自己这张小脸也能胖成像邻家大嫂那样透亮滚圆。

满月那天他们本来想出去找个酒楼办一桌席的，但从经济上盘算再三还是算了。安心说服了要面子的婆婆，把这桌席摆在了家里。在家里请的人范围可以小一点、精一点。一来安心觉得没必要那么铺张，家里本来就不那么富裕，不富裕就犯不上硬撑着面子摆阔气。二来她现在这张胖脸，也不想到大庭广众之下去展览。她想，无论如何得抓紧减肥，以后婆婆再逼着她吃那些鸡汤鱼汤下奶的汤她坚决不能再吃了。

　　那天请的人都是张家的近亲和老友，最受礼遇的，当然还是以市人大邢副主任为首的那几位铁军父亲生前的老战友。人人都夸这孩子。这孩子才一个月可那白胖劲儿像三个月的，几个女宾喜欢得轮流抱，个个爱不释手。男人们则评价了这孩子的相貌，几乎异口同声说像铁军，甚至还有说像铁军父亲张志的。其实一个月大的孩子是看不出像谁不像谁的，大家不外乎是说个吉利话罢了。当然那孩子胖嘟嘟的憨厚样，确实有点像铁军。铁军喜欢听他们说孩子像他，笑得都合不拢嘴。只有一个女宾说孩子的轮廓像爸爸，可眉眼像妈妈，你看他眉眼多秀气呀，但没太多的人呼应她。安心想可不是吗，人家都说女孩一般像爸爸，男孩儿一般像妈妈，这是规律。安心长得就不像她妈，她像她爸爸。不过女孩儿的生活举止和脾气秉性一般都是随妈妈的，男孩儿则随爸爸，这也是规律。

　　在妻子坐月子的这个阶段，是每一个做丈夫的男人最能表现责任心的时候。铁军那时每天下了班就早早回家，从不在外耽搁流连。洗衣服洗尿布，熬奶做饭，都是他的事。夜里给孩子换尿布，哄孩子睡觉，也是他的事。白天安心和他妈妈带了一天孩子，他妈妈顶不住晚上再折腾，安心也需要保证睡眠。保证睡眠也就保证了奶水。所以晚上的活儿都是铁军的事儿。好在白天他在班上还可以打个盹什么的。即便如此，孩子还不到三个月的时候，安心的奶水还是跟不上了。人也大大地瘦了下来。她去看了医生，医生说她身体没毛病，只是神经有点紊乱。这个总是啼哭的孩子和孩子奶奶对孩子事无巨细的操心关怀，使安心的精神压力太大了。奶水先是不畅，继而枯竭，只好靠喂牛奶，再喂一些婴儿补品，以保证营养的充分与均衡。现在这类形形色色发婴儿财的补品多不胜数，大人们看了那些自吹自擂的产品说明就往外大把掏钱然后就往孩子嘴里灌，安心也不知道管用不管用。这孩子吃什么吃多少她已很少有权自主决定，大都要听从铁军妈妈的主见和指挥。

孩子快四个月的时候，潘队长代表队里来广屏看了一次安心，带着队里一些同志凑钱给安心买的补品（又是补品，包治百病的口服液之类）和给孩子买的几样简单的玩具，找到了安心婆婆的家。安心挺感动的，队里来人看她，还给带东西，这使她又想起了自己几乎快要忘掉的职业和集体。东西虽然不多，但缉毒大队那些民警的经济条件她最清楚，凑点钱出来很不容易。

安心见到潘队长高兴极了，说实在的，她挺想老潘的。她拉着老潘在客厅里坐下，沏茶倒水，又把孩子的照片拿出来给老潘看。那天正巧是铁军爸爸的生日，铁军妈妈抱孩子带着保姆到革命公墓给老伴送祭品去了，也让老伴看看他的后代。安心感冒了没跟去，要不然潘队长来就得撞锁了。

在潘队长面前，安心的话变得多起来——关于队里的工作，大伙儿都怎么样了，等等，她想知道的情况太多了。她的提问一个接着一个，快得甚至等不得潘队长的回答，队里和她关系好的人几乎都问到了。老潘回答了她的问题，也问了她一些问题，诸如身体怎么样啊，睡眠怎么样啊，和婆婆相处还行吧之类。半小时后，老潘看了看腕上的表，安心以为他要告辞了，挽留的话还没说出口，老潘的口气突然有了些转折，虽然不算明显，但安心还是感觉到了。

"我今天来，看看你和孩子都好，就放心了。不过，还有一件事，我也想来和你商量一下，就是毛杰那个案子，恐怕你这两天还得回一趟南德。"

安心这才意识到潘队长来广屏，并不单纯是为了看看她和给她送点东西，他来看她还有公事。她脸上那副孩子般快乐的表情马上收束起来，从潘队长一进屋就停不住的笑容也停住了，代之以一脸的疑问：

"毛杰？那个案子，不是已经结了吗？"

老潘没有回答，或者说，他一时不知道该怎样回答。他沉默地看看安心，心事重重地摇了一下头。

十五

　　从法律的角度说，毛杰的案子还没有结。如果仅仅是没有结的话，那还算不上什么，问题的关键是，这案子搞来搞去搞到现在，看样子像是结不了啦！

　　毛病全出在法庭上。

　　在公安局进行预审的时候，毛杰就矢口否认对他进行贩毒活动的指控，一口咬定他只是替家里给一个开小店的亲戚送东西。他声称他送的东西仅仅是茶叶，到了船上碰上了他过去的女朋友，那女朋友让他把一只挺沉的帆布箱帮忙拎到岸上去，一上岸他就被捉，一打开箱子才知道里面原来是毒品。按照毛杰的这个说法，他不仅没有罪，不仅是无辜的，而且，简直就是被公安陷害的。

　　问题是现在法院都实行司法公开，独立判案了，法院只按法院的原则判，谁说什么都不顶事。法院的原则是什么？——事实是根据，法律是准绳。事实是什么？——法律上的所谓事实就是：证据。

毛杰的母亲在庭审中的供词，决定性地救了她儿子的命。她在铁证如山的情况下没做任何招架便承认了她和被击毙的丈夫从事的贩毒勾当，但她表示她的儿子毛杰绝不知情。她说那天她和丈夫都生了病，才让毛杰到乌泉去取货。她只告诉毛杰找一个拿帆布箱的人，然后把旅行包交给他，把帆布箱拿回来，如此而已。她这个说法在情理上是成立的，用她自己的话说，我们自己干就干了，干什么让孩子冒这个险！在审毛杰母亲的时候，毛杰是作为证人出庭的。在法庭的质证之下，毛杰最后承认了他母亲的说法。他母亲把这事一口咬住了，明摆着是拼死保他！在法庭上，面对腿伤尚未痊愈还一瘸一拐的母亲，在母亲一再大声强调儿子完全不知情时，毛杰就哭了。然后他认同了这个供词。

法官面对毛杰的哭泣，沉默了片刻，问道："你原来不是说是一个女的让你帮忙把那个帆布箱拎到岸上去的吗？到底是那个女的让你帮忙拎到岸上去的，还是被告人梁凤芝（毛杰的母亲）让你把那只帆布箱带回来的？"

毛杰泣不成声，他知道母亲的用意，他也知道如果他承认这帆布箱是他母亲要的，他母亲就完了。他抬头看着被告席上他的母亲，他的母亲也看着他。母亲那张面孔看上去死板着，没有一点表情。审判长又厉声问了一遍，毛杰的声音全哑了，但他终于做出了以下的证词，他的证词不仅开脱了自己，同时也肯定了母亲的死罪。

"是，是我妈妈叫我把那个帆布箱带回来的……"

"你知道那帆布箱里装了什么东西吗？"审判长问。

"知道。"毛杰还有些哽咽。

"你是什么时候知道的？"

"是我上岸的时候被抓住以后知道的。"

"是怎么知道的？"

"是警察说的。"

"警察怎么跟你说的。"

"警察说箱子里装的全是白粉。"

……

对毛杰母亲的审判进展得比较顺利，法庭在进行了充分的庭审调查和简单的辩论之后，宣判被告死刑，立即执行。宣判毛杰母亲死刑时毛杰不在庭上，但这个结果他在前一天出庭作证时就应该想到了。

接下来对毛杰的审判就比较麻烦了，虽然毛杰手执一箱毒品被当场擒获，但认定他犯罪的证据并不铁定。毛杰的拒不认罪和他母亲的关于毛杰并不知情的供词，控方在证据上无法推翻，在这种情况下法庭自然不能硬判有罪。休庭时法院向检察院和公安局通报了这个形势，请公安局看看是否可以找到新的证据来支持对毛杰的起诉，否则，从法律上讲，只能宣布无罪，或者由检察院自己主动撤诉。主动撤诉对检察院来说，比由法庭宣告无罪面子上好看一点。

检察院说："也好，那我们主动撤诉，以证据不足为理由，发回公安机关补充侦查。"

公安方面连忙叫停，希望法院先别急着判无罪，希望检察院也别急着撤诉。公安局法制办的同志说："容我们再研究研究，看看还能不能找到什么突破口再说。"

当天，公安局内部经过一番紧张研究，决定由潘队长连夜赶到广屏。第二天潘队长便找到了安心婆婆的家，连看望安心母子，带说这件事情。当然，主要还是说这件事情。

老潘说："我记得你说过你和毛杰在船上交货的时候还聊了几句，毛杰让你以后别再干这种贩毒的事了，他说这种事不是女孩子干的，你还记得他说的这些话吗？"

安心说："记得呀，好像他就是这么说的。那时候船快要到岸了，周围人都挤着下船，我们也不可能说得太多，话也不可能说得太明。"

老潘说："这就够了，这就证明他和你交接手上的东西时，完全知道他自己在干什么！"

在后来的一段时间里，潘队长，还有队里的其他一些人，陆陆续续地向安心讲述了毛杰和他的母亲在法庭上互相开脱掩护的情形。安心听着，想象那个场面，不免怦然心跳。当然，她也懂得，他们贩毒运毒，罪在不赦，但从母子之情以死相救的单纯角度，确实让安心的心里震动了一下。

潘队长对安心说："我们已经和检察院、法院都讲好了，大后天继续开庭。毛杰拘押的时间已经不短了，所以大后天，要么判了他，要么放了他，法院方面表示不好再拖了。所以你最迟后天就得赶回南德去，我们还要和你一起再仔细研究准备一下。大后天，你要作为检方的证人，出庭作证。孩子你离开几天行吗？不行你就带着他。"

安心一下子愣了。她明白她一直想要躲避的事情，不但躲不过，而且还不偏不倚地落在她的头上了。她愣了半天说不出一句话来。

老潘说："你如果有困难，希望你无论如何要克服一下，好不好？"

安心躲开了老潘焦灼的目光，低头结巴了一句："哦，没，没有。"

那天在铁军母亲带着孩子扫墓回家之前，潘队长就走了，他乘坐中午的火车赶回南德去了。在老潘走后的第三天一早，安心按照命令，也乘坐中午的火车返回南德。关于她回南德的原因，她没有跟铁军和婆婆说得过于具体，只说队里要她回去一趟，过去有个案子是她经手的，有些情况要回去交代一下。因为这件事涉及的对象是毛杰，所以她不想跟铁军母子说得那么详细。

路上，她脑子里反复想这件事，这件事让她有一种说不出来的沉重的心情。尽管，她知道，她是一名警察，作为一个在诱捕现场执行任务的警察，到法庭上去证明罪犯有罪是她的职责。但是，就本心而言，她确实不愿由她本人站到法庭上去面对自己昔日的朋友。她是问过老潘的，毛杰如果被证实有罪，能判多少年？老潘说："应该是死刑吧。"其实不用问她也清楚，她在公安专科学校上学时做过班里的法律课代表，毕业后又在缉毒大队干了那么长时间，那帆布箱里有多少克海洛因她是知道的，多少克海洛因该判多少年刑她也是知道的，就凭毛杰从她手里接过那个帆布箱子这一件事，如果被认定是参与了贩运毒品的话，他有九个脑袋也不够砍的。也许是因为安心从一开始就跟老潘说过她和毛杰之间已经什么也没有，她说过她对毛杰从来没有产生过真正的感情，所以老潘才这样毫无顾忌地、实事求是地、就事论事地、轻松地，说了"死刑"两个字。

是的，她和毛杰，没有感情。她想，她对他，大概从一开始就确实谈不上感情，最多只能说有好感罢了。再往本质上说，只是异性相吸的情欲罢了。她想原谅自己——现在这个时代姑娘和小伙子，小卜哨和小卜冒有这种事，并不一定非要以结婚生育传宗接代为目的。当然按道理说男女只有相爱才可以行其事，但现在不为了永远相爱就发生关系的年轻人有的是。在上大学时不少同学就认为性是人的基本权利之一，应该允许每个人按照自己的意志使用和处置自己的身体，只要发生这种关系是两相情愿的，就不算什么错误。当然，她知道，这观点也就是在年轻人当中有点共鸣而已。

是的，她和毛杰没有感情，但让她去指控毛杰，并且最终把他送上刑场，对安心来说，思想上感情上，都有些障碍的。她受她母亲文人气质的影响太大了，在感情上和心理上还没放得这么开，那种特别无情特别狠的事，她有点干不来。她知道她内心最深的那个地方可能过于柔软了，和她的职业和她的经历不相吻合。无论是公安学校、跆拳道训练队还是缉毒大队，她待的地方都是充满着朝气、野性、剽悍和残酷气氛的。尽管她表面上的个性还算开朗、明快、直率、泼辣，看上去在这气氛里还算适应，其实她才软弱呢。除了她的爸爸妈妈和后来的我之外，其他人，也包括铁军在内，谁也没有发觉她在深层气质上和别人有着特别重要的区别。

她回到了南德。当天晚上与市局法制办和检察院的人，还有潘队长，一起商量斟酌她将要向法庭提供的证词，一直商量到深夜方散。安心回南勐河边她那间宿舍里住了半宿，半宿没睡着。从晚上开会时大家的表情上，她知道明天的开庭，很可能将是最后一次对毛杰的审判，是杀是放，都在明天！

天亮的时候她竟然睡去了，鬼使神差，居然梦见了毛杰。梦中的情景无疑是他们初识时的样子，好像是在什么地方一起吃饭，然后又到了什么地方，有了一段缠绵。正在柔情万般之际毛杰突然冷笑，笑着笑着变成了坏人，进而又变成一个青面的鬼魅……她一下给吓醒了，醒来后听见有人敲门。

敲门的是潘队长，他开车来接安心去法院。

那是个雨天。安心坐着潘队长的吉普车，轧过城内旧街湿漉漉的石板路，开向位于市中心的南德市中级人民法院。中级人民法院的那座大楼我后来看见过，新建了没几年，从基到顶，一律白砖挂面，看出来花了不少钱，其建筑风格虽然与周围旧式的街巷完全说不上话，说难听点是对这个城市南诏古风的一种肆意破坏，但单独来看很难想象南德这样的小地方会有这么气派的法院。不光法院，南德的检察院、公安局，大楼一个个盖得都很牛。所以我还一直想不通以前安心为什么老说他们缉毒大队的民警都特穷。

这一天上午九点整，安心准时坐在了法院大楼二楼的一间证人休息室里等候传唤。这屋子挺大，只有她和潘队长两个人。老潘很沉默，站在窗前看外面淅淅沥沥的雨水，一根接一根地抽烟。安心坐在屋子的一角，那一角摆着一排木制的长椅，她坐在长椅上，同样默默地发呆。

庭审应该是九点钟开始的，安心知道前边要进行一系列的入庭程序，公诉人和辩护人要唇枪舌剑地再亮一遍各自的观点，她和潘队长在这间屋子里等了近一个小时，才有人过来传唤他们。来传唤他们的是一个年轻的法庭工作人员，他急匆匆地走进这间屋子，急匆匆地说了一句："证人出庭！"又急匆匆地走了。安心和老潘互相看了一眼，什么都没说，也无须再说，便一起走出了这个沉闷的房间。

从这个房间通向审判大厅的，是一条又宽又长的走廊，走廊上没有人。她和潘队长顺着这条走廊一步一步地往前走，皮鞋敲在瓷砖铺就的地面上，声音显得特别的孤单也特别的空旷。那声音仿佛是别人的、别处的，就像梦中遥远的回响。

安心这时脑子里不期然地闪回了那个清晨的噩梦，虽然梦的主体内容是欢快的、忘情的和缠绵的，但在这个时候梦见毛杰，对安心来说，无疑是个噩梦！噩就噩在，这个梦提醒她别忘了，她和毛杰确实有过一段不容置疑的美好时光，且不论那段时光的长短！

安心和潘队长并肩穿过这条漫长的走廊，走廊的尽头有一个双开的厚重的大门。潘队长先迈一步推开大门，看得出他对这地方已然很熟。安心却是头一次来，她没想到南德新建成的这个法院会有这么漂亮的审判大厅。也许是南德电视台曾经对这个案子做过两次专门报道的缘故，这一天来旁听的人还真多。因为破案那天发生了枪战，当时在社会上成为轰动的新闻，市民都很关心这事的结局，所以这案子在南德算是大案名案。在一周前毛杰的母亲被依法绑赴刑场执行枪决时，电视新闻也播了一下。对她儿子毛杰的审判尽管已开庭多次，审得旷日持久，但从今天法庭的上座率看，人们的兴趣并未与日俱减，阶梯式的旁听席上，七八成的听众已经坐了黑压压的一片。

安心走进审判庭，看到了这黑压压的听众，这黑压压的听众也一齐看她。再加上审判长审判员陪审员书记员检察员以及律师和法警，目光全都集中在她的脸上，并且一直严肃地跟随着她，移向证人席。安心紧张得步伐有点慌乱，她感觉走了好久才走到了证人席上。证人席在法庭的一侧，与审判长和被告人势成鼎足。安心深深吸气镇定自己，然后抬头目视审判长，审判长随即发问：

"证人，请向法庭通报你的姓名和职业。"

"我叫安心。我是南德市公安局缉毒大队见习警司。"

安心发出的声音，情不自禁地又细又小，她情不自禁地，有种逃避的心理，好像她生怕别人，特别是怕毛杰，听到她姓什么叫什么和干什么似的。审判长对她的口齿含混没有计较，继续问道：

"证人，根据《中华人民共和国刑法》第三百零五条的规定，和《中华人民共和国刑事诉讼法》第四十八条的规定，公民有作证的义务，拒不作证和作伪证的，都要承担法律责任，你清楚吗?"

尽管，向法庭作证不仅是她的义务，同时，也是她的职责，她不仅是一个普通公民，同时也是一名缉毒警察；尽管，她赶回来作证，怎么作证，甚至连每一句证词组织上都和她商量好了，但现在真的站在这里，站在这个庄严的法庭上，她的回答不知为什么还是有几分可以察觉的勉强。

她的目光下意识地，回避了法官的注视，她答道："清楚。"

"证人，去年九月十三日南德市公安局在乌泉因被告人倒运海洛因而将被告人逮捕，你参加了那次逮捕行动吗?"

"参加了。"

"现在请你看一下，那天你们抓捕的那个接运毒品的人是被告人吗?"

安心转头将目光投向被告席，这是她走进这个审判大厅后第一次正视毛杰。在这之前她一直强忍着不让自己的目光移向那里，尽管她知道毛杰就在那儿，就站在被告席上。现在，她终于，也必须，正面地去注视他了。她和他的视线灼灼相对！她从毛杰的眼睛中能感觉到，从她走进这个大厅的那一刻起，这双眼睛就一直盯死了她！

那双眼睛和过去有什么不同呢？有的，那眼睛已经没有一点光泽，没有一点生气了，已经呆掉了。安心甚至已经分辨不出那眼神中究竟是漠然还是凶毒，是憎恨还是恐惧。毛杰看着她的神情姿态犹如一具不动的僵尸。

他们对视了多久？谁也说不清楚，法官和听众只是很快听到了安心的回答：

"是他。"

法官说："请证人把那天逮捕被告人时发生的情况，向本庭如实提供证言。"

安心从毛杰脸上收回了目光，她的心里那一刻一片混乱，她几乎像背书般地开始发表证言。她的证言在昨天晚上的会上经过了集体讨论，逐段逐句地拿捏过了，结构简明用词严谨。她首先用了不到两分钟的时间概念性地叙述了一下这个案件的背景，如何立案如何长期侦查，如何在那个小旅馆里擒住那个携带帆布箱的年轻女人，然后怎么决定去乌泉诱捕接货的人。再之后，她语气呆板地讲了她在乌泉的船上，如何看到毛杰快到岸时才从一只尼龙袋里突然取出那只大象牌旅行包，说明只有刻意的掩护和伪装才需要这么做。又讲到当时她看到毛杰时非常吃惊，因为她以前认识他，是在一个小餐馆里和几个醉鬼打架时认识的。在她讲到这里时审判长插了话，审判长的突然插话令安心有些心慌意乱，她几乎怀疑自己是不是因为心情紧张说错了什么，其实审判长只是详细地问了安心和毛杰相识的过程，看上去他的目的似乎是为了让旁听的群众能听得更明白一点。之后，审判长开始提示安心叙述最关键的那段话。

"证人，当你和被告人发现互相认识以后，被告人和你交接那只帆布箱了吗？"

安心迟疑了片刻，这片刻的迟疑出自她无法克制的本能，她像是低头思索了一下，才很不顺畅地回答："交接了……我看到他拿出那个旅行包，就上前对他说了暗语，我问他：'你知道今天下雨吗？'……他接了我的暗语，他说：'今天不下明天下。'当时我们把箱子和旅行包都放在地上，他下船的时候主动拿了我带来的那只帆布箱。"

"你有没有主动提出让被告人帮你把那只帆布箱提到岸上去，有没有主动提过这样的要求？"

"没有。"

"那么被告有没有提出帮你把这只帆布箱提到岸上去的建议？或者他拿了你的帆布箱有没有可能是被告想要帮你？"

"没有，不，不可能。"

"你为什么觉得不可能？被告当时跟你说了什么话吗？"

"说了，他问我为什么要干这种事，他让我以后千万别再干这种事了。"

安心在做出这句回答时，她无法控制自己不回首往事，毛杰的这句告诫确实能够证明他贩运毒品的本质，但同时也说明了他对她的关心。安心知道。她不爱毛杰，但毛杰爱她！

审判长声音依然冷静，按部就班地问道："根据你的理解，被告让你以后千万别再干这种事了，是指什么事？"

"是指贩毒运毒。被告当时对我说：你以后别干这个了，这种事不是女孩子干的事！他还说不管我干这事多久了，希望这是我干的最后一次。"

到这句话为止，安心整个证词的主要内容，主要想说明的问题，都说出来了。她的证言有力地支持了检察院对毛杰的指控，这从现场听众嗡嗡嗡的议论声和对面两个辩护律师交头接耳的动作上就能看出。

安心说完，看了一眼毛杰，只看了一眼。或者说，她的目光很自然地，在毛杰的脸上扫了一下。她看到毛杰依然像木偶一样表情呆滞地坐着，但他的目光已不在她的身上了。

审判长要求场内肃静，然后向毛杰发问："被告人毛杰，证人上述证词，是事实吗？"

毛杰呆了片刻才回答，他的冷淡的面容让人几乎分辨不出是过于镇定还是有点迟钝。

"不，不是。"

"你大声回答。"

"不是。"

审判长也迟钝了一会儿，才继续发问："请你详细说明，哪一句不是事实。"

"哪一句都不是。"

"你到快下船的时候才把旅行包从尼龙袋里拿出来，也不是事实吗？"

"这个是事实，船上很脏，我是怕把旅行包弄脏才装到尼龙袋里的。快下船的时候我才拿出来的。"

"你对证人说过不希望她再干这种事的话了吗?"

"没说过。我因为和她认识，就和她聊天，好像说天气气候了，忘了说没说下雨的话了。船到岸的时候我问她那箱子是给我爸爸妈妈带的吗，她说是。我就拿了那个箱子。"

毛杰说这些话的时候，嗓子完全喑哑，声音呆板，了无生气。他用了无生气的声音，全部否认了安心的证词。

接下来应进行的程序，是公诉人和辩护人分别对证人发问。公诉人表示没什么问题了，不再发问。辩护人问了安心几句"你和被告人怎么认识的，你们后来又有什么交往，你以前对被告人印象怎么样，你想到他会干贩运毒品这种事了吗"，等等。安心的回答，据散庭后公诉人和老潘的评价，应对得还算妥当。关于她和毛杰认识的过程，她重复了她在证词里的说法，是在小饭馆和醉鬼打架认识的;关于后来的交往，她说:交往不太多，后来毛杰来找过她几次，也就是聊聊天什么的;关于对毛杰的印象，她回答:了解不太深，表面上看毛杰性格比较冲动，等等。都是一般的话，不易被对方抓住什么漏洞。

然后，审判长让安心退了场。安心退场前用眼睛的余光最后再看了一眼毛杰，那余光告诉她，毛杰也在看她。余光毕竟是模糊的，她没能看清毛杰最后投给她的目光是呆板的还是平常的，还是特别狠。

当天的庭审就这么结束了，从法院回来的路上潘队长和参加现场旁听的市局法制办的领导都挺轻松。尽管安心在整个作证过程中头脑发蒙、语言僵滞，但从领导们在车上交谈的口气中听来，他们似乎都认为今天效果不错，对给毛杰判刑比较乐观。

安心从法庭出来后就一直沉默，从心情上讲，她当然不可能为自己在法庭上的表现受到肯定而沾沾自喜。证人这个角色对她来说，始终是一片阴影。她一回到缉毒大队就向潘队长提出，如果她的任务完成了的话她想早点回广屏去，现在孩子太小还离不开她。

潘队长同意了。

下午，潘队长放下手里的事情，亲自用车把安心送到火车站，帮她买了票，告诉她已经替她往家里打了电话，到时候铁军会去车站接她。

在站台等车的时候安心情绪沉闷，默默无言，列车进站以后，她和老潘握手告别。老潘面容慈祥，突然说了这样的话：

"安心，我知道毛杰这事你心里头不大好受，这心情我理解，你们过去，过去……毕竟朋友一场。可他毕竟也干了这种事，这种沾毒的事，是没法原谅的。我们不是无缘无故往死里整他，是他自己干了杀头的事情。"

安心抬头看一眼老潘，老潘那张脸显得特别憔悴、特别苍老。她说："我也理解您队长，您父亲是被这种事弄死的。我恨毛杰干这个，可您比我更恨！"

老潘没有马上应答，他和安心对视了几秒钟，似乎在琢磨安心的情绪和安心的话。他接下来的口吻有几分不快，语调也变得严肃起来：

"安心，如果你觉得，我，还有队里其他人，我们干缉毒是出于个人感情，是因为我们跟那玩意儿有仇，那你可就错了。你要这么想可就错了。"

安心听完，没有回嘴，突然哽咽了一下，哭了。她自己也说不清为什么哭，是因为老潘第一次这么板起脸来说她吗？是因为毛杰终将因她的证言而死吗？也许她这一代人和老潘这一代人在心理上总是有那么点不同的。老潘他们把对国家、社会、党之类的原则和责任看得很重、很固定，而现在安心这个岁数的年轻人却更关注个人的感情、感觉和单纯的个性，评定一件事的对与错，更凭个人的感受和心情而定。她和老潘毕竟是两代人，尽管他们都是警察。

火车就要开了，列车员开始收起车厢门口的梯子，有人在车尾处的站台上挥起绿色的小旗。安心说了句："再见队长。"便低头上了车，火车随即咣当一声开动。她看到老潘转了身，向站台的出口走，风把他好久没时间去剃的头发刮了起来，像黑色的火焰一样甩动着。

她想：老潘这辈子，也非一个"苦"字了得。老潘过得真是挺不容易的。

安心回到广屏，看到铁军到车站来接她，她的心情变得好起来。才两天不见，她想孩子已经想到心疼的程度。当然，也想铁军。铁军问她："队里的事情处理完了吗？"她说完了。她默默地想，这事也该完了，她和毛杰，早就应该完了，只是没有想到是今天这么个完法。

她让自己的心情平静下来，努力忘掉过去。忘掉过去是一种心理治疗的方法，而能够忘掉过去则需要在现实的生活中汲取力量。她想，这个力量就是她的家庭，爱人和孩子！

是的，在她的心里，家庭、爱人和孩子一下子变得重要起来，事业什么的一下子无所谓了。现在最让她感到温暖安慰的，最值得她去珍惜的，就是这个家。铁军和婆婆一直希望她在南德实习结束后能够分配到广屏来，并且为此积极努力地上下活动。可惜广屏市公安局不巧正在精简机构，这一年也没有接收大学生的指标，安心即便能进广屏市局也只能安排到基层去。所以铁军的意思是，不干警察也没什么。广屏公安专科的毕业生分到哪儿的都有。于是铁军的妈妈联系了市人大，他们那儿要扩充信访办，正需要进人，主管信访工作的人大常委副主任已经点了头。但安心离实习期结束还有七个月，人家不可能空着编制等她。铁军的意见，让安心索性把产假再续长一点，一直续到实习期结束，在休产假期间，可以先到人大信访办上班去，先把位子占住再说。

本来，安心并不想离开南德，离开缉毒大队，她对那里已经习惯并且有了感情。但在从南德出庭作证回广屏的路上，她突然觉得自己应该忘掉南德，再也不回去了。

在回家的第二天早上，吃早饭的时候，婆婆对安心说："今天市人大的邢副主任过生日，我送点东西去，顺便再说说你调到信访办的事。你这次回去，续假的事和你们领导谈了没有？你们领导怎么说？"安心稍稍犹豫，抬头看铁军，铁军也看她，安心便把心一沉，转脸对婆婆说："还没呢，不过这个假，我想应该续得出来吧。"

她这样说，等于是一个表态、一个决定。对南德，对缉毒大队，她心里依然有点留恋，也有点伤感，但还是这样说了。婆婆和铁军都很高兴。铁军还说："等过几天你再回队里一趟，把这事办牢靠了。

你就说你和孩子现在身体都不好，需要医生证明的话我可以去搞。"安心说："不用，我们潘队长对我不错，人也通情达理，过两天我给他打个电话，说说就行。"

一周之后，安心还没有打这个电话，潘队长倒先来了电话。电话是在午饭后，安心和婆婆和孩子都刚刚睡下的时候打来的。第一个被电话的铃声吵醒的是孩子，吭吭唧唧地哭起来，安心哄孩子，婆婆一脸烦躁地爬起来去接电话，问了一句便把话筒递给安心，说：

"找你的。"

电话里，是老潘的声音，好像在火车站送安心时的那点气还没消似的，声音沉闷。安心问："队长，有事吗？"老潘闷了半晌，才说："今天上午，毛杰那案子，法院已经审完了。"

安心的心忽一下提了起来，尽管她已发誓忘掉这段往事，但一听"毛杰"两个字，她还是急切地问了句：

"噢，怎么样？"

"检察院在宣判前主动撤诉。今天中午，毛杰被无罪释放了。"

十六

　　后来安心对我说过，她最初听到毛杰得以不死，并且被无罪释放的那一刻，心里突然轻松了一下，我想这大概是因为毛杰这件事给她精神上的负担太重的缘故。一个女孩子，不愿意让昔日的情人死在自己手里，尽管她已经不爱，或者从未爱过这个人，但毕竟，她和他有过一段美好的时光。这心情至少对我来说，是理解得了的。毛杰最终被判无罪，也是因为安心。在一周之后法院再次开庭准备宣判时，律师突然发难，矛头对准了几乎扭转乾坤的检方证人安心。这两位辩护人显然利用这一周的休庭时间做了比较充分的调查和准备，他们在法庭上提出，安心没有资格担当此案的控方证人。她在乌泉的船上与被告人之间进行的那段你知我知天知地知但无第三人可知的对话，因为无从印证真伪，所以不足为证，至少不能成为对被告人生杀予夺的决定性证据。律师提出的理由既简单直白，又令人震惊，那就是：证人与被告人之间，是情人关系，证人因为要与他人结婚，急欲摆脱被告，在摆脱不成时，有可能不择手段，伪造罪证，陷害被告于死地！

可以说，律师的这个发言，把全场听众在这案子上已经达成一致的印象彻底扭转了。据说几乎在现场旁听的每一个人都瞪大了眼睛，伸长了脖子，似乎还想往空着的证人席上再看看一周前曾在那里从容作证的那个如花似玉的女孩子。那女孩美丽的外表和她缉毒警察的身份与她智擒毒贩的经历，让那么多旁听的人几乎都视其为时代的偶像，无不心生敬意，甚至心旌摇荡……好多事情一走到极端就反而变得脆弱，变得不堪一击。律师石破天惊地披露，马上把听众的偶像崇拜彻底打破，他们在震惊之后无不由衷慨叹：真是花一样的容貌蛇一样的心肠，就跟古典小说里的潘金莲一样！真是古人言：最毒莫过妇人心！这种事让谁听了谁不得起一层鸡皮疙瘩，这女孩儿怎么这么狠呀！

在一片哗然声中，法庭宣布临时休庭。检察院的公诉人和市公安局的一干人在临时休庭时进行了紧急磋商，有人主张坚决跟律师打下去，认为律师有意夸大了安心和毛杰的关系，他们的关系到底有没有这么深，安心是不是要甩毛杰甩不掉，要讲清楚！要把律师利用职务便利不负责任的诽谤驳回去。但也有人反对在这件事上跟辩护人继续针锋相对地细究下去，反对的人中，就有缉毒大队的队长老潘。

现在，在这场审判、这场争执早已事过境迁之后，在我看来，当时老潘还是比较明智的。他看出这两个律师是个狠角色，他们在发言中甚至明显地暗示法庭和听众，安心与毛杰是发生过多次性关系的。他们还特别提到，在毛杰被捕前不久，安心还主动把毛杰约到瑞欣百货商场门口见面，然后把毛杰带到南勐山一个僻静的茶水店里去密谈。谈什么？谈要求和毛杰断绝关系，结果两人不欢而散……关于在南勐山茶水店两人不欢而散，甚至毛杰当时动手打了安心这一事实，律师表示可以传唤茶水店老板和伙计作为证人出庭作证。律师显然做了大量材料搜集工作，是有备而来的。最让老潘吃惊的是律师还举出《南德日报》曾有一个整版的题为《人民卫士，当代英雄》的报告文学作为证据，那文章里面就有关于某年轻的女缉毒警大义灭亲，在乌泉亲自抓获自己参与贩毒的男朋友的事迹。虽然没有指名，但其内容和事件发生的时间及地点，与安心诱捕毛杰之案几乎完全一致。这是几个月以前的报纸了，律师居然也找了出来，看来他们的能力不可轻视。在这种显然有点说不清了的情况下，老潘反对再拿一个年轻女同志的个人隐私在法庭这种大庭广众之下去进行详尽的、刨根问底的、无法遮掩的调查对质和分析评论。而且这种事查来查去，很难得出安心和毛杰之间什么也没发生过的结论，结果不一定对控方有利。市局法制办的人也无可奈何地支持了老潘的观点。于是，大家商定，由检察院向法庭提出撤诉，发回公安局补充侦查。公安局如果不能马上找到新的证据，就只能开监放人了。

那天中午，老潘在给安心的家里打电话的时候，毛杰刚刚办妥了无罪释放的一应手续，一言不发地离开了市公安局预审处的看守所。

这案子自移交检察院提请起诉之后，在缉毒大队就算结案了。还没等毛杰释放出监，潘队长就向市局呈递了报告，要求再度立案侦查，报告当天就以最快的速度批复下来。傍晚，潘队长开始在毛杰家附近部署蹲守。蹲守持续了一周，没见毛杰回来。又派人侦查毛家为数很少的几户远亲，以及毛杰过去的同学好友，也是一无所获。毛杰被释放后肯定是回过一次家的。他的家被查抄后已经半年无人光顾。他在家里从进到出一共不到半个小时，这一点有目击者可以证实。他在家里拿了些东西便出了家门，一出家门便往西走了。从此不知去向。

队长在电话中低沉的情绪，使安心关于续假的问题变得难于启齿。她想，续假的事，还是过两天她亲自回一趟南德再说吧。

一个多星期之后，也就是在缉毒大队对毛杰的搜寻全无结果的时候，安心回到了南德，见到了老潘。潘队长告诉她毛杰已再度被立案侦查，可他已经跑了。所有调查工作都已暂时停止，在毛家附近部署的蹲守力量此前也已撤下。说不定毛杰早就不在本地了，早就去了广西、广东或更远的地方。还有他的那个始终没有露面的哥哥，当然也不会还留在本地，说不定去了泰国或者缅甸。"他哥哥肯定是有问题的，要没问题的话，不可能他妈妈和他弟弟关了这么长时间，公开审判这么多次，他爸爸妈妈都被咱们毙了，家破人亡了，可他还连个人影都不露，连老爸老妈的尸都不敢来收。没问题为什么不敢来收尸！"

安心听完潘队长絮絮叨叨地讲了这个案子的现状和他的看法和牢骚。他还东拉西扯了许多队里的其他事——别的案子和队里同事之间的纠纷等诸如此类的烦心事，甚至谁和谁老婆打架已经离婚了这类家长里短都唠叨出来。可能是老潘许久没见安心了，所以把队里的什么事都跟她说说，也可能是他太累了变老了，所以多少有点婆婆妈妈、语无伦次，安心看得出来的，老潘最近特别烦。

她耐心地等老潘说完了，然后说了些同情和关心老潘本人的话，让他多注意休息，注意调整，注意劳逸结合。然后她把话题转向自己，说了自己的身体，说了孩子，说孩子奶水停得早，所以身体弱，病也来得多。没想到她的渲染刚刚开始，老潘就打断她："我看你也别急着回来上班了，你可以再续一段假，反正你是实习的也不占这儿的编制，索性等孩子一岁以后你再上班，这样对孩子对你都好。"

她没想到老潘会主动这么说，这让她万分感动，心里有愧。她还以为老潘会不高兴，甚至会在批准之前像上次在火车站送她时那样，板着脸再给她几句呢。她红了脸，说："队长，我，我其实，特别舍不得你们，只是这一段，我也不知道怎么搞的，心里特别特别乱，我也不知道怎么搞的。"

老潘见安心这样，反倒有些奇怪："咳，你又不是不回来了，你不是说以后准备在缉毒大队扎下去了吗，啊？"

安心愣了半天，说不出话来，但最后她还是点了头。告别的话，分手的话，从此不再回来的话，她实在是说不出口。

安心续假的事就这么和队里说好了。她没有急着走，又在南德住了两天，帮队部办公室顶替她的内勤小梁交代和清理了一些文件。她一点都不知道就在她离开广屏回南德续假的这两天里，家里发生了一些事情，这事情把她已经计划好的生活道路，她已经预见到的人生走向，彻底地改变了。

这事情发生在安心离开广屏的当天上午，在市人大当副主任的那位铁军父亲生前的至交，打了一个电话给铁军的母亲，说有件事要找她谈一下。这个电话让铁军的母亲感到意外和不安，因为在她的印象中，这位邢副主任从来没有主动打过电话给她本人。她问："邢主任，什么事呀？"邢主任说："你还是来一趟吧，你来了我再跟你说。"

铁军的母亲当即出门，找不到出租车就乘公共汽车，又走了十多分钟路，忐忑不安地赶到了这位邢副主任的家。邢副主任把铁军母亲让到书房，使眼色支开了自己的爱人——铁军母亲看得出的——又等小保姆倒完茶退出去，才慢慢地开口。

"有这么个事，我想我还是应该跟你谈一下。我和老张这么多年一直很过得着，老张在世的时候我们无话不谈，他病重的时候，也把你和铁军托付给我，我想我还是得为你们负起责任。"

这番开场白，说得铁军母亲面如土色，声音都有些发抖了："邢主任，到底出什么事了，您就说吧，我受得住。"

邢副主任拿出一份报纸，递过来。铁军母亲看清了，那是一份《南德日报》，日期是几个月以前的。递给她的那一面，是一整版文章，有一个慷慨激昂的标题《人民卫士，当代英雄》，里边有一个段落，不知让谁用红铅笔给打上了杠杠。她没用邢副主任提示，就先去看那标出杠来的一段。看着看着她似乎明白了什么，心头咚咚直跳。邢副主任又递给她一份文件，是广屏市人大法律工作委员会出的一份《情况研究》。这是一份内部刊物，上面登了《广屏日报》政法版记者写的一份情况反映。开头一段黑体字让铁军母亲触目惊心——"南德公审毒贩，曝出公安丑闻。律师揭露黑幕，公安检察败诉！"她急急地往下看，脑子一乱，竟当着邢副主任的面抽泣起来。那《情况反映》写得极其尖锐，对那位未指姓名的女警察人格品行的描述令人几乎不敢卒读。邢副主任说："我也是刚看到这份情况反映，上面提到了《南德日报》以前还对这事做过正面宣传，我就让秘书把这张报纸也找来看了一下，果然有这一段。看来，这事不像是假的了。我知道，铁军和她感情是不错的，你也对她不错。可她有这种事，还是应该让你们了解清楚，她的这种品行你们应该知道。她在和铁军谈恋爱期间又和其他男青年乱搞，后来为了和铁军结婚又想甩掉人家，甩不掉就利用职务上的便利进行诬陷。这事以后要是传扬开来，对铁军，对你，对老张同志的在天之灵，都是不光彩的事。这事迟早是会传扬开的，所以你们应该早点知道，心里好有准备。名誉上光彩不光彩，好听不好听，还是小事，我是担心那个孩子，会不会根本就不是铁军的！这孩子是在南德怀上的吧，正是她背着你和铁军与那个男青年偷偷来往的时期。孩子的名字还是我给选的，叫张继志，我的意思就是让这孩子继承张志同志的遗志。所以这事我也有责任提醒你们，如果孩子根本就不是张志的血肉，那还叫这个名字就是对张志同志一种极大的不尊重！我建议你重视这个事，最好去医院查一查。现在亲子鉴定医院都可以做的。你要不愿意张扬，我可以帮你找市第一医院的领导，他们刘院长我很熟，叫他们替你保密就是了。"

我想铁军的母亲肯定是脚踩着棉花回家的，也许她坐公共汽车还坐过了站。她回到家先是给铁军的工作单位打了电话，叫铁军马上回来，说家里有急事。然后神魂不定地走到安心住的房间里，把看孩子的小保姆支出去，关上门，愣了一会儿便开始动手胡乱地翻看安心的东西。安心的东西里，笔记本、信什么的都没有，有的只是衣服和生活用品之类，唯一发现的几页文字性的东西，打开一看原来是一沓子记账单，里面的账目都记得蛮详细，一针一线，比小保姆记得还认真，看不出什么反常的内容。铁军母亲本来是很欣赏安心这一点的，她确实是一个能够持家过日子的好媳妇，连一毛钱的账，只要是从她手上花出去的，都有据可查。看着那些账单，铁军母亲发了一会儿愣，长叹了一口气。其实要没有今天邢副主任的这番召见，让她知道安心还有那么阴暗败坏的一面，她一直看表面现象，对自己这位过了门的媳妇还真挑不出什么错来。

没有翻到什么可疑，她在屋里转了一下腰，这时她看见了婴儿床上熟睡的孩子。

孩子的脸又白又圆，她看看还是很像铁军的。有人还说像她死去的老伴张志呢，看他那圆圆的朝天而翘的鼻子，真还有点儿那个意思。她疑惑地端详了半天，心里想别的事都可以原谅，现在的年轻人水性杨花，犯这种错误你也认不得真，好在是婚前，批评教育她几句拿她个把柄也就算了。只是这孩子千万别是假的，千万别是那嫌疑犯的贼种。如果是的话，就算铁军能接受，她也接受不了。就算她能接受，她的老伴张志也接受不了。她不能对不起张志，这关乎人家张家承传子嗣的大问题，她作为张志的战友和老伴，没有权利给张家弄出个假的来！

中午，张铁军赶回来了，母子俩在母亲的卧室里叽叽咕咕了半天才出来。然后，铁军的母亲又低声给什么人打了一通电话，再然后，铁军抱着孩子和母亲一道，匆匆出了家门。我想，当时那位小保姆八成是看出肯定出了什么事了，因为张铁军出门的时候脸色都是青的。

当天，张铁军和这个名叫张继志的几个月大的婴儿，在广屏市第一医院分别抽取了血液样本。采血样时医院的院长还把医生叫到门外附耳嘀咕了一阵。医生点头表示知道了，表情马上变得严肃起来，只吩咐铁军和抱着孩子的铁军母亲做这做那，其他一概不问。

血样采完之后，当天正好医院里有人去省里办事，便把血样带走了。据第一医院的刘院长说，现在广屏市有不少家医院都能做亲子鉴定，但能做的都是血液、腮腺细胞、组织细胞和精液之类的亲子鉴定，不如 DNA 那么准。这事是邢书记（院长还习惯地称邢副主任以前的原职）交办的，所以万分之一的错最好也别出，还是送到省里去鉴定比较稳妥，比较放心。广屏还没一家单位能做 DNA 测试呢。

DNA 是什么，铁军是知道一点的，他母亲的知识还没有更新到这一步，就不甚明了了，于是请教这位刘院长。刘院长对此做了简单的科普式的解答：DNA，也叫脱氧核糖核酸，说通俗点其实就是基因，就是染色体。是人体细胞的分子物质。男性的精子细胞和女性的卵子细胞各有二十三对染色体。当精子和卵子结合的时候，共有四十六个染色体去制造一个生命。所以，孩子的 DNA 一定会有一个相同的基因条码与母亲相同，而另一个基因条码和父亲相同。如果不是亲生父母，则肯定没有和小孩相同的基因条码。世界上每个人的 DNA 都是不同的，从来没有发现过两个人的基因完全一样，就跟人的指纹似的。

这么一说，铁军母亲就明白了。但越明白心里就越紧张。他们抱着孩子回家，早上铁军离家上班前还千宠万爱的孩子，经过医院里的一通折腾和哭闹，现在已在大人怀中皱眉睡去。铁军也皱着眉，他抱着他，不知为什么感觉格外沉，凭空而来的，有几分陌生。谁知道这孩子究竟是不是自己的骨肉？

他们回了家，茶饭无心。谁也不跟谁说话，到晚上铁军母亲为一点小事把小保姆骂哭了，铁军也不劝。他们像等待判决似的，等着从昆明回来的消息。铁军本来想给安心打个电话问问她的，但被他妈拦住了。他妈说："你现在打什么打，现在什么都不知道呢，你跟她怎么说？"

两天之后，还是上午，还是那位邢副主任，把电话打到了铁军的家。铁军母亲接完电话，把孩子让小保姆哄着，自己行色匆匆地出了家门。她先上铁军单位叫上铁军，然后两人一起急急地赶到邢副主任家来了。

邢副主任的老伴没在家，小保姆也出去了，所以他们就在客厅里谈，开门见山，铁军母亲一坐下来就问：

"邢主任，结果出来啦？"

邢副主任点点头。

铁军母亲说："是铁军的吗？"

邢副主任没看铁军，说："不是。"

铁军的母亲眼睛盯着邢副主任，半天没有说话。她盯着邢副主任也是为了不看铁军。这时候她害怕看儿子的眼睛。邢副主任说："测试的单子还在省人民医院，可结果广屏第一医院刘院长已经知道了。早上刘院长给我来了个电话，说了说情况。单子过几天才能过来，等过来以后你们再看。"

铁军母亲这时才偷偷看一眼铁军，铁军沉着脸低着头不作声。

铁军母亲心乱如麻，但她竭尽全力维持住表面上的镇定，她说："看也就是这样了，您邢主任交办的事情，他们还能搞错了？"

邢副主任点了根烟，抽着，尽量心平气和地说："单子来了你们还是看看。这个单子你们要拿好，将来铁军如果想离婚的话，还涉及对这个小孩的抚养责任问题，要是打起官司来，这单子就是证据。基因测试结论任何法院都是承认的。全世界都承认的。当然，这个事情怎么处理，还是你们自己回去商量，要不要离婚，孩子怎么办，你们自己拿意见。我看主要听铁军本人的意见。不过，我认为不管这个孩子你们还要不要了，他那个名字肯定不好再用了。名字是我起的，我有资格提这个意见。继志的意思你们都知道，他既然不是张志同志的后代了，那还叫什么继志啊，还继哪个的志啊！当然，孩子本人是无辜的。"

这一番话说得铁军母子眼圈都红了，铁军母亲说："我对不起老张……"刚说了这一句，便哽咽住了，她哽咽着说："这个婚事是我做的主，我对不起他们张家，对不起铁军……"

一直闷着脸沉默不语的铁军打断他妈的话："妈，咱们走吧。"又说："谢谢邢叔叔。"

他说完便从沙发上站起来，铁军母亲也站起来，擦着眼泪，向邢副主任告辞："谢谢您了邢主任，我替老张谢谢您了。"

他们出了邢副主任的家门，一上了街铁军就抬手叫了一辆出租车。铁军平时很少坐出租车的。铁军母亲没说什么，他们坐上出租车，司机问去哪里？铁军看着窗外不说话，铁军母亲连忙说了家里的地址。车行一路铁军就一直看着窗外，沉着脸一句话都不说。他们回了家，已经是中午了。铁军一进屋就进了书房，然后反锁了门。小保姆因为单独看孩子，没做中午饭。铁军母亲给小保姆几块钱，让她自己到街上小饭铺里随便吃点什么去，然后就敲书房的门，敲了半天铁军不应声。铁军母亲趴在门上听听，里边一点声响都没有。铁军母亲回到家本来是忍不住要哭一场的，可她看到儿子这个样子她怎么能再哭！她站在书房的门外，抖着声音大声地叫："铁军，铁军，你是个男人你怕什么！你要难受你就哭！你就喊一通！你就摔个东西！啊！你不用憋着！憋着还不把自己憋坏了！"她听着门里，门里仍然一点声音都没有，再用力听，隐隐听到铁军压抑的啜泣。铁军是个内向人，文静人，知识分子，不习惯大喊大叫摔东西什么的。铁军母亲心疼儿子心疼死了，敲门也不敢用力敲。她知道儿子爱他这媳妇爱得一心一意，儿子一直觉得他这媳妇的人品好得没法再好了，媳妇能出这种辱没家门祖宗的丑事，对他真是个晴天霹雳。铁军母亲别的都顾不上了，她就想儿子弄不好寻思不开精神非崩溃了不可，她就这么一个儿子，儿子可千万得挺住！

正在六神无主之际，书房的门砰一声开了，吓了她一跳。儿子冲出来，直奔他自己的卧室。她叫了一声铁军！铁军已经从卧室里抱着那个孩子出来了。孩子本来正在睡觉，被人一抱抱得哭了起来，哭声大而刺耳。这哭声和铁军杀人一样的脸色，让铁军母亲一颗通通乱跳的心，几乎要从嗓子眼儿里蹦出来了！

她喊："铁军，你要干什么！孩子没有罪！"

铁军往门口冲，头也没回，话也没说，他冲过母亲身边的刹那间，母亲隐约听到了儿子胸腔中带出的一声似有似无的嘶鸣。

铁军冲出门去，铁军的母亲发了半天呆，才从空了的婴儿床上抓了一条小薄被追了出去。出了门已不见铁军的人影。她拿着小被子下意识地往街口跑了一阵，街口川流不息的车辆令她止步。她脑子里混乱地闪过一个令她自己都感到惊愕的猜测，难道铁军会去南德？南德离广屏有好几百里地呀。他是抱着孩子随便在附近街上跑一圈发泄发泄，还是真的一分钟都不想停留地，要把孩子送到南德？

十七

张铁军就是去了南德。

还有不到一个月，张铁军就满二十八岁了。二十八岁的张铁军，从来都是一帆风顺的。

这首先因为，他有一个那么好的家庭。父母虽然不是什么军国要人，但张家在广屏，也算是名门望族。张铁军从小丰衣足食，接受的全是正面教育，前后左右，总是包围着无数表扬和赞赏……这有点儿像我这个国有企业厂长的儿子，我们这种人的正义感和优越感都是与生俱来的。

再有就是，不管我们后来怎么学坏，怎么赶时髦，怎么随波逐流，怎么愤世嫉俗，我们的内心，总归还是单纯的，有时单纯得近乎脆弱和迂腐。

所以，如果在我们的近处及我们的亲人中发生了某些丑闻时，我们的惊愕会来得更加突然和痛苦，我们的羞耻感会更加强烈并且难忍。因为它会真正刺痛甚至摧毁我们藏在心底藏在潜意识藏在思维习惯里的根深蒂固的那种自命不凡的气质。所以我们这种人常常会成为那种最可悲的角色。

在这方面张铁军看上去比我还要严重。也许因为他比我还要正人君子得多，也许我们面临的难堪和遭受的打击程度不同。我可以接受安心和张铁军、和毛杰过去的亲密，因为再亲密也是过去，不是同一时空的情敌往往吃不上醋。但是，我不知道假使我和安心恋爱结婚之后，却发现她和别人有染，并且将别人的孩子带到我的家中，我是否还能坦然接受，是否还能心平气和地善待安心和那个别人的孩子。

张铁军不能。

张铁军抱着孩子冲出家门，他不能让这个孩子在自己的家里多待一分钟。他抱着他直奔火车站，孩子在被抱出摇篮时惊醒并大哭他也不哄。孩子哭完了力气哭哑了嗓子哭到火车站居然又睡去，他在铁军怀里熟睡着上了从广屏开往南德的火车。

铁军心里的火，把太阳穴都烧得通红，这把火把他思想中的每一个孔道都烧死了。他一心只想，他见了安心第一个动作，就是狠狠抽她一个耳光！他和安心，他们之间所有的恩爱，所有的关系，都要在今天，一刀两断！从此以后，各走各的，谁也别再管谁的死活。这趟列车有点挤，铁军是买站台票上的车，车过了楚宏他才补票并抢了个座。孩子在他的手上已经沉重得难以承受。坐下来以后铁军细细地看了孩子的面容，除了一个胖字，眉眼口鼻，看哪儿都和自己不像。孩子睡熟后流出的口涎，他也觉得恶心，也不去擦。他出来时也没带什么毛巾手绢之类。整个儿事情都让他觉得恶心。他想，这件事也许只有他一个人蒙在鼓里，当然还包括他的母亲。而周围的人，特别是缉毒大队的那些警察们，说不定早就洞悉奸情！

快到南德的时候孩子醒了，醒来发现身置异地，周围嘈杂，腹中饥饿，先是惊愕片刻，继而再次哭号起来。铁军检查了一下孩子的尿布，发现已经沤屁股了，遂拆下来扔在垃圾桶里，也没有可换的东西，好在南德已经遥遥在望。

孩子依然哭，哭个没完，铁军知道该是喂奶的时候了，可他什么也没带。孩子因无人理会，哭声震天，已经哑了的嗓子很快便刺耳难听。周围乘客见铁军阴着脸，干看着孩子哭号而不采取任何措施，不由纷纷侧目而视，继而疑惑地面面相觑。孩子毫无克制的哭喊更加重了铁军对他的厌恶和烦躁，他用手掌拍拍孩子，喊了一声：“别哭了！”那几掌拍得周围乘客无不面露惊异之色。恰在这时，铁军发觉自己的腿上发热发潮，愣了一下，才明白孩子又尿了。那一泡热尿全部浸在了他的裤子上，短暂的热劲过去之后，凉飕飕湿乎乎地糊在了他的腿上。

孩子尿过之后，哭声突然停止，故意挑衅似的，用一双滚圆的黑眼睛，眨巴眨巴地看着他。铁军气急败坏地用力在孩子的屁股上打了一下，吼道：

“你，你往哪儿尿！”

孩子的身体被这一击震动了一下，重新大哭起来。这时，有见义勇为者挺身而出了。一对带着个八九岁女孩儿的夫妇站出来批评他：“喂，同志，你不可以这样对孩子的，这么小的孩子这样打要打坏的。"

男的说完，女的又说："你应该哄哄他嘛，他是不是要喂啦？你带奶了没有，我可以帮你去温一下，你这样让他哭要哭出毛病来的。"

铁军像傻子一样，呆呆地看着这一对审视他的夫妇，还有他们的那个八九岁的女孩儿，那女孩儿瞪着一双大大的眼睛直愣愣地看他。

还有周围那些乘客，他们也全都在看他，目光中不乏关切，但更多的是疑问和谴责。见他说不出话来，那位做丈夫的突然问了这么一句。

"喂，这小孩是你的吗？你是他什么人？"

他张了半天嘴，不知该答什么。

那位妻子又问："你是他的爸爸吗？"

张铁军冲口而出："我不是！"

他本来就不是，这一问倒把他的委屈和愤懑都问出来了。这孩子不但不是他的儿子，而且，现在在他眼里，几乎代表了他的仇人！

可是，这一句"我不是"更加麻烦了，周围的人几乎都站起来。那你是谁？这孩子跟你是什么关系？你是干什么的？从哪里来，到哪里去？铁军招架不住那么多七嘴八舌的疑问，他觉得自己也没义务回答这些疑问，他抱起还在哑声啼哭的孩子，起身便走，惹不起我还躲不起！可他忘了云南人见义勇为和爱管闲事的性格一点也不比北方的天津人差，马上有人拦住他："喂，你别走，你说清楚这小孩到底是怎么回事！"

铁军突然转身怒目，大吼了一声："你们走开！"

没人走开，大家反而越围越紧。这时车上的乘警来了，身材魁梧，面目庄严，腰里佩着手枪，还别着一根电警棍。他是一位乘客跑去喊来的。来以后先是上下打量着张铁军，继而板着脸大声发问：

"这小孩是你的吗？"

铁军环顾了一下左右，吞了口气，闷声说："是。"

周围的群众马上揭发："不对嘛，你刚刚还说不是你的，现在怎么又是啦？"

乘警摆摆手让大家停了嘴，又问："你有身份证吗？"

铁军腾出一只手在身上摸索，摸了半天才狼狈地说："……我有，忘带了。"

乘警半笑不笑地说："我看看这小孩，很好看嘛，来，不哭……"他在铁军无措之际顺手接过孩子，转手交给了身边的一位妇女，然后严肃地对铁军说道：

"你跟我走！"

在众目睽睽之下，铁军跟着警察走了。旅客们这才纷纷归位，七嘴八舌地议论说这个人也太不像话了，这世道真是什么人都有啊……

警察把铁军带到餐车里，那妇女也抱着孩子跟到餐车，在餐车里找到牛奶，哄孩子吃，孩子也就不再哭闹。这边乘警开始审问铁军，从哪儿来的、干什么的、户口所在地在哪儿、和小孩什么关系、这孩子叫什么等。铁军这才明白，他们是把他当成拐卖儿童的人贩子了。他这才一通解释。首先，他不得不很别扭地承认，这孩子名叫张继志，是自己的儿子，他说自己是带孩子去南德找孩子他妈的。

但警察始终板着脸，对他声称自己是这孩子的父亲，声称自己是广屏市委宣传部的干部，声称这孩子他妈也是干公安的跟你们都是一个战壕里的战友，等等，表情上一概不信。听张铁军把词儿都用完了，警察才冷漠地说："这样吧，你不是说你爱人在南德市公安局工作吗？那很方便，待会儿到南德你下车，我们就把你交给南德市公安局，你不就能见着你爱人了吗？"铁军眨了半天眼没吭声。他本想到了南德把孩子往安心手上一扔再给安心一个嘴巴子他扭头就走的。这下好了，南德公安局那些人非全知道他回来了不可，弄不好那位潘队长还要来接他请他和安心一起吃饭呢。这饭他是吃还是不吃？

　　警察没让他再回原来的车厢去，而且，也不让他再碰孩子。他被命令坐在餐车的一角，看着警察和几个餐车的女乘务员有说有笑。孩子被喂过了奶，情绪好了，被几个女乘务员轮流抱着把玩，咧着小嘴绽开酒窝逗得她们咯咯咯地笑。铁军就这么看着，隔着好几张桌子，看着她们逗孩子玩儿，看她们咬耳朵议论自己。他有点搞不清自己此时的心情，到底是恨这个孩子，还是疼爱这个孩子。他在某一瞬间突然觉得那就是自己的儿子，是从一生下来他就天天抱他，逗他，亲他的乖儿子。他看着孩子那副逗人怜爱的笑靥，再没有人比他更熟悉那副好玩儿的表情了，他有点不相信这竟然不是他的儿子。

　　南德终于到了。

　　车到南德时天已黑了。张铁军被带下车，由乘警和南德公安局车站派出所的民警在站台上做了短暂交接。乘警和派出所显然已经通过电话，车站派出所来的那一男一女两位民警，上下打量了一下他，目光冷漠而又厌恶。女的从乘务员手里接了孩子，先走了。男的从腰上取出一只手铐，不由分说就要来铐铁军。铁军大声抗议："你铐我干什么，我犯什么罪了？你凭什么铐我！你问问他他犯罪了吗！"他想让车上的乘警证明自己，但乘警把他交给派出所的人之后便转身走了，此时正踏上列车。列车咣当响了一下，开动起来，继续前行。站台上不知什么地方和什么用途，响了长长的一声电铃。

零——！

派出所的警察也不跟他多啰唆，动作麻利地使了个狠招，把他的手硬给拧到身后，在他疼得眼冒金星不敢挣扎时就势铐住了他。然后推了他一把："走！"差点没把他推了一个大跟头，趔趔趄趄垫了好几步才站稳。铁军满腔怒火，恶狠狠地威胁警察："我告你们去！我看你警号！我非告你们不可。"

警察无所谓似的，又推了他一把，回头还和车站的一个工作人员打招呼，说别的事，好像是在约星期天一起到什么地方去。他一边约时间一边推着铁军走。那女民警早就不知道抱着孩子到哪儿去了。

警察把铁军带到派出所，关在一间小黑屋里不闻不问，足足过了大半个小时才有人进来把他提到一间放着床像是单人宿舍似的房间里问他："你说你爱人是哪个单位的？公安局？公安局单位多了。缉毒大队？你有她电话吗，她叫什么？"他冷冷地说了安心的电话和名字，警察就锁上门出去了，大概是打电话去了，走以前不管信不信，倒是把他手上的铐子给卸了。他在这间又有床又有写字桌的房子里又待了一个小时左右，一直很静的门外忽然响起了好几个人的说话声，那声音由远而近，很快开锁进了屋。还没进屋之前他已经听出了那是安心。

安心是和几个派出所的民警一起进来的。她今天也穿了一身民警的制服。怀里已经抱了她的儿子。儿子在她怀里乖得不行，才几个月大已会做出一副小鸟依人的娇态。安心见了铁军，口气中说不清是惊讶还是高兴还是埋怨，她说："铁军，你怎么来了？今天下午是你打电话给我吗，我一接你怎么就挂了？你怎么搞的，让人给弄到这儿来了？"

派出所的警察们一看是真的，有点不好意思了，一面向铁军道"对不起"，一面替自己圆场："375次车打电话就说是抓了一个拐卖儿童的，让我们审查一下。没想到真是你爱人，真是大水冲了龙王庙——自家人不认自家人了，对不起对不起。你们都没吃饭吧？就在这里吃，我们也没吃呢！"

铁军站起来就走，他当然不会在这里吃！尽管他中午就没吃饭，早已饥肠辘辘，但他怎么能在这里吃！怎么能跟安心，跟这帮刚才还凶神恶煞般的警察坐在一起吃东西！

安心见他怒气冲冲，一头走出去，挺不给人家面子的，连忙向派出所民警们道歉，谢了人家便急急地抱着孩子追出来。追到街上才追上铁军，她说："你还来干什么呀，我这两天就要回去了，你还跑一趟干什么呀？"

铁军不说话，只是往前走。安心又追了两步，笑着问："想我了是吗，还是怕我想孩子了？你也真是。哎，今天下午到底是不是你给我打的电话？"

铁军猛然站住，他盯着安心，恶毒地冷笑着，说："你在这儿，到底有多少男人总给你打电话，嗯？"

安心以为他又犯了小心眼儿呢，铁军一向有这毛病的。以前连潘队长对安心好他也会酸酸的，说"老潘老这么关心你怎么也不怕别人议论他"。为这事安心差点和他吵过架。

于是安心嗔怪他道："在这儿谁给我打电话呀，我谁也不认识。就是今天下午我们同事说有个男的找我，我一接电话，他就给挂了，我还以为是你呢。你是不是有什么事啊怎么说来就来啦，孩子你什么时候喂的？"

铁军不想再看安心，他看一眼安心看一眼孩子他就想哭！他转过脸去，粗声喘气，说："找个地方，我跟你，咱们该说说清楚了！"

安心也站下来，看铁军的脸色，天黑了她看不太清。到现在她仍然以为铁军还是在生那帮警察的气呢。派出所拿戒具铐他是不对，可她和他们都是一个大单位的，她又能说什么？只能息事宁人。

她说："你还生派出所的气哪？这不能完全怪人家……"

她哪知道铁军根本没想什么乘警和派出所的事，他脸色特别冷酷地打断安心：

"你到底有没有地方，没地方上你宿舍去！"

他说完大步向前走，安心跟在他身后问："你吃饭了吗？要不要先在街上吃点东西？"他不答话。安心想他真是生气了，平白无故让警察铐了那么长时间谁都会生气。所以安心不再吭声，抱着孩子随在铁军身后老老实实往她宿舍这边走。他们中间还乘了几站公共汽车。等车的时候和乘车的时候铁军都不和安心说话，孩子一直是安心抱着，他也不帮忙。安心只知道他还在生气，也不计较，见到铁军和孩子她已经很高兴了。在公共汽车上她不断地逗孩子玩儿，她问孩子：

"我是谁呀?"孩子发出简单的声音:"妈妈妈妈。"安心就笑:"对,我是妈妈!"又问:"他是谁呀?"她指着站在一边的铁军。孩子仍然:"妈妈妈妈。"安心又笑:"不是,他是爸爸。爸爸,知道吗?"她看见铁军头都不转一下,充耳不闻的样子。她又问儿子:"那你是谁呀?"孩子咧嘴笑,笑得好玩儿极了,笑得安心疼爱得不行。她说:"你是继志啊,张继志,就是你,记住了吗?"这时,旁边的铁军侧过头来,目光厌恶地看他们母子。安心也看他一眼,心想等到了家再慢慢哄他。

安心的宿舍离火车站不远不近,连走带坐车十来分钟就到了河边。他们走进吊脚楼,这吊脚楼铁军很久没来了,楼板还是那么吱吱咯咯地响。门也吱吱咯咯地响。一进屋便能听到对面窗下,南勐河轻缓的流水声,闻到屋里隐隐约约残留着的煤油炉的味道。这熟悉的声音、熟悉的味道让铁军百感交集,这里毕竟有他一段乐而忘返的温馨。

屋里没什么大变,好像就多了一台十二英寸的小电视。安心进屋把刚刚睡着的孩子放到床上盖好。然后就打开电视,音量调小。她解释说这电视原来是潘队长家的,老潘最近又买了个大的,就把这小的给她了,还能看。她对铁军说:"我给你做点东西吃吧。"铁军说:"你别做了,我不想吃。"安心还是把小煤油炉架好,上面放了一只锅子,说:"下点面吧,很快就好。这儿还有几个鸡蛋呢。"

电视里正在播放一个科学节目,节目的中年女主持人正在采访一位学者模样的老年男子。铁军没看电视,他甚至没有坐下来。尽管,经过几个小时不堪回首的旅途,他已经身心俱疲,但他没有坐下来。他看一眼忙碌碌着支锅煮水的安心,看一眼床上甜睡的孩子,这些都和以前一样，勾勒出小康之家的幸福和温馨，看上去没有任何不同。这情景让他眼眶湿润，让他留恋，让他依依不舍，让他几乎忘了这是一个天大的骗局。这骗局的残酷正是因为它太美好太动人了，所以觉醒时就有挖心剖腹般的疼痛。他想开口，想立即把断绝婚姻的决定开口说出。他想了一路，想怎么才能把话说得更狠，狠得让安心和他一样痛不欲生。他想去关了电视，电视里那一男一女的絮叨让他神经紊乱。他马上要向安心宣布：他们的爱情、家庭、幸福、一切，全都到此为止，彻底结束！他希望此时四周完全静下来。他动手去关掉那徒做干扰的电视。

这时，他突然听到了一个熟悉的词，是电视里的那位女主持人嘴里蹦出的一个单词，那个单词像针一样刺了一下他疲劳的神经——"基因"！他吓了一跳，去关电视的手停在途中。他让自己安静，随即听出电视里那一男一女没错正在说什么"基因"。他们在讨论建立人类基因库的问题。世纪之末大家都在说基因这事情，时髦似的。铁军是管新闻的，他知道这是很热的话题，有人还把基因问题当作二十一世纪最受关注的科技革命呢。但此时，在他就要和安心决裂的这个时刻，他无意中看到的这个电视节目偏偏是在谈基因！这无论如何给了他一种命中注定的悲剧感。他想，这不是巧，这是命！命运把所有细节都安排好了，已容不得他有所选择试图抗争，命运都是一环扣着一环慢慢来的。

电视的画面上，那位学者模样的男子正在侃侃而谈。他在说美国，说美国政府准备搞一个基因库，把公民的基因数据储存起来，以方便医疗和缉捕罪犯和其他社会管理，但这件事遭到很多社会团体的反对，理由是基因库侵犯了公民个人的隐私权。那位女主持人做了个辩论的模拟，假装站在美国政府的立场上，列举了建立基因库以后医疗诊断如何精确便捷，缉拿罪犯如何又准又快，还有其他好处，等等；那老年学者则模拟着反对派的观点——任何好处都不能以牺牲公民个人的隐私权为代价，公民生活在这个社会上必须有安全感，他的身体状况、疾病、个人嗜好、性取向、家族背景和遗传情况，是他个人的秘密，不应由国家或某一个组织全盘掌握。铁军呆呆地听着，安心看他那模样，一边在一只碗里打着鸡蛋一边好奇地过来想听听电视里说什么。她走近电视，借着电视发出的荧光发现铁军的脸色依然阴冷，便想找话题来调节一下气氛。于是她开口表示赞成那位学者的观点："要我说也是，隐私权其实是社会进步的产物，是一个基本的人权。尤其在中国，要求尊重个人隐私标志着公民权利的觉醒。咱们中国人就喜欢打听议论别人的私事，谁家有点什么丑事传得可快呢，马上给你公之于众，人人都有兴趣，一条巷子的人都能不干别的，光议论你了。在这样的环境里过日子你说有多难受。"

这时铁军歪过头来看她，他嗓子里好像有口痰，发出声音来呜呜作响。这种声音安心过去从未听到过，这声音让她感到奇怪和害怕。

"你有什么丑事吗？你干吗那么怕别人知道你的隐私？你有什么隐私瞒着我吗？"

安心愣了，搅鸡蛋的手不知不觉停下来。她疑惑地看着铁军，铁军的眼睛红红的，直盯着她，这也是她从未看到过的眼神。她问："铁军，你今天怎么啦？我到底怎么惹你啦？"

铁军的脸开始抖，他的声音也开始抖，抖得有点像要哭出来似的："我就问你，你有没有瞒着我的丑事，有没有瞒着我的隐私？"铁军的这句话，这个表情，安心有那么一点明白了，她隐隐地预感到是她和毛杰的关系，终于东窗事发了。但她依然怀着一丝侥幸，强作镇定地、故作气恼地反问："铁军，你到底怎么啦？你到底要说什么你就说吧。"

铁军的眼泪流下来了，他本来不想流的，可他一见到安心，一走进这间曾经充满笑声和温情的吊脚楼，他的心就碎了。他知道他人生中最美好的东西再也不可弥合地破碎了，再也不可弥合！他无法设想离开安心没有孩子的生活该怎么过，他无法设想自己能否走出这场痛苦。

他哭着说："安心，你以为我是在诈你，啊？你以为你做的事天衣无缝没人能知道，啊？你不想想，我这么远地从广屏跑到这儿来，难道就是为了诈你？我这么晚了坐着火车过来，让他妈你们这帮警察铐了一个小时，就是为了诈你？啊！"

安心知道大势已去，她全身都陷入了难以名状的恐惧中。她也哭了："铁军，我爱你，你是不是觉得我不爱你，你是不是觉得我背叛你了……"

铁军咬牙切齿："对，你说得对，你背叛我了！"

安心的眼泪连串地往下掉。"……那，那都是以前的事了，我是有对不住你的地方，铁军，你，你能听听我解释吗，你给我个机会好吗？"

铁军摆了一下手，非常绝对地摆了一下手。"我不想听！我不想听你们那点臭事，我不想听！我不想脏了我的耳朵！咱们两个人，从今天开始，没有任何关系了！我不再是你的丈夫，我不再是这个孩子的爸爸，我和你们，从今天起，什么关系都不是！"

安心扔了手里的碗，那碗已经打匀的鸡蛋啪的一声在地上破碎了！她过来抱铁军，铁军说了声滚开，用力甩开她，甩得她一屁股坐在了地上。她爬起来，跪着拽住了铁军。

"铁军，你不要我可以，你怎么连孩子都不要了？孩子不是我一个人的。你看在孩子的面上，你就原谅我吧，孩子不能没有父亲！"铁军再次甩开了安心，父亲这个字眼刺痛了他！他把他的愤恨、窝囊、委屈，统统从牙缝里，一字一句地挤出来："你，你带上他，听见了吗，你带上这孩子，去找他的亲爹去吧，他亲爹在哪儿你知道吗？你知道吗！你不知道？好，我告诉你，法院已经判他没罪了，公安局已经把他放了，我想你和他应该都见过面了吧。什么？你说你不知道？你会不知道？你还跟我装什么相！"

安心跪在地上，透过泪眼看铁军："你是不是疯了铁军，孩子是你的，是你的！你别听别人说三道四，孩子当然是你的！你看哪，他跟你长得一模一样……"

铁军抬起发抖的手，指着那台十二英寸的小电视，指着那里边还在没完没了辩论着的一对男女，恶狠狠地说："你知道基因是什么吗，啊？基因！我有这孩子基因测试的证明！你刚才不是都听他们说了吗，基因能把你们这种人的隐私、丑事全都给抖搂出来，你刚才没听见吗！"

安心仓惶地瞪着一双眼睛，她明白了他的话，她感到自己要疯了。她泪眼婆娑地看看铁军，看看还在熟睡的孩子。孩子路上哭累了，他们这么吵居然没被吵醒。安心这时有种神魂离窍的感觉，她张着嘴说不出话来，也哭不出声来。她知道是怎么回事了，她明白在自己的人生中，那件最可怕最不该发生的事，终于发生了。她和毛杰一共做过三次，除第一次外，另两次都有避孕措施。这就是安心后来不止一次对我说的，一个女人，一次错误都别犯，犯了就能毁掉你的一生！安心那时候还没有来得及意识到，自己的一生，事业和家庭，未来的一切，都将从此刻开始，从根本上、方向上，转变轨迹，向着一个完全不可知的危途蹒跚而去！当她还未及做出这样残酷的预测时，就已经崩溃了。她瘫在地上，身上没有一点力气，她看到铁军的双脚移动了一下，走到床边，在床边停了片刻，她知道他是在最后看一眼那个酣睡的孩子。她听到他用带着哭腔的声音，艰难地说了一句：

"这是你的孩子，我还给你！"

安心终于能爬起来了，她从床上抱起孩子，拉开门往外跑去。在抱起孩子的那一瞬间，她泪如雨下。是这孩子使她流泪。在混乱不堪的意识中，她还能抓住的唯一有生命的东西就只这个孩子！

她跑出门去，她甚至不知道她为什么要跑出去，要去哪儿。她在跨出那道门槛时突然哭出了声，她知道她已无家可归！她还知道，她连清绵的老家都不能再回去了，她怎么有脸去见父母，怎么有脸再回队里去见领导和同事！怎么有脸去见昔日的同学、老师、教练和朋友！她唯独有脸可以面对的，只有这个完全不懂事的，只属于她自己的孩子！

十八

　　当清晨的太阳还未露出地平线，而地面已经感受到它的一缕光芒时，我终于结束了这场始于美国西部的漫长跋涉，到达了整个旅途的终点——清绵。

　　清绵火车站的站台上空荡荡的，在这儿下车的只有我一个人。一个穿着褪色铁路制服的老头儿，睡眼惺忪地挥了一下小旗后，便缩回到站台的小屋里去了。列车开走的震动一经消失，这里便几乎万籁俱寂。

　　车站出口，有一家小杂货店。离开门营业的时间显然还早，但老板已经起来站在门口刷牙洗脸。我信步走过，看见里面的货架上摆着饼干和饮料，便掏出钱进去要买。老板见这么早就有生意，脸上现出万般殷勤，嘴边的牙膏沫未及擦掉就过来支应。我喝着饮料，看货架上还有两份当地的旅游指南，便用找回来的钱买了一份。那是个折页性质的东西，已经旧得掉色，不知道在这里摆了几年。

日出之前，天色还有点暗，但可以猜想今天是个晴天。从我的第一只脚踏上清绵车站的站台开始，我的心跳就有些不同，我几乎不敢确信我真的来到了我一直日思夜念的地方。这里的一砖一瓦、一草一木，在我眼中，都神交已久，可亲可近，都和我有着命中注定的某种联系。这地方我甚至觉得我以前像是来过，很多细部都给我似曾相识的惊奇。

我猜不出当张铁军与安心热恋的时候，他是否向往清绵。这或许也是一种心理常规，当你深爱一个人的时候，对她的一切，包括她的亲人和故旧，都会产生莫名的好奇和关切。说实在的连对张铁军，我都时常会在心头萌生出一种亲切和悲悯的心情。

张铁军与安心在那间吊脚楼里的分手，让人听了倍觉惨烈，而那个夜晚的结局，更是出人意料。我后来问过安心当时抱着孩子想到哪儿去，她说不知道，她那时只是想离开那间狭小压抑的屋子，带着她的儿子离家出走，哪怕去死。她并没有清楚地想过要到哪儿去，能到哪儿去。她的精神已被悲伤摧毁。如果不是一场突如其来的意外恰巧发生，这个悲伤也许会要了她的性命。

安心后来对我说过她那时确实有寻死的念头。寻死的人不外都是精神崩溃信念枯死以死为解脱的，安心正往这一步上走的时候却被另一个看似突然而至，实则蓄谋已久的袭击打断了，改变了方向。那个袭击无意中又激活了她求生的本能。本能是一种精神之外的能量，是人的最最原始的反应。当你要自杀的时候，如果突然有人要杀你，你的本能是让他杀呢，还是反抗求生？

这是很少见的情形，很极端的例子，在安心的经历中却恰恰遭遇了一次。那时她抱着孩子跑出她的吊脚楼，在后来的印象中是刚刚跨出门槛的同时就被一个人猛然抱住，她本能地喊叫了一声，喉咙处就压上了一把锋利的傣族腰刀。她从身体感受上知道身后抱她的那人是个体格瘦高的男人，那男人拖着她顶着她强迫她往前走。几乎在她被抱住的同时怀里的孩子大哭起来，哭得惊天动地。她这时看见了前边角落里停着的一辆汽车，她马上认出了那辆并不陌生的汽车！

就是那辆八成新的桑塔纳 2000！

那人拉开了车门，把她往车上推，这时她看到身后还有一个人，是一个身材略矮但极粗壮的帮凶。天非常黑，完全看不清他们的脸。她一只手抱着孩子，在他们往车上推她，并把那只腰刀从她脖子上移开的刹那，她用腾出的另一只手突然发力，向后猛击，正击中身后那人的腹部。那人没想到她有这一手，猝不及防，趔趄了一步跌坐在地上。那个矮壮的帮凶恰好处于安心的正面，尚未反应过来，安心已高高抬起一只腿向下劈去。她已经很久没练跆拳道了，但感觉上胯部还是开的，她清楚地看到自己的脚已经高过了那人的肩部，虽然腿踢上去有点发飘，但劈下来依然迅猛。跆拳道尽管不如自由搏击和散打那样力量强劲，但它的速度无人能及，尤其是腿的速度，腿只要往起抬了你就绝对躲不掉的。她那一腿从对方的左肩落下，正劈在他的胸部。那人身体虽然强壮，但可能是万没想到毫无防备的缘故——他怎能想到一个抱着孩子惊恐万状的女人，这时候能把跆拳道中的下劈动作表演得这么迅雷不及掩耳——他一下子被劈翻了。安心练了那么多年跆拳道，一向是腿强于拳的，让她劈上的一般都好受不了。这一腿给了她和孩子一个活命的机会，这个机会只有几秒钟，她就利用了他们一时都没爬起来的这几秒钟，转身往她的房子里跑，同时嘴里嘶声喊叫出来：

"铁军——"

铁军显然是听到了她先前的一声尖叫，然后听到了孩子骤然的哭喊，几乎在安心喊出"铁军"两个字的同时，他拉开了房门往外看，恰逢安心迎面冲进屋子，铁军没有看到她身后有什么人，但还是下意识地砰地关上了门。安心把孩子放在床上，然后一把拉过桌子顶住门。铁军意识到发生什么事了，但没想太严重，他还反应不过来。他依然对安心板着脸，一只手还插在裤兜里，冷冷地问："怎么啦？你要干什么？"安心还没有回答门就被猛然地撞了一下，撞开了一道缝。那是木门，又撞一下，那门已经劈了。铁军这才知道事情严重，他是知识分子，没见过这阵势，一下子就慌了。他见安心顶住桌子，他也就过去手忙脚乱地帮她顶住桌子，他刚顶住就听见砰砰两声枪响，他随即往地上一瘫就不起来了。子弹是穿过半开半劈的木门射进来的，木门上的木碴儿爆裂，弹洞赫然！安心连忙蹲下来用桌子挡住自己，她蹲下来时看到铁军仰卧在地上，肩部和胸部有大片的血迹。安心摸他的脸，他的脸一动不动。她叫了声"铁军"也没有应声。门再一次被撞了一下，一条木板啪的一声掉了下来，整个儿门露出了一条大缝。安心下意识地放弃了固守，她从床上抱起孩子，还是用下劈的动作，一脚劈开后窗，然后手脚并用，也不知怎么就翻过了窗子。她一手抱紧孩子，一手抱住吊脚楼的木柱往下滑，木柱粗糙的表皮划过她的手掌，划破她的衣服……往下滑到一半时她的手劲用完，那只手撑不住她和孩子的重量，整个人从半空中跌落下去，摔在南勐河冰冷的水里。大概有几秒钟她失去了知觉，她摔蒙了，但孩子的哭声又让她惊醒。她发现孩子依然抱在她的怀里。她对她和孩子从那么高的木柱上跌落下来而没有死感到惊奇。她听到楼上的门被彻底破坏的噼啪声，她抱着孩子，奋力向南勐河的对岸蹚过去。

河的中流，夜雾封锁，几乎看不清对岸的景物。河上的大雾也掩护了他们，要不然凶手可以轻而易举地开枪将他们母子打死在河里。她把孩子抱在胸前拼命往前走，她用尽全力但在水里没法迈开大步，何况她已喘得气如裂帛力将耗尽。水慢慢淹到胸部，她不得不两臂发抖把孩子高高举起。孩子还哭着，除了安心自己的大口的喘息，孩子嘶哑的哭声似乎是夜雾弥漫的南勐河上唯一的声音，因此肯定传得很远很远。

她记不清在冰冷的河水里挣扎前行了多久，当河水终于从胸部退下，退至腰腹时她看见了对面的岸，看见了对岸那一片朦朦胧胧的木棉树。她跌跌撞撞，双脚终于触到了岸边的砂砾，她再也支撑不住像山一样沉重的身子，膝盖一松便软软地瘫下去。她瘫坐于水中的砂砾，用垂死般的呼吸呻吟，怀里的孩子早已哭不出声。她转身回望，对面那片吊脚楼已被夜雾遮住了全部形状和一切声音。

她张开嘴，眼泪马上流进了嘴里。她拼尽全力向对岸呼喊：

"铁军——"

但她仿佛听不见自己的声音。

她找到对岸的派出所时几乎已没有开口说话的气力，派出所找医生来给她打了针并处理了手上的伤口。天快亮时她和潘队长一起回到了吊脚楼。太阳刚刚露面，东方霞光映目，安心看到对岸的远处，山流纵横，南勐河平如镜面，红如血水。脚下她踩着的这块云南特有的赭红色的泥土，在朝阳之下也如同血染。这里的大小路口都已被警察和警车占据。现场勘查和现场调查已近于收尾，有些警察已开始撤离。河上的雾气早蔓延到岸上，所有的面孔在晨雾中都朦朦胧胧。一切远景都呈现出淡黄发旧的色调，唯有尚未撤走的警车上，那一闪一闪红蓝变幻的警灯才显得格外炫目。

安心没有找到铁军。她明明知道铁军不可能还在这里，但她走进那间门倒窗破的宿舍没有见到铁军时，心头还是一酸。一个负责现场调查的民警走过来问她昨夜的情况，问一些细节。那民警是刑警大队的她不认识，她除了缉毒大队的人之外，和局里其他单位的人很少来往。她没有回答那位刑警的现场调查，而是带着哭腔反问：

"我爱人在哪儿？他伤得重不重？"

潘队长和那位刑警低声说了两句，意思是让安心先看人，调查等以后再说。那位刑警点了点头，说人早就送到医院去了，送的是什么什么医院。老潘就和安心上了车往那家医院赶去。在车上老潘不知跟谁打了电话，他们赶到时医院的门口已有缉毒大队的民警在等。民警把他们一直领进去，不是往手术室，不是往病房，是往太平间。

太平间门外的空地上人也不少，有缉毒大队的民警也有其他人。好多人安心不认识，只有一个半熟脸的中年人她隐约记得是《南德日报》的一个什么领导。她弄不清多少只胳膊在扶着她搀着她，把她往里让。她看见里面摆了一只担架床，一只很窄很窄的担架床，上面用白布盖着一个人。没看到人时她的双脚还能机械地移动，当那担架一撞入她的视线就像有把刀伸进了她的心窝，一搅，搅得她全身耸然一缩。她刚刚哭了一下，还没出声就把身体里剩余的最后一点力量彻底耗尽，身子随即往下一沉，在无数只手臂上，她的知觉飘远了。

等她再找到自己的知觉时，已经躺在一张床上，四周阳光充沛。老潘，还有队里一位中年女同志，见她醒来便探过身子看她，嘴里说着："醒了醒了！"她想坐起来，动了一下便被那女同志按住："躺下躺下，你刚打了针不能动的。"

她问："这是什么地方？"

那女同志说："这是医院，你得好好休息呀，你的身体要垮了，孩子怎么办，你得为孩子想想。"

她愣一会儿，像在努力回想什么，她说："我要孩子……"

一个小时以后，孩子抱来了，白白胖胖一脸光鲜。不知一直是谁在照顾。他显然已吃过睡过，刚刚醒来的小脸上还有几分不情愿的表情，也有几分惊悸未定的样子。安心从床上坐起来接过孩子，她紧紧地抱住孩子，当着老潘的面，当着医生、护士和队里其他同志的面，号啕大哭！

队里的女同志陪她唏嘘起来，几个男同志眼圈也红了，在场的人无不动容，但没人劝她。这个时候谁都知道，别劝。

铁军的母亲是当天晚上赶到南德的，广屏市妇联的一位办公室主任与她同行。到车站专门去迎接的有南德市政府的一位副秘书长，还有市公安局和《南德日报》的领导。他们隆重而严肃地把她接到医院，前呼后拥地请到了会客室。落座之后，医院还上了茶，然后由那位副秘书长向她报告了噩耗。

铁军母亲来的时候并不知道儿子已经死了。她上午正要到市人大去找邢副主任说铁军的事，还没出门就接到了广屏市妇联办公室的电话，告诉她南德那边有个电话打到妇联，说她儿子张铁军和蒙面抢劫的罪犯英勇搏斗不幸负伤，已送往医院抢救，请她马上去南德探望。铁军母亲这才确认儿子真是去了南德。儿子一跑她就猜到了，只是不敢确认。她在南德下了火车看到市政府有人来接，也没往不好的方面去想。她是广屏的妇联秘书长，平时要是有事到周边地市出差，市里通常也会来个有关方面负责人出一下面的，更何况这回是她的儿子在这里勇斗歹徒光荣负伤，地方上更会加倍礼遇。她一下火车就以平静端庄的态度和那位副秘书长以及来接她的其他干部一一握手，表示感谢，还说了官场上照例该说的客套话。来到医院并且在医院的会客室落座之后她一直是镇定的，举手投足全都瞻前顾后，礼节周到。

副秘书长报告了噩耗之后，她一时没有反应过来，整个人处于一种呆滞的状态，脸上的表情全部停止了，眼睛也不转动。副秘书长以为她还算挺住了，小心翼翼地请公安局的一位副局长向她介绍一下案情。公安局副局长刚刚讲了两句，刚说到这是个蓄谋已久的凶杀案，凶手是对前一阶段公安机关对其亲属依法镇压的蓄意报复之类的情况时，铁军的母亲就突然失声痛哭起来。她的哭叫声之哀痛之惨厉，撕碎了屋子里所有人的心。

铁军母亲还没哭起来的时候，安心已经来到了会客室门外。是潘队长把她从病房带过来的。她白天经过医院的检查，发现身上有多处挫伤，腿部和臂部的肌肉更是严重拉伤。因为那个下劈的动作用力过猛，后脚跟也肿起来了，医生说小腿骨还有轻微的骨裂；右手的手掌在吊脚楼的木柱上也剐掉了一大块皮肉，她跑到南勐河对岸派出所报案时连手中的襁褓都被鲜血染红。现在，她的手上缠了纱布，脚上也敷了药，拄着一支拐杖在老潘的扶持下来到会客室门外。老潘声音凝重，说："安心，我知道你现在很难过，但你得知道你婆婆更难过，她就这么一个儿子，才二十八岁，这个滋味一般人受不了的。你过去，别哭，别再说让你婆婆伤心的话。你就好好安慰她，劝她，你要再一哭，你婆婆就更受不了啦，懂吗？"

安心说了句："懂。"但眼泪几乎同时随着这个"懂"字，大颗大颗地滚落下来。老潘正要先把她扶到一边让她忍一忍，会客室里恰巧就传出了铁军母亲撕心裂肺的哭号。安心扔了拐杖推门就冲进去了，她连滚带爬膝行着扑向铁军的母亲，她哭喊着："妈，妈，你让我跟他一起去吧，我想他……"她跪着抱住铁军的母亲，无法抑制的哭泣使五脏六腑都像抽了筋似的疼痛难忍。

她知道自己真的爱铁军，铁军也对她好，他对她对孩子真的是非常好非常好！在一年之后安心向我谈起铁军之死时，仍然落下眼泪，说明铁军的死是她心上始终没有愈合的伤口！

铁军的母亲也哭得死去活来，但她很清楚很明确地把安心推开了。她用嘶哑的、断续的、含混不清的诅咒，让在场所有人，包括市里的头头和老潘，都惊呆了。

"你这个坏蛋！铁军就是你害死的，你还不放过他吗？！你把他害死了！你还要怎么样！"

这位年届半百，头发已经花白的母亲用尽了最大的力气，拉长了声音把胸中的恶气喊出来，声音大得变形变哑，她喊的什么反而让人听不出来。但大家都知道她是在骂她的儿媳妇。安心匍匐在地，浑身颤抖，铁军母亲扑向她，几乎是要拼命的样子，大家这才蜂拥而上，拉住了这婆媳两人。安心马上被人搀出会客室，她已经哭不出声，她的泪水糊住双目，头脑昏昏地被人架着走。不知谁拖来一辆担架车，大家七手八脚把她抬上去，她平躺着想挣扎但动不了。她左右摇摆着脑袋，胸部像被什么东西重重地压住，她那时意识里唯一的渴望就是能够让自己哭出声来！

她被推到病房后，医生过来检查她，吩咐护士给她打了一针，可能是一针镇静剂。十多分钟后她慢慢停止抽泣，沉入睡眠状态，一直到第二天的上午才苏醒过来。

她苏醒后缉毒大队的一些同志都来看她，铁军在《南德日报》的一些朋友也来看她，市公安局的一位领导也来看她，说了慰问、表彰和鼓励的话。对铁军的死，也都向她表示了哀悼，劝她节哀保重。市局刑警大队的人也来了，就在病床前对她进行询问、取证。这案子由刑警大队负责侦办。从他们的言谈话语中，安心能听出来这案子的线索不多。

整整一天，没有任何人跟她谈起铁军母亲的情况，甚至，铁军的后事究竟怎么办，也没人跟她谈。

整整一天，潘队长没有来。

第二天潘队长也没来。但依然有一拨一拨的同事和领导拥到医院来看她，几乎每一拨人都要做出同样关切的询问——当时的情况啦，现在的伤势啦，哪里疼哪里不疼啦，医生怎么说啦，等等。大家的脸色都沉痛着，声音都又轻又慢，有女同志来，还和她抱头痛哭一场。缉毒大队有不少人都认识铁军，以前都羡慕他和安心是最幸福的一对。正因为他们幸福，现在的悲惨才更为显著。

一连两天，安心迎来一批又送走一批，不知为什么，她暗暗在心里等着的，是老潘。在这个时刻老潘在她的感觉上，确实成了兄长和父亲。

第三天一早老潘来到了病房，身后还带来了一男一女两个人。安心一见到那两个人便泪流满面，她万分委屈地叫了一声："爸，妈！"

安心的父母是这天早上刚刚乘火车赶到的，是潘队长去车站接的他们。安心老实木讷的爸爸一言不发地把给女儿带来的一些吃的和营养药品拿出来放在病床前，她的妈妈则把她抱在怀里，让她哭个痛快。她妈妈流着泪，说："孩子，跟妈妈回去吧，妈妈疼死你了，咱们再也不分开了。"

她们哭完，安心的爸爸妈妈又说了好多安慰她的话，那些话别人也说过，但从爸爸妈妈嘴里说出，感觉是不同的。这就是亲人的作用，亲人在日常生活中往往不如同事和朋友显得亲密和重要，可一旦发生什么事，一旦灾难临头，只有亲人才能熨平你流血的伤口，让你的心真正得到慰藉，真正安宁下来。

父母为她擦去眼泪，守着她，哝哝低语。在她情绪稍稍平定之后，老潘回到病房，告诉安心的爸爸妈妈："医生已经来了，你们可以找医生了解了解她的伤情去。"安心的父母就去了，屋里只留下潘队长一个人。老潘简单地和安心说了一下关于铁军的后事怎么办的问题，说了铁军母亲和南德市有关领导商量的方案。老潘和安心说的时候，口气上并没有征求她意见的意思。

其实老潘当时已经知道了铁军的母亲和南德市委及市公安局领导进行的谈话，这谈话的内容不仅仅是商量铁军的后事如何处理的问题，她还向他们通报了她的儿子与安心以及那个孩子的关系。事到此时这个家丑是不得不外扬了，否则谈铁军的后事怎么可以把他合法的妻子排除在外？怎么可以不征求他妻子的意见？

铁军的母亲认为，她儿子的死，安心负有不可推卸的责任，她作为死者的母亲，一辈子也不会原谅安心。她不再承认安心是她的儿媳，不再承认安心是铁军的妻子，尽管在法律上，安心与铁军并没有解除婚姻关系，但铁军的母亲手中握有一张基因测试的证明，还握有其他确凿的证据，完全可以证明这个媳妇对丈夫不忠，而且可以证明铁军在死前已决定和安心断绝夫妻关系，因此她完全有权利不让安心插手和参与铁军的后事。她说这不仅是她，也是铁军本人的意愿。她不能让她死去的儿子受到玷污和灵魂不安。

至于铁军的后事怎么办的问题，她表示不同意在当地火化，希望能将铁军的遗体运到广屏，到广屏由铁军的工作单位为他开过追悼会或者遗体告别仪式之后，再火化。火化后和他的父亲合葬一处。

在铁军母亲和南德市有关领导进行这次谈话之前，广屏市人大的邢副主任已经打电话给南德的市委书记，请他对铁军母亲赴南德奔丧一事给予关照。他告诉南德的书记，铁军母亲也是一位老同志的遗孀，刚刚送走了丈夫，现在又送儿子，确实非常不幸的，所以希望尽量满足她的意愿。这个电话很起作用，铁军母亲的上述要求，参加谈话的市委秘书长代表市委书记，当即应允。只是出来后私底下建议公安局的头头，对安心那边要注意方法，注意做好工作，不要激化矛盾。毕竟，她现在与死者并未办理过离婚手续。

所以老潘跟安心讲这些情况时口气非常婉转，关于铁军母亲对她的看法，和那些激烈的言辞，都没有透露给她。他只简要地介绍通报了铁军的遗体将怎么运回广屏，到广屏以后将怎么组织追悼和安葬之类的治丧方案，还通报了广屏市委宣传部的有关同志已经赶到南德负责具体操办工作等情况。他对安心说："这些后事都由组织上按规定处理，你就放心吧，家属方面铁军他妈妈也就代表了。他妈妈对你有些误解，你需要给她时间慢慢冷静，现在索性不要同她见面，以免刺激她的情绪。她白发人送黑发人而且以后生活肯定孤苦伶仃也够惨的，你做晚辈的应该同情理解，懂道理顾大局。你现在以养伤和调整心情为主，另外还要照顾孩子。"说到孩子，潘队长言语简单，不多展开。关于这孩子到底是谁的，铁军死前与安心之间到底发生了什么，其实他从与铁军母亲谈过话的局领导嘴里已经知道个大概了，但他跟安心只字不提，不捅破这层窗户纸。安心和铁军的母亲同样不幸，现在都应该避免刺痛她们敏感脆弱的神经。

安心听完潘队长的话，那些话既是通报情况，也是一番规劝。她态度配合地点了头，表示铁军怎么安葬一听组织上的安排，二看铁军母亲的愿望，她本人不提额外的意见。老潘脸色慈祥，说："好。"第二天早上，安心出了医院，她不想在医院住了，不想再花队里的那点医疗费了。公安局本来就很拮据，每年的医药费都是按人头包干下发的，她再没完没了地在医院养下去，别的同志就别看病了。缉毒大队在市局招待所里为她租了一间房，让她和她父母和她的孩子老少四口临时住住。吊脚楼那间宿舍肯定暂时不能去住了，就是门窗都修好了也不能去住了，因为毛杰知道那地方，要杀她的话躲得过初一躲不过十五。她爸爸妈妈本来是想带她和孩子一起回清绵去的，但这案子还没完，还有些情况需要找她核实取证，刑警队方面希望她最好留一留。而且她想，过几天还要去广屏安葬铁军呢，所以她目前还不能跟父母走。她让爸爸妈妈先回去，她也要搬出市局招待所。她打听了，在这招待所租一间房一天得交三十块钱，她这么花队里一向拮据的公安经费心里不安，大家也都看着。

爸爸妈妈刚来了两天就让安心撵着走，走的那天潘队长钱队长都跑来挽留，说这点钱算什么，花得起花得起。爸爸妈妈还是走了，走的时候她妈妈把一尊在清绵有名的圆通寺里开过光的玉石观音挂在了安心的脖子上。说这观音是专门为她求来的，请长老念过经的。安心知道她妈妈一向不信佛的，家里从来不摆佛龛、佛像、木鱼、香炉之类，现在居然给她带来这个。大概做母亲的想保佑女儿已想不出什么办法了。清绵的圆通寺据说很灵的，清绵人都很信。母亲为女儿去求佛不知算是随了俗还是弃了俗。她给安心戴了那枚玉观音，然后抱着遍体鳞伤还一瘸一拐的女儿流泪。安心的爸爸则把一千元钱悄悄地交给了潘队长，说："队长麻烦你转给她吧，让她买点好的吃，我们给她她不要。"

这才几天的工夫，安心都瘦得脱了形，脸上都没一点血色了，她确实应该加强营养。她爸爸是个中医，知道女孩子这个时候身心交瘁不赶快调整的话最容易坐病。

她爸爸妈妈走了，还带走了她的孩子。在她住院这几天，孩子一直是队里一位老大姐帮她带着的。还好这孩子像是突然懂了事，据说一点没闹，一点没让人家烦。那老大姐跟安心这么一说安心就直想掉眼泪，她觉得真是难为孩子了，这孩子现在还不到一岁呢。

送走父母，安心当天就回到队里，队里派人和她一起把铺盖脸盆什么的从宿舍里取出，带到队部办公室。她打算就住在队部的办公室里，这是老潘同意的，钱队长也没意见，还找人帮她把队部办公室里面那间不到五平方米的小库房腾了腾，东西重新码了码，用木板支了一张窄窄的小床，好让安心临时凑合能在这里休息睡觉。

安心回到队里什么话都没说，几乎一夜之间她变得沉默寡言了。在他们帮她架床板时，她只是用心地摩挲端详着她母亲送给她的那枚玉观音，摩挲了一会儿突然抬头，说了句："我晚上睡在这儿就等于值班了，公私兼顾。"老钱看看她那双失了神的眼睛，笑着说："哪能让你天天值班啊，该谁值班还是谁值，你就好好休息。"钱队长虽然这么说，可还是让人拉了一条线，把队里的报案电话在安心的床头加装了一部分机。刚刚装好还没五分钟，那电话机就响了，老钱接起来，字正腔圆地说道："喂，缉毒大队！"电话里的人说了句什么，老钱便皱着眉把听筒递给安心，说："你私人的电话怎么打到这个机子上来了。"

这是缉毒大队向社会公布的报案电话，按规定是不能随便占用的，所以钱队长挂了点脸色，要不是安心丧事在身，他可能还要不客气地批评几句呢。

安心接了电话，电话里是个男人的声音，听着很清楚，就像是从隔壁打来的一样。不但清楚，而且还挺耳熟，但安心一下子没想起是谁。

那男的说："喂，你老公的后事办好了吗？"

安心拿着电话，愣愣地发不出声。

那人也沉默了一下，接着又问了一句："我家可是死了两个人，你是不是还欠我一条命啊？"

那人的口气很平静，说家常话似的。但安心全身明显地打起抖来，连老钱都看得出来的。大概安心自己都没有想到，她的声音不知为什么竟也出奇地平静。

"好，你在哪儿，我去找你，我还你这条命！"

老钱，还有另一个帮安心装电话的同志，都看出有点不对劲了，他们眨巴着眼睛看安心。接下来他们不约而同地，听到安心说了电话挂断之前的最后一句话：

"好，我一个人去，咱们不见不散！"

安心挂了电话，老钱问："你这是跟谁呀，不见不散？"

十九

　　就在安心送走父母，搬出招待所，回到缉毒大队的这天下午，她接到了毛杰不知从什么地方打来的电话。她猜到铁军带着孩子跑到南德来的那天下午，缉毒大队接到的那个找她的电话，也一定是毛杰打的。

　　一听到"毛杰"这两个字，钱队长就愣了，以为自己听错，帮她装电话的那个同志也愣了，外屋还有几个人也都停下了谈话，挤到小仓库的门口看她。

　　安心没再说话，她推开那几个挤在门口的人，瘸着腿走到外屋，手哆嗦着从身上往外拿钥匙，钥匙拿出来插了半天才插进办公桌抽屉的锁眼儿里……抽屉终于拉开了，但用力过猛，哗啦一下拉到了地上。安心一只手还吊着绷带，她用另一只手，从翻在地上的抽屉里，拿出自己的枪来。

　　老钱赶紧从里屋出来，抓住安心的手，把枪夺过去，他皱着眉问：

"到底怎么回事啊你这是?"老钱也许到现在也不敢相信,那电话真是毛杰打的。

安心红着眼,上前去抢老钱夺走的那把枪,但抢不过他。老钱把她重重地推开,有点恼火地问:"你刚才说谁? 是毛杰打的电话,啊?"

安心被老钱推了这一下,身体跟跟跄跄地向一边摔去,要不是桌子挡着,她差点摔在地上。她扶着桌子重重地喘气,回身看老钱,咬着牙说:"他约我见面,他问我敢不敢!"

老钱正要说什么,突然抬眼,视线越过安心,投向队部办公室的门口。安心也抬起头来,他们都看到潘队长像座小山一样出现在那儿,把屋里的光线都遮得一暗。

潘队长用毫无表情的声音问道:"你敢吗?"

安心的眼睛一眨不眨,她一眨都不眨地盯着潘队长那张背着光的脸。她说:"敢!"

老潘不动声色,又问:"他约你在哪儿?"

安心说:"在瑞欣百货商场的门口。"

老钱插上来,不知是提醒安心还是提醒老潘,说:"这小子前几天在你宿舍那儿没得上手,现在又想调你去瑞欣百货,那地方人杂路口多,四通八达,是个打黑枪的好地方,打了就走,咱们连个脚印都追不上。你要去就等于是给他当靶子啦!"

安心说:"他敢去我就敢去,他有枪我也有枪!"

钱队长张了嘴又要说什么,老潘打断了他们:"他约你什么时候去?"

安心说:"现在!"

潘队长走到屋子当中,站住,稍一停顿,说:"好,我跟你一起去!"

钱队长站在老潘身后,愣愣地问了句:"就你们两个?还需要带谁去?"

潘队长转回身,他的回答很轻,却答得斩钉截铁,没一点犹豫:"全体!"

老钱似乎领会了片刻才明白过来,然后四下看一眼都还发着愣的缉毒警们,突然大吼了一声:"全体!"

屋里的人这才如梦方醒地一齐往门口挤去,老潘走到电话机前,极其简短地给局里的头头打电话,电话还没打完,缉毒大队的院子里已经马达轰鸣,老钱带着人驾着车子出发了。车子一辆接一辆快速地开出缉毒大队的院门,车队扬起的征尘遮天蔽日,气势非凡。

老潘挂掉电话,站起来,看了安心一眼,心平气和地说道:"走吧。"

缉毒大队距瑞欣百货商场并不算太近。安心坐着老潘的车子,车子开得不徐不疾。他们一路默然无话,穿过一个街口又一个街口,渐渐接近了瑞欣商场的正门。老潘没有让安心在正门下车,甚至没有把车子开到商场门前的停车场去,而是停在了附近的一条小街上,从这条小街的街口,可以看到商场门前熙熙攘攘的情形。

这时,安心发现,包括他们停车的这条马路在内,瑞欣百货的四周,和附近她目光所及的所有路口,都像是平地里冒出来似的,突然布满了武警部队的士兵。士兵们身穿黄绿相杂的斑点迷彩服,手执冲锋枪，压着眉毛的钢盔下，个个面目严肃，在军官们简短快捷的口令声中，迅速封锁了附近的大街小巷。安心还看到，缉毒大队的民警们也散在各条街口，在武警部队的协助下，开始仔细盘查过往路人，尤其是从瑞欣商场方向来的青年男子，一律仔细察看了才予放行。

潘队长就在车里，用手持电话联络几个分队的头头，问他们发现了什么情况。街上的老百姓有不少站在远处看热闹的，都不知道发生了什么事要这样如临大敌。安心想下车，老潘不让。他问："你上哪里去？"安心答不出。老潘说："用不着你，你就在车上坐着！"安心就只好坐着。她看到远处的一个街口，一群武警扣住了一辆公共汽车，大概和车上的什么人发生了争执，好像还动了手，不过很快就平息了，虚惊一场，没有发生乱子。各分队从不同方向陆陆续续报来的情况，都是没有发现目标。目标是已经溜了还是根本没来还是就藏在附近的某幢房子里，不得而知。

就在这时，一辆小卧车悄无声息地开过来了，安心知道那是局里领导的座驾，老潘马上下车过去，钻进那小卧车里请示汇报去了，三分钟后出来，用手持电话让老钱通知各分队撤回。安心看到，武警部队显然也接到了类似的通知，纷纷上了卡车和吉普车，走得比缉毒大队的人还快。街头出现的紧张局面不过半小时的长短，马上一切如常，恢复了平静。

潘队长也上了车，打着方向盘把车开回队里。和来时一样，一路上他和安心谁都没说什么。

晚上老潘没在队里吃饭，据说是被局里的电话叫走了。第二天一早，他晚来了一会儿，来的时候还带来一位局政治处的干部。这干部四十多岁，安心光是脸熟，叫不出名字，听潘队长称呼他为方主任。这位方主任，还有老潘、老钱，三个人一起进了会议室。五分钟之后，让人把安心也叫进去了。

安心一进会议室就觉得有几分异样，三个领导并排坐在会议桌的左面，她进去以后就坐在右面。这个坐法给人的感觉太正规了，像大学里考学位时的答辩会似的，再加上领导们的面孔都严肃着，尽管那位方主任在她进屋之后便露出些亲切的笑容，但那也是主题严肃的一种笑容，一点都不轻松。

安心在他们对面坐下来，心里知道他们找她一定是要和她谈某个重要的事情。那位方主任先开了口，见她的左手还打着绷带，先是关切地问了问她的伤情。当然紧接着，也关心了她的心情，对她爱人的不幸遇难表示了哀悼，话说得既正统又亲切。短暂的慰问之后，话题就转入了正轨。

"今天，我代表局领导、局政治处，也就是代表组织吧，来和你谈一谈。首先，我们对你大专毕业来南德市局缉毒大队实习这一年多的表现，感到还是满意的。你一个年轻女同志，选择到我们这个边境城市来锻炼，说明确实是树立了为公安献身，为人民服务的崇高理想，而且通过一年多的实践，思想上、业务上、意志品质上，都有提高，都有提高。今天我们找你谈，还是因为这个案子。这个案子你是发挥了很大作用的，对于摧毁这个贩毒据点，摧毁这个团伙，做出了重要的贡献，要不然犯罪嫌疑人也不会这么丧心病狂地报复你。所以，局党委昨天研究了一下，决定给你记个人二等功一次。记功的决定和证书、证章，马上就会发下来，等发的时候再正式宣布。

现在我们是提前向你表示祝贺了，啊，表示祝贺！"

方主任说到记功，老潘和老钱也都冲她点头，脸上现出笑意，做出同贺的响应。下面的话依然由那位方主任继续说下去，安心不用问也知道，他们今天找她，这架势、这表情、这气氛，绝不仅仅是通知并祝贺这桩喜讯。

果然，方主任话锋一转，接着说："还有一件事，今天我们也要和你商量，考虑到这个案子，目前线索不多，目前只能初步认定是毛杰、毛放兄弟所为，带有明显的仇杀报复性质。现在估计他们已经逃离本地，到什么地方躲起来了。缉毒工作你干了一年多也很了解了，太残酷。现在已经很清楚，毛家大院是境外贩毒组织在境内的一个重要据点，这家人和他们的同伙，都是国际贩毒集团的骨干成员，他们都有藏匿的窝点和逃脱的路线，这两个家伙对你也绝不会善罢甘休的，迟早还会找你。这类事以前咱们这里，还有其他地区，都发生过。我们很多缉毒民警与毒犯之间，都有不共戴天之仇！局党委根据这个情况，也听取了你们缉毒大队领导的意见，昨天又向省公安厅政治处请示了一下，根据请示的结果，决定从今天起，对你实施保护措施。调离公安机关，调离本地，找个远一点的地方，给你换一套姓名档案，安排其他工作，这样可以避免不应有的牺牲。"

安心惊呆了，她知道他们找她肯定有事，但没想到是这个事。她这两天本来一直想，铁军不在了，广屏婆婆家也肯定不能再回去。除了清绵父母那里，她只有缉毒大队这个家了。她愣着，扭脸去看潘队长和钱队长，潘队长低头抽烟，钱队长回避不及，让她的目光逮住，只好咳嗽了一下，解释道：

"这不是说咱们怕他们，不是咱们胆小害怕了。这是组织上对咱们干缉毒工作的同志的一种爱护，一种关怀。这种保护措施以前对其他同志也使用过，并不是今天才开的先例……"

老钱说了半天，基本上还是重复了刚才方主任已经表达过的意思。安心眼睛湿了，她隐隐感到这一切都已不可更改，这是决定，组织上正式的决定，已经请示过上级的决定，她只能服从。她眼含着泪水，想自己此时应该说几句感谢的话，感谢组织上对她的关心和保护，但她一开口，不知怎么却问出了这么一句：

"以后……我永远都不能再干公安了吗……"

老潘老钱都低头不语，方主任沉吟了一下，也只能再讲大道理："做其他工作也一样是为人民服务，一样可以干出成绩，做出贡献，跟干公安唯一不同的是，你会比较安全。你是个大学生，有知识，我相信你在任何工作岗位上都能发挥出你的聪明才智来。你不像有些同志，除了有一点公安工作的经验之外，就没有别的知识了，这些同志换什么工作都很难。以前我们转移出去的个别同志，不要说干别的工作，当农民都当不了。我们帮他安排的工作，干几天就干不下去了，最后自己的生活都成问题了。你的情况跟那些同志完全不同。"

大道理安心都懂，小道理方主任也说得实在，可安心心里一时转不过弯儿来的，不是道理，而是感情。她的泪珠子终于啪嗒啪嗒地掉下来了，她哽咽了一句："我也干不了别的，我不想隐姓埋名，我不想离开公安队伍……"

潘队长这时开了口，他说："安心，组织上让你换个名字换个地方，是经过慎重考虑的。你是女同志，又是大学生，组织上必须考虑你的安全。再说，你还有个孩子，你的孩子长期交给父母带，你长期不和孩子在一起对你对孩子都不好。可你要是留在缉毒大队就不可能带着孩子。现在犯罪嫌疑人盯上你了，你的安全、孩子的安全，组织上压力太大了，所以采取这个措施也是万不得已，希望你能理解，能配合。"

安心不再说话，她甚至不让自己的眼泪再落下来。屋子里沉默了一会儿，那位方主任语气和蔼地收拢了话题："怎么样，你好好考虑一下，啊？"

安心没有抬头，没有看他们，声音中依然带着委屈的哭腔，她问："我只能配合，只能服从吗？"

没有人答复她，他们都沉默不语。

安心把头抬起来，眼睛还红着，她抽了一下鼻子，用伤风一样的鼻音，哝哝地，一句一停地说道："那好，我服从组织上的决定，组织上让我去哪里都行。"

他们都看她，没人表示高兴。这场谈话就这么结束了，这对安心本来是好事，是组织的好意，可她的心情和她的眼泪，使跟她谈话的这三位头头在走出会议室时，都是一脸的沉重。

那几天安心虽然不会再被安排任何队里的工作，但她始终没能闲着，除了负责侦办铁军被杀案的那几位刑警又找了她两次之外，市局政治处的一位科长也找过她，主要是谈她下一步的工作安排问题。政治处通过和有关方面的联系，初步定下来让她去北邱市。那是一个县级市，在滇东地区，与滇西的南德相隔六百公里，离广屏也不算太近，离清绵就更远。局里有关部门帮她做了一个假档案和一个假身份证，替她改了名字，那名字挺俗，叫何燕红。她也无所谓，反正她的真名、真档案，都还留在南德市局政治处。真身份证她自己保管，政治处也没说要收回去。

做假档案和假身份证不为别的，只是为了帮她在北邱市落户口和安排工作单位。那几天南德市局政治处的人一直在帮她跑这事。北邱市公安局接了省公安厅和地区公安局的通知，对这事很支持，很快落实了她的户口所在地，并且帮她在北邱市一家建材公司里找到了一份工作。据说这家公司效益不错，工资不低，福利也好，而且，公安局在里边有个熟人管业务，说个话还是管点用的。当然，北邱市局只有一两个负责安排这事的局领导知道这位何燕红的真实来历，下面具体操作落户口和帮她联系工作的干部并不知情，只当是熟人介绍来的关系。

安心对这个地方，对这个工作，都不满意。可能是北邱和什么建材公司都太陌生的缘故。对她来说，离开了铁军、离开了南德、离开了公安队伍、脱下了警服她就什么也不是了，她无论去哪儿，干什么，都是一种无家可归的漂泊。

所以她什么也没说，局政治处的同志办这事挺辛苦，有时一天打好几个电话过来跟她说情况，这她看得见的，人家也不容易。而且老潘他们也劝她先去，说"北邱是个富县，乡镇企业搞得挺有名气，听说那份工资比你现在在缉毒大队拿的工资还多呢，这也是个实惠。你现在要养孩子，以后还得结婚，找什么工作确实也得考虑实惠不实惠"。安心想想也是，她以后做什么确实要考虑怎么对孩子更有利。说到结婚那是不可能了，她想自己一辈子恐怕不会再结婚了。老潘说：

"咳，你现在当然这么想啦，可你还年轻，还不满二十二岁，以后的生活会是什么样，心情会是什么样，都难说呢。"

除了安排户口和工作这些事之外，还有铁军的后事。广屏市委宣传部专门到南德来处理铁军后事的两位同志也找过安心，征求她对丧事处理的意见，并且把草拟好的铁军的生平介绍，拿来请她过目。她还是那句话：丧事怎么办，一听组织安排，二听铁军母亲的意愿。她说她会在心里怀念铁军的，至于单位里用什么方式悼念他的死难，用什么辞藻评价他的一生，请组织上按规矩办就行了。安心心里想：铁军真正的优秀之处，那一纸生平是写不清的。那些优秀之处，他作为一个男人的魅力和光芒，只有她这个做妻子的，寸心可感，也不一定一一说得出来的，那是一种共同生活之后的知和爱。对一个女人来说，说不出来的东西往往能让她守一生。

铁军的遗体已经运回广屏了。安心也正式结束了人民警察的职业生涯，悄悄办理了退役的手续。她交出了自己的警服、警徽和警号，还交出了自发给她以后就从未在实战中使用过的武器；然后，领到了二等功的证书、证章和八百元奖金。甚至，还领到了她在公安机关最后一个月的工资，以及特别发给她的三千元的安置费以及从南德到北邱的交通费；老潘、老钱和队里的其他几位头头也请她出去吃过了送行的饭；她的行李也已经打在一只木箱里托运到北邱市去了。如果不是为了等着广屏方面的电话，通知她铁军遗体告别仪式的日期，她实际上已经可以买张火车票，带上随身的一只箱子，离开南德到北邱的那个建材公司，去开始她新的一段人生了。

在南德的最后这段时间里，安心静下来的时候，除了想起铁军悄悄哭一会儿之外，就是开始想象她的未来。越想，她越留恋过去的生活。正如一位哲人说的：回忆总是美好的。不美好的东西常常也就不回忆了。因此，她在自己的记忆中总是下意识地将一切不愉快的东西省略和避开，甚至有意地，将痛苦和耻辱排斥在外。比如铁军临终前与她的争吵、对她的憎恨，她就不愿多想。尽管她承认，是她对不起铁军，她对不起他给予她的爱和他宝贵的生命。可现在，一切忏悔和补偿都没有意义了，剩下的只有回忆。她宁愿让回忆变得单纯一点，哪怕不那么全面真实。她反复回想的，只是那些美好的情景，无论是她和铁军在医院的相识和初恋，还是铁军来南德下放当记者时和她在一起的那一段新婚的日子，还是孩子出生以后她在广屏和铁军妈妈一起三代同堂的家庭起居，——在安心眼前活现，挥之不去。她一静下来就想，一静下来就想……往事越是幸福今天越是折磨，越是让她对未来感到特别的无望和无趣。

　　白天，她不方便总在队部办公室里待着，办公室和往常一样，不断有人进进出出，大家都在忙碌。她在理论上和编制上，都已不是这个单位的人了。她在办公室里待着，哪怕是在她睡觉的里屋待着，一墙之隔也还是觉得不方便。她无事可做就显得手足无措，人家看着也难受，于是她就出去，到南勐山自己去逛。去了一次就让老钱骂了一通："毛家那两个疯子走没走还不知道呢，你怎么一个人不带枪就这么出去呀，出了事谁负责？你要闷了，我可以叫几个人陪你一起出去，实在闷了去乡下走走，但一定要跟上两个男同志。你临走了再出事，我们向局里没法子交代！"

　　老钱不准她再一个人出去，她也不可能在队里这么忙的时候让领导再派人陪她散心。而且,她出去只是想找个地方独处。一个人独处的时候,想回忆过去就回忆过去,想想象未来就想象未来,想哭了,就哭一会儿,哭一会儿就放松了。可要是领导上派人陪着她,她就没法回忆没法想象了,也没法悲伤,也没法放松。她不再出去就是了。

潘队长那时亲自上了一个案子,几天前就扎到边境上的一个名叫沙仑的小镇里去了。老潘不在也加深了安心的孤独和苦闷。她原来还担心过两天她离开南德时,老潘万一还没回来连互相说声再见都不行了呢。好在这天中午老潘突然风尘仆仆地回来了,一回来马上就到会议室把安心找来谈话。老潘传达给她这样一个消息:关于铁军的遗体告别仪式,日期已经定了。就定在明天上午九点钟,在广屏市人民医院的一号告别室里举行。

安心一听就愣了:明天上午?她疑惑地问老潘:"队长,您怎么知道的,你这几天不是一直待在沙仑镇吗?"停了一下,她又说:"明天上午举行告别仪式,他们怎么现在才通知我?"

老潘没有如她期望的那样表现出同等的不满,他沉默了一下,说:"电话是昨天就打来的,是广屏市委宣传部直接打给咱们市局政治处的。政治处方主任今天早上打电话给我,让我和你谈谈。我就是为这事专门赶回来的,待会儿还要赶回去,今天晚上我们和武警部队在沙仑镇有一个联合的行动,所以我必须赶回去。"

安心半懂不懂地听着。她从队长的表情上,猜到又有节外生枝的事情发生。她不知从何而来地突然有股怒火。她觉得在铁军的后事怎么办这个问题上,她一再都是忍让的,她为了顾大局,为了照顾铁军母亲的心情,已经一忍再忍,她从没给组织上找过半点麻烦!

可他们对她，却没有起码的尊重，她毕竟是铁军的爱人！是最有权利发表意见的人！她忍不住强硬地冲潘队长问了一句：

"他们这么晚才通知我，而且不直接跟我说，要跟局里说，他们到底想干什么？"

潘队长低头，苦于措辞地想了想，再抬头看她，看了半天才说："他们的意见是，希望我们劝说你，不要去参加遗体告别仪式了。"

安心的脸都白了，她的心像被人使劲往上搋了一下，搋到喉咙口便堵在那里不动了。她用了力气，好不容易才从几乎堵死的喉咙里，拼命地挤出了她的愤怒和她的惊诧！

"什么？"

"因为，铁军的母亲提出来，不同意你站在铁军家属的位置上，她不能接受你在告别仪式上和她站在一起。所以，广屏市委宣传部希望我们局里，做做你的工作。所以方主任让我无论如何赶回来，和你谈一谈。他们可能觉得我的话你一向比较尊重，所以要我来谈。"

安心真想大哭一场，但她没有眼泪，她有点气蒙了，只有喃喃地表示反抗："……她为什么要这样做？她没有权利这样做……"她也意识到她的反抗脆弱得犹如一片巨大的噪声中几句无用的自言自语。

潘队长能说什么？这是奉命谈话，他只能做安心的劝导工作："你也知道的，铁军的父母，在广屏都算是高级干部，在市委市政府领导那里，都很熟，又是老同志，所以市里肯定会支持她的。而且，我想她提这意见也不可能完全是蛮不讲理地提，她肯定会讲出些理由的，没有一点理由她也不能随便剥夺你的权利……"

"她有什么理由？她什么理由也没有！"安心的态度几乎是在和潘

队长刀兵相争了。

潘队长停了一下，像是要避开安心激动的锋芒，并且依然没有对安心表现出明确的支持和同情，他使用的是一种中立的口气，说："她有证据说明铁军已经和你决裂，而且责任在你。她有证据说明你的孩子，铁军可以不承担责任。安心，这本来是你的私事，我就是知道了我也不想多管。你们年轻人在男女交往方面和我们这一代人的观念做法都不一样，你们有你们的做法，是对是错自己去想，你们也有长大变老的一天，到那时候你们可能也会变成我们现在的观点。至少你们会认识到，在咱们中国，在大多数人心里面，你的行为是不会受到肯定的。所以你就是到广屏去闹，我想上面也不会支持你，大多数群众也不一定同情你，这是咱们这个社会的现实！你不能不考虑这个现实！"

安心站起来，红着眼睛拉开门，想出去。潘队长叫了声："安心，你上哪儿去？"

安心站住了，抽泣起来："我要到广屏去，我要找铁军的妈妈去，我自己当面去认错。我跪下来求她让我送一送铁军还不行吗？我爱铁军！"

潘队长走过来，把她从门口拉开，然后关上门。他看着终于哭出声来的安心，沉默了一会儿，让她哭。这些天安心总觉得自己的眼泪已经哭干了，已经不会再哭了，可一有什么事她还是这样控制不住。潘队长站在她的身后，长长地叹了一声，换了一种亲近和知己的口气，说：

"你要是真爱铁军，那就让他安静地走吧。他一定不想看到你跟他母亲打起来，你们都是他的亲人。你要爱他在心里记住他就行了。他走以前对你的那些意见如果确实属于误解或者赌气，那他到了阴间自然什么都能明白了，什么都能谅解了。如果真有灵魂不死这类事情的话，铁军的灵魂肯定是会升天的。升到了天上，人间的事情就都能看得清了。"

安心止住了泪水，老潘的每句话、每个字，她都听进去了。那些话充满了感情，也很实在。让她在这一刻真的相信了灵魂的存在。她想，如果人在现世谁也难免混沌蒙昧的话，那么离世的灵魂总该是透明和居高临下的吧。居高临下，正如潘队长说的，人间的所有事情，包括人的内心，应该都是看得见的。

老潘中午没顾上吃饭就行色匆匆地开车赶回那个边境小镇去了。从他的只言片语中安心知道今天夜里在那小镇附近将有一场战斗发生。她刚刚脱下警服便已经在心里感受到和这种激动人心的生活明显地隔了一层，无意中带有了旁观者的心情。她看着老潘的车子扯着老牛发怒似的轰鸣声加着油门，离开了缉毒大队的院子，她站在会议室门前的走廊上，恍然自己是今天才刚刚到此的一个大学生，对这里的一切都还陌生。她在这一年多时间里经历的每件事，每个错综复杂的案子，每个你死我活的行动，仿佛从来都未曾体验过，这里的生活对她来说，好像还从来都没有发生过。

老潘的车开走了，院子里没有一个人影。安心退回到队部办公室，大概人们都吃饭去了，办公室里也同样空空的。她走到里间，从她的床下，拿出她要带走的那只箱子。打开来，里面已经整装待发地塞满了她要带走的东西。她把一些散在外面这两天还在用的零碎物品也一一装进箱子，然后走到外间，趴在桌子上给缉毒大队，这个她曾经打算在此奋斗一生的集体，写下了她最后的留言。

潘队长、钱队长：

我走了。我今天就到北邱市去投奔那个新的工作了。在此向你们，向缉毒大队，向与我朝夕相伴的每一个人告别。

我是一个不懂事的孩子，被你们收留。你们教我学会怎么工作，怎么生活，我一直在你们的庇护下过得很好。我喜欢你们，喜欢缉毒大队，喜欢南德，我曾经想把这里当成我永远的家。我没想到我会这么早就离开这里，离开你们去独自生活。我和你们在一起像小妹妹一样受照顾都习惯了，我真不知道以后一个人在外面会碰到多少难处。

写到这里，她想哭，但强忍住了。笔尖发着抖，难以工整地，写完了最后一句：

我会想你们的，因为你们都是我心目中的英雄！
祝你们一切都好！

安心

她写完，心里一下子空了。她本想再写几句具体祝福的话，保重的话，但想了半天还是决定不写了。她知道不管写什么都会意犹未尽。

　　她提着箱子走出办公室，从后门走出缉毒大队的院子。中午的阳光热辣辣的，院子里依然没有人，谁也没有看见她。她在后门外面的小街上拦住了一辆出租摩托卡车，人和箱子都上去，摩托卡车砰砰砰地叫着开动起来。她看着她平时早晚经常进出的那个后门，在视野中渐渐变远变小，车子转了一个弯，就什么也看不见了，她这才转过了头。

　　她就这样，悄无声息地走了。

　　车子把她拉到了南德市火车站，从售票厅的显示屏上可以看到，省内的短线火车车次很多，随时可以买到票的。她在售票窗口递进钱去，售票员懒懒地问道："要哪趟车，去哪里呀？"她不假犹豫地回答道：

　　"要 376 次，去广屏！"

二十

晚上九点十九分，376次列车准点到达广屏。

安心从车站出来，一看到那些熟悉的街道，看到站前广场四周建筑物上那些鳞次栉比争奇斗艳的霓虹灯，心里就有点凄凉。她从上大学开始就在这里生活，她在心理上早已把自己划归为这个城市中永久的一员。所以她此时的凄凉似乎包含了一种被抛弃的主题——这个城市中熟悉和热闹的一切，都离她很远了。她拎着那只不大的箱子，沿着站前广场右侧的马路走了好一段，竟没有找到那个本来闭目塞听也能找到的汽车站。她离开广屏不过半个多月的时间，不知为什么竟有隔世之感。

她顺着马路走了一站地，才找到了下一个汽车站。上车后，要打车票时才发现她本来是想去人民医院的，但在下意识的引导下上的这趟车，却是开往铁军家的。过去那也是她的家，现在不是了，以后也不会是了。

想起这个家她有些难过，眼里有些潮湿，但车上这么多人，不是哭的地方。她克制着不让自己去想这个家，但这个家的每间屋子，每个角落，每件家具，连厨房厕所和阳台上的每个东西，每个摆设，都一一地涌在眼前。她犹豫了一下，还是像往常一样打了回家的票，到站之后下了车，像往常一样往家里走。从公共汽车站到家要穿过楼群中的一条干净的林荫路，路两面栽着高大成材的香叶树，路边的便道上，还种着喷红吐艳的山茶花。绿树和红花使这条路有了浪漫的情调，浪漫使这里一到晚上就蝴蝶般地出现一对一对的情侣，在花木间和路灯下款款而行，哝哝低语。此情此景，无论冬夏。

　　这时正是晚上九点多钟，正是年轻人寻找浪漫的时间。安心提着箱子，看着那些热恋中的男女花前月下，柔情蜜意，心里不禁有几分酸楚。那些在男人的臂弯中扭捏羞涩的女子们，大多数年纪比她还大呢，可她们的样子好像才刚刚尝到了异性相吸的神秘和美好。而她呢，她还不到二十二岁，就什么都经历了，什么都过去了。现在，她提着箱子，穿过这条林荫路，往家走，那感觉有点像往常每次从南德回广屏，下了火车提着箱子往家走的模样。那感觉越逼真、越强烈，她越要告诫自己：都过去了。

　　到了家，她站在楼门前往上看，她家住五楼，她找了一会儿，找到了那个曾经属于她和铁军的窗口。不知是家里没人还是拉着窗帘，那窗子黑着。楼门口很清静，无人进出。她站在暗影里仰着脸看了好一会儿，才低了头，又拖着箱子往回走，依然沿着那条风花雪月的林荫路，往公共汽车站那边走回去。

　　她倒了两趟公共汽车，在晚上十点半钟左右，到了广屏市人民医院。

广屏市人民医院是她非常熟悉的地方，两年以前她在这里陪护她的老校长直至他入土为安。两年前也是在这里，她开始了她的初恋。而两年后的今天，在这个孤单的夜晚，还是在这里，她要和她的爱人张铁军见上最后的一面，她要向始于此地的这场爱情做最后的告别。

她走到医院那熟悉的大门前，从大门进去，进了夜间急诊的楼区。楼区里散落着不少夜间就诊的病人，而医护人员看上去却寥寥无几。她穿过急诊部的一个隐蔽的小门继续往里面走，一路穿门过扉熟如自家的后院。终于，她找到了一幢独立的小楼，小楼的门前灯黑着，无人把守。她走进去，从安全楼梯往地下室走。两年以前她就来过这里，这地下室就是广屏市人民医院的太平间。

下到地下室看到了一个正在一把椅子上瞌睡的警卫，她摇醒那个年轻人，问他管太平间的李师傅在不在。小伙子醒来吓了一跳，大张着 O 形的嘴半天说不出话来。大概再胆大的人在太平间这种地方值更守夜都免不了做一些阴风惨惨的鬼梦，这小伙子一睁眼迷迷糊糊看见一位妙龄女子飘然而至站在面前，想必当作了梦中的女鬼，他那目瞪口呆的样子看上去已魂飞魄散。安心两年前认识的那位李师傅，因为在太平间工作了三十年，自称已不怕鬼了，和鬼相安无事三十年。有一次他在医院的食堂里和安心同桌吃饭，就告诉安心鬼魂并不可怕。鬼魂其实都是最善良的，夜里出来也是因为多愁善感，你不怕、不理，便没事的。

那值更的小伙子可能是新来的，还未具备敬鬼神而远之的修养，目瞪口呆了好一会儿，才颤巍巍地透出一口气来，问道："……你是谁？"

安心重复了一句："李师傅在吗？我找他有事。"

小子战战抖抖地说："他不在，他明天早上来。"

安心问："早上几点？"

小伙子喘了口气，有了些镇定，声音也平稳多了，他说："你真把我吓死了，你怎么进来的？"又说："李师傅早上六点以后才来呢，明天七点就有家属要来穿衣服了，化妆师要来化妆的。"

安心点了头，谢了那小伙子，离开这里又回到了夜间急诊部。她看表，十一点了，离第二天早上六点只有七个小时的时间，她不知道附近多远能找到便宜些的旅馆。想了想，索性就在候诊的走廊上找了个空着的长椅，把箱子放在长椅上，然后她坐下来，闭上眼，等着天明。

周围都是自顾不暇的病人，医护人员少得见不到面，她半睡半醒地坐在这里，反正也没人管。

七个小时之后她再次来到后面的那幢小楼，在太平间门口见到了那位李师傅。李师傅认了一会儿才认出她来，他还记得她，也知道张铁军就是三年前公安专科张校长的儿子。老头儿说："记得记得，怎么不记得，咱们还在一起吃饭聊过天呢，那你现在和张铁军是什么关系？爱人？"老头儿有点惊奇。接着做出同情的神态："啊，你们结婚啦，啊，啊……今天遗体告别对吧。你来得这么早，就来你一个人？"

安心说："我今天有急事要走，遗体告别参加不上了。我走以前想最后再看看他，和他告个别，行吗？"

安心说"告别"两个字时眼圈已经红了。李师傅干这种与死人为伴的工作很多年了，善心是第一位的。他看看安心手上的箱子，连忙说"行的行的"，然后马上掏钥匙打开了太平间的门。安心终于见到铁军了，刚刚从冷藏室里拉出来，人的样子有点变形。但安心还是抱了他，这是她的爱人。她的几滴滚热的眼泪，滴在铁军冰冷的脸上，她知道这几滴微不足道的热泪已经化不开那冰冷的面容。眼泪只是她的忏悔，铁军是因为她的错误而死的，她必须为此忏悔一生。

除了忏悔，那眼泪还代表了她此时的孤独！她知道，在和铁军就此永别之后，她就成了一个孤苦伶仃的人。她要独自去一个陌生的地方，投奔一群陌生的人，再也没有铁军的关切、惦念和叮咛，而这些关切、惦念和叮咛，是以前时时都在身边的东西，现在对她来说竟是那样遥不可及。

她轻轻地摸着铁军的面孔，她有很多话想跟他说，她觉得铁军仍然是能够和她交流的。她用只有自己听得见的声音向他轻声耳语："铁军，我走了，我现在只有一个人了，我有点害怕！你能再为我祝福一次吗？你还愿意再为我祝福一次吗？"她静下来倾听着，她心里果真听到了铁军的声音，那声音让她哭出声来。她哭着说："我听见了，我也祝福你，铁军！"

她把她胸前挂着的那枚玉石观音摘下来，放到了铁军的枕边。那是母亲对她的保佑，也是她对铁军的保佑，她想就让那块玉石代表她，代表她永远地留在铁军的身边，保佑他的灵魂，安然升天吧。

放好玉石，她轻吻了铁军紧闭的嘴唇，那嘴唇像铁一样坚硬，像铁一样冰冷。那坚硬冰冷的感觉后来很久很久，一直还留在安心的唇上。

安心直起身来，她的目光和站在一边的李师傅相遇，李师傅的脸上，惊奇和感动都有。他在这里工作了三十年，大概从未见过这样的诀别，一时有些发愣，直到安心说"谢谢你了李师傅"，才如梦方醒。他走过来，动手帮安心把铁军的遗体推回到冷冻格内。这时他看到了铁军枕边安放着的那只玉观音。

"李师傅，我想拜托您一件事，等一会儿他们给他穿完衣服，您把这个放在他的衣服里，行吗？"

李师傅的目光在那玉观音上摩挲了一下，移向安心，他冲安心点了一下头："你放心好了。"

安心向他深深地鞠了一躬。

天已大白。

安心提着箱子离开医院，没再盘桓，没再逗留，她知道从现在起，她已经不属于广屏。她乘了一部公共汽车，直接去了广屏火车站，买了广屏至北邱的车票。当一列火车载着她开出广屏的时候，红彤彤的太阳才刚刚在这个城市的无数高楼大厦之间升了起来。

在她离开医院也许不到十分钟的工夫，广屏市委宣传部铁军治丧小组的几个工作人员和铁军家的两个亲戚，就扶着铁军的母亲来到人民医院的太平间。和他们一起来的还有专门从广屏革命公墓请来的化妆师。铁军母亲带着她为儿子买的一套崭新的西服和衬衫，她说她要像儿子小时候每天起床那样，亲手为他穿上衣服。

上午九点，张铁军的遗体告别仪式在广屏市人民医院第一告别室举行。据说到场的人非常多,单从人数上看,不亚于一个局长的规模;据说前来表示悼念的领导人物也不算少,级别最高的是广屏市人大的邢副主任和他的夫人;据说铁军的母亲克制了自己的哭泣,表现得相当坚强,令在场的所有人对这位母亲的人格意志都感到无比的惊讶和由衷的钦佩。

告别仪式之后,铁军的遗体被送到广屏革命公墓,在熊熊炉火中化为一抔青灰。铁军的母亲不顾大家劝阻,一直到火化结束她亲眼看到和亲手摸到了儿子的骨灰之后,才离开公墓回家。她对送她回来的人说她很累了要睡一会儿,赶走了本来执意要陪着她的两位亲戚。等到家里只剩下她一个人了,她才走进自己的卧室,关好门,伏在床上,出声地恸哭起来。这时候,从时间上算,安心乘坐的火车已经接近到达北邱。

所有这些关于安心、铁军、他们各自的父母、他们各自的工作以及他们的同事和仇敌的故事,先是出自安心本人的叙述,再经过我后来的耳闻及目睹,最终完成于我的想象和推测。故事的细节和人物的心迹通常是不难想象和推测的,何况我后来跟安心一起去过北邱和南德,我亲眼看到并且亲身游历了这个故事发生的那些地点,感受了历史和人文的背景。这背景表面上在这地方平淡无奇,甚至无影无形,但对故事发生的原因和它的结局意义深远。

在这些地点中,我以前唯独没有去过的,便是清绵。清绵不是那些情节演绎的主要空间,它在这些故事中的作用,更像我刚刚说到的背景。对,它是背景,是这段故事的主人公灵魂中的气质之源。

安心和我说得最多的,也是清绵。每个人都会对自己的故乡和童年保留着人本主义的偏爱和思恋。清绵作为古哀牢国的后屏，历史上也是一个人杰地灵、兵家必争的要冲，历经了千年的沧桑变化，如今反倒相对闭塞起来。我在那张从火车站前的杂货店里买来的旅游指南上，看到清绵悠久的历史被几句话简单地概括，更加深了我对这里怀有的神秘感。旅游指南上重点介绍的名胜，是一段古城遗址，是清绵唯一残存的汉唐古迹。而文字简介中只说到清绵拓城于汉，汉武帝徙吕不韦宗族后代之于此，设不韦县，以"彰其先人恶"。到明代才改称青绵，民国时再改为清绵，如此而已。

我向火车站前那位小店的老板打听了方向，去安心家正好要穿过那段残存的城郭。去那城郭先要走一条数十米长的索桥，涉过激流滚滚的清绵江。在穿越索桥时我举目四望，四周的山和脚下的水仿佛都没有声响。见不到一个人迹。天上有一团棉花般的白云，闲散地浮搁在对面的山头。这里真是一个幽静的仙境，感觉上离外界凡尘的喧嚣已经很远很远。

过了桥再走一刻钟，就看到清绵县的街市了。街市上以古旧建筑居多，但看上去只有把口的那座城门才是真正的古迹。这古城残址比我先前的预想还要完整，虽然大部分城墙已不复存在，但城门和箭楼仍然临风而立，岁月依稀，风韵宛然，成为这清绵县的一处最为显目的标志。

清绵的县城实际上是两块巨岩夹峙的一个隘口，太阳这时早已升起，但形同深谷的县城还笼罩在一片深沉的阴影之中。这阴影使整个县城尚未苏醒，商店大都没有开张，街上少有行人。我走近古城的城门，看到前设一碑，上有古城简介，显为今人所书："此城建于西汉元封二年，城周七里，高三丈五尺，深一丈，设六门，……改建于清乾隆五年，知县袁宏野就地取材，修残补阙……"我穿过城门时，果然发现每块城砖之上，都隐约烧有"乾隆甲午知县袁造"字样。这些墨迹犹存的字体让我体味到整个清绵文化历史的丰富姿采，进而也对生自于斯的安心增添了某些微妙的了解。

除清绵以外，安心的所到之处，我后来大都走遍了。连最不重要的北邱，这个从情节上说即使忽略也无伤梗概的县级城市，我都做过短暂的逗留。安心在这里工作生活总共不过百日，她就住在建材公司的一间集体宿舍里，和几个专司切割大理石的女工住在一起。那些女工只知道这位何燕红是从保山那边调过来的，大概是公司里一个头头的朋友的孩子。她们都拿她当小孩子。公司里的人都以为她是个小孩子，就像我当初在京师跆拳道馆训练厅里见到她时一样。她的形象给人的感觉就是一个刚刚离开父母还迷恋于追星和吃零食的少女。在周围人的眼里，她和那种少女唯一不同的是，不爱说笑，不太合群，每天只是独自一人低头往返于宿舍与办公室之间，生活单调，兴趣枯燥。这样自我封闭的女孩子，无论是她对别人还是别人对她，都不会有任何飞短流长的口舌是非和闲言碎语。

她上班的地方就在宿舍前边的一座百米之遥的小院内，她的工作是在公司的销售部里当统计员。没错，正如南德市公安局政治处的同志告诉她的那样，这个公司效益好，工资高，她每月挣的钱连工资带奖金带饭费，据说每人都会有年终分红，比她在缉毒大队当实习警司还要多个一百多块呢。

工作简单，生活安定，收入不错，尽管有些寂寞，但此时的安心和一年多以前刚到南德时的安心相比，完全不同了。她刚刚经历了一场生死搏杀和生离死别，她需要孤独，需要安静，她不想和任何人过从密切，不需要向任何人倾诉，不需要任何娱乐和朋友。她只想这样静静地生活，这样生活挺好。但是，这段安静得在外人看来几乎过于枯燥的生活并没有持续太久，在安心来到北邱落户刚满三个月零六天的那个早晨，她向她所在的建材公司销售部递交了一份内容简单的辞职报告，并且在当天晚上就悄悄地离开了北邱。

走得这样仓促，这样悄无声息，这当然是有什么特别的事情发生了。这种事情说是特别，其实在那些小地方大概很常见，很普通，不值得大惊小怪。那就是：这家建材公司新上任的经理，也就是刚刚禅让了经理职务退身当董事长的公司老板的儿子，在向安心做出多次暗示之后，终于公开地，而且是强硬地，向她求爱了。

在安心眼里，那位董事长的继承人是个典型的花花公子，整日身边美女如云，对那种穷人乍富式的挥霍沾沾自喜。他见了安心之后便发誓从此不近女色，并且，他让安心看见，他说到做到。他已三十多岁，这点毅力至少短期内是拿得出的。就像当初我追安心时那样，他不断地邀她出去吃饭，关心和改善她生活起居的种种条件；比我追安心更方便的是，在遭到谢绝后，他可以用公司领导的身份居高临下地关心她的思想和业务表现，常把她单独叫到经理室去"谈工作"什么的……安心摆脱不开，无处可躲，她唯一的办法，是打电话给老潘。可老潘又能怎么样呢？除了在电话里教她一些办法让她妥善处理之外，别无良策。

老潘教的那些办法太常规了，不过是一般女人拒绝男人的那些语言和方式，或者说，是一般女下属拒绝男上司的一些过时的技巧。这对那位土头土脑、如狼似虎以为有钱就有一切的小地方的大款来说，没用。有用的方法或许只有一个，那就是安心向他坦白自己的身世——结过婚，有孩子，她不是什么保山来的小家碧玉何燕红，而是隐姓埋名被人追杀的缉毒警官安心。只有这样才能把那位阅历浅薄没见过世面的经理吓住，但这方法老潘绝对禁止她用。

这位民营企业的经理是靠世袭财产继承而拥有权力的，这样上台的人一般的特点不外是喜欢大吹大擂、大手大脚而且滥用职权。特别是在人事方面，肯定是个人说了算。在这种私营公司内部，权力的自由度本来就是相当高的。他一句话，就决定把安心从销售部调到总经理室，当公关秘书，负责协助经理应酬客户，并通知她近几天就陪他到大理和昆明出差。私下里还许诺马上任命她担任公司的经理助理，还给她另外找了一处独立的单元住房。就在他把这套两房一厅的住房钥匙放到安心办公桌上的第二天，安心决定辞职并在当天离开了北邱。

她回到了清绵。

她这时心里只想回家，她只想着她的爸爸妈妈和她孩子都在家里等她。

她的家，安心向我描述过，是一幢漂亮的北方宅院式的民居，这是安心的爸爸开作坊最挣钱的时候，加上以前多年行医卖药的积蓄，在原来她家的老屋基址上翻盖的。灰墙青瓦，前廊后厦，重檐藻井，砖雕彩绘……蛮是那么回事的。因为安心的母亲是从山西插队过来的，所以这房子盖得多少有点像祁家大院和乔家大院的风格。

二十　301

当然不是说规模，而是说样式。住在这种古老的宅院里，有一种特别世俗的生活情绪和乐趣。院子里还可养些鸡犬之类，和一般农民经济实用的房子功能不同，安心家养的鸡鸭狗兔，是宠物，是家里的一个气氛。安心常常乐于向我描绘她家小院的这种表面乡俗实则离世的气氛，这种气氛让这幢宅院在我的灵魂深处已经成为一个天境的象征，一个避难的象征，一个世外桃源的象征。那灰调的大房檐，天井般的院落，饱满的月亮门和威严中透露着喜庆的石狮子，统统汇入我的冥想——这座北方的宅院，在一片雄山秀水的背景前，在夕阳的衬托下，在周围传统的云南民居特有的暗红里，在我想象的视线中，如一片海市蜃楼那样，习习生烟。

我就是以这样的情怀想象了安心回家的画面——她在山雾蒙蒙的清晨扛着自己的行李，走进了那个和雾和清晨同样颜色的院落。她看到了黎明即起正在院子里喂鸡的母亲，母亲在惊异地凝视之后，默默无言地拥抱了她，刚刚起来的父亲恰在这时披衣走出房门，看到了终于归来的女儿……

和父母及儿子的团聚对安心来说有一种说不出来的滋味，尤其是隔了三个多月之后再见到她幸存的儿子，说不出来那是一种什么感觉。如果没有这个孩子，她也许不会有那么悲伤的心情，那种悲伤实际上是对孩子的怜悯。现在，孩子只是她一个人的，没有父亲——她在心理上从未把毛杰当成孩子的父亲。她总是猜测没有父亲的孩子该是多么可怜。怜悯常常能唤起巨大的爱心，她觉得孩子在这个世界上只有她能负起责任。

她给孩子重新起了一个名字，这名字是她母亲的主意，叫安雄。

母亲觉得安这个姓的形象就像屋里待着一个女人，男人姓这个姓很容易给人沉闷软弱的感觉，就像安心的父亲。如果在安姓之后单设一个雄字，便有了阳刚之气。安心也觉得这名字很好，简单，有力。而且，她可以"小熊小熊"地叫她的儿子，小熊成了儿子的小名。"小熊"这两个字给她的感觉是既勇敢又憨态可掬，很适合儿子的样子。后来过了很久，她才听说东北人说"熊"其实是指蠢笨和胆小没用的意思。

因为这个孩子，安心尽量不再去想铁军，铁军和孩子已经无法联结在一起。她发觉这种不能联结在一起甚至还有点对立的爱，对她来说是一种说不出来的痛苦，她现在的神经已经过度疲劳非常脆弱，这种痛苦她心灵上已承载不起。

她和孩子一起，住在父母身边，让心情慢慢平静。这座院子盖好以后她只是偶尔回来住过，还有几分陌生。现在，她每天足不出户，细细地品味着这院子里的每一个角落，摩挲着每一样东西，寻找着自己有家的感觉。更多的时间是陪孩子玩儿，孩子睡了她就守在他的身边，看他睡觉时微皱的眉头。那皱眉的样子使儿子小小的面孔显得心事重重。那表情很像铁军，但五官的形态，还是更像毛杰，尤其是那张小嘴和腮边的酒窝，越看越像毛杰。

其实毛杰的形象在安心的记忆中应该早就变了，变成了毫无表情的一具行尸走肉，那就是她在法庭上最后见到的那个毛杰。这张脸如果毫无表情，再加上他带着毛放半夜突袭枪杀铁军这样一个事实，不用说安心，连我都可以想象，那将是一副多么凶残的面容。

安心在家里住了半个多月，她开始思考自己的未来。尽管她爸爸的中药加工厂早就关门停业，她妈妈的工资收入也微不足道，但家里的生活依然是优越的。这优越是一种感觉，是晨昏起居无不受到关怀呵护的娇惯和安逸，这种娇惯和安逸是自她多年以前离家练道求学和工作之后，就很少享受的。可她一旦享受到父母羽翼下的温暖，她又产生出另外一种焦灼，那就是对未来的茫然。

安心从小的个性、志向，都不可能这么永远地清闲和享乐下去。她爸爸曾劝她留下来跟他学医，把祖传的那点本事传下去。现在这个时代连最传统的中医世家也不再固执那种传儿不传女的陋俗家规了。而且，中医是一个永远的饭碗，这世界再发展，再变化，再不可思议，就算到了农民种地都只用在计算机上敲敲键盘的那一天，中医也不会过时！早晚有一天连外国人也会迷信丹膏丸散，望闻问切！安心的爸爸就坚信，早晚有这么一天的！中医本来就是一门最深的科学。

但母亲不愿意安心留在家里学医。女孩子学医的很少，学出来病人也不信任。母亲也是看多了人文社科一类的书籍，骨子里还是有些理想和抱负的，希望自己的子女能走出家庭，走出闭塞，出门远行。她想让后代走出去倒不是非要她济世达人，只是觉得年轻人总归应该出去见见世面，即便事业无成，也算受了磨炼。母亲坚信，一个青年受没受过磨炼，将来做人的质量肯定是不同的。另外，母亲也想，安心一个人在家带着个孩子，时间长了，左邻右舍乡里乡亲，总不免闲言碎语。她和安心，母女俩都是要面子的人。

再说，女儿痛定之后，总还要择婿嫁人。且不说这小地方的小卜冒母亲没有一个看上的，就是看上了，安心拖着个孩子二婚再嫁，人家要不要呢？凡是小地方的风俗思想，对女人的贞操节烈之事，都看得很重，尤其是云南人，要面子胜于要命。

所以母亲对安心说："妈妈舍不得你走，你在家待一辈子妈妈也养得起你。可你是个大学生，这样待一辈子你会觉得好吗？你还想不想再到广屏这种大城市去？"

母亲问这话时安心默不作声。母亲说："小熊你放心，我可以帮你带着，你别担心孩子拖累你。"

安心依然默不作声。到了晚上，睡觉的时候，她才对母亲说："妈，我要是走，就离开云南，到更远的地方去，而且，我要带上孩子，孩子应该和妈妈在一起。"

在母女进行这场沟通的第七天，安心背上了简单的行囊，揣上爸爸妈妈手中能够拼凑出来的全部三千五百元现钱，怀抱着睡熟后便一脸心事的儿子，登上了一列半夜在清绵短暂停靠的火车。这列火车在第二天的上午，拉着安心母子，开进了雾气弥漫的广屏。

安心在广屏下了火车。她从车站直接去了广屏革命公墓。她不知道她此生何时还能再来广屏，她此番出门远行也许将一去不返，所以她要再来看一眼铁军。

她在公墓工作人员的引领下，很快找到了存放在这里的铁军的骨灰。她在公墓的管理处买了两束鲜花，放进铁军的骨灰安放柜里，心里默默地说了辞行的话。她没有哭。尽管，这是第一个给予她幸福家庭的人，是她曾寄托了自己未来梦想的人。尽管由于这个人的离去，她的生活将变得孤单无助，前途也渺茫难料，但她只能一个人接着往前走，因为她还要养大她的孩子。

所以她不能让悲伤压倒，她不能永远哭哭啼啼！

她离开公墓的时候，一位工作人员查问了她的姓名，之后给了她一个电话号码，说有个人请他们在安心来扫墓的时候把这电话号码转交给她，希望安心和他联系。

安心看了那个电话号码，和写在那号码下面的一个名字，那名字叫李全富，从字到音都很陌生。

一个小时之后，在市区一个僻静的小吃店里，在一壶清茶的两边，她和这位李全富见了面。一见面她就认识了，这是在人民医院太平间工作的李师傅。

他们面对面坐下来，没有太多寒暄，李师傅从怀里拿出一样东西，摆在桌面。安心一看，什么都明白了。刚才与铁军告别时没有掉下的眼泪，这时扑簌簌地掉下来了。

是那枚玉观音。

李师傅喝了一口茶，只说了一句："他家里人，不同意他带这个走。"

安心拿起那枚玉观音，放在手里抚摸，那上面一根细细的红绳，依然崭新如初。她说："麻烦您了，李师傅。"

李师傅看看她怀里的孩子，放在地上的箱子，问道："你这是要出门去？"

安心说："对，我要到很远很远的地方去，我再也不会回到广屏来了。"

安心确实是这样想的：她再也不会回到广屏来了。

这一天的下午，在小吃店和那位好心负责的李师傅分了手，安心再次登上一列北上的火车，开始了她执意经历的真正的旅途。在三天三夜拥挤嘈杂和疲惫不眠的跋涉之后，在一个阴雨连绵的清晨，她到达了北京。

北京，一个令她向往、仰慕和印象深刻的城市，这里曾经有她永远不会忘掉的蜜月之旅。她不奢望北京能给她什么成就和事业，像她这样一个身份不详、来历不清、学无专长、拖儿带女的外地人，即便能在这种人才济济的国际化大都会里勉强安身，也肯定无法立命。她来北京只是因为北京和她之间的距离，无论从哪方面说，都足够遥远。她只要在这里有个立锥之地，生存一时，她相信自己就会忘掉过去，就会得到脱胎换骨的蜕变。所以，北京对她的意义是一种大隐隐于市的躲避，同时，北京也能让她改头换面，也能重新给她另一种生活的激情。

她来北京还有另外一个原因，就是她突然想起在这儿还有一个熟人。这个熟人是武警跆拳道队的一位按摩师，以前在保山地区体校跆拳道队当过她的体能教练的那个老头儿。

她上次来北京度蜜月时到武警跆拳道训练队的驻地去看望过她的这位老师，她还有印象那地方在西单附近的一条街上。她到北京之后先在丰台区一个半城半乡的河边上找了一处六七平方米的农民房，每月八百元钱还包括房东帮她看孩子。安顿了住处和孩子之后，她就跑到西单那一带去找，地址丢了但记忆还在。可她到了西单以后没想到西单全变了，有了很多新建筑，有了过去没有的大片的绿地，路也变宽了。她站在街口，有点找不着北。她三找两找到处打听，终于打听到那个训练馆早就搬了，搬得不知去向。她又辗转找了三天，快绝望的时候才找到武警跆拳道队的新址。她在那幢崭新的训练馆里找到了一位认识这位老教练的年轻教练，年轻教练告诉她她要找的那个按摩师已经不在这儿干了，"他得了癌症让他儿子接走了，现在可能还住在安贞医院呢。安贞医院就在安贞桥那边，你坐出租车的话司机都知道"。其实安心肯定是坐不起出租车的，她打听了路线连步行带坐公共汽车走了将近两个小时才找到了安贞医院，在三楼拐角的一间拥挤的病房里看到了那位垂死的老教练。她跑到医院来显然已经不可能再求老教练帮她找什么工作，她来仅仅是为了看望他一眼，为了尽一点师徒的情分。

老教练的状况还好，还能跟她说话。甚至，还能用手写字。他居然颤巍巍地为安心写了一封短信。信是写给他一个学生的，他的学生也在一个跆拳道馆当按摩师。信上说他快死了，临死前再托他一事，就是帮他一个干孙女找份工作。他把这信叠好交给安心的时候，安心掉了眼泪，她这一刻突然觉得她还是很幸运的，她这一生中遇到了太多的好人。

安心走出医院，站在街边，在连天阴雨后猛然露面的炫目的阳光下，展开了那封说不定将成为绝笔的恳托信。那信的底部写着一个歪歪扭扭笔画变形的地址，还写着可以抵达那个地址的公共汽车的线路。

她乘了那路公共汽车，找到了那个地方。那是一个用大铁门关起的大院子，院子里还有楼。铁门的一侧挂着一个竖匾，上书：京师业余体育运动学校；还挂着一个方牌，上书：京师跆拳道俱乐部。

两个月之后，在一个阳光明媚的下午，安心拎着一把墩布在京师跆拳道俱乐部训练厅的窗下走过，从高高的窗外斜射进来的日光像雾一样笼罩了她的全身，渲染出一片幻境般的朦胧。在窗户的对面，刚刚集合列队的一批初来乍到的学员，用快意的目光追随着她的形影，其中就包括我和刘明浩肆无忌惮的眼睛。

二十一

　　我第一次在京师体校跆拳道馆的训练大厅里看到安心的一年之后，也就是在我和钟宁分道扬镳的一周之后，我把安心以及她可爱的儿子小熊接到了我的家里，开始了我们的同居生活。

　　这次和安心同居与上次我崴了脚无赖似的硬逼她住下来伺候我的那次完全不同，这次和安心正式地住在一起，几乎像是我们的一个共同的宣言，是我们双方都经过深思熟虑的一个自觉的选择，是一个舍此便得不到更有力表达的对对方的承认，是一个能让我们得到彼此的安慰、爱抚和依靠的方式。这样的生活让我意识到自己的责任和义务，让我突然间变得像一个大人那样老成起来。

　　每天早上，安心会早早地起床，为我们做饭，我起来帮小熊穿衣服，和他咿呀学语地说话。然后，我们一起吃早饭，吃完早饭先不收拾桌子，把锅碗瓢盆和残羹剩饭留到晚上再说。安心匆匆赶到三环家具城去上班，我和她同路，带着小熊到家具城附近的一个居民楼里，把孩子交给他的"奶奶"——一个儿女在外膝下荒凉特别慈善的老太太。那老太太为我们看孩子收费低廉，主要是图个孩子和她做伴儿得些晚年的快乐，就是我们不给钱让她白看她都愿意，但不给钱我们心里也过意不去。

每天送完孩子，我就出去找工作。我必须工作！因为我要养活安心和她的孩子。当一个你爱的人需要你时你会觉得非常充实和带劲儿，那是一件能让你激动不已的事情。这和我过去对工作的看法和心情截然不同。过去我曾习惯于无所事事，也曾渴望过出类拔萃，但无论哪一种都不及现在的感觉来得高尚。

开始时我并不知道找工作从心理上说就是一个自尊心被反复折磨摧残的过程。我相貌英俊，有大学文凭，口才经过一些锻炼，也见过一点世面，求职面试时基本上能做到落落大方，举止有度，不会有脸红见生、口齿木讷的情形发生。我原以为，以我这种条件，即便不是商家必争之才，也不会没人待见找不到事做，因此不免踌躇满志。跑了几家公司才知道，现在缺的只是计算机软件工程师、高级财务、金融工商管理等屈指可数的那几类专业人才，哪儿都缺。像我这种专业不热，空有一张文凭的大学生只能算一般性人才。一般性人才可就太多了，哪儿都淤了。如果没有熟人提携，我自以为得意的那点学历和优点，在人家眼里，其实狗屁都不是。

在找工作的过程中，我不断降格以求，甚至还到一家电脑公司去干了几天"蓝领"，就是整天搬运那些死沉死沉的电脑。对外说起来是这家电脑公司供应部的管理员，但每天干的都是纯体力活儿。后来我发现搬电脑和搬白菜搬大米搬木头之类的工作其实差不多，性质上没什么区别。我干了三天看出来他们需要的也就是一个劳动力，便当机立断把这家公司给炒了。时代变了，前些年总说搞导弹的不如卖鸡蛋的挣钱多，学电脑的不如酱猪头的发得快，现在被颠倒的历史终于被颠倒过来了，卖体力的怎么也不如卖脑力的更来钱！

我不得不去找过去在国宁公司工作时认识的一些关系，找了两家马上停下来。这些公司都是拿国宁当大客户捧着的，都知道我跟钟家之间发生了怎样的恩怨纠葛，都知道我是傍了钟家小妹又跟另一个女人偷情瞎搞，结果让钟家给一脚踢出来的傻×。我在这些人眼里的形象是个活该倒霉的可怜虫，不值得同情。而且对我这种是是非非、不清不洁的人物大家避之唯恐不及，我倒贴钱白干人家都不一定要我。

我找不到任何可以帮助我的人。包括刘明浩，也包括我爸。刘明浩我呼过他三次，不回；打他手机，接电话的是一女的，外地口音，我一听就是刘明浩廉价雇的那个小秘书，问了半天你是谁，我说了我是谁她马上就说刘总不在，出差去了。我知道刘明浩就在边上，能感觉到的。我本来想说：你叫他回来呼我。但想想还是算了，何必呢。

我去找我爸，可我一看我爸那丧魂落魄的样儿我什么也不能说了。我爸在我辞职不久，也被国宁公司解聘，理由是江苏籍民工和河南籍民工在工地上打架。打架的事儿其实根本扯不上我爸一点责任，说管理不严也该找那帮建筑公司的人说去。但我爸没有申诉，谁不明白这不过是欲加之罪，反正是要炒了你说什么都成。我爸虽然老了但这点眼神儿还是有的。他一点不恨钟宁和钟国庆，他恨的是我。

安心也找不到任何可以帮助她的人，她在北京唯一的故旧，她的那位启蒙教练得了癌症，半年前终于不治，死在医院里了。她每月从家具厂拿两百元底薪，其余的就全靠销售提成。卖得好到月底能提个八九百，最高一个月提了两千六，卖不好提个三五百就不错了。提两千六那个月安心还寄了一千五百块钱给潘队长。上次小熊得急病高烧不退，老潘恰巧到北京出差，把随身带的一千元差旅费全垫上才勉强让孩子先住上了医院，这也就是我在京师体校路口看到安心向老潘掉眼泪那个晚上的事儿。后来老潘又寄了五千元给我，还了安心向我借去的那笔医药费。那五千元中有三千元是缉毒大队给局里打报告为安心申请特批的补助，另两千元是老潘、老钱，还有队里其他一些同志凑的。安心一直就没还上。

我和安心的同居生活，从一开始就充满了坎坷与艰难，而这也是我们共同度过的最快乐最激情的一段日子。在那些日子里，我们从相爱中得到力量，感受幸福。无论多么不顺，从不抱怨对方。每天早上分手时，都彼此鼓励，我们的信念就是我们都为对方而活着，而努力，因而精神上倍加充实。白天，我们无论遇到什么困难和不快，都会想到我们有一个共同的家，都会盼望夜幕降临早早回到自己的小窝中。每天晚上，我们彼此依靠着，坐在沙发前的地毯上，看着在沙发上睡去的孩子。为了节省电费我们关了灯，不开电视，就这样坐着轻声交谈。有时什么话都不说，只是默默地坐着，安心把头枕在我的腿上，我们互相触摸着对方的身体，心里就充满了幸福和安宁，充满了以前从来没感受过的高尚和纯洁，还有那么一点点悲壮。

如果不算孩子的花费，那一段我们一个月的伙食费总是控制在两百元以内，我们常常靠吃咸菜度日。安心说这种苦日子她反正过惯了，"可杨瑞你吃惯了山珍海味，一下子没营养了怎么能行"。我说：
"没事儿，我身体底子好，我以前就这么瘦，跟营养没关系。"那一段
粗茶淡饭我倒没觉得营养跟不上，晚上几乎天天不落地和安心做爱。
我以前要是喜欢哪个女孩儿，那肯定是还没跟她上过床呢，一旦上
过床了对这人也就淡了，甚至就烦了。我不知为什么竟能对安心的
身体有如此经久不衰的迷恋。

我们每天做爱，我们的做爱因为彼此已经完全了解所以能够尽
情尽兴，每次都特别和谐完美、充分满足、质量极高，只是需要压
抑着声音尽量不吵醒孩子。我充分体会和理解到精神快感在性爱中
的独特作用，我明白了没有爱的性交所得到的那种快感与我们现在
每夜所感受到的高潮简直无法比拟。这种心灵的享受是我过去在花
花公子的时期绝对体验不到的。

在以后的一段时间里，我因为总也找不到比较适合的工作，只
好拉下脸面再去干一些体力活儿。后来连搬运电脑这种工作都过这村
没这店了。我后来到出版社搬过书，到副食品批发站搬过饮料和啤
酒，到供电局搬过电缆……总之我需要挣钱！我需要每天精疲力尽、
面色苍白、一身灰土地回到家让安心从心眼儿里疼我！

那时候我心里头如果没有疼，没有爱，没有被疼和被爱的感动，
我肯定不会在这样的苦难中坚持。脏和累还不是主要的，主要的是
那种因为工作无着无落的焦急不安和外地民工似的低贱感。有一次
我往一个名叫"星期五"的餐厅送啤酒，在门口碰上了过去追过我的
一个女孩儿，她正一身名牌地和一帮时髦男女过来吃饭，见了我这
样子都认不出来了。"哟，这不是杨瑞吗，你怎么这德行了？"我都听

不出她的口气是属于真诚还是调侃，"我听说你辞职了，怎么着，是不是现在做上啤酒的生意了，还是在这儿体验生活呢?"

我笑笑，毫不回避地接应着她和她那帮朋友上下打量的目光，我说："没有，是生活体验我呢。"

没错，是生活体验我呢，看我还有什么不能承受的，是累、饥饿、失落感，还是面子。这些我都挺过来了。尽管我和安心对待这种生活心理上还是不同的，她比较自然，安贫乐道，没有受难感，有一点好事便真的觉得开心幸福，而我始终觉得这一切都是暂时的，我还有出头之日。这一切不能预料也从未经历的苦难和艰辛，都是上帝对我们这场爱情的磨砺和考验!

在这段刻骨铭心的生活中，最难渡过的一个关口就是孩子病了，和上次一样，又是高烧不退。我们半夜三更抱着他去医院急诊，诊断出高烧的原因也和上次一样，是先天性的胸膜炎发作。医生说孩子得住院治疗。和上次一样，住院押金最少三千，少了不收。我和安心束手无策，情急之下，万般无奈，我一跺脚，拉着安心抱着孩子就坐车到团结湖找我爸去了。

我和钟宁分手之后，我和我爸只见过一次，吵了一架之后不欢而散。我爸那次喝了几口闷酒气急败坏说了些伤我人格的话，还辱骂安心，我当时差点发誓从此再也不来见他。可现在安心的孩子病成这样，安心急得光剩下掉泪的份儿，我作为她的男人，只有放下脸面、放下自尊、屈膝俯首再次去敲我爸的家门。

我们坐车到了团结湖，我本想让安心和孩子在外面等我，但那天下了雨，他们在外面没地方待。再说我也担心我爸就是有钱也不借我，索性让安心抱着小熊一起上楼，我想让我爸看看这孩子都病成什么样了。

但是一敲开门我的心就寒了一半，我爸又喝酒了，半醉不醉的。这是他第一次见到安心，先是发了愣，没反应过来这个抱着孩子的女人是谁。我说："爸，这是安心，她孩子病得不行了，您能不能帮帮我们？"

我爸脸涨红了，他不知是气坏了还是喝多了，那张脸不仅红着而且歪着，他的口齿含混不清但声音特大，发泄着积蓄已久的恶气。

"我帮你们，谁帮我呀？杨瑞你还是我儿子吗？你爸爸现在没工作没饭吃了你管不管，我就这么一点退休金，我连窝头都快吃不上了，你年轻力壮的还来咔哧我，你让街坊四邻听见还不得把你骂死！"

我压着火，我忍着气，我说："爸，这孩子得了急性胸膜炎，要不赶紧治有生命危险，您就帮帮我们，救救他吧。"

我爸看也不看孩子一眼，也不看安心一眼，但他指着他们，冲我嚷嚷："这是谁的孩子，是你的吗？是咱们老杨家的孩子吗？啊！连你现在都不像是老杨家的人了，老杨家的人干不出这种事儿来！"

我终于急了，也抬起了嗓门儿："我干什么事儿了？我干的事没什么丢人的！"

"你不觉得丢人是吧，你不觉得丢人我觉得丢人，我丢死人啦我！人家都说这女的不是正经东西不是正经东西，你不是不信吗，不信怎么就冒出这么一个孩子来？你说不是你的，不是你的你整天抱着到处转悠什么！你是越腥越往身上蹭，蹭了一身还往家里给我带。那孩子不是你的你也有脸往家里带，你真是不觉得丢人啊？我都丢死人啦！我他妈丢不起这份人！你赶快领着他们给我滚！"

我真是气急了，冲上去揪住我爸，我那样子大概像是要拼命了，但我除了喊叫一声"你说什么你"之外，什么话也说不出来。安心一手抱着孩子，一手拽我，她急得直喊："杨瑞，你松手！他是你爸，你松手杨瑞！"

我松了手，我爸顺势一巴掌过来，抽在我的脸上，同时大喊大叫："你他妈不是我的儿子，你为个女人你敢打你爸爸！你这是畜生！"

我的眼泪夺眶而出，我全身颤抖地扭身跑出了门，跑出了这个我从小在这儿长大的屋子。

安心跟着我跑出来，我们的身后还响着我爸失去理智的叫喊："你有骨气就别回来，我不认你这个儿子，你也没我这个爸爸，算他妈我白养了你二十年，白养了你二十年！"

我跑到了街上，雨水把脸上的眼泪打散了，但眼泪还是不断地涌上来，模糊了我的视线。雨中的街道、车辆和行人，全都像罩在厚厚的玻璃罩子里，影影绰绰，模糊不清。安心追出来了，她一手撑着雨伞，一手抱着孩子，在雨中艰难地追过来。我站在403路公共汽车站空无一人的遮阳篷下，全身湿透地拧着头，不想让她看见我的眼泪。安心过来了，依然机械地撑着那只红色的布伞，她说："杨瑞，你为我跟你爸爸这样，我心里特别难受，要知道他是你爸爸，生你养你二十年了，可我，我什么都不是。我和这孩子，我们什么都不是……"

我转过身，抱住她，我抱住她和她怀里两眼无神、身子发烫的小熊。那红红的雨伞从我们的头上一歪，滑落下来，我们谁也没去拾它。我紧紧地抱着他们，不说任何话。一辆403路公共汽车进了站，从上面下来几个人，然后车门关上，开走了。我仍然紧紧地抱着安心和孩子，我把我的脸贴在她的肩头上，我能感到她肩头上微微的抽搐：

"我早说过，我是一只狐狸精，无论哪个男人要了我，都要倒霉的。"

我用力地搂着她，在越来越大的暴雨中，我说："我就是要你，我也要这孩子，我不会倒霉的，我们都不会倒霉的！我们以后一定会幸福的！比他们过得都幸福！"

这也是一个小时后，我在医院里向医生表达的意思——孩子是我的！我把我的身份证和安心的身份证都拿出来交给医生，我说："孩子也是国家的，你们不能见死不救。我把证件都压在这儿，你们先让孩子住院行不行，我会把押金给你们送来的！"

医生是个三十多岁的女子，她看看我，又看看安心，大概我们的样子还都不像个大人，不像是父母。她怀疑地问："你是孩子的爸爸？你姓杨，小孩儿怎么姓安？……噢，是跟妈妈的姓。"她看一眼安心，安心和孩子挺像的。她说："按说我们是无权押你们身份证的。这样吧，我去跟住院部商量一下，你们先带孩子到治疗室打点滴去，能不能住院待一会儿再说。打点滴的钱你们先交上吧。"

我和安心互相看看，我对安心说："先让孩子打吧，我马上取钱去。"

我转身向门外走去，安心叫住我，她当着医生不敢放大声音，茫然地问道："杨瑞，你到哪儿去取？"

我也不知道我到哪儿去取，我说："找人吧。"

医生开了单子，并亲自带着安心和孩子，到治疗室去，交代治疗室的人先把针打上。因为按规定单子上没有"现金收讫"的图章那针治疗室不给打。

我又回到了雨里，我打着那把旧得掉了色的红伞，站在雨里发呆，我想不出我能到哪儿去！

我还是去找了刘明浩。

我没打电话，直接到了方庄，找到他家去了。我想他要不在家，我就在门口等他。

和我希望的一样，刘明浩在家呢。我希望他是昨天晚上泡吧晚了这会儿正在家里睡觉呢。刘明浩以前说过，刮大风下大雨的时候捂着被子睡大觉最舒服了，要是外面下冰雹就更好！

我敲门，他不开，不知是真没醒还是懒得起来，还是从猫眼儿里看见我了装不在家。我耐着心一直敲下去，敲了十分钟之久，敲得周围邻居都打开门看我，敲得我自己都觉得实在没脸了，正要灰心下楼的时候，门开了。

刘明浩衣冠不整，睡眼惺忪，看我全身湿着站在门口，有点尴尬也有点过意不去地愣了。

"杨瑞？你怎么这么早就来了，哟，都快十一点啦，瞧我这一觉睡的……来来来，快进来，你这一阵儿到哪儿发财去了，大家都找不着你了。"

我进了屋，屋里新铺了地毯，我站在门口，不敢进去。就像一个满身是水的乡下人怕弄脏了主人的房间。刘明浩帮我拿拖鞋，说：

"外面雨这么大，你要换换衣服吗？"我就站在门厅，把身上的湿衣服都脱下来，穿上刘明浩扔过来的一条又肥又大的裤衩和一件套头衫，才走进他的客厅。

刘明浩也穿上了一件睡衣，头发睡得歪歪的，和我面对面地在沙发上坐下来，问："怎么样这一段，你是一个人过呢还是和……"

我说："还和安心一块儿呢。"

刘明浩的惊讶一向是表演性的，其实他心里未必惊讶："好家伙，傍的时间不短啦，有四个多月了吧，你和钟宁不是春节后吹的吗？哎哟，有小半年了吧。"

我说："老刘，我现在有个难事，你能借我点钱吗？"

刘明浩大概早就猜出我的来意了，他整天和各路朋友在酒吧和饭馆里混，谁怎么样了他不会不知道的。他说："你急吗，我最近刚做了一笔生意，钱全都压进去了，我现在还借着别人的钱呢。"

我低头，说："挺急的，今天就得要，安心的孩子病了。"

刘明浩顿了一下，说："你跟大哥说个实话，那孩子到底是你的吗？他们都说是，我怎么不信啊，安心是我带你认识的，这也不够月份呀，怎么就出一孩子了？"

我说："不是我的。"

"那你干吗这么上心？"

我半天答不出话来，半天我才说："我爱他们。"

刘明浩直愣，这确实不太像我，不太像他熟悉的那个到处泡妞、到处找乐儿、只要自己开心就好的男孩杨瑞。他看了我一会儿，说："生什么病了，你要多少？"

我说:"住院押金是三千……"

他说:"你现在在哪儿干呢,你们单位总有工会吧,不能帮你预支一点吗?"

我说:"现在工作不好找,我现在干的都是临时的事……"

刘明浩叹口气,说:"我早劝过你杨瑞,你别以为你长得英俊就能挣着钱,就算你英俊,能碰上钟宁这样的女人概率也不是那么高,你非不听我的。我早说过,人不能什么都要,要这个就别要那个。你有了钱,有了事业,就别再要什么爱情,别再贪那口虚的。安心是漂亮,我也喜欢,可好多东西,没有是福!我早说过,英国王妃戴安娜牛 × 不牛 × ?名誉、地位、金钱什么都有了,可她偏偏还想要爱情,结果……"

我没等他说完就站起来,一声不响地往门口走。刘明浩在我身后叫了声:"杨瑞!"我没有应声。他看我沉着面孔在门厅换上我扔在那儿的湿衣服,跟过来,笑笑,说:

"你他妈真是人穷志不短啊……"

我换回我的湿衣服,拉开门,刘明浩说:"在哪个医院啊,我待会儿去。"

刘明浩是下午三点多钟赶到医院的,他替我交了三千元押金,还塞了一千元在我手上。他说:"告诉你,我这可是等于借你八千,我为你把我那股票扔出去了。现在都套牢了,这时候往外扔等于赔了一半儿,我也没别的辙了。你可记着!"

我接了钱。我从心里头,感到我真低贱!

刘明浩看看治疗室里的安心,没和她说话。他拍拍我的肩,说:

"我先走了，过几天我呼你。"

几天之后刘明浩真的呼了我，他约我到团结湖那儿的鹭鹭酒家吃上海菜去。

我就去了。

这家有名的上海菜馆我以前常来，环境不错，菜也便宜。我到的时候刘明浩还没来，我里里外外找了一圈没见着人就站在门口等他。等了半个小时他才打着一辆夏利姗姗而来，见我在门口傻站还埋怨我："你怎么不先进去点上菜，站这儿干什么？"我没说话，跟着他往里走，刘明浩可能忘了我现在身上顶多带二十块钱，我怎么敢在这种地方一个人坐下来点菜！我点了菜万一他不来了可怎么办！

我们进去找了个座儿，刘明浩从小姐手里接过菜单，递给我，说："我最烦点菜了。"

我把菜单又推回去，说："还是你点吧。"我已经很久很久没在外面吃饭了，对点菜也不太习惯。

小姐见我们互相推，趁机给推荐了两个贵菜。刘明浩没要，说那俩菜他都吃过，不好吃。他自己点了几样菜，有红烧狮子头、响油鳝糊、拆烩鱼头什么的，然后又要了啤酒，叫小姐快点儿上，然后，就开始和我聊天。

"我今天找你，还真有个事儿呢。"他说，"你现在还有别的地方住吗？"

我一时没听明白："没有啊，我就住我们家。"

刘明浩有些难于启齿似的："咳，是你爸找我，让我找你，想让你从那房子里搬出去。那不是你爸分的房吗，他现在准备把那房租出去，已经跟下家谈好了。"

我的脸一下子就僵住了，我不是说我爸心太狠，我是觉得在刘明浩面前我已经狼狈得没有了任何尊严——连你亲爹都要把你扫地出门，你还有什么脸面！

刘明浩还替我爸解释："你爸也不容易，他现在要找个挣钱的事儿比你还难呢。不是事儿看不上他，就是他看不上事儿。像什么厂长，项目副总这类事儿，哪儿找去，可找个地方看车守门之类的他又不干，跌不起那个价。他以后也就只能靠他那点退休金过日子了，也是够苦的，如果有个房子能租出去，至少还能维持着正常开支。你爸那人你也知道，小保姆一走生活上也没人照顾他了，他平时又爱喝个酒，钱肯定不够花。"

我压住心里的愤怒和凄凉，这是我亲爹，我无法在外人面前发作。我慢慢地说："老刘，你说，我住哪儿去？"

刘明浩的手指头在桌子上敲着，不说话，敲了一会儿才摇摇头，叹口气，说："也是，你也是没地方去，再说你还有个安心呢，还有个孩子呢。那我回头儿怎么跟你爸说呢？就说你现在一时搬不了？"

我闷头喝着啤酒，说："随你吧，你怎么说都行。你跟他说，他当初跟厂里要这套房也是打着我的名义要的，要是不给我住，他应该把房交回去。"

刘明浩说："现在国有企业也都停止福利分房了，已经分的房子也得由个人买下来。这房你爸要是买了，就是他个人的财产，他有权让你住，也有权让你搬。你又不是未成年人，法律必须特别保护你。我看，你还是自己回家跟你爸说几句软话去，人上了岁数，都是吃软不吃硬的。"

我说:"你告诉他,他有他的权利,他要行使就行使去。他就是把房子硬收了,打官司法院判我搬出来,我也不会活不下去,我住桥洞住马路也不会去求他!你告诉他,我和安心,还有小熊,我们都会好好活下去!"

刘明浩见我激动,顺着我的话接了一句:"没错,咱们且活呢……"他只接了一句"且活呢"就突然刹住了,我估计他本来想说"先死的是他"。可还好他刹住了。不管怎么说,我毕竟是我爸的儿子,不管他怎么对待我,他还是我爸。我觉得我以后一旦有钱了我还是会帮助他赡养他的,安心也会。到那时候看他心里难受不难受!

刘明浩举了杯,跟我碰,调和地说:"我回头儿再去做做你爸的工作,你爸对你肯定还是心疼的,主要是不能接受安心和那孩子。"接下来他转移话题,"哎,你现在要真没事儿干的话,我倒认识一哥们儿,是龙都大饭店洗衣厂的厂长,他们那儿要招个机修工。你不是学矿山机械的吗,你愿意不愿意到他们那儿当个机修工去?机械常识我看大同小异吧。"

那顿饭我们没再说我爸的事,刘明浩也一句不问安心不问小熊,仿佛他们都是不洁之物似的。那顿饭我干下去三碗大米饭,吃得很饱,但有意少吃菜。结账的时候我问刘明浩这么多剩菜可以不可以让我打包带回去。说实话我已经很久没有享受到这样的美味,我特别想让安心和小熊也能分享,人到穷困时的想法往往就是如此的简单和直白。刘明浩连忙说没问题没问题,并且主动招呼服务员拿打包盒来。还问我要不要再点两个菜一块儿带上,我说不用不用。

那天晚上我兴高采烈带着那些剩菜回家，满心希望安心下了班还没吃饭。我到家时安心已经回来了，她说她已经吃过了，是在下班去医院看小熊的路上吃了一个馒头已经饱了。我到厨房看了一下，还有半个剩馒头，我坚持把菜热了让她再吃一点，她就吃了。我坐在她对面看她吃菜时那认真咀嚼的样子我心里好舒服。我说："你还记得我以前请你吃饭你老跟我装孙子吗？"她塞了一口菜抬头冲我眨巴眼："我怎么装孙子啦？"我说："那时候你可拿搪呢，装着不沾男人一点便宜的样子你忘啦。"她不知是真忘了还是装傻，说："什么呀，我记得我一上来就是跟你借钱你还挺不愿意的，你当时说的那些话我听了差点没跳河去。"我笑着问："怎么没跳啊？"安心又严肃起来，说："我跳河了小熊怎么办？"

我沉默了一会儿，说："你吃不完的话，明天要不要给小熊也带点去？"见她马上放筷子，我又说："你吃你吃，小熊那么小能吃多少。"

安心还是把菜都收起来了，并且小心地并在一个铝制的饭盒里。我们因为省电早把冰箱停了。安心在厨房放了半盆冷水，把那铝饭盒放进去镇上。她说："我这辈子对孩子再好也还是亏欠了他，我永远都是亏欠他的。"

我说："你一点都不亏欠他，你都救了他好几次了，你还欠他什么？"

安心半天没说话，突然说："他这么小，就没父亲。他长大了问我，我怎么说？"

我说："你就照实说呗，那有什么。"

安心叹口气，她那张还是小女孩一样的脸上，仿佛已有了些老气横秋的皱纹，她说："那他肯定恨我！"

我走进厨房，站在安心身后。我不知怎么突然就说了句："那我们结婚吧，我来当这个父亲。"

这是我们之间，第一次说到"结婚"这个字眼儿。安心低头洗碗，她没有应声。

"你不想谈这个是吗？"我问。

安心依旧低着头，洗碗。

我说："那就算我没说。"

安心的动作停下来，她突然转身，用湿淋淋的手用力地抱住了我，全身抽动，哭了起来。

"杨瑞……我怎么有脸跟你谈结婚，我是个有孩子的人，我在你面前一钱不值。你对我好，收留我，我一辈子都报答不了啦……我已经毁了铁军，我不能再委屈你。我真的没想，从来就没想让你和我结婚！我都想过，你什么时候找到合适的女孩我就走！"

我也抱住安心，用手抚摸她的背，让她的抽泣平复下来。我说："你想哪儿去了，你就最合适了。在我眼里你就是最优秀的女人，从里到外，我都喜欢，我还觉得我配不上你呢。我一直没提结婚是怕你还没忘记以前的那些事，我是想等等再提的，反正我们都还年轻。"

安心不哭了，她依然抱着我，在这间狭窄得无法转身的厨房里，我们长久地拥抱着。安心抽着鼻子，说："我不骗你杨瑞，我从没想过我还会再和什么人结婚，我只想等我把孩子拉扯大了，我还当警察去。我不愿意像现在这样没有组织没有同事没有集体，为了生活一个人要饭似的这么活着！可我没办法，我现在东躲西藏不能回家不能回队里我就怕我死了小熊怎么办，我现在不为了孩子我一点都不怕死。真的杨瑞，你别对我这么好了，我以后，以后真的没法报答你!"

我抱着安心，我抱着她，抱着这个改变了我，让我几乎脱胎换骨的女人，我用有力的抚摸来传达我的爱意。然后我贴在她的耳边，特别轻特别轻地对她说道："我对你好，是因为我需要你，是因为我想和你在一起。你就等着吧，早晚有一天，我会娶了你!"

二十二

　　那时候我常常梦见我和安心结婚。我们乘坐宽大的轿车穿过宽阔的长安大道，车上披着红绸还撒满花花绿绿的纸屑，两侧的车门上还有气球迎风摆动。在我们的身后，是浩浩荡荡的亲友车队，车队里坐着我的爸爸和我的妈妈，我妈妈还是年轻时的样子，她那样子让我感到格外的温暖和依恋。在这支望不见头尾的车队里，还坐着安心的爸爸和妈妈，他们在我梦中的形象来自于安心给我看过的照片。还有我从小到大的一些朋友、同学，还有刘明浩。居然，不知怎么搞的，还有钟宁和她的哥哥钟国庆，他们也夹在送亲的人群中有说有笑。大概我把我所有认识的人，过去曾经跟我不错的人，都拉进来了。这类梦和这些人一再地出现在我的梦里，让我心里说不清快乐还是抑郁。后来一位路边算命的阴阳先生帮我解过这梦，他说我是一个绝顶善良的人，不记仇，渴望大团圆的结局，对任何人都有包容心……他这样用梦来评价我的性格人品让我很高兴，不管我有没有他说的那么好，但我觉得自己确实挺不容易的。关于这结婚的梦只有一点我至今搞不明白，那就是不知为什么总会看到一些身穿制服的警察。梦到他们我非常迷惑，他们面目模糊让我无从辨识，不知道他们到底是谁。算命的对这几个莫名其妙出现的警察也大感惶惑，他面色犹疑地问我以前是不是犯过什么事儿或者犯过什么人，总之不是吉兆，让我自己小心行事好自为之。我把这算命的话告诉了安心，她笑笑说："警察有什么可怕的，我就是警察。"我说："你早不是了。"她说："那就是潘队长他们，我要是结婚，肯定要请他们来呀。不过我也不可能结婚，要不然我怎么就从来梦不到这种好事？"

其实我也就是做梦，在梦中提前过瘾，那时候我们也确实不可能结婚。我们囊中羞涩，两手空空，还有一个时常生病的孩子，我们那时面对的最严峻的问题，是生存。

为了治小熊的病，我背着安心，卖掉了我那台二十九英寸的松下彩电，卖给了我一中学同学的大伯。五千多块钱买的彩电看了一年多只卖了一千二，绝对是吐血了。原来那老家伙只出一千的，我们同学像"托儿"似的帮我推销了半天，再加上我又主动搭上了一个健伍牌的电咖啡壶，老头儿才算动了心。他说："一千二就一千二吧，不过我这么大岁数喝不惯咖啡那玩意儿，你换这搅拌机得了。"我就知道他想要那搅拌机，他从一进厨房就盯上那台搅拌机了，那搅拌机八成新，也是健伍的。我顺势说："索性连咖啡壶带搅拌机一起了，一千四，怎么样？"老头儿一点不傻地笑了笑："一千四？您呀，趁早洗洗睡吧，也甭卖了，这么值钱的东西留着以后还能涨呢。"我说："那您老人家再给个价。"老头儿说："我说一千二就一千二，要不然搅拌机我也不要了，就一千。"我们同学见我们已经说到头了，便站出来说了终止的话："这样吧，咖啡壶我要了，那两百我出！"这才成交。

那天正巧是元宵节，安心晚上在回家的路上买了几个元宵，还买了棵大白菜说要包饺子，想用搅拌机搅白菜馅的时候搅拌机找不着了。她找了半天问我看见没有，我说："啊，我给卖了。"她有点意外，愣着说："干吗卖了？"我说："过几天接小熊出院，不是还差点钱吗？咱不至于再找刘明浩了吧。"安心呆呆地，站了半天，情绪低落。我说："怎么啦？"她说："杨瑞，你卖东西我心里难受。"我说："咳，又不是卖儿卖女。我也是看有你这么个劳动力不用白不用，不能让你闲着。以后你就自己用菜刀剁馅吧，用搅拌机费那个电干什么。"

安心这才苦笑了一下，说："卖了多少钱？"

我说："一千四。"

安心吓一跳："一千四，不可能！"

我说："还搭一个咖啡壶，反正咱们也不喝咖啡了。"

她说："那也不可能吧？"

我说："还搭一电视。"

她马上转脸，果然看到电视没了。她走过来，抱住我，哭了。她在我的胸膛上无声地流泪，眼泪弄湿了我的衬衣，她轻轻地说："杨瑞，我怎么能让你这么苦。"

后来我又卖了家里一些其他的东西，像以前好多人送的工艺品、摆设之类，还有地毯和灯，还有我的 BP 机。能卖出点钱的或有人要的都卖。刘明浩买了我一套挺牛 × 的邮票。他那时已经开始和贝贝的表姐李佳勾搭上了，正在穷追不舍阶段。李佳爱好集邮，刘明浩就投其所好，到处搜集珍品。我乘机好好敲了刘明浩一笔，要了他八百块钱，刘明浩二话没说当场现付。后来我才听说我那套邮票可以卖到千元以上。在做生意方面，我当然不是刘明浩的对手。

刘明浩后来得了便宜还跟我卖乖："你不知道现在邮票都跌了呀，人家还都说我给多了呢。你觉得值你就卖，我觉得值我就买，别人的话听不得。"

刘明浩见我不吭声了，知道我对邮票也不内行，笑笑说："你还是得找个工作，这么卖东西也不是个事儿。你看你们家还有什么？再下去就该卖你自己啦。"

刘明浩后来还真给我介绍了一份工作，在龙都大酒店洗衣厂当机修工。他说："这工作不错，每月工资一千左右，管一早一午两顿饭，一般小病可以在饭店的医务室拿药，还发工作服……再说你不是学矿山机械的吗，机械原理大同小异，你去也算专业对口。在一个单位你要是有专业就不受欺负。"

我挺高兴，就回家跟安心说了这事儿。安心说："这事儿也是委屈你的，你要愿意去的话就临时干干吧，像你这种条件我相信迟早一天会有一番事业的。"我说："什么事业不事业的，我现在可现实呢，我就想养活你，养活孩子，再把自己也养活了。"

我那几天就催刘明浩赶快帮我联系，他说那洗衣厂的厂长跟他关系没得说，可厂里进机修工这种事儿还得跟酒店人事部报，让我别急。于是我就等。因为没了 BP 机，整天也不敢离开家，怕刘明浩来找我不在。等了将近一个星期，等得我心烦意乱的，而且这一个星期当中还出了一件让我特窝火的事。

这天早上安心上班刚刚走，我还没起床呢就有人敲门。我本来以为是安心忘了带钥匙回来拿的，于是衣冠不整地下床开门，开门一看是一男一女两个陌生人，连忙退回去手忙脚乱地穿衣服。等我穿好衣服再看时，才发现那两个人都戴着大盖帽，帽子上还有一颗通红的国徽呢。我吓了一跳，想到梦里的警察和算命先生的危言，觉得大早上的看见这俩大盖帽颇不吉利。再一细看原来并不是警察，不知是工商的还是税务的还是保安公司的，直到他们坐下来自我介绍，我才知道这身衣服原来是检察院的。

那女的比那男的年纪大点，大概有四十岁了，反正是我可以叫她阿姨的那种年龄。她先开口，说："我们今天来，是想找你了解一个事情，希望你能如实反映情况，有什么说什么，好不好？"

她这套言辞有点像办案子审查当事人似的，但口气上处理得比较慈善，所以并没让我产生抵触。我说："行啊，你们想了解什么事儿？"

男的拿出本子，做记录，女的问："你记不记得你以前在国宁公司上班的时候负责过一个基建工程，就是盖国宁跆拳道馆那个工程，是你负责的吗？"

我说："是啊，我是工程副总指挥，总指挥是边晓军，边疆的边，拂晓的晓，军队的军。我们俩搭班。"

"你分工抓什么？"

"我们俩也没明确分工，反正每天就那些事儿。他是总负责人，他让我干什么我干什么。因为以前我没干过基建工程，我不懂。"

"后来这个工程是包给哪家公司做的？"

"后来，是包给龙华建筑装饰工程公司做的。"

"决定由这家公司承包工程，通过招标了吗？"

"没有，国宁公司也不是国有企业，所以没有通过市里的招标办公室进行社会招标，而是内部议标，找了两家公司比比资质，比比价，就定了。"

"由谁来定呢？"

"由国宁公司的董事长钟国庆定。当然，因为这项目是跟京师体校合资办的，所以程序上还要通过俱乐部的董事会，实际上就是跟体校派到董事会的一个副校长打个招呼。"

"那钟国庆根据什么来定这家公司呢，这家公司以前跟国宁公司有过合作吗？"

"没有。这家公司是我们筹建指挥部报上去的，具体工作是我们做，我们报材料，给钟国庆批。"

"那么可不可以说，用这家公司实际上是你们定的。"

"定是钟国庆定，我们提供情况，也起一点作用吧。"

"你说的我们是指谁呢，你和边晓军？"

"主要是边晓军吧，怎么了，他是不是出什么事儿了？"

"你认为在选定工程承包商的过程中，出没出过什么事儿？比如：有没有发生过什么腐败现象？"

我想了想，一时想不出什么，就说："我们这工程，总的还行。现在土建方面也完工了，听说质量还不错。要有事儿也是边晓军的事儿，总不会是钟国庆腐败吧，这公司就是他自己的。"

女的看了那男的一眼，然后冲我问道："你怎么肯定除了钟国庆之外，就只有边晓军有可能腐败呢，别人就不可能了吗？"

我笑笑："别人，别人可能想腐败，轮不上。但凡想搞点腐败的人，多少总得有点权吧。"

那女检察官也笑笑："你想腐败吗？"

我一愣，知道她是开玩笑。不过他们这种司法人员开玩笑都开得阴森森的。我说："我也犯不着腐败。"

"为什么？你和边晓军有什么不同吗？"

"当然不同啦。"

"怎么不同？"

我一时语塞，不知该不该说我那时候是钟国庆的驸马爷，我是国宁家族中的一名准成员。而边晓军只是一打工的，别看他是我的头儿。

"你们不同在哪儿？"

那女的不知为什么盯住这个话题，非要问到底似的，我不想再说我和钟家的旧事，便敷衍道："腐败的事儿，别找我，我还没到那个档次。"

两位检察官都不作声，沉默了一会儿，女的说："好，咱们今天先谈到这儿。你也再想想我刚才问的那些问题，你要想起什么感到需要找我们主动谈一谈的，就找我们。我们给你留个电话。"

我听着这话有点别扭，好像我真有什么问题得老实交代似的。我想这大概是公检法人员的职业病，看什么人都觉得有问题，有话不会好好说。我没作声，看着那女的写了个电话号码留在茶几上，他们告辞的时候，我也挺冷淡的。

这事过了之后的第二天，我和安心接小熊出了医院。小熊见到我比见到安心还要亲。这孩子高兴时满脸的乖乖相说不出有多么打动人，手钩着你，贴脸。我以前从来不喜欢孩子的，现在也不喜欢，只有小熊除外。

接小熊回家家里就显得热闹起来，充满了生气。我的心情也随之好转，工作的事也不多操心了，反正能不能成全都听天由命。往往不去想的事情反而来得更快，两天之后刘明浩路过三环家具城的时候就进去告诉安心，我那事成了，让我星期一带上身份证和学历证明什么的上龙都大酒店人事部面试去。

星期一上午八点一过我就到了龙都大酒店的人事部，面试很简单，问了几句话，看了我带去的一应证件证书证明，然后就让我填表。又过了两天，通知我去报到上班。洗衣厂厂长一看我长得挺顺眼，跟我认真聊了聊，就决定不让我做机修工了，改做业务推销员。他们那洗衣厂特别大，员工有将近一百人。龙都大酒店内部的活儿也就够吃个半饱，他们还得拉社会上的活儿，有好多大使馆、外国商社都在他们这儿洗衣服，洗窗帘，还请他们上门洗地毯什么的。他们原来有一个业务推销员，但形象太寒碜，而且外语不行，外国人的生意一直拉不住。

于是我就在龙都洗衣厂干上了。跟刘明浩当初说的差不多，每月工资奖金一千挂零，管两顿饭，可以在单位里洗澡，上下班还有班车。而且，我是搞推销的，还给我配了一台汉显的BP机，还发我一身不太合体的西服，我没穿。每天出去都穿自己原来的西服，我的西服有"都彭"的，有"华伦天奴"的，最次也是"皮尔·卡丹"的，穿上去特贴身。我们厂长还同意免费给我洗烫。这西服一穿厂里的师傅都说这小伙子真是英俊，有个老师傅还想把她的闺女介绍给我呢。

上班的头一个月我就拉来四个新客户，其中一个是一家自己没设洗衣厂的小宾馆，一下子给厂里增加了近五万元的营业额。按厂里的销售奖励办法我个人提成九百多块钱，我和安心的生活一下子显得宽裕起来。那个月我挣的加上她挣的，一共有三千多块，我们一到晚上上了床就讨论钱多了怎么办，该给小熊买些什么东西，该拿出多少钱还给刘明浩和潘队长他们，等等。

我在龙都大酒店洗衣厂工作了一个多月，心情很好。也许是经历了生活的磨炼，也许是体会了工作机会的难得，我的表现有时好得连我自己都能惊讶起来。我不出去推销的时候，就常常主动帮其他师傅干活儿，干洗、大烫、发货、接单，什么活儿都干过。我才来一个多月，就得了一块酒店服务质量委员会发的红色微笑牌，据说全店将近两千人每个月红色微笑牌只发六七个，而且大都是一线员工获得。洗衣厂是二线单位，我得了这个红牌是整个儿洗衣厂的光荣，我的照片还因此挂在了职工食堂门口的光荣榜上。

可惜这样的生活并没有持续多久，在我的新鲜感尚未结束的时候，我这份得来不易的工作，就突然地以一个意想不到的方式结束了。

那天我因为要等一位非洲使馆的外交官来取衣服，没有出去跑推销。那外交官是我新拉来的客户，脾气古怪，有点挑剔，我怕别人处理不好，就留在厂里等他，顺便帮其他人往餐厅里送台布。我们一个包房一个包房地送，送到大餐厅，一个穿黑西服的管理人员走过来，问我："你是叫杨瑞吗？"我不知道这人是哪个部门的，但脸熟，好像在职工食堂吃饭时见过，便答："是啊。"那人又说："你来一下。"我就跟着他走，手里还抱着一摞洗净浆好的台布，一直走到餐厅外的一个雪茄吧里。那个雪茄吧还不到营业的时间，但里边好像有人。我跟那黑西服走进去。雪茄吧装潢很古老，家具都是深色的，光线也是暗暗的，从阳光充沛的大走廊走进雪茄吧眼睛总要适应一阵。但我能看清屋里有两位是饭店保卫部的干部，还有两位民警，戴着大盖帽站在暗影里，如我梦中一样面目不清。另有一位中年人站在前面，我认出来了，就是一个多月前来过我家的检察院的人，是那个一声不响地做记录的男的。

饭店保卫部的人见我进来，向检察院那个男的点头使了个眼色，那男的就先冲我开了口。他明明见过我，一上来还是例行公事地问：

"你叫杨瑞吗？"

他的口气比那天在我家还要横，横多了。我皱着眉答了句：

"啊。"

那男的接下去说："根据《中华人民共和国刑事诉讼法》和《反贪污贿赂条例》的规定，你涉嫌受贿，现在依法对你执行逮捕！"

我愣在屋子当中，手里还抱着那摞台布。一个保卫干部过来把台布从我手里接过去，旁边那两位民警马上走出阴影，过来给我上了铐子。我想说什么，想告诉他们这肯定是搞错了，但一时愣着什么都说不出，可能是没见过这样的场面一下子傻掉了。等我镇定下来可以说话的时候我也没再开口，我冷静地想了一下决定算了，我想在这儿说什么大概都没用，这儿不是容我申辩的地方。

他们让我在逮捕证上签字，我就签了，并且按要求，把红印泥沾在食指上按了手印。当他们把我往外带的时候我突然想起了安心，我就站下来，冲那位检察官说道：

"我得和我家里的人说一声。"

那个检察官说："我们会通知你家属的。"他话音没落我身边的警察就拉了我一把，说：

"走吧。"

他们把我从职工通道押出饭店，有好多员工迎面碰上都吓坏了。其中有几个女孩儿平时都挺爱跟我逗的，见我被警察铐出去都惊得说不出话来。男的则窃窃私语，议论我是谁是谁是哪个部门的，我听着觉得自己像被游街示众似的那么难受。

我被押上警车，送到了附近公安分局的看守所里关起来了。

关到看守所的第一天没人找我。我坐在押号的墙角，心里难过极了，不是为自己，而是为安心。我不知道我一旦真回不去了，她一个人带着小熊该怎么过，也不知道我爸爸会不会收回那房子把他们赶出去，安心会不会认为我真的贪污受贿了而对我失望而移情别恋……想到这些我控制不住地心酸想哭。

号里还有几个老犯人，看我进来对谁都爱搭不理挺没规矩的，就过来想欺负我，没话找话地问我什么事儿进来的，带烟了吗，哭什么哭什么，等等。我没有一点心情，不想跟任何人说话，我的眼泪止不住地往下流。我的这副样子让这帮社会渣滓以为我是个娘娘腔的小孩子，得寸进尺地嘲笑我，甚至还动手拍我的脸，翻我的衣兜。我站起来，想摆脱他们，他们以为我是不服，几个人七手八脚把我挤在墙角，上面扇嘴巴下面用膝盖撞我老二。我急了，一肚子悲愤全发出来，我那会儿就想老子他妈拼了，不活了，我连死在今天的心都有！

那些人当然是小看我了，我在大学练排球后来又练跆拳道的身手在脸上是一点看不出来的。我甩开他们，不等他们上来就用一连串的下劈、前踢、后摆等动作，把那几个关了些天已经关虚了的老犯人踢得东倒西歪，口鼻蹿红，直到看守所的民警听见声儿不对了赶过来开门把我拉出去，这场架才算打完。

我被单独关进一间没有阳光的小号里，警察让我戴了三个小时的背铐。到晚上吃饭的时候才给我摘了。吃完饭，我看见新接班的警察拿着铐子又过来了，就哀求他，说："我的胳膊都麻了，别给我戴了成不成？"那夜班警察问："白天为什么给你戴呀？"我说："因为他们欺负我来着。"警察说："他们欺负你，怎么不给他们戴呀？"我说："他们欺负我，我反抗来着。"警察说："听说你是个大学生是吧，因为什么事儿进来的？"我说："因为冤枉进来的。"警察说："都这么说，干了坏事儿谁愿意承认呀。"我知道跟他争辩没一点用，弄不好他一不高兴又给我铐上了，便不吭声。警察说："你自己说，还戴不戴了？"我说："不戴了。"警察说："不戴你又动手打人怎么办呀？"我说："要把我关回去呀？"警察说："想得美，你一个人老实在这儿待着吧。"我说："我一个人打谁去？"警察愣了一下，说："你小子怎么那么贫呀，告诉你，到了这儿你可老实点儿，再出什么幺蛾子就再把你铐起来。"我低着头，没再接话，警察就锁上门走了。

第二天，检察院来人了，提审我。还是那一男一女两个人，还是那女的问，那男的记。这下我才知道，我折进来是因为刘明浩和龙华公司那位老总给我两万块钱的那件事。

他们这次提审只是向我核实这件事的细节——在什么地方吃的饭，钱是谁给的，是装在什么东西里给我的，当时我们都说了什么，然后这钱我都怎么"挥霍"的，等等。我每次要解释他们都打断我，让我只回答他们提出的问题，回答是或者不是，别扯别的。"今天我们来只是核实情况，以后有的是时间让你解释，你急什么！"

从他们的言语之中我分析出，龙华公司的那位老总大概出了什么问题，似乎也被抓了，我受贿的情节是他的案子捎带出来的。但他们的另一些话又使我感到，我是国宁公司内部的人检举揭发出来的。也许这两种分析都成立，钟国庆不是说过吗，他要照死了整我。要不是我今天在这儿坐在检察官的面前，他的这句话我几乎都忘在后脑勺了。

那天提审完了，让我到看守所的一间办公室去取了被子，民警说是我家里人送来的。我一看那套被褥和几件衣服，就知道安心来过了。我急着问民警："我家里人说什么没有？"民警瞪着眼反问我："说什么呀，啊？等以后你们能见面的时候，她说什么你自己听，现在能说什么呀！"

这儿的警察说话都像吃了枪药似的，火气特大，好像不大不足以压住我们这帮犯人的嚣张气焰。我抱着被子，满脑袋胡思乱想着，又被押回了刚进来时关押的那间大号。昨天挨打的那几个犯人见我回来了，都不吭声。我故意做出满脸横肉的样子，目光歹毒地四下打量，以威慑他们。其实，我心里还是怕他们，不知道他们会再用什么法子报复我。

后来我才发觉，这帮人都他妈属于欺软怕硬的主儿，我一回来他们也特害怕，他们还怕我报复他们呢。后来他们跟我熟了，居然全都贱兮兮地对我好起来，一个赛着一个亲热地好起来。

我在看守所的日子也就好起来，不必再像刚进来时那样时时刻刻都提心吊胆，高度紧张，防备暗算。人在一个环境里待久了，会自然习惯下来，松弛下来，再差的环境也会品出些快乐。人兽同源，人的适应性其实跟动物差不多，甚至有过之而无不及。

后来检察院又提审了我一次，是那男的一个人来的。这次主要是让我交代我是怎么在得到了龙华公司给的好处之后，设法使他们中标的。其次，也听了我对他们的指控发表辩解。我辩解完了他没有表态，无论批驳还是认可，都没有，倾向性的表情也没有。听完了，扼要地记在他那个黑皮本子上，就走了。

又过了几天，一切消息都没有。我每天除了吃就是睡，不像刚过来时吃不下睡不着的样子。想安心想得也麻木了。偶尔，也会想起我爸。我想我爸当领导那么多年，公检法方面绕着弯的关系肯定是有的，他要真想救我，不至于一点动作都做不出吧。但我自从上次和他吵架动了手之后，就再也没去看过他。他的脾气我知道，我们父子一样，跟那帮老犯人的脾气正相反，都是吃软不吃硬的。我越不去看他，他越赌气，要不然怎么让刘明浩告诉我他要把我住的房子收回去呢，多狠！他准是气到一定份儿上才这么做的，并不是真缺了这份房租就过不下去了。我想说不定我爸知道我被抓了多少会有些解气的快感，他会对别人，至少对刘明浩显摆他的先见之明：我早料到了，他跟上那个女的，早晚有一天得摔个大跟头！我说什么来着……

我爸要是觉得他说对了，他得意还来不及呢，还能靠他救我吗？我才不想呢。

后来，有一天上午，我又被提出去了。进了审讯室，看见检察院的那两个都没来，来的是一个年轻的女人，她让我在桌前坐下来，态度严肃，但很放松。她给了我一张名片，还没等我低头看就开口说道：

"我是宏光律师事务所的律师，我应你的朋友安心的要求，准备担任你受贿一案的辩护人，你对由我来为你辩护，要提出反对意见吗？"

我呆呆地，没有任何思想准备，我似乎是想了一下，或许是什么都没想，竟脱口反问了一句：

"安心请你，得花多少钱？"

那女律师对这问题有点意外，没想到的，但她还是认真严肃地回答了我：

"我们事务所是根据司法部规定的标准收取代理费和辩护费的，至于说你这个案子该收多少费用，那还要看案件的难易程度和审理的时间，还要看一审之后有无上诉和抗诉，才能确定。"

紧接着下面的话，我知道是不能问律师的，但我还是自言自语地、傻傻地问了出来：

"她哪儿来的钱？"

二十三

关于我的案子，有一个疑问至今没有搞清，即：究竟是谁把我告了。

在开庭之前，我一共和那个女律师谈过三次，她从我这里了解真实的案情，我从她那里揣测真正的告发者。

我一直认为我是被冤枉的，是被人——也许就是被钟宁和钟国庆——诬告的，他们告我入狱，以雪"前耻"，也许这事他们早就蓄谋已久。我也一直认为，法律最终将会公正地为我洗脱罪名，恢复名誉。但是在和律师谈过几次话之后，我才预感到情形有些不妙。

律师认为：首先，按照有关规定，那两万块钱在性质上完全有可能被认定为是一笔大额的回扣；其次，这笔回扣在事实上，是被我拿去了，并且，用术语说，是被我"挥霍"掉了。现在问题的关键是，按照《反贪污贿赂条例》的规定，收取回扣是否构成受贿，主要取决于两个因素：一、回扣是否公开；二、回扣是否入账。如果我收取两万元回扣这件事是公开的，单位领导是知道并且同意的，同时记入了单位的正式会计账目，那就不构成受贿，就属于合法的回扣。关于第一点，我理直气壮地向律师保证，我收这笔钱肯定是公开的，是经过我上面的两级领导——边晓军和钟宁——同意的。其实当时我是把钱上缴了，我第二天就交给边晓军了，是他们非让我拿我才拿的。关于第二点，我就有点嘴软了，这钱显然没有入账；没有经过国宁公司也没有经过跆拳道馆筹建处的财务，没有在账上过一下就直接让我拿了。我本以为钟宁和边晓军一个是老板一个是上级，他们让我拿我就拿了，我并不是偷着摸着拿回扣然后损害公司的利益搞豆腐渣工程，我确实从没想过要利用职务收受贿赂谋求私利。听律师一讲我才明白，当时要是把这笔钱先交到公司的账上，老板同意让我拿再从账上取出来给我，大概就没事儿了。

除此之外，律师从案卷上了解的情况比我想象得还要严峻，不仅是关于是否入账这一条对我不利，就连是否公开这一条，我也同样处于险境。律师告诉我，检察院搜集到的证据中，没有一条能证明我当时曾经把这笔钱上交了或把这件事向上级汇报了。从国宁公司出具的证明材料上看，公司并不了解我当时收到过这笔回扣。而在龙华公司那位老总的供词中和后来清查龙华公司的账目时，都有曾向我支付过这笔钱的说明和记载。

事情很明白，我想这是国宁公司要置我于死地了！

但我没有办法。我除了惊讶、怨恨、目瞪口呆之外，就只有后悔。我后悔自己当时那么糊涂、大意、行为不慎、缺乏常识。我并不想受贿，没意识到受贿，却难以洗脱受贿的罪嫌。我想想我那时头上有了一顶工程副总指挥的顶戴花翎就以为自己真的什么都懂了，我刚刚从大学走上社会就以为对这个复杂的社会已全能应付了。我那时的自信实在盲目得有点可笑，现在才知道我不过是个什么社会经验都没有，好多程序都不懂的好高骛远的小孩子，一个嘴上无毛的傻帽儿而已。

我完全熟悉钟宁是怎样一种性格，她要喜欢谁，谁就样样都好，她要恨了谁，谁就一无是处。她当初陷害安心可以不择手段地砸了她的饭碗，现在对我自然也能毫不犹豫地出入人罪。她哥哥钟国庆就更别说了，能从一个一文不名的引车卖浆者流混成一个腰缠万贯的大款巨富，他不心黑手狠行吗！

我唯一的希望，只能寄托在一个人身上，也许只有这个人才能证明我的无辜。我向律师提供了他的名字，我请律师去找他，我告诉律师我女朋友安心也认识这个人，要找他的话可以让安心带着她去。

这个人，就是刘明浩。

开庭的前一天，律师又来了。她每次来，我除了回答她的提问，向她讲述这个事情的过程和细节之外，更多地，是向她打听安心。从她那里我知道，安心现在还好，她为我的事很着急，但也还算坚强，她给了律师很多帮助，带她或陪她去找她需要的那些证人。她告诉律师，她最佩服也最害怕的人，就是律师。律师说这东西是黑的，就准能找出黑的证据，说这东西是白的，也准能找到白的理由。也许南德那两个律师留给安心的印象太深了，让她根深蒂固地认为，律师的手心手背，一反一正，完全可以把翻过去的天再翻过来！

律师在开庭前和我做最后一次见面时，才告诉我安心为了帮她搜集证据四处奔走，早就辞了在家具城打的那份工。这件事让我感到意外和难过，安心的情况我知道的，没有工作她吃什么？孩子吃什么？

我问律师："她还住在我家里吗？没人往外轰她吗？"

律师说："目前还没有，昨天我还和她见过面呢。"

我低头沉默。也许是我的厄运来得太快，快得猝不及防，到现在为止，我依然难以适应和接受这个现实，始终怀疑这不过是一场噩梦。

律师虽然是个女的，但她的职业习惯和专门知识使她有着我们这些男人也难以模仿的冷静和机谋。那些让我委屈、愤怒、震惊和哑口无言的事情，从她嘴里说出来，都变得客观、平常、事务性和见怪不怪了。她说："杨瑞，关于你这个案子的事实部分，我们都谈得差不多了，我今天来，只想最后听一下你的意见，明天开庭，你到底要我怎么辩？"

怎么辩？我没有听懂，搞不清律师是指什么。我说："你们不是说：事实是根据，法律是准绳吗，事实就是这样，你都知道了，怎么适用法律，你比我懂。"

律师思忖一下，好像有什么话不知该怎么说似的："杨瑞，你现在有两个选择，一个是承认你的行为触犯了受贿罪，那我辩护的重点就是你受贿的过程和特定的背景比较特殊，情节上应该认定属于比较轻微，这样辩护的目的，是为了争取缓刑。根据你这情况，争取到缓刑把握还是比较大的，一判缓刑你就可以出来了。你想出来吗？"

我愣愣地，说："当然。"

律师点一下头，眉目间没有一点表情，她那张从来不笑的脸上向来就看不到任何喜怒哀乐。她接下去说："还有一种辩法，就是辩你无罪，如果成功，你就可以彻底洗脱这件事，清清白白地出去了。但是，辩无罪把握不大。现在只有你哥们儿刘明浩答应到时候出庭把当时的情况说一下，证明你事前表示过要把钱上交给边晓军，事后也和他谈到过钟宁和边晓军都同意这钱留给你。法庭如果采信他的证言，这笔回扣基本上就符合公开的要求了。至于说没有走账，那是钟宁和边晓军的事，不应由你负责。但这样辩稍稍有点牵强，还要看控方的证据强不强，有没有新东西，所以不敢说有把握争取到无罪的判决。我这么辩，万一失败，那法庭就会判你有罪，一旦判你有罪，恐怕连缓刑也争取不下来了。因为高法过去有个规定，凡是拒不认罪的，不适用缓刑。一旦判了你实刑，你就真的要在监狱里蹲上它几年了。所以，你到底是想让我做有罪辩护争取判一个缓刑先出来，还是要无罪辩护去碰碰运气，这两种选择你必须想清楚了，你必须有个明确的意见，我好按你的意见进行辩护。咱们统一了意见，明天在法庭上还得打好配合。"

　　我一时无措，脑子里有些乱，怎么也理不清头绪似的。我只有求助律师，这个可能还不到三十岁的像个严肃的大姐姐似的女律师，现在在我眼里几乎无所不通。

　　我问："如果，你做有罪辩护，争取到缓刑有几成把握？"

　　她说："百分之九十。"

　　我再问："如果做无罪辩护，判无罪有几成把握？"

　　律师没有马上回答，仿佛需要心算似的，沉默了一下，才说："百分之二十。"

我也沉默了，抬眼看律师还在盯着我，那目光像有重量似的落在我的心上，压得我透不过气来。

"你说呢，"我问，"你说应该怎么选择？"

"各有利弊。"

律师的回答简单、干脆，而且无懈可击。我闷闷地说："你问过安心吗，她希望怎么样？"

"问过，昨天我和她详细谈了，我是把她当作你的亲友征求她的意见的。我应该征求她的意见吗？"律师反问了一句。

"应该，她是我亲人，她代表我的亲人，代表我的家庭。她怎么说呢？"

"她说，这事，还是由你自己决定。"

"她没说一点倾向性的意见吗？"

律师想了想，说："没有。她当然很希望你能早些出来，但她怕你认了罪，心里不通，怕你会一辈子不快乐，怕你今后背上这个罪名，一辈子的前途都受影响，她怕你一辈子生活在这个阴影里。"

律师停下来，等着我表态，但我依然低头不语。律师没急着催我，像是有意给我思考的时间，停了一会儿，她还是开了口：

"其实，你即使不认罪，法院判你有罪，你的罪名还是成立的，一样会一辈子跟着你，一辈子影响你。我觉得是一样的。所以，我觉得你不如争取一个缓刑先出来。"

律师终于说出了她的倾向，她说完看着我，看我如何在这场俄罗斯轮盘赌式的游戏中下注。我记得美国有一个老电影叫《猎鹿人》，我以前看过这个碟。说的是几个美国俘虏被一群越南士兵逼着用装了三颗子弹的左轮手枪顶住自己的脑袋，供越南士兵打赌，六个弹匣装三颗子弹，顶住自己的太阳穴打，生与死的概率一半一半，而且让你自己选择，太残酷了，当时看着就觉得残酷！现在，我感到自己就像那个用枪顶着自己脑袋在钩扳机前浑身哆嗦的美国大兵。

律师补充了一句："这仅仅是我个人的意见，最后还是你自己决定。"

我命令自己停止徒劳无益的思索，停止内心深处的颤抖，我抬头，看律师，我又命令自己发出的声音要镇定自若。连我自己都不知道这时候我干吗要装得这么无畏和果断。

我说："我要无罪！"

律师看了我半天，她看了我半天，才点了点头。一句话都没有再说。

第二天，法院如期开庭。这是个小案子，来旁听的人不多，所以我一被押进法庭就很容易地在旁听席上找到了安心。她坐得不算太靠前，目光一直在看我。她的脸上向我传达着一种不露形迹的微笑，那微笑中的温暖含意只有我懂，我在那一瞬间突然感到她像我的母亲。

其他旁听者我都不认识，仨一群俩一伙散漫地坐着，有点像哪个大学的学生自愿来观摩庭审实况的。

除了安心的微笑外，我到今天为止，几乎不能完整地回忆那次审判的情形。我记得那天钟宁和边晓军都去了，他们是作为证人而不是旁听者去的。钟宁上场时我很冷静地和她相视，我的目光尽量心平气和，而她却依然是一副仇人相见分外眼红的架势，她作证时的语音腔调也依然是那么咬牙切齿不肯饶人。我知道，钟宁的个性、地位、文化修养和她的年龄，都还没有让她学会宽恕。

在我的印象中，那天律师的表现还是可以的，至少那振振有词的架势使人相信她在个人水平方面基本上没掉链子。她发表的辩词的核心观点，就是我拿的这笔回扣是上交给公司后经公司负责人同意又返还给我的，因此在性质上已经属于公司对职员的奖励。我也按照她这个论点，向法庭陈述了我如何把钱交给边晓军，如何跟钟宁说这事儿以及边晓军和钟宁如何答复我等事实。对于我的陈述，控方的证据似乎驳斥得很轻松，先是边晓军面无表情地作证说，不记得我曾交给他两万元回扣款这回事，后是钟宁高腔大嗓地否认我在送她上飞机去南京的路上跟她说过这事。边晓军从走进法庭作证到作完证走出法庭，目光始终回避和我对视，他只看着法官和检察官说话，让他离场便低头数步似的走了。钟宁则一进场就盯住我，作完证又看我，脸上还露出得意和恶毒的笑来。我依然用平和的目光看着她，想让她在这平和的目光中良心受责，但直到她离场我也没看出她对自己这一套阴谋和伪证，有半点脸红。

律师反击这些伪证的最后一招，就是当庭公布了我和钟宁以前的关系，以及以后的破裂，以及破裂的原因。即说明我当时作为国宁家族的一名候补成员，不可能私贪这区区两万元的小财，也是提醒法庭注意钟宁在此案中具有设局报复的动因。公布我和钟宁以前的关系，以及我因为爱上了其他人而和钟宁闹翻的过程，是律师说服我同意的。她认为这恰恰是这个案件人物关系中最为关键的一个事实，可以让法庭对钟宁证词的可信度大打折扣，甚至可能按回避原则取消她的证人资格。

律师拿出的最后一个证人，就是我的哥们儿，我从小就相熟的朋友，我的忘年之交刘明浩。

我记得刘明浩进场的时候，我冲他笑来着。我知道刘明浩是我这一方的证人，在被关押数月与外界长期隔绝之后，突然看到昔日的老友赶来为我作证，我心里感到特别的心酸和安慰。我不由得感叹朋友都是从小交出来的，只有小时候的朋友才会成为永远的朋友。我真想刘明浩能看我一眼，我真想让他看到我正冲他笑呢。但他也和边晓军一样，不知是有意还是无意地，回避了和我的对视。他从侧门出来，低着头，直接走到证人席上，他的脸老是向着另一个方向歪着，我也不知道他在看谁呢。直到审判长开始发问我才看到了他有些紧张的面容和不大自然的眼神，那面容和眼神我至今记忆犹新。

我记得，证人席上的刘明浩，目光闪烁，口齿不清，面色青灰，肌肉僵硬。他在回答审判长提问时的反应，几乎近于迟钝。他的声音、模样，也让我感到陌生。我现在甚至都回忆不清那天审判长是如何发问，他都答了些什么。唯一还深刻地留在我记忆中的那几句回答就是："……不，他收起这笔钱时没说过要上交给边晓军……不，他后来没再跟我说起过公司同意他收这笔钱的事，我不记得他说过这件事。"这就是刘明浩的证词！他的证词使他在事实上变成了一个控方的证人。

在那天庭审的整个儿过程中，只有到了这一刻，到了刘明浩突然叛变反水做出如上证词的这一刻，律师才傻掉了。

后来，很久以后，我原谅了刘明浩。从美国回来我第一个落脚的地方，也还是刘明浩的家。在我动身去云南寻找安心之前，刘明浩还塞给我两万块钱让我当盘缠，和当初这笔回扣的数额一样，一分不多，一分不少。这钱我当然没要。

我原谅刘明浩仅仅因为他是一个商人，商人的原则就是利益至上。我后来才知道钟宁、钟国庆不知怎么得知刘明浩将成为一个至关重要的辩方证人，于是在开庭的前一天，也就是在我要求律师破釜沉舟做无罪辩护的同一时辰，国宁集团供应部的头头儿请刘明浩在北京饭店吃了顿谭家菜，吃完之后双方酒酣耳热地当场签下了国宁大厦空调系统的供货意向书。据说那是一笔总标的在四百万元以上的大交易。

我被判有罪，刑期两年。在判决书送达的当天，我的律师代表我向市中级人民法院提出上诉。一个月后，市中级人民法院做出终审判决：驳回上诉，维持原判，不予缓刑。

在终审判决之后，送押之前，律师托了关系，让安心以家属的身份到看守所和我见了一次面。见面时我发现我俩都不约而同地刻意做出轻松的神态，想安慰对方，其实心里面一个比一个难受。我们都装作若无其事地说着些关于身体呀、睡眠呀、饭量呀、找工作呀之类的不痛不痒的事情，还有关于小熊的病现在怎么样啦等浮皮潦草的话题，至于我和安心的未来，未来怎么办，这些我最渴望向她了解也最渴望彼此沟通的问题，反而谁都没说。不仅因为这个问题实在尖锐得令我不敢启齿，而且还因为，我们会见时屋里按规定还有一位民警在场，那民警和我那位律师在一边有一搭无一搭地聊着天，一只耳朵当然还负责监听着我们这边的谈话。

见面进行了十分钟，快结束的时候，安心突然把她脖子上的那枚玉观音摘下来，隔着桌子递给我，我们的手只有利用了这个机会得以接触了瞬间。我的手是热的，安心的手是凉的。她一向这样手脚冰凉的，我曾经好多次说过等有钱了一定要带她去看看中医，好好调理一下气血的。

我们的手握在了一起，不敢逗留地感受了一下对方的体温，就松开了，安心说："戴上它你就知道我一直在你身边呢，我在保佑你呢。"

虽然她的手是凉的，但那枚被她贴身带着的玉观音却是温热的。警察看见了我们的动作，怀疑我们是在交接什么秘密的和违禁的物品，立即走过来干预。

"嘿，拿什么呢这是？"

警察问我，律师也过来了，我把未及收回的手掌在桌面上摊开，发白的掌心上，卧着一块碧绿的玉石。律师用半是恳求的口气向警察咨询："这个应该没问题吧，这是挂脖子上的东西。"

警察拿过那块玉石端详，那玉石上还荡着一条细细的红绳。警察说："这玩意儿，得值多少钱呀？凡是贵重物品都不能带进去，带进去也得让监狱收起来替他保管。"

警察把那枚玉观音直接还给了发着愣的安心，说："别把这么贵的东西给他，回头他到里面再把这个换了烟抽，你可就赎不回来了。"

接下来他不容我们再说什么，看看表，表示见面的时间已经到了，该结束了。

"怎么样，好了吧?"警察说。

我很守规矩地站起来，说:"好了。"

安心也站起来，眼圈一下子红了。

我冲她笑一下，想把轻松进行到底，我笑着说:"以后别再来了，先找个工作，然后，赶快带着小熊改嫁去!"

安心的"轻松"阵线终于崩溃，眼泪珠子像往外倒似的，成串地掉下来。她没说一句话，用攥着玉观音的手背擦了把眼泪，转身拉开屋门，一句话没说地跑出去了。我也想掉眼泪，但我忍住了。

两天后我离开看守所，转押到北京监狱，执行两年有期徒刑。监狱的生活是枯燥和压抑的，除了每天学习和干活儿外，我继续进行着几乎是为了平衡内心、支撑精神和维护面子的徒劳无益的申诉。每天日出日落，上工下工，心情郁闷，很少快乐。周而复始的日子过得没有一点新意，让我常常后悔当初没听律师的忠告，认了罪争取缓刑早早地出去，至少那样还能和安心继续在一起。如果她不嫌弃我是个罪人的话，我们就能继续在一起，像以前那样生活了。难道安心会嫌弃我吗?

对我来说，两年的时间有点太长了，因为这两年中什么都可能发生。也许当我走出监狱的铁门时，安心真的早已移情别恋，早已有了新的生活，碰上了新的如意郎君。生活每天都在发生变化，不变的生活不变的人是绝对没有的。特别是安心的处境，没有工作还带着孩子，摆在她面前最重要最迫切最需要考虑的，毫无疑问，不是爱情和忠贞，而是现实的生存，不为她自己，也得为孩子。所以我跟她分手时说的那句关于让她赶快"改嫁去"的话，尽管不是我的本意，甚至是我内心深处最怕的事情，但我必须要说！这话不是玩笑，我不能给安心任何要她等着我的心理压力。何况我以后就是出来了，也很难再找到很体面很白领的工作了。正经公司正经企事业单位谁会要一个有受贿前科从大牢里放出来的人？毫无疑问，我将一辈子，因这个罪名，而成为一个不受人信任的人！

安心和我不同，她虽然有那一段生活的创伤，还有一个孩子，但这都不要紧，都不要紧的。她依然青春靓丽，看上去依然像一个单纯的处女，她的相貌对很多男人依然有诱惑力。而且，更重要的是，她人品好，她的历史虽然复杂，但清白。清白这两个字现在在我心里，有着特别珍贵的意义。

安心从那以后果然再也没到监狱来看过我了。后来我爸倒是来了一次，没见我，送了些营养品之类的东西，还有几本书，知识性的。他通过监狱干部转告我，让我好好听干部的话，好好改造，注意学习，改造好了将来出来一样可以重新做人，一样为人民服务，为四化服务。

我爸来给我送东西，还记着他有这么一个儿子，这事本身就让我很感动。他送什么无所谓，说什么也不重要，重要的是，这件事告诉我，在这个世界上我还有亲人。也许因为那时安心突然杳无音信，我给她写信她也没回，我心里非常深刻并且痛不欲生地感到一种被遗弃的恐惧。

很久以后，我才知道，安心在看守所和我见过最后一面的第二天，就把孩子捆在背上，坐火车回到云南清绵去了。很久以后，我才知道，她回到清绵，一走进她家那幢北方式的宅院，在那院子里一见到她的面目惊讶的父母，便双膝跪下。她泪如泉涌，长跪不起。她对她的父母说："爸爸，妈妈，你们帮帮我吧，我要去救一个人，他对我太好了，我爱他，我必须报答他！"

很久以后，我才知道，安心的父母，变卖了他们几乎全部的财产，包括他们那座飞檐重瓦的北方的宅院。他们从当年富甲一方的大户彻底变成了一贫如洗的穷人，如果不算他们交到女儿手里的那一笔将近三十万元的现金的话。

二十四

　　像我这样一个早已习惯见异思迁的男人能这么脱胎换骨般地爱上一个固定的女人确实是个奇迹，这奇迹的发生首先应该归功于安心的人格人品，是她的人格人品对我产生了包容和感动的作用，这说明好的道德品质对人的感染力和吸引力，在任何时代都是存在的。其次，同样重要的是，在我和安心的交往中，她总能给我一些意想不到的惊讶，让我始终维持着对她的新鲜感和好奇心。譬如她的相貌和她的经历之间，就有着不可思议的距离，她的内在性格和她的外部气质之间，也有着难以想象的差别。这些距离和差别，就是安心特有的魅力！

　　就像我怎么也没想到她这样一个看上去柔弱似水的女孩能在半空中划出那么流畅饱满的后摆腿一样，我也同样没想到在那张清纯善良的面孔下，竟然也潜伏着常人难以企及的果敢与机谋。对此我只能归结为她曾经接受过的职业训练，以及那段惊心动魄的非凡经历。

她毕竟经受过一场生死的考验，她过去的职业和经历常常让我情不自禁地心生敬意。

安心最让我感到吃惊的，还是她在我入狱之后，孤身一人对我展开的营救。当时我在狱中和她断绝音信，我甚至不知道她的去向和行踪，如果我当时知道她还在锲而不舍地上下打点四处奔走的话，我定会劝她罢手。我知道这是个"铁证如山"谁也翻不过来的官司，死马非要当作活马医很可能劳而无功而且徒费钱财，等于把钱财扔进一个无底洞中连响都未必听见一声。我知道钱财现在对安心和小熊母子来说，就等于生存和活命，这是很现实的事情。

而且我想，安心也没钱。这年头没钱能干什么？

大概就是在我几次申诉不被理睬正处于绝望萎靡的那个时候，安心带着二十八万元的巨款从清绵赶回了北京。她先找到了我原来用的那位女律师，付了那女律师足够的钱，然后和她共同谋划了如何推翻原判的步骤。她们先是找了刘明浩，动之以情不起作用便晓之以理，晓之以理收获不大便诱之以利，最后终于从刘明浩身上打开缺口。刘明浩有义气的一面，也有见利忘义的一面，所以实际上，情与理，义与利，对他都起了一定的作用。他在律师保证他原来在法庭上的证词绝对不会被指控为伪证和诬告的前提下，答应重新作证，把我当时在饭后的餐桌上收那两万元回扣的态度和过程，以及后来我向他说过边晓军和钟宁同意把那两万元钱给我的事实，重新做一个证明。他同时还透露了一个重要的情况，那就是边晓军和国宁公司闹了点矛盾，最近不知是辞职了还是被炒了，反正已经不在国宁集团干了。这个情况令安心和律师精神大振，都有了一种曙光在前、胜利在望的预感。

　　她们马上找到了边晓军。找的过程很复杂，边晓军是个夜不归宿、行踪无定的人。律师手里事多，搭不起这份工夫，安心就一个人按着刘明浩提供的线索，一点一点地找，找了一个多星期终于找到了这个家伙。她在一家夜总会的门口堵住了边晓军，说有事要找他谈一谈。边晓军没见过安心，见一个这么漂亮的女孩儿在这儿等他，心有点乱。我知道边晓军和他太太的感情一向很淡，以前总和我开玩笑说人到中年的三大快乐就是升官发财死老婆，听得我毛骨悚然。他很乐意地跟着安心去了一家幽静的小酒吧，坐下来点了饮料慢慢谈。他大概烧心火燎地盼着和安心能有进一步的故事发展，但没想到安心上来就拿出三万块钱来，一万一捆，一捆一捆地往他面前一搁，弄得他瞪着眼睛几乎不知所措。

　　当天晚上安心离开那家小酒吧之后就去找了律师，向她报告了和边晓军秘密晤谈的结果。边晓军在知道了安心和我的关系以及她的来意之后，当然不会再动什么邪念，索性和安心做起了生意，他把价码加高了一倍，要安心至少付六万否则免谈。安心没有犹豫立即成交，她答应付边晓军六万，边晓军答应跟她去见律师。

　　剩下的事主要是技术性的，由律师分别同刘明浩和边晓军协商他们的新证词。刘明浩不想过分得罪国宁公司，所以不想让律师披露国宁公司收买他让他作伪证的事实，尽管国宁公司和他签的那份国宁大厦中央空调的供货意向书到后来并未落实，刘明浩最终只是得到了国宁公司用来替换这笔大买卖的一桩小生意——印制国宁大厦的销售小册子，一共赚不了几千块钱还特操心特麻烦的事。钟国庆也是生意人，也许他觉得刘明浩在法庭上的那几句证词，撑死了也就值这些。

边晓军则不同，他主动表示愿意将钟国庆逼他作伪证的内幕抖搂出来。当时钟国庆亲自找边谈话，要求他在法庭上否认我曾经向他报告过收到两万元回扣的事实，否认他当时同意那笔回扣让我拿着的事实，以达到诬陷我的目的。反正是钟国庆逼他干的，就是构成伪证罪，主要承担者也应该是钟国庆，因为钟国庆当时和边晓军是老板与雇员的关系，边晓军"迫其压力而从之"，在法律上属于胁从的角色。首恶必办，胁从不问，边晓军自己不会有什么麻烦。当然边晓军这么积极主动地帮忙并不是因为得到了六万元的好处，而是因为他和国宁兄妹之间，不知结下了什么恩怨。他在国宁公司的职务反正被撤了，光脚的不怕穿鞋的，在和律师谈话时，大有一种"舍得一身剐，敢把皇帝拉下马"的大无畏气概。

除此之外，边晓军还出谋划策，提供了其他几位证人的姓名和联系方法，他以前曾和这些人在不同场合对钟宁把那两万元回扣发给我表示过不满。这事当时在公司里有不少人都知道，边晓军提供的这几个人基本上都是炒了国宁公司或被国宁公司炒了的人，只要多塞点钱给他们免得他们怕麻烦，估计出来作证都没什么问题。

回扣这件事这么多人都知道，肯定是符合回扣必须公开的原则了。至于是否有账，律师认为在一家私营公司里，老板口头对财物的处理决定，是有效的。钟宁同意回扣让我拿着，那回扣实际上就是公司对我的奖励，走没走账不是我的责任。这观点她上次在法庭辩论中已经阐述，观点本身是没有问题的，上次败诉的主要原因，是控方证人异口同声地否认知道回扣这件事，否认我得到这笔回扣是老板同意的。如果这次能证实公司负责人对这事是知道的，能证实老板是同意把这钱给我的，那么我暗中受贿这个罪名，从主观动机到客观恶果，就都难以成立了，就都站不住脚了。在一九九九年的春天，律师通过法定程序，以发现了新的证据证明原判有误为由，向法庭提出复审请求。四月二十八日，那个日子我记得很清楚，法庭开庭复审我受贿一案。审判长在审查了辩方提供的新的证据材料，对证人进行了调查询问，控辩双方进行了简短辩论之后，当庭宣判：原告方对我受贿的指控证据不足，不能认定。原一审判决和二审判决的有罪认定不当，应予纠正。复审重新判决：被告人杨瑞无罪！

当天我在律师的陪同下以自由之身走出法院的大楼，仰脸看到外面的天空，比监狱里的蓝，比监狱里的大。天地之间，投满了阳光。我把目光放平，看到法院大楼的台阶下，站着我深爱的安心。我们彼此注视，我看着她消瘦的面容，心里特别难受。我一步一步慢慢走下台阶，站在她的面前。我看到她眼中的泪水，在阳光下一闪一闪。她抬起右手，轻轻地，摸我的脸，我也慢慢地伸出双臂，将她揽在怀里。多久以来，我日思夜想的，就是像现在这样，用力地拥抱我的安心。

律师也走下台阶，走到我们的身边，她说了句："祝贺你们。"我们不约而同地转头看她，她已走到路边一辆等客的出租车前，拉开车门，回头冲我们笑笑。这大概是我第一次看到她的笑容。她说："有事儿呼我。"说完上车，车子转眼开上了大路，汇入了长不见首尾的车辆的洪流之中，像一滴水汇入了奔腾的江河一样，很快就无影无踪了。

我感谢律师，我感谢法律，我感谢所有为我说话的证人，哪怕他们是为了钱，或者是为了其他目的，但他们终于说了真话。正是由于他们的真话，我不仅得以终止牢狱之苦，重获自由，更重要的是，他们还给了我一个清白之身。

我感谢安心！

我那时还不知道为了这阳光灿烂的一天，安心已倾家荡产，她使每一个在这场审判中发生作用的人，得到了利益，包括律师。律师也一样，这年头谁也不能为你白干，谁也不能仅仅为道义，为真理，白干。

安心付出了一切，包括她父母毕生的积蓄，她要得到的，就是有朝一日能站在法院高高的台阶下，看到我从那门深似海的大楼里，昂首阔步地走出来。

我感谢安心的父母！

从我知道我的清白不仅仅是用清白换回来的，也是用金钱赎回来的那一天起，我就渴望着能到清绵去。我渴望见到安心的爸爸妈妈，我要在他们面前长跪不起！我没能让他们的女儿过上一天丰足的生活，反而使她的全家被拖累得一贫如洗。我想跪在安心的爸爸妈妈面前发誓，这个恩情我一辈子都要报答！

现在，我终于接近了安心家的旧居。在我走出法院已经将近一年以后的这个早晨，我穿过清绵那座古老的袖珍小城，终于在山林掩映的一个湖边，看到了那幢北方的宅院。那院落在周围错落有致的云南民居中，几乎像一个小小的名胜古迹，让我感受到一种黄河文化特有的亲切。我明明知道，这院子已经不是安心的家了，但我一看到那一团青砖灰瓦就禁不住心跳起来，禁不住加快脚步向它奔去。

我终于站在这座宅院的门前了，这院子比我的想象要简单和平易。我凝视着那两扇用铁皮饰角的院门，早已油漆斑驳，露出几分破败之相，几分物是人非的凄凉，但门前两侧石鼓上那一对雕刻精致的小狮子，张牙舞爪的姿态表情却依然神采奕奕。四周很静，一如安心描绘的那样，这是一个与尘嚣隔离的地方。

我用手击门，门上发出一种陈年古旧的声音，我大声问道："有人吗?"

院子里有了些零乱的响动，那响动很快归结为一串踢踏的脚步声，随后门"吱呀"一声打开来，门轴的响声经典得完全像电影里特意做出来的音效。

开门的是个年轻人，看上去比我大不了多少。我微微欠身表示打扰，问他知不知道原来住在这里的姓安的人家搬到哪里去了。那年轻人做思索状：姓安的? 这时从院里又走出另一个人来，是个头发花白的老者，接了话说："你是找原来住在这里的安大夫吧，他们去年春天就搬走了。"

我说："我知道，请问他们搬到哪里去了?"

老者说："他们搬到县群众文化馆去住了。不过听说现在也不在那里了。"

我问了去群众文化馆的路径，然后谢了这座院子的一老一少两个新主人，再然后我透过那扇只开了一半的院门，向院里投以匆匆一瞥。这院子曾是安心的家，这地方就是安心出生和成长的地方，院内的一砖一瓦，院外的一草一木，都在我心里激起些冲动和遐想，我几乎分不清这些东西究竟是满足了还是更加撩起了我对安心的思念。

我找到清绵群众文化馆的时候，正是这里开午饭的时间，工作人员都回家吃饭去了，馆里几乎没人。这是一座半新不旧的两层砖楼，楼不大，门口却挂满了大大小小数不清的招牌。什么图书馆、联谊会、研究会、辅导站之类，大概都是群众文化馆的分支机构。这楼里大多数房门都锁着，没锁的也空着，偶尔见到有人匆匆交臂而过，一问安大夫和他在这儿工作的爱人，都是一脸茫然。我在楼里转了半天毫无所获，怏怏出来走到街上吃饭。就在文化馆斜对面一间很简陋但很干净的小铺子里，吃了一碗豆汤和半斤永昌烙饼。吃饱后看看时间差不多了又再次返回文化馆，这次我直接去了文化馆的馆长办公室，堵住了一个刚巧从办公室里出来正在锁门要走的女干部。

女干部听了我要找的人，有几分警惕地上下打量我。我猜到她的警惕所为何来，连忙出示了我的北京的身份证，表示我是从北京来的是安大夫女儿的同学，到这儿是来找安心的——"您知道他们现在住到哪儿去了吗？"

那女干部查看了我的身份证，还对了对我和身份证上的照片是否同为一人。我的身份证和我那一口地道的外地人一般模仿不来的北京口音让她消解了怀疑，但她的回答仍然不能让我满意。

"你找安大夫对吧，他们搬走了。他爱人也不在我们馆里工作了。"

"什么时候走的？"

"走了……有好几个月了吧。"

"他们去哪儿了？"

"这我不清楚，好像是离开清绵到别的地方去了吧。"

"到什么地方去了？"

"我们不清楚，没有跟我们讲。"

女干部把身份证塞还给我，行色匆匆地走了。我疲惫地站在楼道里，心里空空的。安心在清绵的父母，是我要找到安心的主要线索，我想不管安心是否回到他们身边，他们应该都知道女儿的行踪。

我再次走出文化馆的这幢小楼，站在街上发呆，我的整个行程到此一刻，已全然没有了前进的方向。我想了半天，毫无目的地再次从县城走回到安心家的宅院，我没有再去敲门，而是沿着院子后面那种满了高大笔挺的秃杉树的山坡，沿着那山坡上一条残石依稀的悠悠古道，走向我常会梦见的那片山间的平湖。我在湖边眺望着对岸的草坪，草坪在阳光下显得极其开阔。阳光把草坪尽头那一线参天大树的阴影，全力地向后压去，让那片如果走近肯定会发现极其深邃壮观的原始森林，变得渺小而可亲。

直到太阳西斜，我才从那高山平湖的岸边返回，再次经过那座北方的宅院，院里还未升起炊烟。我在通往县城的归途中一再回首凝望，竭力把黄昏中这片最后的即景与以往的想象合并，同时把留恋的目光遗落在那座院子的青砖灰瓦之上。我脑子里居然有了那么一个荒唐的闪念，我想如果我找不到安心，我也许会搬到这个地方，在这院子的附近住下来。

我回到清绵城，穿过两山夹峙的街市，穿过曾扼"三宣六慰之咽喉"的古城门，再援铁索大桥穿越天堑清绵江，在天黑前返回火车站所在的那个弹丸小镇。我从随身带着的旅客列车时刻表上,找到了深夜将至的一列火车,那是从昆明开往南德的 775 次普快。

我想,除了安心的父母之外,唯一还有可能知道安心去向的,只有南德公安局缉毒大队的队长老潘。

时间还早,我在车站前的那个杂货店里,买了一包饼干,拿着,并没有打开来吃。我的肠胃在苦闷和茫然的压抑下,几乎没有蠕动的乐趣。我拿着那包饼干,坐在车站小小的候车室里,背上的背包显得很沉,但我也懒得解下它来。我就这么坐着,一直坐到夜幕将临,坐到夜深了我才走到站台上,嚼着饼干去等那辆唯一在这个小站短暂停靠的夜行列车。

南德我是去过一次的,那是去年夏天将至的季节,我和安心一起回了一趟云南,我们当然地去了南德。除了南德之外,我们还去了昆明和北邱,那时我们正兴高采烈地准备结婚。

那时我刚刚获释出狱,我和安心都沉浸在胜利重逢的喜悦之中。我们决定结婚,再没有什么能够阻碍我们正式结为一体的事情!我们都想过,认真地商量过,无论我们的父母——主要是我爸——是否同意,是否接受;无论安心是否二婚是否有孩子;无论我们有没有钱有没有经济上的能力,我们都决定结婚!我们一定要结婚!就在现在,结婚!

安心从清绵带回的全部二十八万元现金,为营救我出狱花得只剩下不到三万元了。她打电话给她的爸爸妈妈,告诉我们要结婚的想法,也说了钱的事。安心的爸爸妈妈在电话里祝贺了我们,她妈妈还和我通了话,她声音里那种母性特有的辞感,令人感动。她说:

"你是杨瑞吧？你知道吗，安心非常爱你，她爱你胜过爱她自己。在这个世界上，她最爱的人除了她的孩子，就是你，你知道吗？"我说："我知道。"

她说："你能爱她吗，像她爱你一样？"

我说："能！"

她说："你能爱她的孩子吗？"

我说："能！"

电话那边沉默了一会儿，传来了安心母亲隐约的啜泣，她克制着哽咽，说："我的这个女儿，太苦了……我知道你也很苦，你们能相依为命……我真的要好好地祝福你们！"

这位母亲哭起来，说不下去。我把电话交给安心，我在一边听着她们母女互相劝慰，说着相信我的话。我心里默默地想，我一定会对安心好的，一辈子都不会变的！

关于那笔剩余的钱，安心的父母让我们留下来做结婚之用，但我不同意，我坚决主张安心把钱寄回去。安心在电话里和母亲商量再三，争执再三，终于按照一个妥协的办法，我们留下一万，另外将近两万元钱，由我和安心一道，去邮局寄回了清绵。

在安心的劝说下，我去看了一下我爸。一是告诉他我出来了，没事了，平反昭雪了，没给他，也没给我们老杨家丢什么人。二是告诉他我要结婚了，希望他能同意。还好我爸那天没有喝酒，脑子还算清醒。但言谈话语之间，能听出他的大脑长期受酒精毒害，已大不如前。他才五十多岁，说话就跟七八十的老头儿差不多，语无伦次的。关于我无罪平反一事，他大发感慨，大骂法官检察官昏庸无道，并竭力鼓动我去告他们。我爸说："咱们不能让他们这么白整了大半年，物质上的损失咱们不提，提了让人看不起，这精神损失名誉损失不能不提，不能就这么算了。现在都有法了。国家政府办错了事儿，照样得赔，现在民告官是可以告赢的。"

关于我要结婚一事，我爸没有明确表态，但口气上是同意了的。他先问："你够岁数了吗?"我说："够了，男的二十二就能结婚，我过了年就到二十四了，安心也快二十三了。"他沉默，就是不说赞成的话，最多说："你都快二十四啦? 你十七八的时候我就管不了你，更甭说你都二十四了。你什么时候真听过我的? 你妈在的时候你听你妈的，你妈不在了你听你自己的。你小时候还有点怕我，怕我你也不听我的，现在连怕我都不怕了。"

他这么说，我也不吭声，我们父子之间现在已说不出太多亲热的话来。沉默了一会儿我觉得挺难受，就说："爸，那您歇着吧，我先走了，以后有空再来看您，等日子定了就告诉您。"我把安心让我带的两瓶白酒和一兜水果放下，就告辞。我爸站起来，送我到门口，他终于说出这么一句话来：

"你们结婚，我也没什么准备的，钱你爸爸给不了你们。你们现在住的那套房子，我本来想把它和我住的这一套并起来跟单位换一套大的。你们要结婚的话我就暂时不换了，给你们先住吧，你们结婚也不能住街上去。"

我说："谢谢爸爸。"

我爸说："你还知道谢我呀，懂礼貌了是不是，不用谢，你别气我就成了。"

我父亲在门口最后说的这几句话，等于是同意，至少是承认了我的这门婚姻。

后来我爸还打电话来问我们结婚打算在哪里办，办几桌，提醒我别忘了请谁请谁。我告诉我爸，我们勤俭办婚事，不打算摆多少桌了，我们旅行结婚去，等回来给亲朋好友发发糖就行了。我爸说："哦，也好，安心是二婚，又带着个孩子，不大操大办也好，你们就自己出去转一圈悄悄办了吧，别人要问起来我就说你们早结了。"

我爸这话让我心里挺不高兴的，可我没说什么，自己消化了算了。

是的，我和安心决定，谁也不请，结婚是我们自己的事，别人爱说什么就说什么，说什么都行。

但我和安心一起，请那位精明能干、不苟言笑，但最终帮我们打赢了官司的女律师吃了顿饭。我们手头再紧，也还是找了个相对体面的地方——"星期五"餐厅，来表达对她这份"救命之恩"的谢意。尤其是安心，坚持要体面一点地请她吃这顿饭，她和她似乎已结下了深厚的战斗友谊。我说："要真想体面咱就豁出去，上饭店酒楼吃鱼翅鲍鱼去，我过去常吃，哪儿好哪儿不好，哪儿便宜哪儿贵全都门儿清。"安心愣了一会儿："鱼翅鲍鱼？那要多少钱？"我笑笑，答："简单吃吃的话，咱们三个两千以内拿下来了。"两千？安心吓一跳，吃金子呀！我说："两千块钱三个人吃那些玩意儿，还真吃不着好东西，鱼翅只能吃散翅、碎翅和发过了头儿的小鲍翅；鲍鱼只能是鲜鲍而且还只能吃十六头的……"安心说："那咱们还是吃别的吧，体面也不一定非吃这些呀。"

于是我们选了"星期五"，那是年轻人喜欢去的地方，老外也喜欢去，因为那地方的气氛对中国人来说很时尚，对外国人来说很怀旧。外国人吃饭比中国人更讲体面，但他们的体面讲究的是环境和餐具，以及喝窖陈了多少年的酒，而不是吃什么。外国人还不爱吃什么鱼翅鲍鱼海参鱼肚以及其他滋阴壮阳黏了吧唧的玩意儿呢，吃这些全是中国人的讲究。

那顿饭我们三个人才花了三百元多一点，吃得挺快乐。律师年龄比我们大六岁，基本上还算一代人，因此挺有共同语言的。

何况光是回顾这个案子，庆贺我们三人共同的这场胜利，聊聊这中间所有有趣的和深刻的人与事，就有聊不完的话题。

吃完饭后，坐着喝饮料的时候，律师突然结束了回顾，向我提了一个有关下一步的问题。

她说："杨瑞，从法律上说，钟国庆和钟宁的做法应该属于诬陷，完全构得成诬告罪和伪证罪，你愿意不愿意起诉他们？"

我愣了一下，说："行啊。"

律师说："刘明浩、边晓军，还有复审的时候其他几位证人的证言，实际上已经足够认定他们这个罪名了。现在需要的是要有受害者提出诉讼，反告他们，把程序启动起来才行。"

我看一下安心，安心低头想着什么，没表态。我对律师说："行，我起诉他们！"

律师更正说："起诉他们是检察院的事儿，但受害者可以向检察院提出诉状，要求起诉。写诉状和联系证人这些事我可以替你们做。"

律师也看一眼安心，安心始终沉默。律师转脸对我说："你们回去商量一下，决定下来的话，你们找我。"

我说："行，肯定还得再麻烦你。"

那天晚上吃完饭，我们在餐厅门口分了手，律师打出租车走了，我和安心找车站坐公共汽车回家。时间太晚我们也就不去接小熊了。安心给小熊的"奶奶"打了电话，和小熊在电话里说了好半天再见晚安之类柔软缠绵的话，然后和我一起坐公共汽车晃晃悠悠地回了家。

回家之后，安心收拾床。收拾完床她走到客厅，问我："睡吗?"我一看表还不到十一点，猜想她今天晚上大概需要我。我出狱的头几天和安心天天做爱，常常一天两次甚至三次，白天也做，好像一下子做伤了，都觉得再做就该生病了。于是这几天我们开始老老实实地休息，晚上睡觉只是互相抱抱，但不做，都困了就互相亲一下互相说睡吧晚安，然后就跟老夫老妻似的各自睡去。我从安心此时的口气眼神中，感觉到她今晚又想要了，于是从沙发上站起来，去卫生间漱了口，然后上了床。上床前直接把衣服脱得一丝不挂。安心还穿着胸衣，也上了床，靠近我平躺着。我也平躺着，好像都等着对方主动碰自己。等了半天，安心一动不动，像在想什么事儿似的，我耐不住刚想伸手到她胸前，安心突然开口问我话了：

"杨瑞，你真想去告钟宁吗?"

我沉默了一下，才说："啊，她也应该当一回被告了吧!"

我们又都沉默下来，良久，安心再次开口："你告她我没意见，我是担心你和我不一样，我反正和她不认识，没任何情分，只有仇恨，可你和我不一样，你们过去是情人。"

我说："谁跟她是情人呀。你是不是以为我和钟宁还有感情啊?

你没事儿吧!"

　　安心一声不响了,停了好一会儿,又说:"人是感情动物,感情的事说不清。我不是说你和钟宁现在还有感情,我是说,你们过去在一起,毕竟有过美好的时光,有过互相关照,互相惦念的时刻,这些东西是你的经历,难道能说忘就忘吗? 经历是你抹不掉的东西。"

我说:"你不会认为我现在还留恋过去的生活,还想着钟宁吧?"

　　安心说:"没有,我是说我的体会,就像我对毛杰,也谈不上爱他,他贩毒,我也知道是有罪,可你让我去告他,去让他死,我心里还是有障碍,我不忍这样!我总会想起我和他的过去,过去有很多美好的时刻,我会想到他过去对我好,他过去是怎样怎样照顾我。很多细节平时本来想不起来的,可到这时候就都想起来了。"

　　我笑一笑,抬起身子看安心,我摸摸她的脸,说:"那是你,你是女的,女的都是多愁善感,心太软,什么事情都自己扛,我们男的可不这样。"

　　安心依然一动不动地平躺着,看我。窗外的灯光透过纱帘,把她的眼睛映得发亮。那眼睛一眨不眨地看着我,她说:"好,只要你想清了,心里不别扭,那你就去告,我当然没意见。"

我说:"你真没意见,那刚才律师说这事儿的时候你怎么不吭声?"

　　安心说:"我不会主动让你去告她的,我不会。要是你真生她的气,想报复她,而去告她的话,我不反对。但我不想劝你逼你去告她。因为我知道她是你过去的女朋友,我不想让你有一丝半点的不忍心,不自然,还非要做。做过以后时间长了心里头又难受,又后悔,我不想你这样子。"

我躺下来，没再说话。我会像安心说的那样吗？我不敢肯定。但反过来想，如果我走上法庭，面对我昔日的情人，去告她入狱，让她受苦，我会由此而特别快乐吗？这一点我似乎同样不敢肯定。

　　我想到当初钟宁告我的时候，我在法庭上那么心平气和地看着她，而她却毫不手软，她几乎是声嘶力竭地要置我于死地！我看出她因此而有快感，而得到满足！想到她那时在法庭上表现出来的兴高采烈的样子，那一脸恶毒的得意，我突然警告自己，我不能像她那样，我不能像钟宁那样生性残忍，那样穷凶极恶，那样没有宽容之心，我不能做那样一个没有一点档次的人！

　　那一晚上我和安心谁也没有再说什么，也没有再做什么亲热的事，我们各想心事，直到睡去。

　　第二天我给律师打了电话，我说我不打算告钟宁、钟国庆了，算了，放他们去吧。律师好像早有预料似的，并不惊讶地问我："为什么？是不是怕他们财大气粗后门多告不下来？"我说："不是，我不想再跟他们告来告去的，我和钟宁毕竟有过一段感情，她过去对我也不错，就算是我回报她吧。"律师没再多说什么，她只说："好吧，反正你自己拿主意。"停了一下，她突然又说："杨瑞你是个挺棒的男人！"我笑笑，问："怎么这么说？"她答："从你那时候跟我说你要辩无罪，我就挺佩服你的。为了清白，宁可坐牢，一般人都不会这么选择。光看你的外表我没想到你会这么男人，包括你现在对钟宁，你这么处理挺给人分量的。尽管我不赞成，但我理解。我也理解安心为什么要这么拼了命地救你捞你了，我想她是值得的。"

　　我和律师通完电话，心里有种胜利感。我把我不再起诉钟宁的决定跟安心说了，安心很平静，既不表示赞赏也不表示遗憾，只说："哦。"

除了我们请律师吃饭之外，我们还和刘明浩吃了一顿饭。是刘明浩请客，再三约我们去的。我本来并不想去，刘明浩在法庭上当着我的面说瞎话，他明知道他这么作证我就毁了，可他还是这么作证。他那天作证的时候眼睛都不敢看我。他这个证把我们从小到大多年的交情差不多一笔勾销了。我还能没皮没脸地去吃他的饭吗？可安心说："刘明浩是做生意的，他是不敢得罪国宁公司。咱们别要求他那么高了，也别记这个仇了，这个仇你也报不了，何苦总记在心里恨他呢？再说他也帮过你，他这些年帮你不少忙了。他害你这一次算是扯平了吧，不然你且要记他的恩呢。何况他后来又帮你作了一回证，要不然你还出不来呢。"

那顿饭是在东方花园饭店里吃的，在饭店里吃饭环境气氛好，比在酒楼吃显得档次高。刘明浩在这儿订了一个单间，点的全是这家饭店拿手的上海锦江菜。开始我们见面时都有几分尴尬，不过很快就好了。刘明浩第一杯酒先主动谢罪，说："哥哥有对不住弟弟之处，先喝一杯自罚。"他一饮而尽，抹着嘴说："我这人就这优点，知错就改，我原来没想到我说那么一句'不记得了'，就能把我弟弟给判了，我想咱们国家的法院还不得明察秋毫啊。结果杨瑞一进去可把我急坏了，我他妈悔死了。我心说我怎么着也得想办法把我弟弟给弄出来。正好安心又来找我，我们一拍即合。是哥哥让你进去的，哥哥也就必须得让你出来！来，这第二杯是给你接风的，喝了它，压压惊。"

我们喝了酒，不容我和安心插空说话，刘明浩还没说完似的又接着说:"不过人也说了,没结过婚的男人不算男人,没进过监狱的男人不算真正的男人。杨瑞,你这半年没白进去,我看得出来!你过去整个儿还是一孩子呢,今天我一见你一看你这眼神儿,就看出不一样了,成熟多了!"

我笑道:"那你什么时候也进去一回,也当一回真正的男人。"

刘明浩一愣,解嘲地笑笑:"我呀,我先学着做个普通男人得了,我正准备着结婚呢。"

接下来他又大骂钟宁、钟国庆,说现在好多人都准备告他们呢,国宁公司缠上了好几起官司,法院检察院也在查他们诬告我的事。咱们国家法律都有规定的:诬告反坐!不过钟国庆在上面的关系多,也许能摆平也说不定。可是得道多助,失道寡助!多行不义必自毙!他们总这么黑早晚要轮到恶有恶报的一天!

吃完了饭,安心拿出三千块钱来,还给刘明浩。小熊生病时我们借了他四千,后来我去龙都第一个月挣了钱以后还了他一千,现在我们手里有钱,理应还齐了。刘明浩喝完酒的脸红通通的,使劲把钱推回来,嘴里嚷嚷着:"嘿嘿嘿,你们干吗?这不是骂人吗?"安心诚心诚意地说:"这还是你卖了股票借给我们的,你已经亏了,我们连利息都不付,再连本儿都欠着,实在过意不去。"刘明浩说:"见外见外,我和杨瑞,谁跟谁呀,这钱就算我跟我这小老弟赔罪的吧,要不我心里难受!"

他硬是不收,安心无奈扭头看我,我把钱接过来硬塞在刘明浩怀里,我说:"你让我们轻松一点好不好,欠着人家的钱我们俩睡不着觉。"

刘明浩见我态度坚决，换了个理由还想把钱塞回来："你们不是要结婚了吗，这钱就算我做大哥的送的份子好了，省得我另给你们买东西了。"

我不接，说："一码是一码，这样吧，反正你也快结婚了，你现在要是送我们东西，到时候我们也得送你，送来送去何必呢，不如咱们说好了，情义到了，礼就免了，怎么样？"

刘明浩知道拗不过我，只好把钱装进手包里，苦笑着说："你结婚那份礼我无论如何得送，哪怕我送了你不喜欢扔了去呢。"

说实话，我真是不想让刘明浩送礼，不光他，谁的礼我都不想收。这半年官司吃的，还有前一段找工作那个费劲，我算深知了人情冷暖，世态炎凉。这世界上人和人要是没有一点亲缘关系还能亲热来亲热去的，本质上肯定都有一根利益的纽带，纯感情的事儿太少了，有也别信。

在这个观点上，安心就显得比我宽容和善良。她说："你也别把人都看得那么猥琐，好像谁要帮你一个忙一定是别有用心似的，这样看也太绝对了。过去我在南德缉毒大队工作的时候，我们潘队长和钱队长对我都不错，好多人都帮过我的忙，难道都是有利可图？"

我解释不了她的经历和体会，词穷地说："南德我不了解，我是说北京，说大都市，哪个大都市不是物欲横流。"

安心对她的生活体验也很执着："大城市比我们南德和我们老家那种小地方，是商业化了些，但我相信，人的内心总有善良美好的一面，总有爱心。爱心就是无私的，否则就不叫爱心。"

我不再跟安心争辩，她说服不了我，我也说服不了她，各存己见算了。我们的观点不同源自经历不同，也源自人性的不同，我想安心是自己太善良了，所以才觉得别人也善良。

我承认我不像安心那么善良，但我喜欢善良，愿意和善良的人在一起生活或者工作。我想如果我和安心今后真能天长地久的话说不定我也会变得和她一样善良的，可能也和她一样，吃善良的亏！

二十五

我和安心决定结婚，我们把我们的决定告诉了我们的家人。我们同时决定，要与我过去梦想中那浩浩荡荡的迎亲场面完全相反，我们的婚礼要简单、秘密，不声张，不邀请任何亲友和任何嘉宾。这个婚礼的参加者只有三个人，安心、我，还有小熊。

但我们没有决定婚礼举行的地点，关于地点我们争论不一。

我主张在北京，就在我们现在的家里。这个家不仅是我们的居所，而且理所当然地，将成为我们的新房。而且，仔细想想，它还是我们爱情的诞生地。正是在这个小小的客厅里，我们共同度过的那些一述平生的不眠之夜，发掘了我们彼此的爱意。

安心的主张则有些犹疑不定，开始她希望在老家清绵，后来又想去南德，但这两个地点显然都不适合。去清绵举行婚礼因为有她的父母和那么多乡里乡亲，显然无法做到简单秘密。而且，安心父母也未必愿意女儿在这么多父老乡亲面前带着个孩子举办婚礼，这对他们来说当然不是个有面子的事情。去南德结婚更不现实。因为安心是经组织决定隐姓埋名改头换面离开南德的，现在要是大模大样地回去而且还要操办喜事的话，那不是有毛病吗？她的组织肯定不会同意的。而且在熟人多的地方办喜事怎么可能不招摇、不张扬、悄无声息？

在婚礼的地点没有商妥之前，我们做出一个决定，那就是，我和安心一起，先回一趟云南。

因为我们必须回一趟云南。我们要是想结婚就必须到安心的户口所在地去开一张证明，这是到民政机关办理婚姻登记必备的手续。

我们选择了六月初阳光明媚的一个普通的日子，带着我们的孩子小熊，买了去昆明的火车票，动身启程。这次出门远足在我们的心情上，几乎就是一次幸福快乐的蜜月旅行。

京昆线上风光无限，我们情绪高涨，一路有说有笑，其乐无穷。特别是小熊，那时说话的能力突然大见长进，每天都有新词儿从他咬字不清的嘴里蹦出来，把大人搞得一惊一乍。特别有意思的是，谁也没有教他，他居然能毫不犹豫地自然而然地冲我叫爸爸。他第一次叫我爸爸的时候吓了我一跳，我扭脸对安心说："我操，你听他叫我什么呢？"安心装傻反问："叫你什么？"我疑心道："是不是你教的？"安心马上矢口否认："我从来没有强迫你当他爸爸的意思，我干吗要教他？"我说："你不是没听见吗？"安心一愣，然后一笑。

我也一笑。

其实，在我和安心的关系中，一个最敏感、最重要的问题，就是小熊，就是我和小熊的关系。这问题显然是安心最担忧最关注的，也是我最要注意，最要小心处理的。应该说，小熊是个招人喜欢的孩子，但喜欢他逗逗他跟长期和他生活在一起，承担起类似于父亲的责任，完全是两回事，感觉完全是两样的。在大家都高兴的时候，孩子是个气氛，他会制造欢乐并使这个家更有家味儿。在大家都没情绪的时候，特别是在我心里烦躁而小熊又不听话的时候，我会情不自禁地讨厌他。比较复杂的是，我必须隐藏我的脸色，在小熊又哭又闹蛮不讲理的时候我也必须忍气吞声，更不能打他骂他，连大声地教育都不行，原因只有一个，我不是他的亲爸爸！尽管安心一再说，"杨瑞，他不听话你该骂就骂该打就打"，可要是我真骂了真打了她又该心疼了。光心疼还没什么，弄不好她会疑心我对孩子不亲。怎么叫亲呢？安心对小熊的某些亲法简直就是娇纵，我本来就不赞同的。而且，就算我是他亲爸爸，爸爸和妈妈管孩子的角色和角度本来就应该不同。可恰恰因为我不是他亲爸爸，所以在对待小熊的态度上我不能表现得与安心有任何不同！

我总是这样告诉自己，重要的不是我如何教育孩子，而是如何首先让孩子接受我。所以孩子突然叫我爸爸我多少有些惊喜，我把这事看作是孩子主动向我示好，因此我作为大人理应做出积极的反响。我的反响就是在这个旅途中把父亲为孩子任劳任怨的那一面，尽情地表演出来。

我对小熊越好，安心就对我越好，我和小熊稍有，或可能有矛盾的时候，也是安心最紧张的时候。为此我不得不整天全神贯注地呵护及讨好小熊，再困再累只要小熊要跟我玩儿我装也要装出乐此不疲的样子来。这个样子有时让我幸福有时让我挺累。面对孩子我才发现自己真是长大了，懂得了克制和责任，不能像过去那样高兴不高兴都挂在脸上，都由着自己的性子来。

我们在昆明玩儿了一天半，看上去像合家旅游似的。旅游是一件大家都高兴的事，我得尽量让安心和小熊都能开心，因此事事顺着他们。我从小到大，脾气从没这么好过，除了在石林逛商店时和安心发生了几句小小的口角外，我觉得自己俨然是这世界上最优秀最难找的丈夫和父亲了。

在石林的几句争执是因为一个叫陈晓东的家伙。搞不清他是香港还是台湾还是什么地方出品的一个流行歌星，我以前没想到安心这样正统的女孩，也会俗到迷恋这种完全是刻意包装出来的装酷装纯的小男人。她在商店看上了陈晓东新出的一盘磁带，可能是盗版的，叫《比我幸福》，执意要买。我不同意，这是我和安心交往以后唯一的一次反对她买某样东西。我讨厌磁带封面上那张故作性感的脸和脸上那挑逗性的表情，而且这首歌的名字也有点侵犯我——怎么叫"比我幸福"呢？凭什么比我幸福？我对安心说："买它干什么，这不是浪费钱吗?!"安心看我半天，没搞清我是真生气了还是随便一说，她说："买吧，我喜欢听他的歌。"我悻悻地说："你怎么俗到这地步了，喜欢他什么？喜欢他这张脸吗？"安心看一眼那封面，居然说："对呀，挺好看的。"我狠狠地一笑："噢，我说呢，花一盘磁带的钱，就为了买一封面，你觉得值吗？咱还养不养小熊了？"小熊这时成了我的武器。安心愣愣地看我，她大概没想到我其实是为这磁带上的封面人物吃醋呢。她不解地说："你这是什么意思呀我不明白。"我抱起小熊，扭脸走了，我说："小熊，我心疼你。"

那盘带子安心终于没买，但脸上是不大高兴了。她大概以为我是为十块钱而这样小气呢。她跟在我后面，把心里的不快挂在脸上。我回头看她一眼，心想：至少在这件事上，我又输给张铁军了。她肯定想起来还是张铁军更成熟，在小事情上不像我这样斤斤计较的，肯定。

转到卖珠宝首饰的地方，我想把安心的脸色缓和下来，便主动讨好地停下脚步，在那些琳琅满目的漂亮的首饰前驻足流连。安心的目光果然也被那些金银钻翠吸引住。比起陈晓东，也许女孩子更喜欢的还是这些东西。我对安心说："咱们结婚，按说我应该送你结婚戒指的，可我现在没钱买，怎么办？"

安心笑一下，脸上果然缓和了，她说："那你就送我一个信物吧，随便什么，能代表你的心就行。"

信物这东西在我的概念中，应该是一件象征性的物品，总要有点品位的，而且不能太实用，也不能太便宜。我搜索枯肠，想来想去，想不出我手上有什么合适的东西能当此任，于是暂停思索，反问安心："既然是信物，那你也得送我，你送我什么？"

安心当即从脖子上摘下她母亲送给她后来她曾想送给张铁军但最终没有送成的那枚玉观音，她说："这是我最珍贵的东西，它一直保佑着我，也会保佑你的。"

我吓了一跳，我知道这枚玉观音经历过的事情，说："这是你妈妈特别送给你的，我不敢要。你妈就指望它能保佑你一辈子平平安安呢。"

安心笑笑，说："只要你平安，我就会平安。你平安了你就会保护我的，你会吗?"

我还是没有接受这枚玉观音，但我当着售货员的面，腾出抱小熊的一只手，抱了安心。我在她耳边喃喃地发誓说："当然，我会永远保护你，永远守着你，让你一辈子都平安! 你信不信?"

总的来说，我们出来这一路还是开心的。在昆明稍做逗留之后，在第三天的早上，我们换了火车，继续前行，几个小时后，我们到达了此次行程的目的地——北邱。

到达北邱后我们从车站步行去安心户口所在的西关派出所。虽然安心在北邱工作了好几个月，但那是一段大门不出、二门不迈的自闭式的生活，她连北邱市区仅有的那几路公共汽车都是从哪儿到哪儿的都不熟悉。这种小城市的街上，也见不到出租车。好在城圈儿不大，从东到西不过几条马路。我们途中还有意绕了一个小弯，路过了安心工作和居住过的那家建材公司。安心为我指指点点，告诉我哪儿是办公的地方哪儿是宿舍，她平时在哪儿吃饭在哪儿洗澡，等等。我们从车站到达西关派出所一共步行了四十多分钟，因为轮流抱孩子，所以到了地方我们都有一点腰酸背疼。

西关派出所在一座像是危房似的老式的院落里，院子把门的那间接待用的小房子只有十三四平方米，靠门的三分之一处还横着隔了一个柜台，来办事的人都挤在门口四五米见方的狭小空间里。我们等了半天才挤进去，在人缝中靠近了柜台。柜台里有三位值班的民警，面目疲惫地应付着来这里落户、迁居、改名字，以及报案和投诉之类的各种公务。安心好容易轮到机会，抓住一个正要转身找杯子喝水的民警说了她要办的事情，那民警刚刚应了一声又被另一伙在菜市场打架斗殴跑来要求处理纠纷的农民缠上。我抱着孩子站在门口，心里烦躁但一点办法没有。

我们挤在人群中等了将近一个小时，直到那帮打架的走了屋里才显得安静了些，安心也终于有机会被一位民警正式地"接待"。她隔着柜台给民警看自己的那个何燕红的身份证，说明她要结婚需要在这里开份证明。那民警先是问了些情况，诸如"你有工作吗""你现在住在哪里"之类，然后从后面搬出大本的户口"底票"进行查对，查着查着眉头皱起来了，满脸疑问。他问安心："你什么时候迁到这里的？"安心说了大致的年月日。那警察又问："从哪里迁过来的？"安心说从哪里哪里。警察刨根问底似的："当时为什么迁过来？"安心支吾了一下，答："因为在这里找了工作。"警察问："在哪里工作？"安心说在什么什么建材公司。警察问："怎么又不干了？"安心说后来到北京去了。警察问："对象是北京的？"安心说："对。"那警察抬起眼睛看我，又看我怀里抱着的孩子，不知道是问我还是问安心："都有孩子啦？"我们都没答。警察也不追着问，低头皱眉看户口底票本，看了一会儿，说："你这户口不太对呀，我这个底票上怎么好多项目都没有啊？"安心知道是怎么回事，装糊涂地说："不会吧，是不是我迁过来的时候你们没记全呀？"警察合上"底票"本子，说："你们过几天再来一趟吧，今天办不成。当时给你办落户手续的民警调走了，我们需要把情况了解了解，你们过两天再来吧。"

我凑上去，说："我们就是结个婚，您就给开张证明吧，我们还得赶回北京去呢。日子都定了，亲戚朋友也都通知了，您就帮帮忙吧。"

民警摇头，坚持原则地说："那不行，不光是给你们开不开证明的问题，她这户口底票不清不楚的，该填的项目都没有填上，到底怎么回事我们也得搞清楚，也是为她本人负责任嘛。下一步马上户口都要改成电脑管理了，她这情况这么不齐怎么往电脑里输啊？"

　　在派出所交涉了半天，没有结果。我和安心抱着孩子，垂头丧气地走出那间"危房"。站在派出所院子门口的街边上，一时无话。我们精疲力尽地站了好一会儿，我先开了口，说："要不要找找熟人啊，看谁认识这帮警察，不行就送点礼什么的。现在别说结婚了，到火葬场烧人都得送礼，要不然就让你排好多天队，还不给你烧透了。这帮人吃的就是红白喜事。"

　　安心为难地说："我没有熟人呀，我在这里谁也不认识。"

　　我们都闷了声，一筹莫展，发了半天呆，我又说："你干吗不去南德，找你原来的单位，索性就用你原来的名字在南德开一张证明得了。你不是说你不喜欢何燕红这个名字吗，我听着也别扭，什么何燕红，跟个村姑似的。"

　　安心叹口气，说："我本来不想让我们队里的人知道我要结婚的，他们知道了也不会同意我用安心这个名字。上次潘队长到北京出差听说我还在用这个名字把我狠骂了一通，说我再不听话出了事局里概不负责。你不知道我们那种单位，大家都挺重视组织纪律性的。"

　　我一下午都没坐下歇一会儿了，抱小熊抱得我两条胳膊都麻了，我不无气恼地问："那你说怎么办？"

　　安心想了半天，脸上也没主意，犹豫了一会儿，说："要不然，要不然……咱们就去一趟南德？"

去南德？我没想到安心会同意去南德，不由兴奋起来，连忙点了一下头，用总结性和决定性的口吻，说道："好啊，那就去南德！"

当天晚上我们就在北邱市的一家小旅馆里投宿。第二天一早出发到火车站，坐火车去了南德。南德比我想象中的规模要大、要新。从火车站一出来就能从一片低矮平房的房顶上，看到远处许多新盖的高楼大厦。南德的市政府、市人大、公检法的楼都盖得非常了得。但我不喜欢这些新建筑，我觉得正是这些外形大同小异、做工粗糙不堪的高楼大厦，还有这些高楼大厦头顶上五颜六色的广告牌和霓虹灯，把这个挺有文化的古城弄得没了味道。

我们一到，就看到街上不少地方张灯结彩，有些喜庆的布置，一打听，才知道后天就是傣族的泼水节了。泼水节就是傣历的新年，是傣族人最重视的节日。因为北邱不是傣族人居住的地区，所以看不出一点泼水节的气氛。而南德是一个以汉、傣和德昂族为主体，拉祜族、哈尼族和布朗族等多民族杂居的地区，所以南德的节日格外多。

我们没有流连于街头的热闹气象，下了火车先找住的地方。我看上了城边离火车站不远的一幢由古旧建筑改成的旅馆，那旅馆的外观很有风格，而且门口便临着一条笔直的大街，街两面都是些五六十年代建造的木制矮房。矮房使这条街变得视野开阔，而开阔的视野在感觉上又拓展了街的宽度。

旅馆门前，栽种着几棵成熟的阔叶芭蕉，左右配以两块不算太小的绿地，绿地上有些久未修剪的灌木和自生自灭的花草。这些灌木花草非但没有起到绿化美化环境的作用，反而平添了几分破败之相。好在这古建筑的后景便是郁郁葱葱的南勐山，总体感觉很不凡，似乎我们几个人和这幢两层的小楼都已入画，成了南勐山一个随意的即景。

我们走进旅馆才知道这房子竟然真是一处清代的古建筑，是光绪五年建成的一座宣抚司署，是云南省内保存比较完整的一座土司衙门。这衙门内部的建筑样式有点傣族的风格，外观却基本是汉式的。在这种少数民族地区的历史上，汉式的东西往往具有表现权力和威慑民众的功能。

我和安心开好一个房间，那房间只有十余平方米大小，只摆得下一张母子床和一只小小的写字桌，每天却要六十块钱。大概其中有三十块钱是让我们住在这幢具有文物价值的房子里发思古之幽情的，还有十块是让我们观赏后窗风景的。我们一进屋就从这扇巴掌大的后窗看到了南勐山黄昏中的巍峨。

安顿下来以后，就到了晚饭的时间。令人惊奇的是，这旅馆还设有替顾客看小孩的服务。我和安心专门去看了看那间"托儿室"，感觉还算干净，地上摆了些玩具，墙上贴了些卡通图片，我们去时屋里正有两个两三岁大的孩子在垫子上玩耍，不哭不闹。保姆是两个中年阿姨，为人热情，一见到小熊便顺嘴就来地说了很多夸奖喜欢的话，说得安心和小熊都有些喜不自胜。尽管夸别人的孩子对她们做阿姨的也就是念段生意经，但毕竟抓住了家长们的心思，当然无往而不胜。

这间袖珍托儿所代看孩子以小时计费，每小时三元钱。如果需要喂饭的话另加三元，比起北京的物价，便宜实惠多了。我和安心又详细问了问如果吃饭的话都吃什么，听听也还不错，于是我们便把小熊托给了她们。小熊可能总和大人生活，平时缺乏伙伴，所以对同龄小孩非常好奇，对和他们一起玩儿有强烈的渴望。再加上两个阿姨不遗余力的甜言蜜语，并诱之以玩具和糖果，他居然有奶便是娘地让一个阿姨抱过去立即眉开眼笑、宾至如归地玩儿开了，我们走的时候安心冲他摆手说再见他都没听见，尽管在阿姨的要求下他冲安心摇了摇手，但也是摇得形式主义心不在焉。

我倒乐得这样，没有孩子拖累，可以和安心轻轻松松地上街吃饭。吃完了饭我就要求安心带我去重游她的那些故地，包括她在河边的宿舍、她工作的缉毒大队、她和铁军那套两室一厅的新房等，我都兴致勃勃。

对我的要求安心却表现得十分犹豫，她说："咱们还是别去了。我们局里不让我不经请示擅自回来的，我去那些地方万一碰上熟人告诉队里和局里的头头我非挨骂不可。还是晚上回去先打电话跟潘队长联系上再说吧。"

我想她也太拿鸡毛当令箭了，一两年前的命令到现在还执行得这么一本正经，难道干公安这么几天就能被人管得一辈子像个机器？于是我极力怂恿："怕什么呀你，天都黑了，你低头走路，我在后面跟着，谁认识你呀。"

我们互相磨了半天嘴皮子，最后达成妥协：先找电话和潘队长联系，如果联系上了就按潘队长的要求办，如果联系不上，安心就带我趁夜色悄悄逛逛那些地方去。

我们出了小饭馆，就找公用电话，打到缉毒大队的队部，接电话的是个安心陌生的口音，说潘队长不在。打到他家里，家里没人接，打他手机，说不在服务区。我问安心要不要找别人，比如钱队长。安心想了想，说："还是找潘队长吧，钱队长脾气大，要知道我不请示就回来了非训我不可。"

联系不上老潘。安心无可奈何地，带我去了我要去的地方，但由于时间和位置的关系，那天晚上我们只在她和铁军的那个临时新房的周围看了看。因为担心小熊，不能回去太晚，所以其他地方就都没能去成。

我们回旅馆时小熊已经睡着了，我们谢了尚留在"托儿室"的一位值班阿姨，抱他回房。回房后我们也就睡了，这几天带个孩子从北京一路到这儿，我们也都累了。

第二天上午，安心依然没能联系上潘队长，我们不禁都有点焦急了，整整一天无心出门，隔一会儿便出去打电话。安心怕队里的人听出她的声音，电话总让我打。到了傍晚突然接通了潘队长的手机，我们高兴极了，安心和老潘通话时显得有几分激动，她说："队长是我呀，我是安心，我现在就在南德呢，我有个事专门找你来了。"老潘显然对安心不经同意突然重返南德感到意外，我在一边听他们对话就能察觉到的。老潘问了半天她是怎么来的，来干什么，有什么事。安心就在电话里说了我们要结婚的事，说了我们想请南德市公安局给开个证明的事。

安心说完我们的来意，潘队长在电话里沉默了半晌，然后让安心到缉毒大队去找他一趟。他说："你一个人来。"

挂了电话，我看安心脸色，问她潘队长是怎么说的，安心简单做了复述，情绪从激动转为低落，甚至有些忐忑不安。她让我带好小熊，待在旅馆，实在闷了想出去转转的话就在附近转转，别走远了，她说她很快就会回来。

安心走了，我带着小熊在附近走了走。旅馆附近没什么商店，没什么好玩儿的地方，看着南勐山近在眼前，山上郁郁葱葱，透彻的绿色把人撩拨得不由不心向往之。这样美的山景在北京是看不到的。还有搭在悬崖绝壁上那家卖茶的小店，不知与我的想象有多大差别。但我只是抱着小熊，望山兴叹了一会儿，知道望山跑死马的说法没错。要是没有车，我们从这儿走到山脚下得走到天黑！

小熊吭吭唧唧地，用不甚清楚的语言和哭腔，表示还想找那两个阿姨和那两个小朋友。他说要找什么"东东"还是什么"嘟嘟"，我听了半天才领会那大概是昨天和他一起寄托的另一个小孩儿的名字。

我当然不能再花钱把小熊托出去，便竭力说东扯西转移他的注意力，扯来扯去小熊哭起来，怎么哄都不行。我只好带他回旅馆，把他带到托儿室，小熊马上不哭了。值班的阿姨笑脸相迎。

到晚上快九点钟了安心才回来，她脸色沉闷，见我站在旅馆的院子里抽烟，小熊在托儿室由阿姨带着，有点奇怪。我们把孩子抱走时我照规定交了钱，一回房间我就跟安心解释，说："小熊不愿意跟我，非跟那俩阿姨不可。"安心说："怎么可能呢？你是不是这些天总带着小熊有点烦了？毕竟不是你亲生的。"

我明知道安心这么说大概是因为情绪不好心情不顺，但我还是有点生气了："你这叫什么话，我跟你在一块儿这么久了，我什么时候烦小熊了？"

安心说："杨瑞，这些天小熊这么麻烦你，我心里也挺不好受的。

我说的是实话，他不是你亲生的，你要烦他我也理解，我没有责怪你的意思，我谢你感激你还来不及呢。"

我的脸涨红起来，心里非常不舒服，我发泄道："我怎么可能对小熊不好呢？我都不知道该怎么对他好了，我都不知道该怎么做才更像亲生的了。说实话他要真是我亲生的我绝不会这么惯着他。我这么惯着他全是为了你！我知道你希望我对小熊要特别好，要好上加好，我心里都知道！你对我爱不爱你无所谓，你真正关心的，是我爱不爱小熊！"

安心的脸变白了。她说："小熊是我的孩子，我必须爱他！至于你爱不爱他，是你的自由，我不会硬要求你爱他的，更不能强迫你爱他。连你爱不爱我，我都不能强迫。"

我和安心以前也拌过嘴的，但都是鸡毛蒜皮的小事，比如对陈晓东。谁也不当真把气生到心里去的。这次争吵是我们第一次说了互相伤害的话，第一次把气生到心里去了。我一看双方的话都有些成心较劲儿了，就压住火儿，先住了嘴。而且我发现小熊好像有点听出我们吵架是为了他了，他愣愣地坐在床上不知所措，没哭。他紧张地看我们的样子反倒让我心里真的有点心疼他。我知道孩子已经快两岁了，大人的样子已经可以看得半懂，至少，他的大脑皮层已经可以记忆恐惧。而最危险的是，他还无法思考和处理这个记忆，这个未经思考和正确处理的情绪记忆一旦储存进孩子的大脑，说不定会影响他一生的性格和情绪反应的习惯，对他非常不利。

所以我就住了嘴，先压住了自己的火气。其实我知道，赌气的话只要别再你一句我一句地往深里说，往狠里说，等气一消很容易化解的。我也明白，唯一不好的，有可能留下阴影的，不是我们这次吵嘴的语言，而是它的起因。起因是为了小熊。

安心也是个善于克制的人，我一住嘴，她也就不再说下去。我本想问问她刚才去找潘队长都说什么了，那事情到底办得怎么样了，但刚刚吵了架两个人的脸色都别扭着，也问不出口。安心搂着小熊脸冲墙，我背朝安心脸冲外，两个人黑着脸黑了灯，各自睡觉。

第二天早上，小熊先醒来，从他妈妈那边爬过来，拱在我身上要穿衣服。平时大多是我给他穿衣服的，所以他一醒来就找我。安心也起来了，帮我一块儿给他穿。小熊挥着手在说昨天"东东"或许是"嘟嘟"的事，我嗲声嗲气地应和着他，安心没说什么话，脸上的气候却是晴朗多了。

上午，我没来得及问安心昨天晚上跟潘队长是怎么谈的，潘队长就到旅馆来了。没错，潘队长正是一年前我在京师体校路口的街灯下，见到的那个老气横秋的人。安心把我草草地介绍给潘队长，潘队长也草草地和我握了握手，满脸倦容并不多话。安心叫我带孩子出去转转，我就抱着小熊出去了。我出去的时候听到老潘问了安心一句：

"他多大岁数了？"

我知道，这不是问小熊，是问我呢。

我心想，安心的这个领导也管得太宽了吧，安心现在又不是警察了，他总不至于嫌我岁数小不让安心嫁给我吧。

我抱着小熊，就在这个古色古香的旅馆里四处转悠。这是一座带前后两个内院的二层建筑。我看了一下立在院子里的一个原清宣抚司署的平面图，和现在的房间布局大不一样了。平面图上标着的正厅和大议事厅，已被分隔成若干间大小不一的客房，图上的粮仓、监牢等也不知去向，连门户的方位都变得面目全非了。这房子毕竟经历过百余寒暑，功能和间隔随着改朝换代肯定变了多少回了，这里也许做过军事指挥所，做过仓库，做过阶级斗争教育的基地，如今又变成了赚钱的旅社。

从那张清代宣抚司署的平面图看，我们住的房间是原来的后宅部分。后宅的正房是那狗官宣抚司和他大房妻子的居室，两厢则是家人、小妾和仆人的用房。我们住的那间十来平方米只放得下一张床和一张桌的小屋位于正房的一角，可能是那土司老爷陈放烟榻的地方。

我把小熊背在背上，在正房的原址上来来回回地走了几趟，算算这正房的面积，竟被切割成了十来间小客房和一横两竖的三条细长的走廊，也真算得上地尽其力、物尽其用了。

在我背着小熊楼上楼下考古似的到处闲遛的大半个小时里，安心和潘队长就在我们那间小屋里关起门来谈话。也许是担心隔墙有耳所以他们谈话的声音一直压得很低，那声音低得让外面的人都以为他们在心平气和地谈着些无关痛痒的事情，实际上他们的交谈自始至终都处于明显的分歧和严肃的争执中。

二十六

  安心和潘队长的分歧既是思想性的，又是年龄性的。他们是两代人。我一直认为，现在的时代和过去的时代有一个最重要的区别，那就是年轻人、中年人和老年人的世界观，完全是不一样的，而且差别巨大！

  我所谓的年轻人指的还不是那种被称为"新新人类"的另类一族，而是指一般生理意义上的年轻人，如安心和我这样的人。我们也受过正统的教育，经过一个或数个工作单位的职业训练，我们不是那种无所事事、晃晃悠悠、生活支离破碎的性交爱好者，也不是那些把身体当块抹布，只看重自己的感觉，只要自己开心就好的问题少年。我们从小也和那些中老年人一样，至少也不次于他们地熟知各种社会主义、共产主义、爱国主义的理论和口号，以及四项基本原则、五讲四美三热爱之类的大道理，但我们还是和他们不一样的。除了在纪律、法律和团体的规定下在某些场合必须做出同一个表情和同一个动作之外，我们和上一代人几乎什么都不一样，从里到外，都是截然不同的两种人。

安心和潘队长在那间小客房里发生的争执看起来是事务性的，实际上与他们的年龄及世界观的差异绝对有关。潘队长不同意由南德公安局给安心开具结婚证明，他认为南德公安局无论是作为安心的工作单位还是作为她的真实户口所在地，都不适于出现在安心结婚手续的公开文件上。虽然毛杰这个案子已经时过境迁一年多了，看上去已经没有什么现实的危险，但这是规定，这是组织上的规定。安心作为一位受到正式保护的人员，在未经请示上级公安机关批准之前，谁也不能私自做主公开她的身份。另外，潘队长还严词禁止安心继续使用安心这个名字："你在北京还用这个名字就已经不对了，再把它公开写到结婚证上就更不对了。你的这个身份证当时为什么没有交回来？你应该交回来交给局政治处封存保管。我要是将错就错批准你用这名字结婚我就等于犯错误啦，再说开结婚证明要到市局政治处去开，也不是我点个头就能开得出来的。"

安心说："您和政治处方主任不是很熟吗，您去找他说说开个结婚证明又不是什么大事，又不是什么违反四项基本原则的事。我结了婚以后自食其力再也不给组织上找麻烦了还不行吗，我讨厌这么隐姓埋名神神秘秘地过一辈子！"

老潘说："方主任也没有这个权力，你是经局党委讨论同意并报省厅政治处备案以后才采取保护措施的，方主任是搞政治工作的，应该比我更讲原则更守规矩，怎么可能私下里一个人做主就把上级组织的决定给破坏了？除非局党委为你这事再讨论一次，把你的保护措施给撤了，把你这个被保护对象的身份给取消了，那我们给你开。不就是开个证明吗，不就是结婚吗，我们盖个章，证明你目前未婚独身，那是很简单的事！"

潘队长的意思，这个证明还是要到北邱开，他可以向局政治处反映一下情况，让政治处管这事的干部和北邱市公安局打个招呼。结婚证明上还是得用何燕红这个名字。除了安心总是不按规定用化名这件事之外，老潘还批评了她不经请示擅自跑到南德来的行为，老潘说："你现在也不算是缉毒大队的人了，也不算是现役民警了，我也不好再多说你什么，你要还是我队里的人我非好好骂你不可，我非让你今天就立刻给我回去，回北邱回北京回哪里去都行！"

安心有些委屈，甚至，有些生气。她情绪低落地说："您不是一直在骂我吗，您都骂我这么半天了，从昨天晚上一直骂到现在。我以前还觉得我在您心里的印象挺好的，现在才知道您这么讨厌我。我都不知道什么样的人才能让您满意了！"

老潘这才住了嘴，沉默片刻，叹口气，说："我过去，有一个同事，我记得我好像和你说过的。那是我在沙茅地区公安局工作时认识的一个同事，他是昆明市公安局的一个缉毒干部，在一个案子上用伪装身份做情报工作，和几个贩毒的人混成了朋友。他们拉他一起干毒品生意，他就跟他们干，算是打到他们内部去了。后来连境外的贩毒集团也都信任他了。省厅就派他在沙西公路旁边开了一家加油站，贩毒组织就拿这加油站当据点，他就利用这个据点给我们送情报。这个据点离沙茅很近。沙茅地区公安局就是由我负责跟他联系的。我们一直配合了八年，靠他省里破了很多大案。这个同志为了掩护自己，不暴露身份，八年没有谈恋爱结婚，八年隐姓埋名不和自己过去的亲朋好友来往。他是曲靖人，省里派人以他朋友的身份把他的父母从曲靖农村悄悄接到昆明住下来，他八年来只回昆明见过他父母三次。连他父母都以为他早就下海经商去了。直到八年后他牺牲了，大家才知道他是那样一位无名英雄。安心，我不是主张你不结婚或者跟谁都别来往，你的情况跟他也不相同，我跟你说这个人只是想说一个人的素质！这个人牺牲的时候才三十五岁。他这一生，非常伟大，非常崇高！他比我年轻，可我非常敬佩他。我这一辈子，真正敬佩的人不多，他算一个。"

安心并没有如她的队长所期望的那样，被那位隐姓埋名最终献身的同行的事迹所打动。她平静地说："队长，这样的人，我也敬佩，但我没法学他，我不想像他那样生活。我是个女的，我需要结婚，需要孩子，需要和一个爱我的人在一起，需要常常回家去看看我的父母，他们年纪大了我也要照顾他们。我想过一种正常的生活，过一个普通人的正常的生活。队长，您别要求我那么高了，我可能天生就做不了一个伟大的人、崇高的人。我想做的，只是一个清清白白的人、一个快快乐乐的人。能做到这样我就满足了，就够了。"

潘队长默然听着安心滔滔不绝的"人生独白"，他半天都没有说一句话，那不免失落的表情看上去有几分孤独。最后，他点了点头，只是哑声说了一句："好，我理解。"

潘队长的样子，他的沉闷苍老的神态，让安心心里又有几分不忍。她并不是成心想让队长对她失望的，她不想让队长为她刚才的话而感到难过。她说："队长，您是不是觉得我变了，变坏了，是吗？"

老潘摇了摇头，再次说了句："你的想法，我理解。"他停一下，又说："你在北京那样的大城市里待了那么久，大城市的年轻人都是另一种生活，另一个想法的，我可以理解。"

他说完，看了看表，做出要走的表示，他问安心："我今天就去找政治处让他们帮你给北邱打电话，你打算什么时候走？"

安心说："明天吧，明天早上八点半有一趟去北邱的火车。我一早就走。"

潘队长从随身带着的皮包里，取出一个红布包包，放在床上，说："这个东西先借你用一天。今天是泼水节，我岳母是傣族人，我请了两天假回一趟大理，是中午的火车。明天早上我叫人来这儿接你们去车站，你把这个还给他就行。"

安心拿起那个红布包包，打开来看。在没打开之前她已经知道了那是什么东西。

那是一把半新不旧的"六四式"手枪，安心认出来，就是她原来配的那支。

安心把枪重新用红布包好。本来她想说不用的，但怕再伤老潘的一片好心，所以她收下了。正如老潘说的那样，也许真是因为在北京这种大城市里住得太久了，现在她对边境地区这种司空见惯的"斗争气氛"和正常的警惕性，已经感到有点滑稽。

她把老潘送到走廊上。这楼上的房子都是后隔的，走廊漫长而曲折，她拐了两个弯还走了十多米冤枉路才把老潘送到楼梯口。她对老潘说："队长，我知道，我今天让您生气了，我没能做一个您心目中最优秀的那种人，让您失望了。我不是有意的，您心里别恨我。"

老潘站下来，低头想了一下，抬头看安心，他的眼角很难得地现出了一丝慈祥的笑意，他说："你已经很优秀了。你希望过一个正常人的生活，享受一点家庭的幸福，都是对的，别当是坏事，别觉得不好。我说的那个人，那是很个别的例子。只是我一想到他，就觉得很难过。希望你也能理解我，我们这些人的感情就是这样的。你今天说你也敬佩这样的人，你也承认他这样生活很伟大、很崇高，这我就很高兴了。真的，你比我那个儿子懂事多了。这种事感动不了我儿子，他听了那个人的事情，就说那个人的脑袋准是有毛病……"

　　倒是老潘的这几句话，让安心有了几分感动。至少，有种很亲切的感觉，就像老潘一直在她心目中的那种感觉一样。

　　老潘苦笑一下，又说："我从小就不停地跟我的儿子讲道理，讲这些故事。现在看来，讲多了，没有用。"

　　安心把老潘一直送出旅馆，老潘走了。安心站在旅馆的门口发愣。我也看到了老潘微驼的背影，他穿着一件已经洗旧的深灰色的便衣，头发很粗很乱，那背影几乎像一个劳累半生的农民。如果不是安心认识他，如果我在北京繁华的街头碰上这样的人，我肯定会把他当成一个外地的农民，当成和我们距离很远很远的那种乡下人。

　　我和安心，回到我们的房间里。安心主动和我说了她和潘队长谈话的内容和结果。我默默无言，对明天一早就回北邱不表示异议。

　　安心见我没有表情，以为我还在为昨晚的龃龉而别着面子。她从我手里接过小熊，用小心的口气问我："你是不是觉得很麻烦？我也是没办法，干公安的人都这样死板……"

　　我说："没事，反正咱们这一趟等于出来旅游了。我要不去昆明还看不到石林呢，我要不来南德还看不着泼水节呢。你们这儿的泼水节泼水吗？要不要我们上街去看看？"

安心想了一下，说："南德每年的泼水节都不在市里，都是在乌泉搞的。去年我在这里工作的时候，泼水节那几天我回广屏去了，没去乌泉看。听说去年还有龙舟大赛呢。"

乌泉！我在安心的故事中已经熟知了乌泉这个名字，所以安心一说乌泉我倒非常想去看看，不光是为了今天的泼水节和可能会有的龙舟竞渡。

安心不想扫我的兴，于是我们抱着小熊来到楼下的"托儿室"，再次把小熊托给那两位阿姨了。今天"托儿室"里没有别的孩子，那两位阿姨正闲极无聊谈天说地，见小熊来了立刻喜笑颜开。安心问阿姨那两个小孩怎么没来呀？阿姨说："他们爸爸妈妈带他们走了。今天我们这旅馆里没什么客人了。来旅游的人今天都搬到乌泉去住了，那里有泼水节，可以赶摆子，比这里好玩，所以都过去住了，这里就剩下你们了。你们不去乌泉看看吗？不去赶赶摆子吗？"安心说："去的，不过我们下午就回来，明天一早还要赶路呢。"我问安心什么叫赶摆子，安心说："就是赶集。摆子上有各种文娱表演，还有摆摊卖东西的，和你们北方人赶集赶庙会一个意思，差不多。"

我一听，挺高兴，催安心快点把小熊交给阿姨，然后抢先上去跟小熊"拜拜"。

托了小熊，还有一样东西没法托，就是潘队长借给安心防身用的那把"六四式"手枪。安心不敢放在客房里，随身带着又太沉。而且去乌泉怕让人泼了水，我们都只能穿一身薄薄的单衣，那玩意儿也没处掖。我对枪这东西当然有着每个男人都会有的喜爱，于是提议由我帮她掖着我不怕沉，但遭到安心断然拒绝。她说："你又不懂这东西，别一不小心再走了火。"她犹豫再三，最后还是把枪藏进我们的一只手提包里。那手提包上有一把防君子不防小人用力一拽就能开的锁，锁上之后她把那包深深地推到我们屋里的那只木板床底下，然后直起身，感觉上挺安全了。她冲我笑一笑，说："行了，走吧。"于是轻松上路。

安心只去过一次乌泉，但那一次的印象可能是太深了，所以一出旅馆就像个向导那样带着我轻车熟路。我坐在去乌泉的火车上，就像当年的安心一样，看到了沿途纵横起伏的山峦和山峦上层层叠叠水纹般的梯田。六月的梯田里，肥黄瘦绿，无人收割。我还看到，几朵像棉花一样蓬松的白云，浮搁在山顶。阳光明媚。白云和阳光使车窗外的风景像一幅完整的水彩画，一笔不多，一笔不少。

小熊不在身边的旅途更突出了蜜月的滋味。窗外美景做衬，我和安心畅谈了一路。安心向我讲述了刚才潘队长讲给她听的那位在沙西公路旁以加油站当情报据点，在敌人内部隐姓埋名八年整的无名英雄的事迹，导致我和她之间展开了一场关于崇高和伟大的思想讨论。我们年龄相近，因此讨论起这个问题彼此的看法有着惊人的一致。我和安心一样，对那位无名英雄的精神心怀崇敬，但崇敬不等于我们也要像他那样生活。关于什么是崇高、什么是伟大我们也做了望文生义的分析，认为崇高就是舍己为他，舍生取义；伟大就是建功立业，彰显于人，或虽无业绩彰显但其精神可以照耀他人。由此看来，崇高和伟大是大多数凡夫俗子的本性和能力无法企及的。但崇高和伟大并不因此而不存在、而没有价值、而不被向往，我们不就为那无名英雄的默默奉献而有一点感动吗？我们尽管做不到，但我们感动。我们感动，就有可能在今后的生活中进行点滴的模仿，至少增加善良之心、同情之心、奉献之心、博爱之心。在这个世界上，善良、同情、奉献、博爱的心都是不能再少了，再少，这个世界就太不美好了。

我们感动，同时我们也理解潘队长的儿子为什么不感动，因为前些年把崇高和伟大搞得太泛滥太虚假了。要求人人都去崇高和伟大，人为地起哄似的造出那么多崇高和伟大，明明并不让人怎么感动却要求你说自己已被感动的崇高和伟大，终于把人们的感动之心变成了厌恶之心。人们厌恶虚假的东西是正当的。躲避崇高本质上是躲避虚假，是躲避他做不到或不想做或连感动都不感动的东西。这一躲避有时连真实的崇高伟大也不分青红皂白地躲避掉了，有点反胃的意思，一反胃连本来可以让人感动的东西也不让人感动了。崇高和伟大变成了人们避之唯恐不及的东西是我们这个时代的悲剧现象之一。安心对这一点，有着比我更加强烈的痛心疾首和遗憾愤懑。

从这一点上看，安心还是比我有着更多的英雄情结。我在这方面比她看得更为实际。我认为承认人的本性都是自私的是一个进步，至少比强硬地要求人人都要树立共产主义的理想和无私奉献的精神，并按这种理想与精神来制订社会生活的规范、制订人际关系的准则和经济运行的机制要进了一大步。英雄人物是有的，但肯定是少数，而且是在特定环境下和特定条件下产生的。如果你不处于这个环境，不具备这些条件还要让你去模仿英雄的行迹，其动机是滑稽的，其效果也绝对好不到哪里去，其副作用更是显而易见的。那就是，大家都学会了为自己打造出不同的面具。这些面具有：感动的、愤怒的、庄严的、快乐的、悲痛的等，以便供人们在不感动时表现出感动，不愤怒时表现出愤怒，不庄严时表现出庄严，明明不快乐却能哈哈大笑，明明不悲痛却能痛哭流涕……这类现象我见多了！

从南德到乌泉就相当于从北京的国贸桥到通县环岛，坐火车也不过半个小时的远近。因此，关于崇高和伟大的话题也不可能讨论太久，再说它毕竟离我们的现实生活，离我们眼前移动着的稍纵即逝的窗外美景，太遥远了，太形而上了，所以要是讨论得太执着太没完没了的话也不免给人迂阔、做作甚至虚假之感。而且，既然明知崇高和伟大、理想和奉献都是不容易做的，还在一味地歌颂它、赞美它、承认它的存在和价值，不是让自己感到很难堪吗？特别是刚刚赞美完崇高伟大就马上到乌泉泼水节的摆子上和摆摊卖货的小商贩为了几毛钱而讨价还价而并不脸红，那赞美的本身岂不是也很肮脏猥琐了吗？我想起过去有个住我家楼下的女孩儿也是个大学生，整天在家弹钢琴把邻居弹烦了，敲她的门让她小声点儿，结果那女孩儿站在楼道里跟邻居吵架时什么都骂。男人骂了都脸红的话她都能一点不打磕巴地骂出来。骂得死去活来回家不到半分钟她马上就能接着弹肖邦，让人不可思议。我不懂钢琴，分辨不清她弹得好坏。但我知道肖邦的音乐是高尚和浪漫的，所以我觉得那女孩儿没心。

崇高和伟大的话题在列车到达乌泉时自动中止。我和安心一走出车站，立即就被扑面而来的节日气氛同化感染了。街上非常拥挤，摆子连绵不断，满眼都是打着花伞的鲜艳女人。傣族女人的打扮不知算是清雅还是艳丽，上身的短衣多是浅淡的单色，下着的筒裙则图案花哨。头发的样式大都是绾髻于顶，插花做饰。不插花的就卡一把梳子，千篇一律。我特别欣赏傣家少女的衣裙。我觉得在五十六个民族中傣族的服装最能体现女性的形态之美。上衣短得露腰，裙子长得及地，该显则显，当敛则敛，把女人的细腰长腿勾勒得淋漓尽致。

我们随着人流，沿着安心第一次来时走过的路线，向河边挤去。乌泉河边，此时早已高三层低三层地砌满了观看龙舟大赛的人墙。我们站在后面，看着密匝匝那么多的后脑与后背，也搞不清那河上的比赛是正在进行还是尚未开始。我们沿着河边的人墙走了一段，看到小摊上有卖花包的，便一人买了一个。我学着别人的样子用花包上的提绳抡圆了甩几圈，然后向姑娘成群的地方抛去。安心白了我一眼，说："扔这个是传情求爱的，你别乱扔。"我说："那你也扔，你看上哪个男的了？"安心说："我不扔，我要把这个包留着带回去给小熊玩儿，这包挺好看的。"我说："噢，闹了半天你真正爱的是你的儿子安雄。"

这时，不远的地方能听到歌声齐唱，唱的什么听不清楚，但声音之和谐之整齐有点像专业文工团的水平。在歌声中忽闻一声巨响，一根长竹竿喷着浓烟，带着啸声，直刺蓝天。安心说了句："放高升！"我问何为"放高升"，她如此这般解释一通，大意和汉族节庆时放的礼花和二踢脚差不多。

我们顺着河走，走没多久看到一个场子里果然有歌舞表演，还真是专业的。还看到了斗鸡和剽牛。最后，一路走到据说是非常有名的那座曼龙寺。曼龙寺的有名，看了寺前的简介才知道名在寺后的曼龙塔。曼龙塔塔基涂金，塔身涂银，煞是好看。曼龙寺前面有一大片空地，后面连着一个小村，我们走到这里，才算真正进入了"泼水"的场地。

在这里互相泼水嬉戏的人很多很多，以年轻人为主，也有中老年人。不知哪里播放着旋律平淡的音乐，那音乐平淡得似乎仅仅是泼水节上男欢女叫的一个节拍式的背景。安心和我站在一边商量要不要也参加进去，凑个热闹，不参加的话好像白来一趟，来一趟赶上泼水节也不容易。可参加的话，我们就这一身衣服，泼湿了不知什么时候能干，可怎么回去？正在犹豫不定之际，突然有个姑娘跑过来往我身上兜头泼了一盆水，我从头到脚刹那间如落汤鸡般湿得狼狈不堪。安心在一边幸灾乐祸地拍手大笑，笑声未落她也被人更彻底地哗一下泼了一身，笑声因此戛然而止。我们互相看看，先是相顾无言，然后突然一齐喊叫着冲向人群，各找东西盛水"撒起泼"来。

我们拣了两个塑料盆，场地上有许多临时搭起来的盛着水的大水池，汲取方便。我们先是互相泼。后来泼那些泼我们的人。后来见谁泼谁。这是我第一次看到安心这么开心这么快乐这么像孩子，自我和她相识后她始终是一副克制压抑的神情，她的神情一向与她的少女般的相貌极不相符，到今天为止我才算看到了她的最本来的笑容。

我也开怀大笑！我笑得腰疼！

很久以后我才想起来，我在夏威夷海滨梦见的那个欢笑，就是在乌泉的曼龙寺前，在这一天的泼水节上，我和安心从未有过的放纵。

泼着泼着我们俩走散了，谁也找不见谁。安心真的玩儿疯了，我后来看见她竟然放肆地追着人泼，专往人堆里泼。她最后一盆水是泼了一个正往曼龙塔塔基上走的高个子青年，满满的一盆水尽数泼在那人干净利落的后脑勺和宽宽的脊背上。那人慢慢地转过湿淋淋的脸，站在塔基的台阶上居高临下地冲安心毒毒地一笑。

我看见，安心的身体突然僵硬，张皇地后退两步，手中的塑料盆咣当一下掉在地上。那人没有停留，转身向塔后走去。安心叫喊了一声，喊得声嘶力竭，以致她喊的什么我没有听清。我看到她向那人的背影扑去，但仅仅冲上几步台阶就突然被从塔后跑出的一大群拿着空盆抱头鼠窜的男女卷了下来。在那群男女的身后，杀出人数更多的另一群端着整盆整桶清水的年轻人，倾盆大水从台阶上高屋建瓴般地一齐向下泼去……人墙水墙阻断了安心的视线和路线，在这群男女统统"弹尽粮绝"退下台阶之后，安心全身湿淋淋地举目四望，整个曼龙塔的塔基上，除她之外，刹那间已见不到一个人影！

二十七

　　清绵火车站夜间的冷清是可想而知的，我一个人坐在站台上的一把长椅里，耐心地等着那列半夜才到的火车前往南德。站台上除我之外，似乎只有几盏昏黄的路灯算有一点生命的气息，再有就是抬头可见的满天星斗。

　　在等待着铁轨发出声响的枯燥的沉默里，我凝望星斗找遍了一切与安心有关的记忆。每一件印象深刻的往事都在黑夜的天幕下依次展开原有的画面，从跆拳道馆的初识到雨中车站的相吻，从我家客厅的灯下到嘉陵阁餐厅的酒后，很多细节在当时平易普通，却能在回忆中令人动情。

　　在回忆往事的时候我从来没有遗漏过我们在乌泉邂逅的那个泼水节——那个欢快热闹的泼水节，那个惊心动魄的泼水节。

　　安心在泼水节上，看见了毛杰！

　　当安心跟我说她看见了毛杰的时候我还以为她的神经有些错乱。

那时我已拎着手上的空盆走上塔基，我举目张望，曼龙佛塔宽阔的台阶上，确实没有一个人影。

我们一同向塔后走去，在金座银身的辉煌之中，除了一两组在塔后泼水的少女之外，没有毛杰。

我看到佛塔的四周，寺前的广场，延目可及的村寨深处，人们仍然在载歌载舞，追逐嬉闹。泼出的水雾在空中散开后被太阳照透，落下的是一片升平盛世，天下无忧的景象。

我用手帮安心擦去她头上的水珠，我说："毛杰？你看错人了吧？"

四周的欢闹尽在眼底，安心也能一目了然。确实，哪儿有什么毛杰。但她依然神经质地坚持己见，她说："我看见他了！他就在这里！"

我们再次一起抬头，往远看，让视野的范围尽量广大，我问："在哪儿？"

四面都是人，满眼乐而忘忧的男女。我也知道，即便真有毛杰，在万头攒动之中也难觅其踪。

安心拉着我，快步走下塔基，钻出人群和水雾。她拉着我顺着来时的河边往回跑。我问："咱们不玩儿了吗？"我这么问说明我确实没把"毛杰"当真。

安心停下来，四下张望，喘着气说："赶快找个电话！"

我们又跑起来，四处找电话，跑的方向是向着火车站的。在火车站的屋顶进入我们的视线时，突然又看见一辆巡警的汽车停在马路的对面，我们不约而同地奔了过去。

几位巡警正在车上喝水聊天，听了安心语无伦次的报案，半天不知该如何反应。安心上气不接下气地说："快，那边，那边有个杀人犯，你们快去抓他！就在曼龙寺那边，他现在可能都跑了……"

我站在一边，尽量表现出一个男人应有的镇定，替安心做着补充解释："那个人叫毛杰，二十三四岁吧，个头好像跟我差不多高……"

警察以为我们是一对受了惊吓的小孩子，便用大人的语气安抚我们："别着急，别慌，你们慢慢说。不用害怕，到底怎么回事啊？谁杀了谁？"

到底怎么回事，谁杀了谁，这该从何说起呢？我看安心，安心也张口结舌。她说："你们有电话吗？"

巡警说："我们这是警用电话，不对外随便借用的。你要往哪里打？"

安心说："我要报案。"

巡警说："报案？你跟我们报就可以。你报案嘛就要把情况说清楚，你说哪一个是杀人犯？"

安心说："我是市局缉毒大队的，请让我用一下电话，我要找缉毒大队！"

几个巡警互相看看，那表情没一个相信的。为首的巡警问："你是缉毒大队的？你有证件吗？"

安心掏了半天，掏出自己的身份证来。巡警接过去看了一下："何燕红？"他笑笑，"这是个身份证嘛，这个不行。你有民警证吗？"安心稍稍语塞了一下，说："我现在退役了，现在不在缉毒大队了。但这个逃犯是以前缉毒大队负责通缉的，情况要马上告诉他们。"

那位巡警疑心地看看安心，然后说："你等等。"说完他上车拨了车上的车载电话。我和安心站在车外，也不知道他在给谁打电话。没多久他就钻出警车，手里还拿着安心的身份证，说："你到底是干什么的，啊？缉毒大队从来就没有何燕红这个人。"

安心说："你跟他们说，我叫安心，你问问他们以前有没有一个叫安心的！"

巡警看她身份证："你不是叫何燕红吗，怎么又叫安心了？"

安心说："你就问他们吧，你问他们有没有。"

巡警指使另一位年轻些的同伴，说："你再打个电话，问问他们有没有叫……叫什么？安心，公安的安？心呢？一颗红心的心？"

年轻的巡警麻利地钻到警车里去了，没一会儿就又钻出来，说："有！"

年纪大的这位巡警有些疑惑地看了安心一眼，再次钻进警车。他不知在电话里和缉毒大队的什么人交涉了些什么，再钻出来时，示意安心上车。

安心上了车，我一个人站在车外。看看那几个巡警，那几个巡警也看看我。其中一个开口问："是谁看见那个杀人犯了？是她还是你？"

我指指车里，意思是她。

巡警问："她看清了吗？"

我也说不好，只好说："她说她看清了。"

"看清了怎么说不清啊？"

我无话可答。

安心和那位老巡警一起从警车上下来了。老巡警说："那就这样吧，待一会儿就有一趟火车回市区的，你还赶得及。"

安心脸上一点没有轻松，心事重重地谢了那位老巡警，冲我低声说了句："走吧。"

我们向火车站走去，身上的衣服还半湿不湿地贴在皮肤上。头发在太阳的烘烤下已经基本干了，可脚上的鞋袜干得最慢，沤在脚上很不舒服。路上安心告诉我：潘队长请假去大理了，钱队长和一位从丽江来的吴队长对调，刚刚走了半个月。刚才接电话的就是那位什么情况都还不熟悉的吴队长。吴队长在电话里搞不清安心说的那个毛杰的来龙去脉，叫安心回市里到缉毒大队来一趟当面谈。

我们一路沉默地看着火车窗外的风景，返回南德。来时明媚多情的风景，归时变得枯燥不堪。

回到市区，安心本来准备和我一起去缉毒大队的，走到一半时又不放心小熊，她让我先回旅馆看看小熊。我就先回了旅馆，缉毒大队她一个人去了。

我回了旅馆，到托儿室去看小熊。一进门看见小熊正坐在角落里眼泪汪汪一抽一抽地哭呢。我问阿姨："哎哟，怎么啦这是？"阿姨一见我来了，如释重负地大叹苦经："咳，你可回来了，这孩子从中午吃完饭就哭，非要找爸爸妈妈不可。可能是在这儿待腻了，想你们啦，我们怎么哄都不行。我看他一定是以为你们把他扔了，不要他了，哭得可真是伤心啊……"

我抱起小熊，问："是吗小熊，以为我们把你扔啦？以为我们不要你啦，啊？"

小熊话说不清楚，但他点头。哭的惯性还留在脸上，两只小手紧紧地箍住我的脖子，这让我内心挺感动的，发觉这孩子才两岁就已柔情万种，就已懂得爱别人和让别人爱他。我想，才两岁就会表达出对爱的需要大概和安心有关，和这孩子自己的经历有关。据说人一生下来就已经可以感受外界，每一样能刺激他神经和大脑的事情都将记录在他的神经元中，都将影响他成长后的感情反射和情绪表达的方式。受过苦难刺激，看多了母亲眼泪的婴儿长大以后，要么冷酷暴躁，要么脆弱柔情。

　　天黑以前安心回来了，我向她绘声绘色地说了小熊想妈妈的故事。这故事带有很强的感情色彩和恋母情结，这情结让我用成人化的心理描述出来，本以为能令安心大大地感动和惊喜，但安心没有。她脸色凝重，情绪低沉，她说："杨瑞咱们今天早点吃饭早点睡吧，明天一早咱们得早点走。"

　　我一下也没趣了，问："你去缉毒大队他们说什么？"

　　安心摇摇头，说："老潘不在，老钱也走了。新来的吴队长不太了解情况，也就是听我说了说，问我是不是看错了，是不是心理作用，是不是幻觉。弄得我现在都不知道我是不是看错了。也许我真的看错了。"

　　我说："这种事，既然你去反映了，他们干警察这行的，应该只可信其有，不可信其无。他们说准备采取什么措施了吗？"

　　她又摇摇头："现在又能采取什么措施呢？他们也不能把人撒出去漫山遍野地找去。"

　　我想也是。

那天晚上我们就在小旅馆里随便吃了点东西，是我从外面小店里买了些炒饵丝——一种用大米做的云南小吃——带回房间里吃的。我买饵丝回来时小熊已经在床上睡着了。这些天他出门在外，一直过度兴奋，现在终于把精力耗得差不多了。我和安心并排坐在床沿上吃饵丝，吃得寡然无味。吃完之后，相顾无言。我收拾餐盒筷子，安心坐在床上发呆。我说："咱们呢，干吗？"安心说："不干吗。"她不想多说话的样子，我也闭了嘴，站在窗前看山。天已经黑了，山看不太清。

那天晚上我们睡得很早。我并没有睡意，我想安心也没有睡意。但在同居生活中，关灯睡觉是一种独处的方式。人有时需要独处。安心整个晚上沉默不语，只有我能明白她这沉默的原因。毛杰的出现——且不论那是不是安心的幻觉——让她把自己人生中已经翻过去的一页又翻回来了，那一页不堪回首。我躺在安心身旁，尽量不去翻身，也不去碰她，好像这时候打断她的痛苦和焦灼也是一种骚扰。我原想说两句安慰的话，但想来想去每句想出来的话都是隔靴搔痒，都是杯水车薪。安心在想过去的事情，她心里有很多悲伤和仇恨。人在快乐时往往渴望与亲友相聚分享，悲伤时往往愿意躲藏起来独自承受。很少有成年人愿意别人看到他心上的疤痕和灰垢。

我想，我应当给安心这样的空间，让她一个人静静地想念她逝去的爱人，想他们过去的那段生活。我和安心在一起时间越久，我越感到自己其实并非那位张铁军的对手。我不如张铁军成熟，不如张铁军专一（安心知道我以前是个花花公子），不如他有学问有文采（学工科的人如果不做本行，在知识方面总不及学文科的来得广博）。

更重要的是，张铁军是她的初恋！初恋总是不可匹敌的，总是难以忘记的，总是不可替代的。

直到夜深人静，连窗下草丛瓦缝里那几只一直嘀咕不停的虫鸣也戛然无声了，我仍然没有合眼。我不知道此刻夜深几许，不知道我们已在黑暗中辗转反侧了多久。我静息听听，以为安心睡着了，可随即又从床里传出一阵细小的响动，不知她在干些什么。我背对着她，听到她翻了一个身，紧接着她的身体轻轻地靠上来，轻轻地贴在我的背上。我惊讶地感觉到，她的身体是全裸的！她皮肤上的温暖、柔软、光滑，那种缎子般的厮磨并没有让我的身体马上出现反应，但她一声颤抖低回的"杨瑞我爱你"却让我欲火狂燃！我忍着没动。我一动没动地让她抱着。她的一只手从我身下钻过来，和另一只手会合着环绕在我的胸前，又轻轻地在我的皮肤上滑动。她的手真是又细又薄，让我觉得我的胸肌格外开阔，开阔得可以任她游走。那双手抚摸着我的胸脯和小腹，并不往下深入。我知道安心做爱，非常性感但从不猥琐，那些低贱和淫荡的动作总是由我来做。我做，她不反感，我怎么做，她都行，都能逆来顺受。她逆来顺受的样子有时让我都分不清她究竟是情愿还是忍受，是高兴还是痛苦。但无论是什么，我都渴望她呈现出这种受难般的表情和呻吟，那表情和呻吟一旦出现我便高潮奔涌！

我终于忍不住转过身，也抱住了她，用缓慢的力量去揉搓她细细的骨肉，用粗莽的亲吻去覆盖她娇小的脸庞。我发觉她流泪了，她在无声地啜泣。她的啜泣和她的肢体在我身上每一个依恋的颤抖都让我激动不已，让我确信这个美丽的女孩儿，这个孤苦的女孩儿，是属于我的。

　　我也想哭，我们都拥有用眼泪泡黄的经历，这经历让我们时时记得对方的恩情，这恩情常常带给我们精神上甚至肉体上的巨大快乐。在这夜深人静的时候，在熟睡的小熊身边，我们默默地啜泣，默默地亲吻，默默地合为一体。我们无声地但又是强烈地，想把自己赤裸的肌肤，溶化在对方体内，由此我们很快地找到了快乐的巅峰，并且持续了很久。我们都出了汗，身体湿漉漉的。喘息稍定，我正要抽身而去，安心马上抱紧了我，她说："杨瑞，求你了，留在里面好吗，再留一会儿，我喜欢。"

　　我说："好。"

　　我们依然紧紧抱着，彼此抚摸。我用嘴唇轻轻地摩擦着安心的鼻尖、耳垂、脸颊和眉毛，我用舌尖去抚弄她的眼睫和眉心。没用多久，我们重新燃烧起来。这一次我们都留意地、反复地品味着快感登顶的每一个细小的冲动和奔泻的过程，我们控制着那欢愉直到失控。

　　我们累了，无所顾忌地喘息着，放平了身子，望着天花板上的一层薄薄的月光，沉默地躺着。不知过了多久，我们不约而同地彼此对视，我笑了一下，安心也笑了一下。我探过身去在她的脸上轻轻地一吻。

　　"还想哭吗？"

　　我的声音如同耳语。她没有回答，眼里的目光像孩子似的羞涩。她也轻轻地亲我，我们用双唇彼此擦拭和感受着对方脸上的棱角和皮肤的柔软。我们用肉体的交流来代替语言。语言在此时已显得极其多余和麻烦。

我发现，安心的羞涩，与小熊脸上常常做出的羞涩，原来竟是那样的相似。这个发现让我觉得温暖和有趣。我不禁抬起身子，去看睡在里面的小熊。我这一看竟被吓了一跳，我没想到小熊不知什么时候已经醒了，正瞪着一双黑黑的眼睛，一声不响地看我们呢。

我赶快推推安心："你看——"安心回头一看，也吓了一跳，她赶紧翻过身去，柔声细语地问他："什么时候醒了？怎么不睡了？要尿尿吗？"等等。我从安心不自然的语气中猜想她在儿子面前，大概有点脸红。

小熊睡意未醒地哝哝说了句什么，安心用同样的嗲腔嗲调回应着他的问题，他们全都柔声细气。我起身下床，穿上一条短裤，走出房间，走到走廊一侧的盥洗室里，清洗身体。

这是一间厕所同时兼带洗澡功能的盥洗室，既有大小便器又有三个用木板隔出来的淋浴喷头。我拉了门口的灯绳，灯不亮，好在月光水银般地从窗外倾泻了大半个墙面，四周的一切都可看清。我拧开中间的那只喷头，水很冲，哗的一声浇在地上，在安静的夜里，在这空荡无人的旧式小楼里，显得很响很响。虽然夜很深了，但喷头里的水还保留了一点白天的温热，冲在身上格外舒服，很解乏的。我让水直直地冲击肩背的肌肉，权当是一种按摩。在水的声音中，我听到盥洗室的门好像开了，吱的一声，我歪着头，侧耳倾听了一会儿，又没动静了。我叫："安心？"无人回声。我关了水龙头，走出淋浴的隔断。我看到这间静静的盥洗室里，空空无人，月光依旧。唯一的变化，就是那扇在我进来时明明关上的木门，此时却莫名其妙地洞开着。

　　我疑惑地擦干身子，穿上短裤，走出盥洗室，四下察看。楼上很静，没人。走廊里暗暗的，只有尽头的拐弯处有些灯光折射过来。我摸着黑往我们的房间走，走到一半时再次听到异样的响声。那响声很轻，来自身后，像有个人在悄悄地跟着我走似的。我回头看，还是没人。我继续走，走到房间门口，心里总有点疑神疑鬼的。进门前我再次左右摆头看看走廊两侧，这时，我的目光像被烧了一下似的凝固住了，我看到走廊尽头拐弯处的地面上，那一片折射过来的光线中，倒映出一个黑黑的人影。我赶快进了屋，走到床前，对安心说："好像外面有个人，老在楼上转悠。"安心说："是吗，可能是旅馆里值班的人吧。"

　　她虽然这样说，但还是穿上了内衣。她说："水凉吗？我也想洗洗去。"我从我的背包里找出手电筒，做出胆大的样子，说："走，我陪你去。"安心下了床，短衣短裤，那样子像个刚刚发育到一半的小女孩儿。她说："不用，我自己去就行。"

　　我还是陪她一起走出屋子，再看那拐弯处，暗暗的灯光依然折射着，人影却没了。我打亮手电筒，送她到盥洗间去，进了盥洗间，安心找灯绳，我说："灯坏了，你就用这个手电吧。"我把手电筒留给她，看她要脱衣服，我就出来了。

　　我走出盥洗室，刚一转身就看到一个黑影就逼在我的身后。我下意识地喊了一声，连我自己都不知道喊没喊出来就被什么东西劈了一下。我多年打排球，又练跆拳道，身手敏捷，反应一向很快的，我身体一歪把头部闪开了。这一闪也许救了我的命，我被劈中了肩膀。这一下力量太大了，我的肩膀往下一瘫，整个儿人被带下去，一下子瘫在了地上。

可我的意识还保持了清醒，我看得见那个黑影跨过我推开盥洗室的门就往里走。我一把想拉住他的腿没拉住，我狂喊一声："安心！——"我这一喊用尽了我全身的力气，被击伤的肩膀和胸肋都随着这口气疼得几乎让我昏晕过去。

我刚刚喊完，头上又挨了一记，我眼前砰地炸开无数金星，过后便是一片漆黑。我隐约感觉我还有意识，还有知觉，还能觉出脸上发黏发湿。但眼睛完全看不见了，而且听觉丧失，四肢僵死。

我残余的知觉把一些片断和模糊的信息传进我受伤的大脑，我好像感觉到安心冲了出来，在盥洗室的门口和那个黑影有了几下混乱的拳脚，接下来一个人重重地摔在我的身边。我这时突然恢复了视力，我看清那个摔倒的人并不是安心，安心顺着走廊朝我们房间的方向快速地跑去，我的听觉被楼道里陈旧的木地板上响起的一串急促的奔跑声轰然唤醒。我的意识又回到了我的四肢，我疯了一样不要命地往起爬，腿软爬不起来但我用整个儿身子扑向那个几乎和我同时爬起来的黑影，我们两个一同再次摔倒在盥洗室的门口。我没有力气、意识混乱，我乱踢乱打，乱撕乱咬，我全身每一块肌肉都在使劲儿。但很快，那家伙就先站起来了，踢我，一连踢了好几脚，有一脚踢在我的肚子上，很重。我一直死死抓着他衣服的那只手松开了。紧接着又是一脚，踢在我的脑袋上，我的脑袋轰的一下像有个大锅似的东西压过来，顷刻之间就再也听不见任何声音了，这一次我彻底地陷入了昏迷。

这是我二十三年的人生中，第一次知道什么叫昏迷。

后来我还知道，我一共昏迷了一分多钟。在这一分多钟的时间里，那踢昏我的家伙追到我们的房间，在门口碰上了正要冲出来的安心，两人再次发生搏斗。安心有一脚正踹在他的老二上，虽然不重，不致伤也不致命，但让他连连后退了好几步，使安心得以把房门砰地关住。安心关住门直扑屋里唯一的那扇小窗，那小窗外面便是一片杂乱的芭蕉林。她的双手刚刚攀上窗沿，房门的门锁就被那家伙从外面一脚踹劈了。安心显然没有机会再从窗子这里爬出去，她情急之下只有闪身钻到床板下面，她刚钻到床下门就被踹开了。那人进来看见屋里没了人，第一个反应显然以为安心跳窗子了，因为窗户上的月色似乎是这小屋里唯一醒目和富于生命感的东西。他先冲到窗户边上往外看。外面没人。这时，他听到了床下的响动。

那家伙蹲下来往床下看。床下很黑，但他显然还是看见了安心，因为安心的目光还和他对视了两秒钟，在这两秒钟里安心看清了他手里还拿了一把枪。那人直起腰，跳上了床，站在床上，用枪对准了安心躲藏的位置。大概就在这时，我在盥洗室的门口，苏醒了。

我听到了我们的房间里，响起了震耳的枪声，砰！砰！砰！砰！砰！一共响了五下。那一声接一声的枪响让我的神经几乎彻底崩溃掉了。我大哭起来，没有眼泪，发不出声音，但这发自心底的恸哭却激活了我的神经和血脉！我挣扎着爬起来，扶着墙歪歪扭扭地往那个房间走。我知道我和安心一样，都将死于今日！但我依然摇摆着麻木的身体往那个房间走去，我要去死！我要和安心死在一起！我要去拼命！我绝不逃生！我一点也不想，苟且逃生！

二十七　419

我终于走到了房间的门口，房门大开。我看到凌乱的床上，面朝下趴着一个粗壮的男人。又稠又黏的污血从他身下洇漫开来，浸透了床上的薄褥。后来我知道，在刚才连发的五声枪响中，有四颗子弹轰开了他的胸腹！

我的双腿已支撑不住越来越沉越来越软的身体，我倒下来，匍匐在地板上，我用力撑着头，看到了床下的安心。她仰面平躺在地板上，惊魂未定地大口喘气，目光含泪地看着我。我伸出一只手，想拉她出来，她看了我半天，才颤颤抖抖地把她的手伸出来。我们够不着，我挣扎着向前爬了一下，我的指尖和她的指尖碰在了一起，我们都好像从指尖的相碰中汲取了对方的力量。安心从床下爬出来了，她的衣服被床板缝里滴下的鲜血染红，她全身打抖地抱住我，她的声音因为颤抖而断断续续：

"杨瑞……我，我杀人了杨瑞……"

我已说不出话来，我只能冲她点头，冲她微笑，我用我的点头和微笑来告诉她，她真是棒极了！

安心跪在我的身边，双手抖抖地捧着我的脸，问我："你受伤了吗？你没事吧？你没什么事吧？"

我摇头，表示我没事，我用微弱得只有我自己才能听清的声音，问她："小熊呢？"

安心愣了一下，爬起身向门外冲去，没冲出门又返身回来，捡起了地板上的手枪。她神经质的样子让我意识到小熊没了。

我知道这场搏杀已经结束，我和安心还都活着。后来我还知道，死在我们床上的，是毛杰的哥哥毛放。毛杰肯定也来了，只是我们谁也没有见到他。他一定是在我们和毛放遭遇搏斗的时候，冲进我们的屋子，没见到安心，就掳走了小熊。

安心踹倒毛放跑回屋子已经看不到小熊，她那一刻差点疯了，她只想赶快出去找他，但被毛放堵在门口只能退回房内。生死千钧一发之际她突然想起放在旅行包里的那把手枪，那旅行包在我们上午出去时塞到床底下去了，所以安心钻到了床下。在毛放刚要开枪的前一秒钟，她打开了旅行包，并且拿出了枪并且开了火，那五发子弹穿透床板，头四颗在毛放还来不及倒下之前，全部送进了他厚实的腹部和胸腔。

毛放血溅五步，死在床上。安心提着枪出去，找不到毛杰和小熊。旅馆还有少数住宿的旅客，听到枪声无人敢走出房门。两个看门守夜的旅馆职工出来探头探脑，在楼下的院子里迎面碰到手里有枪身上带血的安心，吓得分头逃窜。安心冲出院子，冲出大门，门前的街上，见不到一个人影，除了那几棵芭蕉树残破的阔叶随风摆动之外，几乎没有一个活物。月光又白又亮，无声无息地注视着安心，也注视着整条空空荡荡的大街。

二十八

　　我被一辆后开门的警车从旅馆拉走的时候天色尚未全亮，旅馆门前的大街上还看不到太多的行人。黎明前的枪声似乎并没有给这里的居民造成多少惊扰，人们的脸上并未挂出明显的恐慌。早行的路人匆匆走过，扫街的老者面容悠闲。几辆在天明前赶到的警车无声无息地停在这幢"宣抚司署"略嫌破败的门前，门里门外没有任何喧哗与嘈嚷，也没有什么人好奇围观。太阳已经把少许青涩的光芒悄悄涂在这幢古旧建筑的屋顶，让人看上去感觉这仍然是一个宁静寻常的清晨。我被担架抬到楼下又抬出大门再抬上警车时，耳边隐约响着安心一个人压抑的哭声，除此之外再无任何异响，再无任何异样。

　　这个清晨我见到了很多面目严肃的警察，也见到了那位从外地调来刚刚新官上任的吴队长，我听到他不善辞令地用简短的语言安慰了安心，还听到他大声地用电话向上级报告案情和部署周边地区的围堵。虽然仅仅是只言片语，但我听得出这场大范围的围堵将动用强大的兵力。那个身中四枪死在旅馆床上的人，已经确认正是毛杰的哥哥毛放，而掳走小熊的几乎可以肯定是他的弟弟毛杰。当然他们可能还有其他同伙，时间离案发还不算太久，估计犯罪嫌疑人还不一定走得太远。

尽管警察们对安心，也对我，一再表示：放心吧，我们一定会把孩子解救回来！但安心还是支持不住了，她甚至不能止住歇斯底里的颤抖和绝望无助的哭声。失掉小熊几乎使她的精神接近崩溃！安心没有跟我去医院，她被送到市公安局的招待所。缉毒大队专门派了一位女同志在招待所里照顾她保护她，兼做陪伴开导的工作。她的很多同事也纷纷去招待所看望她、安慰她。他们过去是她的师长和战友，他们的安慰对安心来说，有一种特殊的精神作用。市公安局也派了一位民警到医院里来保护我，不过那位民警是附近分局派来的，不是缉毒大队的，也不认识安心。我在医院经过检查才知道，我的两根肋骨断了，其中一根差点戳进心脏。我的胸腔里积了很多血。我的肩膀，大概是在毛放的第一棒打击下就打脱了臼。头部也肿了，破了，后脑勺上结了一个大血块。我躺在手术床上，听医生和医生议论，说这小伙子真是命大，能活下来真不容易。还说这全是仗着年轻身体好，要是咱们让人打这么几下，肯定死三回了！

下午，安心到医院来了，这时她已经镇定下来，她来看我。她抱着我刚刚做完手术缠着石膏和纱布的身体，轻轻啜泣。我这时已经不能说话，我连每一下呼吸，都会带动胸部的剧痛，我无法安慰安心。

医生听说我有亲属来了，就过来把安心叫到办公室，问她是我什么人。她说是我未婚妻。医生就向她通报了我的伤情。医生说得很严重，特别是我的脑袋里，也有渗血，胸腔里的积血已经排出了，但颅内的凝血还在。头部到底伤得多重还无法判断。医生建议，鉴于南德目前的医疗条件有限，应该马上送到广屏或者昆明去，否则有可能把你未婚夫给耽误了。

安心说："那就去昆明！"

我不知道安心当时为什么不选择更近的广屏。是觉得昆明的医院更好呢，还是本能地不愿意再到广屏去。

傍晚，安心正在病房里喂我吃饭，缉毒大队来了一个人，神色匆匆地把她从病床前叫走了，改由分局派来保护我的那个小伙子接替安心继续喂我吃饭。我的脑袋一直混混沌沌，但安心被人叫走时我还有意识，我意识到这个案件的侦破工作可能有了什么进展，说不定警察已经找到了小熊的下落。

可惜我没有完全猜对，警察叫走安心是因为他们黄昏时接到了一个电话，那电话是毛杰打的，是打到缉毒大队对社会公布的报案电话上的，他要找安心。值班警察说："安心不在，你是谁？"他说："我是毛杰。"值班的警察一时没有反应过来，问："哪个毛杰？"他说："就是安心的老情人。你告诉她，让她等好，我还会再来电话的，我想问问她，她还要不要那个孩子了，想要的话就把我哥哥好好地送回来。"从这个电话上看，毛杰还不知道毛放已经死了，这个电话当然也证实了小熊确如分析的那样就在毛杰的手上。

和上次一样，毛杰犯案之后，再次猖狂地把电话打到缉毒大队，既表现出他的肆无忌惮和好勇斗狠，又表现出他的年轻幼稚。警察们并没有被毛杰的嚣张激怒，反而感到特别惊奇和兴奋。这个电话恰恰是他们守株待兔求之不得的东西，因为它给警察们提供了一条非常重要的线索。缉毒大队的那个电话是带有来电显示功能的，上面显示出毛杰使用的是一部手机，这部手机的号码已经清清楚楚地留在了来电显示的显示屏上。警察们马上通过市公安局发出查讯令，很快就查到了机主的姓名叫陈宝金，是南德一家私人建筑公司的经理，是南德远郊东坡镇人。缉毒大队当即派人化装成联系工程项目的客户到那家建筑公司去找这位陈宝金，公司里的人说他到外地去了，好久没回来了。南德市局通过省公安厅报告公安部，当天即被批准利用空中卫星搜索这部手机的信号。只要这部手机再次启用，卫星很快就能跟踪到它的位置。

我原来只知道科技发达了，用卫星跟踪地面的电话信号已是小菜一碟。我还看过美国电影《国家的敌人》，所以知道卫星跟踪技术有多么厉害。我还知道俄罗斯内务部队就是利用卫星跟踪技术找到车臣叛军首脑杜达耶夫的手持电话，在杜达耶夫打电话时确定了他的位置，然后远隔千里万里发射导弹，准得不能再准地把他当场炸死的。但我不知道在中国，在这么小的边城南德，同样可以利用这样先进的科学技术来缉拿嫌犯。

当然有关这些案件进展的情况我那时还什么都不知道，我还躺在医院的病床上靠度冷丁来镇压全身仿佛无处不在的疼痛。我并不知道从那天晚上开始直到第二天的清晨，安心和一大群整装待发的警察们一直集中在缉毒大队的会议室里，守在电话机的旁边等待着那个能刺探出毛杰位置的来电。

在枕戈待旦的警察中，还有市公安局的一位副局长。他守住另外一部电话，这部电话连着局长、市长和市委书记的卧室，连着武警驻军的指挥部。南德地区的一支武警部队当晚已接到命令，人不卸甲，枪不离身，处于一级战备状态。

守在这台电话机前的，还有缉毒大队的队长老潘，他是知道情况后刚刚从大理放弃休假赶回来的。他和队里其他几位头头正围着那位亲自坐镇指挥的副局长在会议室的一个角落里低声交谈着什么。

安心坐在会议室的另一角，一动不动地等着那个电话。夜深了，周围大部分同志都七仰八歪地在椅子上打盹，连那位副局长，也被请到隔壁一张有床的办公室里休息去了。大概只有安心没有一点睡意，尽管她已两天两夜没有合眼。她在想如果那个电话来了她将和毛杰说什么。她在坐到这部电话机前就被告知，一旦毛杰来电她必须尽量和他长谈，没话找话也必须和他周旋，尽量延长通话的时间。头头儿们反复嘱咐她千万别激怒毛杰也别被毛杰激怒。特别是老潘，他最了解安心，知道她的脆弱之处，知道毛杰这案子在她心里留下了多大的伤口，知道她爱孩子她不能失去孩子……所以他一再告诫安心，你要真想救回孩子你就一定要拖住他，和他的通话至少要超过五分钟！这是卫星搜索要求的最短的时间！

在傍晚的时候，毛杰使用的那部手机又使用过两次，可惜时间太短，卫星只能大致确认他还在南德附近，没走太远，但总是在尚未跟踪出具体方向位置之前，电话就挂断了。

五分钟以上！安心有些不知所措。五分钟以上！她和毛杰要说五分钟以上的话，这可能吗？这个任务对安心来说，几乎是不可能完成的。她和毛杰已不是情人，他们是不共戴天的仇敌，他们的通话可能只是一两句，就到底了。除了一两句互相的诅咒，还能有什么？

老潘交给安心这个任务，也知道难，因此做了具体指导："那家伙打电话给你，有两种可能，第一，和上次一样，是约你出去和他见面，或者和他交换人质。用他哥哥来交换孩子。他哥哥已经死亡的消息我们一直封锁着，估计他还不知道。如果是约你的话你就尽量跟他多谈条件——怎么见面，见面的时间、地点，都谈清楚。他要是说了在什么时候什么地方见面你千万不要一下就同意，你可以提出另外的时间和地点。具体在哪里等一会儿我们商量一下，尽量到郊外去，找那种便于隐蔽队伍的地方。另外交换的其他条件和细节，比如说交换的方法步骤，都尽可能谈仔细。另外，你可以问问孩子的情况，你可以要求他对孩子怎么样怎么样，别打他别饿他。你还可以向他介绍介绍他哥哥在我们这里的情况，编几句他哥哥希望他拿孩子来交换他回去的话，总之要想方设法把话说得越长越好。第二，他可能知道他哥哥死了，不跟你谈交换，他就是骂你，用各种难听的话骂你。如果是这样的话你别生气，别激动，千万不能跟他对骂，你一对骂，他很快会挂掉电话。你就让他骂，然后，你就跟他叙旧，说你们以前的事，说以前的情分，说详细一点，说动情一点。最好说点细节，然后你问问他这些事还记得吗？你让他看在过去的情分上把孩子还回来，别伤孩子……"

安心生硬地打断老潘细致的指导："队长，我跟他无旧可叙！我跟他没有情分！"

这段指导对老潘来说本来是很技术性的，不料他正侃侃而谈，被安心猛然一句话堵回来，堵得他措手不及，一下子愣住了。他看看安心有点发抖的脸，沉默了片刻，皱着眉说："你到底还想不想救孩子？"

安心的脸还在抖，但说不出话来。

老潘的态度更加严厉起来："我现在当你是个战士，我是在跟你交代任务！我在告诉你应该怎么做才能完成这个任务！你要是控制不了自己的情绪完成不了这个任务你就告诉我，你就告诉我你已经不是一个缉毒警察了你干不了这个差事，啊？你干得了吗？啊！"

老潘已经是大声地质问了，周围的同志都愣了，都看他们，连市局那位副局长正跟别的干部说着话呢都停下来看他们。安心眼泪涌出来，但她硬不让它往下流，她说："……干得了！"

老潘盯着她的眼睛，盯了一会儿，才继续开口："好，那咱们接着说……"

老潘又跟她交代了一些方法，关于毛杰如果提出交换人质的话选在哪里比较合适的问题，他让其他几个同志和安心一块儿研究。然后他到旁边和市局那位副局长说话去了。安心断断续续只言片语地听他们在分析这个案子。他们分析孩子还活着。如果毛杰要弄死孩子的话早在现场就弄死了，那么小的孩子随便给他一下就能弄死，犯不上还要带走他。他当时带走孩子可能还是怕安心跑了好再用孩子钓她出来……他们分析到这儿市局的副局长突然提了这么个问题：这家伙知道孩子其实就是他自己的吗？副局长问这话时碍于安心在侧显然有意放轻了声音，但安心还是听到了。她心里忽悠一下子不知道哪里被火燎了一下，像是灼伤了一样疼痛。她没心再听身边几个同志对接头地点的讨论，她侧目去听那副局长和潘队长吴队长他们议论这个案子，但话题已经转了，没再涉及孩子。他们在感慨这案子之所以一直缺乏进展，毛杰、毛放一直找不到，关键就是情报来源跟不上。南德紧靠毒品产地金三角，南德的毒品案件大部分是有组织的犯罪，在南德搞贩毒运毒的很少有自己单干的个体户，基本上都和境内外的贩毒组织有联系。所以缉毒工作没有情报支持很难搞，没有情报的侦查工作那可太费劲了。不光是发现能力差，就是发现了也控制不了，只能发现什么人抓什么人，很难扩大战果。所以那位副局长说，前两天他一直在云南省公安厅开会研究这事，省厅要求我们还是要下大力气，解放思想，尽快把情报触角伸向贩毒组织内部。尽快把我们的情报据点连成网，把网扩大，搞实。不能总是那么几个老的情报来源，总在外围打转转……

就这么议论到深夜，大家都困了。其间不断有电话的声音，无论是手机还是座机，都响个不停。但，安心守着的那部电话，那部毛杰知道号码的电话，始终没有响过。夜深之后会议室里静下来，副局长由老潘他们安排到隔壁房间休息去了，其他同志也趴在桌子上仰在椅子上形态各异地睡了。安心坐在电话机旁，没睡。她怎么可能睡得着！老潘也没睡，那个新来的吴队长也没睡，他们俩坐在会议桌的另一侧抽烟，低声说着什么。

天亮了，安心看着窗户上的颜色一点一点地由深变浅，渐渐发白，发红，又发白。睡觉的人都起来了，有的去厕所方便，有的去打湿毛巾擦脸，有的在原地伸懒腰……老潘张罗着人去给市局的副局长买早点，会议室里一时有点乱。这时候，那部静了一夜此时被大家都忽略了的电话突然响了一下：零——！那响声尖锐刺耳，让所有人都停止了动作停止了声音，会议室里一下子变得鸦雀无声！

电话又响了一下：零——！

老潘离电话最近，他走过去，镇定地接起了电话："喂，缉毒大队。"

所有人全看着老潘。

老潘把电话的听筒从耳边移开，递给安心。他严肃地看着安心，只是把话筒递给她，甚至不再有一声轻轻的耳语和一个简单的暗示。

安心知道，在电话的另一头，就是毛杰。

安心还知道，在毛杰的旁边，就是她的儿子小熊。

安心接过了电话。

她说："喂。"

对方在喘气，没有马上答话。

她又说："喂。"

对方开了口，当然，安心听得出，那就是毛杰！毛杰的声音很特殊，稍稍有点哑。她最初认识毛杰时觉得这略哑的声音很男子气，很性感，很有味道。而现在听来，那半哑的嗓音只让人感到恐怖和怪异。

毛杰说："安心？"

安心说："孩子在哪儿？"

毛杰不提孩子，反问："你想我了吗？"

安心放大了声音："孩子在哪儿？"

毛杰停顿了一下，又反问："我哥在哪儿？"

安心说："在我们这儿，我们可以和你交换，你把孩子还给我，我们把你哥还给你。"

毛杰说："你叫我哥听电话。"

安心说："你让我听听孩子的声音。"

毛杰突然变了腔调，他好像不愿意再装出心平气和的样子，他把自己心里的仇恨和怨毒，在咬牙切齿之中全部暴露出来。

"你这个臭骚货，你还有资格跟我谈条件？你忘了你还欠我一条人命呢！我杀了你儿子才算拉平了！我哥要是死了，你就又欠我一条人命！你总是欠我的！"

这个"杀"字让安心的语气失掉了平衡，她有点急促，有点语无伦次："……我，我们跟你换！我一个人去，我带你哥哥去跟你换，这是你哥哥让你换的！你说在什么地方，我去！"

毛杰停顿了一下，语气又有点玩世不恭了："还想在瑞欣百货商场的大门口吗？那是咱们的老地方。"

"瑞欣百货商场，好，没问题，我去，我去跟你当面谈！"

"你一个人？"

"对，我一个人！"

"上次你就说你一个人，你是一个人吗？那天去了那么多便衣，那么多武警！好家伙，看来那天你真是想要我的命了！你这个臭骚货！我早知道你的话肯定不能信的，连法院都不信你的话了！"

"这次我保证一个人，我向你保证！"

"你拿什么保证？"

"你要我拿什么都可以，你就是要我拿命做保证，都可以！"

"你的命，我迟早要拿过来的，你就慢慢等着吧！"

"你要我的命可以，你别伤了孩子！你敢动孩子一根毫毛，我们就要你哥哥的命！你不想让你哥哥回去吗？"

毛杰再次停顿了下来，头戴耳机在串机上监听的潘队长和吴队长，还有从隔壁被叫起来的那位副局长，全都一声不响地看表。他们见毛杰的声音中止了，都紧张起来，不知毛杰那边是不是突然断了线。

电话里沉默了好一会儿，终于再次传来毛杰的声音："好，你们想跟我换，我同意，你们先放了我哥，他知道怎么找我。等我见到了他，我自然会把孩子还给你。"

安心说："我们同时交换，你定个地方，我们同时交换。"

毛杰冷笑了一下："你这个坏女人，你一直把我当成一个傻子。你从认识我的第一天起，就把我当成一个傻子，想怎么骗我就怎么骗我，你是这样的吧？我知道我哥哥已经死了，我跟你换也是换尸体，你还骗我！就凭你现在还在骗我，我就应该把你儿子给消灭掉，你以为我会养这小东西一辈子？"

安心急了，她的声音几乎带出了哭腔："毛杰，我求你，你放了孩子，我求你，孩子没有任何过错！你有本事就来找我！你别折腾孩子！"

毛杰笑起来："我没有本事，我找不到你，我只好拿你儿子开刀了。噢，你害怕了是吧？你也有害怕的这一天！我知道孩子没有过错，那就让他为你的过错倒霉吧。你的过错太大了！太大了！"毛杰的声音再次停顿下来，他的声音突然带出些哽咽，"你弄死了我爸爸，弄死了我妈妈，又弄死了我哥哥，还要弄死我！你知道我这个人是个孝子，我看着我亲生的爸爸妈妈死了我受不了！我原来还以为你不懂这些呢，现在看来你不是不懂，你亲生的儿子要是死了你也心疼！那我就应该让你也心疼一次，尝尝这个滋味，然后咱们就算拉平了。真是可怜这小孩了，谁让他是你儿子呢……"

安心突然嘶声打断毛杰："他也是你的儿子！……我告诉你毛杰，那孩子是你亲生儿子……"

安心眼泪滚出来，她一生中所有的恩恩怨怨，确实都可以集中在这个孩子的身上！她什么都失去了，只留下了这个孩子。她泣不成声，她断断续续地说："你要不信，你就找个医院去做个鉴定吧，亲子鉴定医院就能做的……你不信你就去做！"

电话里的毛杰一下子没声了。安心在断断续续的抽泣中，听到了电话听筒里，咔嗒一声挂断的声音。潘队长和吴队长也同时在耳机里，听到了电话挂断时发出的呆滞无力的那个古怪的响声。

安心还拿着嘟嘟作响的电话，光是哗哗地流眼泪，却哭不出声。有人上前接过电话听筒，把她扶到一边去了。市局的副局长抬手看表，还没放下胳膊老潘就说了一句：

"三分五十八秒。"

副局长皱了眉："不够五分钟。"

屋里的所有人都在看表，然后抬起头来面面相觑。

副局长看一眼哭泣的安心，低声对潘队长说道："让她去休息吧，找个女同志陪陪她。"然后他在吴队长的陪同下，向会议室的门口走去。还没走到门口，一个缉毒大队的值班干部从门外兴冲冲地跑进来，一进屋子就高声喊道：

"毛杰找到啦！就在南勐山东坡镇！"

他的喊声让全场一下子振奋起来！每一个人的眼睛都豁然一亮！

副局长眉头舒展，大声问："卫星锁定了？"

"省公安厅直接把电话打过来的，通话时间太短，具体位置不能肯定，但是大体的经纬度已经测出来了，就在东坡镇北侧！"

副局长转身看老潘，简短地说："东坡镇北侧，一小时以内必须赶到！"

还没等老潘下令，缉毒队员们已经纷纷整理着自己的武器，一个接一个地走出会议室了。准备奔袭的汽车早就呈一字形排列在院中，顷刻间整个院子都响彻了汽车马达的轰鸣。

在马达发动的轰鸣中，安心听见副局长挂通了局长的电话，大声地做着汇报，语气腔调，既镇定又昂扬。他向局长报告了发现毛杰的大体位置以及距离南德市区的路程。他告诉局长咱们的人都出发了，同时请示要不要通知武警部队对南勐山以东各条公路全部设卡检查……

局长在电话里说了些什么，做了些指示。好像是考虑到不要轻易扰乱居民正常生活，要求尽量不动用武警部队在公路上设卡……安心没有听完副局长的电话，虽然她和毛杰通电话就是为了让卫星搜索毛杰的位置，但卫星把毛杰锁定在东坡镇的消息仍然给人一种突如其来的惊讶，令她全身热血奔腾！她走出会议室，看到潘队长一手叉腰站在院子当中，一声不响地注视着那支有十多辆大小汽车组成的武装奔袭的车队，一辆接一辆吼叫着驶出院子，向着东方，向着刚刚变白的刺目的太阳，浩荡而去。

安心站在潘队长的身后，大声说道："队长，我也要去！"

老潘转过头，目光停在她的脸上，停了一会儿，用非常平和、平和得接近于慈祥的声音说道：

"我已经不是你的队长了，你现在也不是一个可以作战的民警，我无权命令你，也无权同意你跟他们去。"

二十九

东坡镇在南勐山的东面，距南德市区约四十公里。缉毒大队除了出差办案和生病探家的人之外，倾巢而动，在主抓此案的那位市局副局长的亲自率领下，十多辆汽车以百公里时速，向东直扑过去。

出发前副局长吩咐缉毒大队的队长老潘守在大队，等待卫星继续跟踪毛杰的信息，同时布置南勐山东侧几个乡镇的派出所立即组织警力，尽快把东坡镇通向外面的所有路口控制起来。局长不同意动用武警部队，副局长只好让老潘通知东坡镇附近的几个派出所，分兵把口，担负起堵截的任务。

缉毒大队一下子走空了，院子里安静下来。老潘跑到办公室去给那些派出所打电话布置任务，安心就跟到他的办公室，站在门边上看着他在电话里和那些所长们哇啦哇啦地说情况，争辩哪个路口归谁负责哪条公路该谁派人。她很想帮忙干点什么，但找不到任何可干的事情。她估计着东坡镇的战斗大概会在一小时之内打起来，但一想到打起来以后小熊的安危难定，她的心就始终像是提在嗓子眼里，怎么沉也沉不下去。

　　事情的进程和安心的估计倒真是差不多，解救小熊的战斗是在上午九点左右打起来的。缉毒队员们一进入东坡镇就直奔那个建筑公司老板陈宝金的家，说是战斗，其实未发一枪一弹。警察冲进陈宝金家时客厅里正有一桌通宵的牌局刚散，屋主陈宝金和几个男女赌友正在吃早饭。警察们前后门都堵住，然后迅雷不及掩耳地冲进去，那几个家伙来不及做出任何反抗就束手就擒。他们在一屋子荷枪实弹的警察面前让双手抱头就双手抱头，让靠墙蹲下就靠墙蹲下，只有陈宝金装腔作势大呼了两声"冤枉"，在警察从他卧室的枕头下面翻出一把枪来之后也立即老实了。其他几个男人从一开始就面如土色，两个女的更是瑟瑟发抖。市局的副局长和吴队长用了三间屋子，分头把陈宝金等几个人轮流叫到屋里突审，问的重点就是毛杰和小熊。其余民警则四散开来，在这宅子里开始了排雷般仔细的搜查，结果证实这位陈宝金果然有问题，警察们很快又搜出了两支手枪和几公斤散装的白粉。搜出这些东西使本来处于胶着状态的审讯工作有了突然的进展，形势急转直下，几个男人中比较年轻的一位突然表示，知道孩子在什么地方——原来没有一个人承认这里有孩子的——愿意带警察去找。大约五分钟以后这个人带着警察们穿过一条两房之间夹出来的狭窄的通道，走到陈家宅子的后院，他站在后院院墙边上一个石雕的佛龛前，不动了。

　　上午十点三十分，吴队长打了一个电话给潘队长，此时潘队长和安心都在会议室里，谁也不说话地默默等着东坡镇的消息。电话是打到潘队长的手机上的，潘队长接起来，只是"嗯嗯"地听着对方说话，在电话挂断之前才沉着声音说了句："好，我知道了。"

挂掉电话，他转脸看安心，安心从椅子上站起来，也看他。安心能感觉到这个电话就是从东坡镇打来的，是吴队长他们打来的。她看着潘队长，等着他开口，等着他说出这件事情的结局。

老潘说："孩子已经去了。"

安心站着，没有哭，没有像老潘预想的那样号啕大哭，甚至，她都没有流出一滴眼泪，她愣了半天才摇头说出了一声："不！"老潘的眼睛倒先湿了，他走过去，慢慢地抱住了安心，像抱自己的孩子那样，小心地把安心抱在怀里。他能感觉到安心身上的颤抖，和她的声音同样，都是从胸口上，是从心里头，从骨头里发出来的。那声音从小到大，然后马上就哑了，她喊着："不！不！不！我不要这样！我不要这样！我不要这样！……"

她终于在老潘怀里把呼喊变成了哭泣，这是一种彻底崩溃的哭泣！她的儿子，从生下之后就多灾多难，和她相依为命的儿子，终于不在了。她过去最喜欢幻想的，就是儿子长到五岁、八岁、十多岁、二十岁时的样子。把儿子保护好，养大，一直是她的理想和生活的目的。她的儿子，是一个最可爱最可怜最好玩最懂事的孩子！她不能没有这个孩子！

老潘抱着她，没有说劝慰的话。老潘也哭了。但眼泪一流出来他马上擦去，他马上克制了自己。他用自己的怀抱，他想用这怀抱的温暖和力量，来感应安心，也许他那一刻真的把安心当作了他的女儿，一个受了苦让人从心眼儿里疼她的女儿！

这时，缉毒大队那位唯一留下来值班的女同志跑进来了，喊了一声队长！见到老潘和安心的样子，进退失据地愣在门口。老潘回头，那女干部才尴尬地说了句："局长电话。"

老潘松开已经哭不出声来的安心，把她扶在椅子上坐下，然后向门口走去。他对还愣在门口的女干部说了句："去给她弄点水来。"便走出会议室，向大队的值班室走去。

其实，毛杰把小熊带回东坡镇的那个清晨，小熊就遇害了。是小熊总也不能停止的哭闹把陈宝金和他那帮赌友弄烦了。他们用枕头把孩子的头压住，同时骂毛杰给他们找麻烦。毛杰本来是想拿孩子做人质的，一气之下把孩子从枕头下拉出来想用胶布粘他的嘴，还没粘时发现孩子已经窒息。天快亮的时候他和陈宝金等人一道，把小熊埋在陈家后院的佛龛下。那时毛杰还全然不知他亲手埋掉的，就是自己的儿子。

女干部从安心的脸上大概也猜到发生什么事情了，赶快跑出去找杯子找暖壶。安心瘫坐在椅子上，她甚至不知道应该怎么控制自己心里头和肢体上的痉挛，她的意志和意识在哭泣中变得虚弱和恍惚。她身上的每一根神经、每一个细胞，都集中在一个她不能承受的念头上，那就是，她的儿子，她永远见不到了！她的儿子，她身体里最重要最灵魂的一部分，从此以后，永远地没有了。

我不知道安心此时是否想到了我，我也是她最重要的亲人，我是她的爱人，是最爱她最关心她的人！在这个悲痛难忍的时刻，她想起我了吗？她想立刻见到我和我抱头痛哭吗？我也要哭我们的小熊，小熊也是我的孩子！我爱小熊！

安心的悲痛是被一阵尖锐的电话铃声打断的，会议室里除了安心没有另外的人，电话铃声在这间空荡荡的大屋子里显得特别尖厉刺耳，甚至惊心动魄。电话就在安心的身边，那响声几乎把她麻木的心打成了碎片。她动作机械地接了起来，说："喂?"她发了声可是喉咙哑得似乎并不能把那微薄的声音送出。

电话里是一个男人的声音，那人说："我找安心。"

"找安心?"安心觉得自己的神经连同自己的呼吸，都混乱着，她张了半天嘴，问，"你是谁?"

电话里的人说："是你吗? 你是安心?"

"你是谁?"

电话里的人突然没了声。安心拿着电话，她感受到了那个人的气息，她突然说："我的儿子，在哪儿?"

电话里的人沉默了一下，又开了口："那个孩子，是我的吗?"

安心控制了声音，她本能地想要掩藏住心里的颤抖，她说："你在哪儿?"

电话里的人又问："孩子是我的吗?"

安心说："你在哪儿，我当面告诉你! 很多事情，还有这个孩子的事，我都会告诉你!"

"我只想知道，这孩子到底是不是我的! 你讲真话我就把孩子还给你!"

"是你的，他是你的亲生儿子!"

对方的电话沉默下来，好一会儿才又说："还记得山上那个茶水店吗? 在悬崖边上卖茶的那家店，我在那儿等你。我等你半个小时，过了半小时我就不等了。你要是带人上山我远远就能看见，你带人来就等于你自己判你儿子的死刑了！我再说一遍，你敢带人来就等于是你自己杀你自己的儿子！"

安心说："好，我一个人来！"

她刚刚说完这句话，电话就被对方挂断了，电话的听筒里传来嘟嘟的忙音。安心也挂了电话，她站起来，向屋外走去。走到门口又蓦然回首，她看到会议桌上，老潘刚才从身上解下来放在那里的一支手枪和手枪旁边一只带着大毛球的汽车钥匙。

安心拿了那支带着皮套和胸带的手枪，又拿了那把钥匙，大步走出会议室。院子里没人，只静静地停着老潘那辆老旧的敞篷吉普，那吉普车在阳光下闪着些暗淡的光泽。她飞身上了车子。车子被启动时发出的声音惊扰了四周的宁静，安心从后视镜中看到，那位女干部端着一杯热水从一间办公室里出来，不知喊了一声什么，然后呆呆地站在那敞篷吉普冲出院子时扬起的尘土里。

那时是上午十点四十分左右，我在医院里用吸管喝水时突然呛得咳起来，我受伤的胸肋随着剧烈的咳嗽几乎疼入骨髓，接下来我吐了血，吐在我身上盖着的雪白的被子上。同室的病友飞快地找来医生和护士，还有那位看护我的民警。医生摸着我的脉问我怎么了，我也不知道我怎么了。我摇着头，吃力地说了喝水前的感觉，我说我刚才突然心慌来着。

医生吩咐护士，给我打了一针镇静剂，让我的喘息平定下来，让我睡。在我将将进入梦境的时候，正是安心把那辆敞篷吉普开上南勐山，到达那个悬崖的一刻。

二十九　441

快到中午了，太阳升到了头顶，有点刺眼，有点灼热。连深谷里的每一处闲枝杂木，都被阳光拉得近在眼前。空气凝固着，树梢上看不见一点风，整个山野因此没有一点声音，敞篷吉普急停在茶店门前而扬起的烟尘，也因此久久不散。那烟尘像一块渗透力很强的透明的海绵，吸收了大量阳光，把自己搞得像一片发亮的干雾。安心提着枪走进茶水店时，那片发亮的干雾犹如她身后张开的一道迷幻的纱幕。

　　茶店里感觉很暗，是光线和外面的反差太大的缘故。店里只有一位年老的女店主和一个十六七岁的小伙计，没有客人。老板娘见有生意来到，极热情地迎上来，张罗着问安心喝什么茶，要不要吃东西。安心问："刚才有人来吗？"老板娘说："没有啊，一上午没得人来。"安心向以前他们坐过的那张靠窗的桌子走去，桌上已经摆了一只茶壶和一只杯子，看上去是老板娘自己用的。安心把枪放在桌子上，说："我要壶绿茶。"老板娘这时看见横在桌上的那支枪，才惶然认出她就是以前在这里被一个小卜冒打了一巴掌的那个小卜哨，她的笑容和声音都不自然了："哦，绿茶，绿茶，绿茶是败火的……"

　　安心不看老板娘，她有点憎恨她，她还为毛杰的律师做过证呢。安心转脸去看窗外，隔着一条深谷，对面崖头那棵枝丫狰狞的独木，在阳光的烘照下，竟然有几分喜气洋洋手舞足蹈的样子。此时此刻，好像每一个人，每一样东西，都在冲她笑似的。那老板娘，还有那棵树，他们都在笑！笑容里仿佛暗含了某些不可告人的内幕！

　　她想，她现在的一举一动，也许都在毛杰的视线里。这里的地形，藏得住人的，想跑也是方便的。也许，毛杰就在对面的悬崖上瞄着她呢。也许转眼，又不知从哪一条险径危途，转到这边来了。

茶半天没有送来，安心从窗外收回视线，转过头来。被窗外的阳光刺得眯起来的双眼一回到屋里，什么也看不清。几秒钟的适应之后，她看到老板娘又出来了，但没有端茶。她的目光在老板娘脸上停了两秒钟突然看清了情势，她看到了老板娘身后的毛杰，和他手上一支端平了的枪口。

老板娘被毛杰挟持着，歪歪扭扭地走出来，脸上的恐怖把五官的位置都挤歪了。安心哗的一下站起来，伸手去抓桌上的枪，这时她听到了砰的一声，像有人推了她一把似的，她向后趔趄了一下摔在了地上，整个左肩都麻痹了。她看到毛杰松开老板娘，任那老女人跌跌撞撞地向后面的灶房里逃去。然后他向她走过来，他走到她面前，蹲下来，用枪顶住她的太阳穴，脸上没有一点表情，声音也没有一点腔调，他问：

"孩子是我的吗？"

安心的左肩渐渐有了些知觉，她能感觉到衣服里湿漉漉的，有液体顺着左肋往下流。她不顾这些挣扎起身体向前扑过去，想抓住毛杰。她的一只手险些在毛杰的脖子上挠了一下，只差毫厘。毛杰向后一闪，随即向她右肩又开了一枪，再次把安心打得坐在地上。紧接着和刚才一样，他再次用枪顶住安心的头部，依然没一点腔调地问道：

"孩子是我的吗？"

安心觉得自己很虚弱，事后很久她都形容不清自己当时有多虚弱，那是一种从未体验过的心慌和口渴，头脑空白，四肢厥冷……她虚弱得几乎命如游丝，她甚至弄不清为什么自己的胸口上还有声音。

"是你的……他是你的儿子！"

毛杰用枪托在安心头部狠狠给了一下，他突然跳起来疯了似的大喊大叫，他喊叫得声泪俱下："你这个魔鬼！自从我认识了你，我的爸爸死了，我的妈妈死了，我哥哥也死了，你杀了我全家！现在，你又让我杀我自己的儿子！你是个魔鬼！你是个魔鬼！我杀了你这个魔鬼！"

他站在安心面前，把枪一次一次地对准安心，但没打。他脸上挂着纵横交错的眼泪，他哭歪的嘴唇上已经微微有了一点胡须，但依然是张年轻的脸。他没有开枪，似乎在想什么，他病态地唠叨着："我不能让你这么死，我要让你慢慢地死，让你死得难受，你等着！"他转了身，盲目地在这屋里寻找着什么，大概是想发现什么可以折磨安心的东西。但他的目光在屋子里仅仅扫了一圈便蓦然停在屋门前的那块木地板上，那块被阳光框出一个四方形状的木地板上，不知什么时候印上了一个黑黑的壮硕的人影。

毛杰的全部动作和肢体都僵住了，他顺着地板上的人影看到了站在茶水店门口的那个一动不动的人。他用力瞪大眼睛盯着那个不动的人，似乎想判断他看到的影子是不是幻觉。那人的脸背衬着屋外白亮的光线，因此暗得看不清眉目。甚至他身上穿着什么衣服毛杰也无法看清，他唯一看清的，确确实实看清的，是那人手上一支游动着暗光的枪口。那枪口直对着自己的心窝。紧接着他听到了那人冰冷的声音：

"把枪扔到地上去！"

毛杰认出来了，这是缉毒大队的那个头头，他上次被抓时见过的。这个警察头头给毛杰的印象就像一位寡言少语的大内高手。也正是这个以往的印象使他一下子丧失了抵抗的自信，下意识地，将手一松，枪当啷一声掉在了他脚边的地板上。

　　"双手抱头，往后退，退到墙边去！"

　　如果说，是潘队长的枪口弹压着毛杰不得不扔了武器退到墙角的话，不如说是他神人天降的气势和那冰冷老练的声音，令毛杰下意识地放弃了抵抗。老潘的声音也带给安心一股神奇的力量，她竟然自己站了起来，她站起来扑向那个靠窗的桌子，那桌子上放着她的上了膛的手枪！

　　但她还没有拿到那支枪，老潘就抢先了一步，按住了她的手。安心双臂流血，她不可能挣脱老潘的阻挡。她只有疯狂地叫喊：

　　"我要杀了他！你让我杀了他！"

　　毛杰双手抱头，脸色死灰地靠墙站着，紧张地看着他们两个人互相厮扭了几下。这几下让安心耗尽了那点回光返照般的力气。她终于被老潘压住，然后顺着墙坐在了地上。毛杰松了口气，抱头的双手不知不觉地放了下来，他似乎认为自己安全了。

　　老潘扶安心坐下，安心浑身像打摆子似的，发着抖，无声地哭泣。老潘检查了她的伤势，撕了自己的衣服为她包扎止血，安慰她说："你不用担心，吴队长他们马上就赶过来了。法院会判他死刑的，这回他想跑也跑不掉了，你何必杀他脏了你的手！"他侧脸去看毛杰，见他把手放下来了，便冲上去狠狠给了他一脚，让他把手抬起来。毛杰又把手抬起来，重新抱住了头。

老潘说:"上次便宜你了,让你又活了这一年多!你不是也懂点法律了吗,这回你算算你还能活多久!"

毛杰顽固地瞪着眼,用一种年轻人特有的好胜和凶狠,回嘴道:"可惜你不是法官,你们没有证据!你们说我卖毒,你们找到证据了吗?"

潘队长本来已经转过头想把安心扶到椅子上去,没想到毛杰居然敢和他斗嘴。他站下来,转回身,说:"我不告你卖毒,我告你杀人,你杀了张铁军,还有一个刚刚两岁的孩子!"

"你有证据吗?你看见我杀了?"

这一句竟把老潘问住了,一下子没能跟上话来。

"是谁告诉你们我杀了人?是她?"毛杰用目光恶毒地指着对面的安心,"你忘了法庭早就不信她的话啦!还有谁证明我杀人啦,我哥?"

老潘有点明白他的心思了:"噢,你大概知道你哥哥已经死了,对吗?你以为你哥哥死了就没人能证明你干的事了,对吗?可你这个人,倒霉就倒霉在你这张嘴上,你这张嘴实在话太多!你忘了你给她打了好几次电话吗?你那些话我们都录在录音机里了。不把你的话录下来,我还不知道你打电话把她约到这儿来呢。你记性好不好,你还记得不记得你在那些电话里都说了些什么?说她还欠你一条命了吗?说孩子的事了吗?你的罪名太多了!一条也跑不掉!"

毛杰狰狞着脸上的肌肉,他的喊叫声透出了他的绝望:"我不会承认的!你们别想弄死我,没那么容易!我们全家的命都给了我啦,我不会让你们弄死的!"

潘队长看着毛杰,他大概从未遇见过这么疯狂的人。他又转头看看坐在地上的安心，安心的目光也看着他，那目光里有他一眼便能看懂的东西。他冲安心点点头，像是对她做了什么许诺。然后他把毛杰拉过来，拉到那张靠窗的小桌前，把他按在椅子上，把桌上安心那支手枪往他眼前一推，然后指着窗外，指着窗外烈日下的深谷，他说：

"你要想逃命的话，不是在法庭上，是在这里，这里是你唯一的活路。你要能从这个地方跳下去，我就放你跳。还有这把枪，别忘了带上。反正你的罪名已经不少了，虱子多了不咬，债多了不愁，我再给你加一条也没什么。你愿意不愿意再给自己加一条脱逃罪？脱逃罪，懂吗？你应该求之不得啊！"

毛杰愣了，他看看窗外，看看桌子上横着的那把安心的手枪……山谷在阳光的普照下似乎看不出深度，明亮的暖色让一切物体都失去了原有的距离感和凹凸感，而桌上的手枪，这把手枪深黛色的枪体又使它显得格外触目。山谷浅显的假象和枪体饱和的色值，对毛杰都是一种刺激，给他一种错觉，使一件本来不可能的事情在他脑子里居然被迷幻为一种唾手可得的现实。他抬眼再看老潘，老潘在桌子的另一侧坐下来，也看着他。毛杰的目光紧张而犹豫，老潘的眼神安详而松弛，那松弛中甚至还包含了几分漫不经心的笑意。他们就这么对视着。对视了多久？也许谁也没有算计，直到茶水店外面的山路上，已经听得见不知多少辆汽车由远而近的声音。那声音终于在外面停住，老潘眼睛略偏，向门口看去。就在他目光偏离的刹那，毛杰整个身体扑过来，双手平伸，抓起了桌上的那支手枪！安心发出了尖声的喊叫，和她的喊叫几乎同时响起来的，是老潘的枪声！子弹穿过桌上陶制的茶壶，茶壶砰的一声炸得粉碎，无数陶片和半热的茶水一起向四面飞溅开去，透过飞溅的碎片和水雾，安心看到毛杰额头的正中，有一小团血花，瞬间地绽开了一下便凝结住了，毛杰像被什么巨大的力量猛地向后一击，头部触电般地摆动了一下，整个身体重重地摔在椅子上，连同椅子一起，向后轰的一下翻了过去！

安心的叫声停住了，屋里安静了几秒钟。她看见老潘走过去，简单地冲毛杰的尸体看了一眼，嘴里如愿以偿地叨咕了一句："脱逃罪你不要，那就给你加上另一条，你这算是夺枪拒捕！"

门外传来高声的呼喊："放下武器，我们是警察，你们被包围啦！"正如老潘说的，那是吴队长他们。老潘是在前往南勐山追赶安心的同时通知他们速来增援的。吴队长一共带来八辆汽车！他们刚到就听见茶店里响起了枪声，他们跳下车以车作为掩体向屋里喊话。茶店的门开着，他们刚喊了这两句就看到屋内的阴影里，蹒跚地走出两个人来。警察们最先认出的，是他们的队长老潘，然后他们又认出了老潘搀扶着的那个满身是血的女孩儿，那就是我的幸运地活下来的爱人安心。

三十

火车快到南德时我看到了南勐山。

南勐山远远看去毫无险峻可言，山势舒缓有余，雄奇不足，也许只有身临其境，方可领略到那些深藏不露的峭壁悬崖和险谷深渊。天刚破晓，阴雨袭来，厚重的云团已经卷去了南勐山的大半。火车穿越山口时才能看到山脉的转折处，露出的那一层层丰富多样的植被和偶尔可见的一两股山涧悬瀑。

从火车站出来，回首再向山上眺望，满山的苍绿已被半云半雾的瘴气染成黛色。而眼前经过雨水洗刷的小城，却反倒显得清新起来。空气爽朗得几乎没有半点杂质。透明的微风让人禁不住想要贪婪地呼吸，贪婪地想将雨中的那点凉意尽情地吸进肺腑，仿佛身体里每一条血脉经络都在这一呼一吸之间被清洁通畅了一遍似的。

我挑了一条湿漉漉的石板路向城中走去，脚下每一段坎坷都让这些老式的街巷沧桑毕露。路边小店里那些倚窗而立的素面女子，多以一副多愁善感的表情沉默着，看着雨中每个低头独行匆匆而过的外乡人。一到雨天城里便显得异常冷清起来，这种冷清也是小城民风朴实的特色之一。这种迷人的冷清在大城市里是难得见到的。大城市无论阴晴雨雪，街上一概躲不掉那种令人烦躁的嘈杂和拥挤。

我上一次离开南德时还是夏天，我依稀记得那天时近黄昏，西斜的太阳还有些毒热。我被担架抬出医院，抬上救护车。救护车闪亮着蓝色的顶灯往火车站的方向开去，去赶傍晚开行的那一班直快列车。

那位一直负责看护我的年轻警察陪我一道去了昆明，在昆明的医院里又陪了我两天才走。他向我告别时我还不能畅快无碍地说话。他走前在我床前给我留下几句诸如好好养伤早日康复之类的祝福。我只能微微地点头，只能用轻轻的声音说一句："谢谢，大哥。"

来接替他照顾我的，是安心的爸爸。那年轻民警带他来并且说以后将由他来接替照顾我的时候我哭了，我不顾胸肋剧烈的疼痛出声地抽泣起来。我这一年中欠安心一家的恩惠实在太多！我都不知道这些恩德我什么时候才能还清！

安心的父亲少言寡语，他甚至不会说点什么劝住我的眼泪。他木讷地站在我的床前，一声不响，脸上的慈祥却使我想起了我的童年和母亲。

从安心爸爸的口中我才知道了安心负伤的消息，才知道了小熊遇害的消息，才知道了毛杰因为拒捕而被警方击毙的消息。这一切对我来说，对我这样一个从平淡的千篇一律的城市生活中走过来的北京人来说，像梦一样的不真实。我那时和现在一样，在噩梦醒来之后，心里只想见到安心，只想和她在一起。我想念安心想到了近于疯狂的程度。但我见不到她，她负伤了，我也躺在病床上动不了，不能像现在这样可以越洋跨海万里迢迢地从美国的洛杉矶赶过来，只为了能见她一面。

没错，也许我寻找安心，只是为了能见她一面。她离家出走之后再没给我任何音信，我曾绝望地断定她对我们的共同生活和预想的未来，已经感到厌倦。而现在，我寻找安心的决心之坚定，过程之曲折，以及这当中我心里愈演愈烈的幻想，可能给了我一个错觉，就是一旦找到安心我们就将重新开始，重新开始我一直期待的那种厮守。此刻，我来到了南德，从火车站走出来走到雨中，冷冷的小雨让我突然清醒，让我意识到我这一厢情愿的想法或许只是一个美丽的错觉，或许安心根本没有回心转意，根本不想让我留下来或跟我回去。

我们分手的苗头也许从去年夏天就开始出现了，但我浑然不知。我甚至不知道那是北京最热的一个夏季，我躺在凉爽的春城昆明，度过了一段平静的日子。我的伤势得到了控制并渐渐地好了起来。我的医疗费全是安心的爸爸带来的，我连治疗带吃饭带营养大概彻底用光了他们剩余的家底，他们是否还背了债我也问过，但每次问时安心的爸爸只是摇摇头，什么都不告诉我。

他只是说："没有没有，你好好养，不要管这些。"

这当中安心的妈妈也来过一次昆明，来看我。她给我带来了安心的消息。她告诉我安心的枪伤已经快要封口，但失血过多，身体还很虚弱。另外，她妈妈话里话外默默地隐约地透露出，安心至今也没能从小熊遇难的阴影中走出来，她的精神状态令人担忧。

"她很少和我说话的，只是自己一个人默默地想。"她妈妈对我说，"也许只有你能开导她。她不和我说小熊，但是她说你，她很早就催我来看你了。"

在我的要求下，安心的父母去请示了医生，医生同意他们扶着我下床，到医院的一间办公室里去给安心打电话。那时安心还不能下床，是她妈妈事先和缉毒大队的潘队长约好，在老潘去医院看她时把电话打到老潘的手机上的。安心在电话里的声音让我有点陌生，那声音变得绵弱暗哑，气如抽丝，她只说了一句："杨瑞，我想你……"便说不下去。我红着眼睛说了好多想她心疼她的话，也说了希望她认真养好身体，听医生的话，心情要开朗精神要振作之类的鼓励的话，还说了我们很快就会见面的，一切都过去了，都会好起来的，我会永远爱她之类的乐观的话。安心没有一句应答，她在电话那边一直没有声音。电话后来是被潘队长接过去的，他说："安心有点激动，你还有什么话吗？我来告诉她，或者等她平静一点或者身体好一点以后你们再通话。"我知道安心在哭泣，她无力再和我说话。我对潘队长说："我没别的话了，您就告诉她我快好了，我一好马上就去找她！"

也许我毕竟年轻，新陈代谢特别旺盛，所以在两周之后我已经能够自由地下床，在病房内外慢慢地走动。当我能下床走动的当天我就要求出院，好到南德去陪伴安心。在我们遭遇了这么大的劫难和创伤之后我们迟迟不能重逢是件让人受不了的事，再说我也不忍再这么心安理得地耗尽安心家的血汗家底，在这个金钱的无底洞里没完没了地养下去了。

我的请求经过反复争取终于得到医生和安心父亲的同意。在我正准备收拾出院的前一天，还是在清晨，天刚刚亮的时候，安心意想不到地出现在我的病房里。她由她母亲扶着走进来，她们进来时我还以为是一个新来的女病人走错了房间呢。

安心消瘦得我几乎不敢相认，脸色很坏，苍白得近乎灰绿。我们在我的床头，在安心父母的面前，在屋子里所有刚刚起床的病友惊异的注视下，长久地拥抱在一起。我们默默地哭着，不发一言。

我们在那个酷夏的热潮刚刚过去之后回到了北京。安心的爸爸因为家里有事回清绵去了，安心的妈妈陪着我们回到我们的家里。她和我们一起住了一个月的时间，照顾我们虚弱的身体，还有受伤的心灵。

心灵的复原和身体的复原一样，最有效的良药就是时间。在一个月后安心的妈妈离开我们要回清绵的时候，我和安心看上去已经健康如初。没有人再提过去的事情，家里的墙上桌上和床头，再也见不到小熊的照片和其他与小熊有关的东西。是安心把它们收起来的。她甚至还主动跟我说她在努力地使自己相信她从未有过婚姻，从未有过孩子，从未当过警察，从未经历过任何复杂的坎坷。她努力相信自己从肉体到灵魂，都是一个单纯的、未经世事的女孩。

我知道，她在努力，在竭尽全力试图走出那个黑洞一样的阴影；我知道，她在拯救自己，她在悲痛面前已经意识到自己已处于崩溃的边缘，她不想这么毁了自己。她试图建立继续生活的渴望，她有了自拔的念头。这样很好，一切都在向好的方向发展，我想。

我还想，我能帮她做些什么呢？除了身体上的关心，生活上的关怀之外，我能给予安心的，就是爱情。我比过去更加注意让我们每天的日子都充满爱意，充满无数细小的体贴，充满甜言蜜语和山盟海誓……但我们不提结婚，谁都不提。我知道，小熊尸骨未寒，提这种喜庆的事儿时间还早。

幸运的是，我找到了一份工作，在一家赛马俱乐部当会所的值班经理。工资每月两千出头，不算低了。衣食看病之类的开销俱乐部全包，比较实惠。安心暂时没找工作。她的性格和过去相比变化太大，总是少言寡语，喜欢一个人发愣，我想她这样子还是暂时不去上班为好。安心生活上所求不多，我挣的钱足够供给我们两人平日里简单幸福的起居生活。

从表面上看，我们的生活又恢复了往常的样子，安定、平和。我每天上午去上班，晚上通常八点钟以前就能回来。我和安心平时各吃各的，我公休时就和她一起在家里做饭和收拾屋子。安心像过去一样，生活上对我的照顾无微不至，连洗头洗脚穿衣服穿袜子她都一一替我动手。她大概不仅是把我当作杨瑞，同时也当了小熊，她有时对待我的态度和语调，就像在溺爱一个幼小的孩子。

我们的生活又恢复了往常的样子，唯一不同的是，安心的性格变了，我开始摸不透她。一个女孩儿你摸不透她并没什么，她不爱说话没有交流的欲望也没什么，只要你相信她还爱你。她喜欢沉默我就尽量调整自己随着她，我们每天在一起一共说不了几句话。但问题的关键是：她不快乐！我看出来了，她不快乐！她心里装了太多的心事，那些心事她没法解决也没法摆脱。她所有的笑容，所有轻松的神情，所有关于要忘掉过去重新开始的表态，都是刻意做出来的，都是做给我看的。

对她的变化，我故意不追问，不捅破。有一次她蹲在地上给我洗脚，洗着洗着自己就无声地哭了，我也不问。我只是把她扶起来，把盆里的水端到卫生间里倒掉，然后我对她说："你给我洗脚真舒服。"我想就是我问她为什么哭她也不会说的，为什么哭？这还用问吗！还有一次，我带她去肯德基吃汉堡包，那快餐店里正巧在播放她最喜欢的那首歌——陈晓东的《比我幸福》，她听得特别专注，我买了汉堡包和奶昔端到桌子上时看见她又流泪了。我依然没问，只坐下来，说："这歌确实不错，挺好听的，你要真喜欢就去买一盘这歌的磁带吧。"安心这才惊醒似的低头擦了眼泪，说："不用。"

我想，还是相信时间吧，也许只有岁月光阴才能治愈她的伤，抚平她的疼，我必须耐心地等待。

但是事情的发展并没像我想得那么常规，我现在想想在最后的结果出现之前其实已经有了种种迹象，但这些迹象都被我忽略了。我因为相信了时间的万能而忽略了其他的可能性，以至于没有抓住时机防微杜渐做出及时的疏导和补救。

那天是星期三，是我的周末，我想好了第二天要带安心去一趟怀柔的青龙峡水库的。常来我们俱乐部骑马的一位夏老板是那儿的一个度假村的股东，他常来我们会所跟我熟了，让我带女朋友去他那儿玩儿都说了好几次了。我因为一直不敢占客户便宜所以光答应没去。后来和我们俱乐部的销售经理聊起这事时销售经理反倒赞成甚至怂恿我去。他说:"你去你去,去了和客户就成了朋友,成了朋友就更有利于拉住他。咱们这种俱乐部靠的就是熟客,每个员工都要和客户交朋友,只要不是你自己硬要客户请你或暗示客户请你就没事。他请你好几次你不理他,他会感觉你实际上不喜欢他或者摆架子,反而不好。交朋友就要有来有往,来而不往非礼也。"

于是周末这天那位夏老板又来骑马,又问我去不去的时候,我就说:"好啊,就是怕麻烦您。"夏老板一笑:"麻烦什么,我又不陪你,你要去我帮你安排好,你们自己玩儿。我们那儿和你们这儿不是一个味儿。我们那儿全是自然风光,大山大水,非常舒服。我给你个机会拍拍你女朋友的马屁吧。"我做出高兴的样子,说:"那就谢谢夏老板了。"

我那天真的高兴,晚上下了班情绪高涨地回到家里,我想我们从云南回来以后就从来没有开心地出去玩儿过。我设想了在那有山有水的地方让心情回归自然,安心如果高兴的话会是什么样子,我因为想象和预见到安心的快乐所以感到特别的兴奋。

在回家的路上我买了些第二天要带到青龙峡去的饮料和食品,还买了一盘陈晓东的《比我幸福》。我跟我们同事借了一个随身听,准备第二天路上给安心听的。我想起我们过去为陈晓东还拌过嘴呢,所以我就专门买了我的这个假想敌来讨安心的欢心。我想我为了让安心高兴我什么都可以干。我买了那盘磁带,看到那带子的封面上印着陈晓东那张大情人似的脸,我觉得我简直像是在给安心和这小子拉皮条呢。

我回到家,上楼开门。有点意外的是,屋里黑着灯。我回家屋里黑着灯的情形是很少见的，不知道安心是睡着了还是出去了。我叫了一声："安心!"无人应答。我拉开灯，发现屋里不知为什么被收拾得干干净净，干净得几乎一尘不染，每样东西都摆放得整整齐齐，连厨房和卫生间都窗明台净。我有点疑惑，不知安心干吗今天把卫生搞得这么彻底。我从客厅走到卧室，这时我在我那一侧的床头柜上，看到了安心留给我的那封信。

那封信装在一个没有封口的信封里，表面看就像是随手闲搁在那儿的一件很平常的东西。但我看到信封上摆着安心那串家里的钥匙，一种不祥的预感立刻笼罩上来，我那时怎能想到那竟是安心和我此生的诀别!

　　杨瑞：

　　　我走了，我不再回来了。你别找我，你找不到我。

　　　我告诉你，从我见到你的第一面起我就喜欢你了。后来你对我那么好我真受不了，你这样的小伙子无论对哪个女孩这样好，她怎么会不动心呢! 被你爱真是一种享受，我本来一直幻想能这样和你过一辈子的。你给我的这个家我真的很喜欢，当我现在要离开了我发觉我真的舍不得它。我特别喜欢给你洗头、洗脚、洗衣服、做饭，我特别想这样照顾你一辈子。我一想到我走以后没人照顾你了我就特别难过，我一想到你孤单一人在家我就难过得想哭。今天，我最后一次收拾这个家，擦每一件东西我都忍不住要流泪。这个家的每件东西，都能给我讲一段我们的故事，每件东西都在大声地让我留下！但是杨瑞，我必须离开，我命中注定，不能有爱情，不能有家。我命中注定，要过一种隐姓埋名的生活。我命中注定，要孤独一人。你也许不知道我有多么爱你，我爱你胜过爱铁军，那感觉跟铁军是不一样的。可铁军毕竟是我的丈夫。我不能在我的丈夫死了之后，儿子又死了之后再去谈情说爱，这样谈情说爱我心里实在受不了。我觉得我应该为他们负责，为他们做一点事，甚至为他们去死！我不忍抛下他们自己去过幸福的生活。我每天都觉得他们在看着我，在告诉我他们也想过这样安宁幸福快乐的生活。我没法安慰他们，我没法和他们摆摆手说再见！我没法转过身去再也不看他们！他们曾经是我的亲人，他们爱我，给我快乐，给我帮助，他们为我而死。我无法转过身再也不看他们！

我知道我这样离开你是伤害了你，会让你生气的，所以我开始还是从云南跟你回了北京。我一直想忘掉过去做一个永远丧失记忆的人，但没能成功。除了我的父母，在三个最爱我的人当中，只有你还活着，你以后还会享受到很多很多的人生快乐。我相信会有很多善良美貌的女孩子爱你，你只要把我忘掉就马上会有新的幸福，想想真是这么简单。

我走了杨瑞，我不能再陪着你照顾你了，对不起。你快点忘了我吧，越快越好。如果我们都有来世，说不定还会见面的，说不定我们会互相认出来的！那就等到来世吧。

那时候但愿你还和现在一样好，和现在一样爱我。

让我再抱抱你吧，再亲亲你吧，我心中最完美的杨瑞！

不再存在的安心

这封信我读到一半就已泪流满面，我一边读一边哭着说："你这是为什么呀，你为什么要这样呀……"我下意识地跑出家门，高一脚低一脚地跑下楼去，冲到大街上，我盲目地奔跑着想要找到安心走失的背影，我明知道不可能可我还是疯狂地满街寻找。夏天的夜晚，街上熙熙攘攘，很多店铺的门还都开着，华丽的灯光从那些店铺里散漫出来，把路人徜徉的面容映照得既兴奋又疲惫，既专注又漠然，既悠闲又行色匆匆……

那天夜里我呆呆地坐在客厅的地上，一直坐到天明。我确实不知发生了什么。安心为什么要写下这样的信，为什么要这样突然地离家出走。她是不爱我了吗？可她说她爱我。她是厌倦这种像家庭妇女一样的生活吗？可她说她舍不得这个家。而且我并没有不让她出去工作。我不知道她是不是觉得自己肯定走不出那个阴影了，或者是她没心情结婚又怕我逼她结婚，可我没有逼她呀，我干吗要逼她！她的信上没说她到底要去哪儿，她让我别找她，可她不想想她这样不明不白地走了我怎么能不找她！

第二天我给安心的父母写了一封信，告诉他们安心出走的事情。问他们事前知道不知道。我告诉他们我很爱安心，我不想失去她。我求他们告诉我现在我应该怎么做。我不知道安心父母的电话和通信地址，信是寄到云南清绵的群众文化馆的。我还给南德缉毒大队的队长老潘打了一个电话，老潘的手机号码我是知道的。电话拨了几次才拨通，老潘说他以前并不知道安心有离家出走的想法，他和安心一直没有联系，他答应如果有安心的消息就立即通知我。

八天以后，我一天一天算的，所以记得很准，安心的父母回信了。他们说他们几天前也收到了安心的一封信，信上告诉他们她想独自生活一段时间，让他们别为她担心，除此之外他们什么情况都不知道。安心的父母随信寄来了他们的联系电话和那封安心致父母的信。信短得不能再短，只有两行半字，也是说她爱他们，让他们别找她，别担心。安心的父母告诉我他们也联系过南德缉毒大队，得到的答复和我得到的几乎一模一样。

我连着三天打电话到单位请了假，失去安心几乎令我寝食俱废，坐立不安，我无法工作无法见人。直到第四天心情勉强稳定了我才强撑着到了班上。我不工作没人养活我。上班以后我的顶头上司，会所接待部的那位女经理悄悄告诉我，说会所的林经理对我很不满意，说我这人长这么大个子了还像个小孩子似的，待人接物太没素质。

我有点发愣，不知经理的不满所为何来，我闷闷地问了句："我什么事做错了？"

接待部的女经理对我一直不错，问我："你是不是什么时候把那个常来的夏老板涮了一道？那天林经理说这事儿的时候正和夏老板一块儿喝茶呢，好像是夏老板说你什么了。林经理跟我说你的时候夏老板还打圆场，说没事没事，小事一桩，让我们别批评你。你是什么时候把那姓夏的得罪了？"

我眨了半天眼，才恍惚想起什么来，低头说了句："操，我真他妈晕了!"

是的,那几天我真晕了,我不知道我的脑子里都装了些什么。可我又怎么跟人解释呢,我怎么能说我的爱人,我的女朋友离家出走了,不知去向了。我要说了他们肯定都会笑着说你这傻 × 怎么让人给甩了还发愣呢,你这男人是怎么当的!

那些天我真是晕了,无心上班,每天上班后总是恍恍惚惚,工作尽出纰漏,幸亏那位女经理事事帮我兜着帮我擦屁股帮我遮掩和善后。每天晚上,我回到家,我都不敢开灯,我怕看到这两间空荡荡的没有生气的屋子。几个月以前,厨房里还有安心忙碌的声音,客厅里还有我和小熊玩儿闹的声音。现在,只有我一个人,从里屋到外屋,独对四壁。

那些天,我几乎天天夜里,一个人躺在床上,听陈晓东的那首新歌《比我幸福》。也许因为陈晓东是男的,所以我开始总觉得那是我在唱给安心听的,是在向她倾诉我的心情:

此刻与你相拥,

也算有始有终。

祝福有许多种,

心痛却尽在不言中。

…………

我想,难道我们的爱情就真的这样无疾而终了吗?难道我爱的人就这样给我们的今世留下如此简单的祝福,然后让我孤单一人去苦等来世的重逢?

那首《比我幸福》,我每天听。听得久了,发现那更像是安心对我的倾诉。我突然理解了她那天在肯德基听到这首歌时为什么哭了，她那时大概就已经有了离家出走的念头，而这首歌恰好暗合了她的心境。

…………

请你一定要比我幸福，

才不枉费我狼狈退出。

再痛也不说苦，

爱不用抱歉来弥补。

请记得你要比我幸福，

才值得我对自己残酷！

…………

对，她那时就想到要从我们的爱情中退出了，她那时就已经决定要做出这样残酷的选择，既是对她自己，也是对我。她信中说了对不起，但她那时就已经知道，爱是无法用一声抱歉来弥补的！

…………

放心去追逐你的幸福，

别管我愿不愿，

孤不孤独，

都别在乎，

请你一定要比我幸福。

我再次哭了，脸上热泪纵横。在黑暗中我看到了安心凝视的眼睛，她用目光告诉我，让我一定要比她幸福。让我再也别找她了，再也别管她了，别管她孤不孤独，都别在乎！我用力地看着她凝视的眼睛，用心地听着她遥远的心声，一遍一遍，如泣如诉，不断重复着那句殷殷的叮咛：

……请你一定要比我幸福！

三十一

　　幸福对每个人的含义和标准都是不同的，对我来说，能和自己心爱的人生活在一起，便是莫大的幸福。

　　所以，离开安心的日子就成为我从未体验过的一种煎熬，每一分每一秒都过得心绪惶惶。时间一天一天地过去，我的幻想一天一天地破灭。我原来还曾心存侥幸，希望安心只是因一时情绪混乱而离家出走，她走几天心情平定了想我了就会回来的。我每天下班回家开门时都幻想屋里会有灯光和声响，门一开安心会扑过来偎在我的怀中，哝哝说着抱歉和想念的话。但每次把门打开时屋里都是漆黑一片寂静一片，这什么声音都没有的黑洞洞的屋子让我一次一次地，心如死灰。

　　那些天每隔一段时间，我就会打电话给清绵群众文化馆和南德缉毒大队的老潘，向安心的母亲和老潘打听安心的下落。安心母亲说不久前他们曾接到过安心的一个问候父母兼报平安的电话，此后再无她的音信。老潘则干脆告诉我，安心自上次伤好离开南德后就从没跟队里联系过，这儿没人知道她的消息。入秋之后我再打电话老潘的手机总是无人接听，安心母亲的电话似乎也换了，打了无数遍总是占线的声音。那占线的嘟嘟声一遍一遍地，让我的心情从烧灼渐渐变得冰冷。

我再次给安心的父母写了信，信还是寄到清绵群众文化馆的。八天过去了，两周过去了，那信石沉大海，杳无回音。一个月之后，邮局竟然将那封信原封退回，信封上歪歪斜斜地贴了一张打印的条子，上说：查无此人。

我拿着那封退回来的信，足足愣了半个小时！

时间一天一天地过去，我一天一天地麻木起来，不再期待奇迹发生。我下了班甚至不再回家，我不想一个人回到那黑暗和寂静中咀嚼凄凉。要么睡在单位，要么和同事一起出去深夜泡吧花钱买醉，醉了就大声说几个荤段子，让心痛的感觉在无痛的笑声中被酒精磨掉。我很久很久没到酒吧去了，那灯红酒绿拥挤嘈杂的地方像一个历史的标志，让我在几秒钟之内闪回了自己的过去。所有曲折坎坷，所有恩恩怨怨，都在我眼前毫无秩序地涌过，涌过之后我仿佛又回到了原来的起点。醉眼迷离，混混沌沌，我恍惚从来没有离开过这里，从来不曾经历任何刻骨铭心的相遇，这让我越来越渴望和放任那些深夜的酩酊大醉，因为清醒时总能找到一些知觉，包括我早已厌倦的伤心和苦闷。

在酒吧那种地方经常邂逅的，是过去那帮半熟不熟的狐朋狗友，还有和我曾经交往过的那些女孩子。碰上狐朋狗友大家总要在一起胡侃一通，都是些无关宏旨的废话。对那些女孩子我刻意回避和冷淡她们，看到她们会让我情不自禁地进行某种对比，和安心比她们全都俗不可耐，全都让我没有兴趣。我不愿因为这种对比而再想安心。安心已经走了，不再回来了，不属于我了。我历史中的这一页，不管多么缠绵动人，都已经彻底翻过去了。翻过去的历史永远不会再翻回来，我一味陷落在往事中只能是自己折磨自己！

　　在酒吧我还碰见了刘明浩，只碰见了一次。他和几个做生意的朋友在一起，没精打采地喝着酒，人显得很老。他说他快和李佳结婚了，所以不方便总出来胡混。他问我现在干什么呢，怎么一夏天见不着人啦。我没说我和安心去云南的那一段事，那事说来话长不说也罢。我心情不好不想向任何人唠叨，不想拿自己的唏嘘去换别人的惊讶。我只是淡淡地说："我现在在一家赛马俱乐部上班呢，工作太忙，你朋友当中有爱好骑马的吗？你可以介绍他来。"刘明浩要了我的名片，说他就爱骑马，有空过去看看，"你们那儿远吗？"我说："不算远，出三元桥往东开车十分钟就到。"他问："那安心呢，她在哪儿上班呢？你们的事儿到底办了没？"我没接话，不置可否。他又说："这女孩的本事我没想到有这么大，生生把你给变了一个人，你现在也不爱出来了也不爱说话了，什么事都不跟哥们儿说了，我以后结了婚可千万别成你这样。"我闷头喝酒，喝干了酒冲他笑，我笑着说："我跟安心早吹了，真的，骗你王八蛋。"他半信半疑地笑："你们又吵架了吧？你们俩都是小孩子，在一块吵架是正常事，吵吵就好了。"我喊服务生拿酒，说："我们真吹了，吹好长时间了，她都走了，大概回老家了。"刘明浩看我表情，有点信了："为什么呀？是你

466　玉观音

的问题还是她的问题，还是因为那孩子的问题？"我不说话，又接着喝酒。刘明浩见我情绪不好，就摆出一个战壕战友的架势，安慰我说："咳，我和李佳，这以后的日子还不知怎么过呢。我跟你一样，弄不好到头也得吹！孔老夫子说得好，唯小人与女子，难养也！"

我和刘明浩，也有恩怨，但我们还是朋友。我也搞不清刘明浩这种人是君子还是小人，难养不难养，可交不可交。但无论怎样，刘明浩都是我人生中一个特别的角色。我的经历中出现的三个最重要的女孩子，都是因为他而认识，而交往的。

那天我和刘明浩都喝醉了。我们半夜三更歪歪扭扭地晃出酒吧，走在马路当中拦出租车。分手时刘明浩口齿不清地冲我大声叫道："嘿，杨瑞，想开点儿，旧的不去新的不来，赶明儿大哥再给你发一个好的来！你现在喜欢生的还是熟的，啊？"

我挥挥手，什么都没说。我挥完了手就钻进出租车，一进车子我就吐了，吐了一座位。司机钻出驾驶座，拉着我非要我赔钱不可。刘明浩也过来了，我们两个醉鬼和那个倒霉的司机纠缠了半天。后来我也忘了赔没赔钱，后来我也不知是怎么搞的就回了家，好像是刘明浩送我回来的……一切过程都忘得干干净净。

渐渐地，醉过几次之后，我的心情平静下来，不那么要死要活了。我在赛马俱乐部的经理和同事们的眼里，又恢复了正常。他们后来也都知道我那一阵的神魂颠倒是因为失恋。经理让我做了几个星期的后勤工作，后来见我没事了脸色如常了便又让我坐回到值班经理的写字台上，每个人都为我能走出这场痛苦而感到高兴。

我"官复原职"后的第三天一大早，会所里就来了一个客人，是个年轻的女孩儿。她一进前厅就直奔值班经理的台子这边走来，走到我面前不请自坐。我那时正接着一个电话，是一个老外打过来预订宴会的，我一面向那位在我面前坐下的女客打了个抱歉请稍候的手势，一面记下电话里那老外提出的时间、人数和有关要求，然后和他协商了价格、场地和台形等。打完电话我暂时没有整理这份乱糟糟的记录，抬头向对面那位女客投去温文尔雅的职业化的微笑，但那微笑只"职业"了几秒钟就立刻凝固在我惊讶的脸上了。

我们互相注视着对方的眼睛，我说："哦，你是贝贝！"

正是久违了的贝贝，她冲我嫣然一笑，说："你是杨瑞。"

我有点尴尬，不知道该说什么。看见了贝贝就像看见了我的过去，我说："呃……你什么时候来北京的，到我们这儿是想来骑马吗？"

贝贝微笑着看着我，看了好一会儿，才说："不，我不想骑马。"

我的语言和表情都有些迟钝发僵，我说："哦，那……需要我为您做什么吗？"

贝贝对我这一脸公事公办的客套笑了一下，说："那我也订一桌宴会吧。"

我马上拿出预订单和钢笔，脸上又恢复了那份"职业微笑"，表情和话语也带出相应的殷勤："好的，请问您想订什么标准的宴会？"

贝贝说："你们这边是什么标准？"

我非常麻利地做着介绍："我们这儿宴会最低标准是两百五十元一位，最高一千元一位，不含酒水和厅室费，另需加收百分之十五的服务费，布台的鲜花我们是赠送的，如果您是会员的话，我们不收服务费，厅室费打对折……"

贝贝打断我："那就订最高标准吧。"

我把价格记在预订单上，又问："请问您订几位？"

贝贝说："四位。"

我边记边问下去："请问您订什么时间？"

贝贝反问："你什么时间方便？"

我抬头，愣住。

贝贝大大方方地说："我请我表姐和她男朋友，还请你，希望你能赏光啊！"

就在这一天的晚上，坐在我们俱乐部最豪华的宴会厅里，我第一次以贵宾的身份，享受了我们自己的服务和美味。刘明浩和李佳也来了，个个盛装华彩。刘明浩拉着我挤眉弄眼，一语双关地说："哎，别忘了这个大客户可是我给你拉来的，你千万套住了可别再稀里马虎地给弄丢啦！"

和贝贝一起吃饭是一件开心的事。贝贝是一个性格开朗为人直率的女孩子，她的思维习惯和看问题的角度以及表达的方式，与我们中国大陆的年轻人有很大的不同，但我和她很聊得来。我们吃过那顿高标准的丰盛的晚餐之后由贝贝提议，再到我们相识的那家名叫"男孩女孩"的酒吧去。我们四人挤在一辆夏利出租车里一起进城，在"男孩女孩"里几乎玩儿了一个通宵。我和贝贝搂在一起跳舞，跳得非常开心。那是我在安心走后第一次开心地又笑又跳，而且，那一夜我完全忘掉了安心。

对，如果我能够忘掉安心的话，我应该忘掉安心！

和贝贝在"男孩女孩"跳舞的第三天，我不知为什么，竟主动打电话到她住的希尔顿饭店，问她："想不想出来找个北京老百姓去的小饭馆吃顿饭？我请客。"贝贝在电话里意味深长地问我为什么想起要请她吃饭，是怕她一个人在北京太闷吗？我沉默了片刻，竟脱口说："不，是我自己有点闷。"

我说："你有空吗？要是没空就算了。"

贝贝也沉默了一会儿，然后说："我当然有空。"

后来的那几天，我和贝贝几乎天天晚上在一起吃饭。在北京的那些还算干净的小饭馆里，我向贝贝讲述我们的北京，从名胜古迹讲到胡同掌故，讲到北京现在年轻人中流行的一切。然后，我听贝贝讲美国，讲美国人的衣食住行和家庭观念，讲在美国怎么看病怎么开车怎么取钱怎么打官司……彼此的话题对对方来说，既新鲜又充满了陌生的知识。这样的交谈使我们很快地投机起来，并且互相欣赏。有一次吃完饭贝贝把我带去了她在希尔顿饭店的房间，我们继续国内国际地聊到很晚。我告辞时贝贝在房间的门口送我，开门前我们互相说了再见，感觉彼此的声音都有些异样，然后目光都停在对方的脸上。终于，在互相凝视之后贝贝把身子靠在门边走廊的墙壁上，闭上了眼睛。我知道我应该吻她了，就吻了。我吻了她的脸，和她的唇，吻得很轻很轻。吻完之后，我说："明天见。"

第二天晚上我们依然在一起吃饭，吃完饭依然去贝贝的饭店聊天，聊完天依然彼此注视然后相吻，吻完后我们互相要了对方。

第二天清晨我们醒来，没有拉上窗帘的房间投满了红色的阳光。阳光的颜色使我们赤裸光滑的身体特别好看。我们为自己的年轻和美丽而倾倒，再次互相要了对方。这是我在安心走后第一次接触女人的肉体，不知为什么这也是我第一次在和女孩做完这种事之后隐隐有种羞耻感。我觉得我对不起安心。

就在那天早晨，贝贝陪我到酒店三楼的咖啡厅去吃早餐。在早餐结束前她向我提出了跟她去美国的建议。我看出贝贝是认真的，在那个早晨她已决定终身相许。

一周之后，贝贝走了，回美国去了。我们频繁地互相通信，通电话，信和电话的内容主要是说些想念爱慕的情话，另外就是说我赴美手续办理的进展情况。贝贝说爱慕想念的话比较直接，那些话总是说得火一般热烈。我说得则比较含蓄，比较温和，不那么直露。贝贝为此总抱怨我对女孩子太冷，但同时又说就喜欢我这样的性格。她把我对她的反应当成了性格。她说这样更男人气，很酷。贝贝讨厌饶舌和表现欲太强的男人。

也许只有我自己扪心可知，我对贝贝那些表示爱意的话语说出口时有多么勉强，多么言不由衷。我不是不喜欢贝贝，而是禁不住总要揪心地追问自己：你不是爱着安心吗？你现在还爱着安心吗？

但我知道我应该走，我应该背井离乡走得越远越好。我不是不爱安心，是安心逼我走的。是她对我们的爱采取了不负责任的态度，留下一纸诀别然后不知去向。我留在北京留在我们的家里我无法摆脱安心的笼罩，我要想忘掉一切得到新生就必须远远地离开这里，就像安心当初离开云南来到北京也是为了躲避痛苦为了蜕变求生一样。

我应该走，这是一个机会。

秋去冬来，在入冬后下第一场雪的那天早晨，我乘坐美国西北航空公司的飞机，从北京的新机场起飞，在空中左偏右摆地绕了半个圆圈，然后校准方向，向东飞去。我从椭圆形的机窗竭力往下看，想再看一眼下面被化雪弄得潮湿变黑的故土，但窗外云遮雾障，什么也看不见。

在我离开北京的前一天，我待在家里一整天没有出门。我把我和安心共同使用过的每一样东西，能见证我们曾经相爱并且曾经生活在一起的每一样东西，包括小熊的衣服和玩具，都翻出来看。我久久地注视和抚摸它们，为安心，也为小熊，掉了最后的眼泪。然后，我又将它们一一放好，放到安心走的那天它们各自所处的位置。

我像安心离开时一样，把屋子认真打扫清洁了一遍，然后，也给安心留了一封信。我写信的时候固执地想，她也许终有一天会回到这里，会看到满屋的灰尘和摆在桌头柜上的这个没有封口的信封。

安心：

亲爱的你终于回来了吗？

明天，一九九九年十一月十七号，我就要乘飞机去美国了，永远不回来了。除非你要我回来！我本来想把我这一生都给你的，但你不要。我本来想让你一辈子都过幸福的生活，但这已经不能吸引你。你有你自己的选择，可惜的是我到现在为止也不知道你究竟选择了什么。你给我留下了我无法克服和摆脱的痛苦，你和这世界上任何女孩都不一样，你能让我难以把你忘了！所以我必须走。我要走得远远的，去一个绝对陌生的地方，好忘掉你，就像你忘掉我一样。

不写了，我要哭了，我不想再为你哭了。我至今都不敢相信我们竟然这么快就分道扬镳各自去过截然不同的生活，从此再无关系！这是真的吗？也许只有到了明天飞机载着我离开地面的那一刻我才会相信这是真的，这一切都是真的。

　　我们还会见面吗？等到我们都老了，还会想起这里吗？还会想起再到我们曾经共同拥有的这个小屋子里来看看吗？如果真有那一天的话，我还会像以前那样吻你的，不管你有多老。如果那时你还想在这间简陋的小屋里重新开始咱们的生活，我会同意的。不管那时我在哪里，是贫穷还是富有，有无家室和儿孙，我都会来的！我会告诉我的家室和儿孙，我年轻时曾有一场刻骨铭心的爱，这场爱我不能忘记！我想作为我一生善待他们的补偿，他们会放我来的！

杨瑞

　　我写到后面还是哭起来，我像个小孩子那样流泪和抽泣。我把我这么多天来所要倾诉的绝望与幻想，连同我的眼泪一起，落于纸上。我把绝望幻想和眼泪统统叠进信封。信封摆在平时安心睡觉的那一侧的床头柜上，没写抬头和落款。

　　那天晚上我坐出租车去了刘明浩家，我把一套我家的钥匙交给他请他保管。安心如果回来找我找不到的话，我想她会来问刘明浩的。在我的朋友中，只有刘明浩和她相熟。

刘明浩接了钥匙，笑笑，提醒道："你既然跟了贝贝，可不能身在曹营心在汉呀。"

我不说话。

刘明浩也就收了笑，又问："跟你爸告别了吗?"

我摇头，说："没有，我不想让我爸知道我出国了，他知道了非把这套房子要回去不可。那是我和安心的窝，我想留着。再说，说不定什么时候贝贝对我腻了，我在美国人生地不熟的要是待不下去，我还得回来呢。"

刘明浩点着头，嘴上却说："咳，你怎么想这么多。"

我说："也许真是长大了，成熟了，什么事都不那么一往无前了。好的时候要想想坏，出发的时候要想想退路。女人都是善变的。"

刘明浩又点头，嘴上却笑："咳，我看你都快神经了，都是安心惹的祸。"

第二天还是刘明浩开车送我去了机场，路上看我沉默寡言，便说了好多鼓舞的话："出国是好事，学本事见世面。再说你要是真成了贝贝的老公，那生活上就算是一步登天啦。回头到贝贝家的产业里再谋个一官半职的，将来有权有势了可千万别忘了爱国，别忘了这边还有一帮啃窝头的穷哥们儿哪，我们还指着你到时候回国投资发我们一点生意做做呢，我今天把话先垫上，你要回来可别忘了!"

其实，刘明浩不知道，我去美国，就是为了忘掉所有的人。

但愿我能忘掉所有人!

美国对我是新鲜的，贝贝的家对我是新鲜的，这里的一切，从里到外，都是那么陌生。这陌生的环境果真使我忘掉了过去，过去的人和事，都变得特别遥远，但是，除了安心。

我很早就预感到来美国可能是一场失败，因为我忘不掉安心。在美国的生活尽管与我过去的生活毫不相像，但每一个衣食住行生活起居的细节，都让我联想到安心。时间越长我越发疯地想要看到和摸到我家那两间小屋里存放着的和安心有关的那些东西，我的思念因为找不到展开的环境和寄托的物件而显得无着无落而显得异常痛苦起来。

某日，我和贝贝在一间华人开的商店里购物，我突然看到货架上放着一盘似曾相识的 CD 光盘，是陈晓东的《比我幸福》，我立即买了，并且立即催贝贝回家。回家后我一连几天一遍一遍反复地听那首歌，弄得贝贝都禁不住奇怪起来。

她也听，但听不出所以然，她说："这歌好听吗？我认为很普通嘛。"

贝贝哪里知道，这是安心给我的祝愿。现在在我听来，在我这个身处异国他乡尽享豪宅美食的人听来，也像是我对安心的祝愿和期盼：

请记得你要比我幸福，

才不枉费我狼狈退出。

爱不用抱歉来弥补，

别管我愿不愿，

孤不孤独，

都别在乎，

请你一定要比我幸福！

....

我听着这首歌，站在窗前，看着洛杉矶阴沉的天空，那时我第一次地想到，我得回来！

三十二

我回来了。

我站在南德清冷的雨中，我看到南勐山浮云游动，我走进火车站附近一家临街的杂货店，我拨了缉毒大队队长老潘的手机。

老潘的手机关着。

缉毒大队我没有去过，我不知道安心经常说起的那个院子在什么方向。

半个小时后，我站在了南德市公安局大楼外传达室的窗口前，我递上我的身份证，求见公安局政治处的方主任。

传达室盘问了我半天，问我认不认识方主任，我如实说不认识，我是想通过他寻找一个人。还好，传达室的人同意让我进到一间不大的上访接待室里，过了一会儿从楼里下来一个人，告诉我方主任不在，开会去了，问我有什么事。我说我要找一个人，方主任认识的，是个年轻女同志，她叫安心。

来人让我稍候，便回楼里去了，没用多久又回到接待室，同行还跟来另一个人。他们进了屋一起问我，问我是干什么的，跟安心怎么认识的？我说我是她的未婚夫，是她爱人，她半年前离家出走，我是来找她的。他们问："你怎么能证明你是安心的未婚夫？"我说："缉毒大队的潘队长和吴队长还有其他一些人都认识我，我去年夏天还在这里治过伤呢。"

那两位干部互相对视一眼，把我带进楼去，带进楼里的一间小会客室里，让我稍候，还给我倒了杯热茶。这次让我等的时间比较长，等了大约一个小时。一小时后从屋外进来几个人，其中一个我当即认出来了，是缉毒大队那位姓吴的副队长。

吴队长也一眼认出了我："对，你是杨瑞。"然后他把我介绍给另一位中年人，"这是我们政治处的方主任。"

我和方主任、吴队长，握了手。他们让我坐下，他们隆重认真的样子让我心里有了希望，我想他们肯定是知道安心的行踪的，不然干吗一起出来见我，总不会是想向我打听她的下落吧。

方主任先问我："去年你们是怎么分手的，因为什么？"

我说："我不知道因为什么，她留了一封信就不见了。"

"信上怎么说？"

"她说她不能在她丈夫死了、儿子死了的情况下再跟我谈情说爱，她说她要为他们负责。"

那位方主任和吴队长对视一眼，两人都沉默了片刻，片刻后还是由方主任开口，点头说道：

"对，据我们知道，她确实是这个想法，所以她回南德来了。她希望继续从事她一直热爱的公安缉毒工作。"

我的心，在听到这句话时，一下子舒展开了，我终于找到了安心的下落！我笑一下，说："我想到了，她在这儿，我早就想到了，她不在老家，就是在这儿！我一直打电话给潘队长的，还打电话给她的父母，可他们都不告诉我，都说不知道她去哪儿了。"

吴队长插话："这是根据安心同志本人的要求，可能她不希望你再来找她吧，可能她怕影响了你以后的生活。"

我快乐地沉默了一会儿，说："能让我见见她吗？"

吴队长看一眼方主任，不说话。方主任迟疑一下，开口道："小杨同志，我知道你是很爱安心的，所以我相信你一定会尊重她的选择。她回到了战场，选择了战斗，而且很不幸，她在去年秋天的一次缉毒战斗中，英勇牺牲了，南德市人民政府已经追认她为革命烈士。我们知道你和她曾经有过一段恋爱关系，但我们没有找到你，所以，安心同志牺牲的消息我们只通知了她的父母。她的遗物、她的烈士抚恤金和烈士证书，按有关规定都交给了她的父母……"

那位方主任，循循善诱地讲了很多很多，我仿佛只听见了"牺牲"二字，我反复辨别着那两个字的含意，我钻心地想要挖掘出那两个字里还有没有其他的含意。我低着头，我用手捂住自己的眼睛，我不想让我对面的这些警察们，看到我奔涌的眼泪。我的两条腿在椅子上用力地夹紧，想控制住身体因为哭泣而带来的颤抖。我的整个脑子一下子空空荡荡，全身肌肉因为互相撕扭而深刻地疼痛，我用变形的声音恳求他们："没有，没有，她没有牺牲！我要见她！你们让我见她……"

在这场阴雨之后的下午，他们带我去见安心。根据安心父母的意见，安心和在那次战斗中牺牲的六位缉毒警察和武警战士一起，葬在了南勐山下的革命烈士公墓里。他们的墓前，专门立了一块半人高的纪念碑，上面用半文半白的语言，镌刻着对那次战斗的记述，以及这七位烈士遭遇恶敌英勇无畏的壮举，言简意赅。我看到烈士依序而列的名字中，第二位就是安心。那两个字镌刻得既俊秀又苍劲，很像她的写照。我用手抚摸着那两个字，那字上还残余着雨后的湿意。我双膝跪在安心的面前，用我滚热的嘴唇轻吻了她的名字。那名字很冷，没有生气。

我不想再痛哭流涕，我不想让身后的警察们看到，也不想让安心看到我心里的血迹。我怎么能想到在我又回到酒吧，又回到刘明浩那帮人的夜生活里的时候，在我和贝贝每天都共进晚餐并且在她的饭店留宿的时候，安心已经无声地躺在这里。我相信在这个和北京远隔千里的肃静的墓穴中，她一定听到了我们的欢笑，看到了我们的缠绵，她听到这些看到这些，一定是难过得哭了。

尽管她说过：你一定要比我幸福。可我还是屈膝跪在她的墓前，久久不起，并且向她深深地一拜，我说："安心，对不起。"

我能说的只有这句话：对不起。我本想让你比我幸福，和我一起幸福，但我做不到了。

我知道，你是希望我幸福的，你说过我比你幸福，才值得你对自己残酷！你说过的！

从公墓返回市区的路上，我问陪着我的吴队长："安心牺牲前，留下什么话了吗？她有遗言吗？"

吴队长说:"没有,他们是在一场遭遇战中牺牲的,事前谁也没有预料的。"

我本想问:安心死得惨不惨。但我没问。

吴队长说:"我们潘队长正在外地办案子,他刚才打来电话,听说你来了,劝你节哀。另外,他也希望你能理解安心的行为,她的行为是很崇高的,我们每一个熟悉她的人,都应该为她感到骄傲。"

对了,我想起我和安心曾经聊起过关于崇高的话题,我们那时对真正的而不是虚假的和做作的崇高,还是能够感动的。比如老潘给安心讲的那个在沙西公路上开加油站当情报据点的无名英雄的故事,还是足以令我们佩服和崇敬的。但那时连安心在内,我们崇敬英雄却并不打算仿效英雄,我们并不打算去从事那种公而忘私的伟大事业,我们并不打算走进一个圣坛去做普罗米修斯式的勇士。那时我们正准备结婚,我们对未来的世俗的幸福生活正在幻想不已,我们更喜欢更感动的可能是少年维特式的浪漫与忧伤。那时不要说我,恐怕连安心也不会想到,在我们置身事外隔山看云地闲聊崇高伟大牺牲奉献之类话题的几个月后,她自己就真的身体力行地走上了这样一条壮烈的道路。

尽管,我算不上安心的亲属,我和她尚未结为正式的夫妻,但公安局那些安心的领导们,还是让我享受了烈士遗属的待遇,免费安排到公安招待所里住下,而且由吴队长出面,态度正式地问我还有什么要求。我说:"我没有任何要求,既然安心的遗物她父母已经带走,我想去看看她工作过和生活过的地方,那些地方我经常听她说到的。另外,你们是否知道她父母现在去了哪里,我也想去看看他们,我对他们负恩未报，我应该去看看他们。"

吴队长马上陪我去了缉毒大队，看了安心的办公室，看了她使用过的办公桌，她坐过的椅子。还带我去了她的单身宿舍，看了那间临河而建的吊脚楼。那间吊脚楼至今空着，尚未分给别人居住。我站在窗前向对面望去，看到了烟雨迷蒙的南勐河，却看不到对岸那片如火如荼的木棉花。

关于安心父母的地址，吴队长说，他也不知道。我问："潘队长知道吗？"吴队长没答，只说："潘队长不在，他在外面办案子。一时回不来的。"

我没有再问。

我在南德住了两天，在这两天时间里，我一个人又去了那间吊脚楼，去了南勐山上的那间茶水店，去了上次我们去过的安心和铁军住过的那座居民楼，还去了我和安心一起住过的那个由宣抚司署改成的旅馆。我去了安心在南德的所有值得记忆的场所，不是告别，而是凭吊。我想我爱安心，我会永远怀念她，这些地方，我以后一定还要再来的。

在我离开南德的那天清晨，我带了一束前一天买好的鲜花，再次去了南勐山下的革命公墓。连天的阴雨已经停了，但公墓里的每一块石板路和每一座墓碑上，都还是湿漉漉的，就像我心里难以干涸的眼泪一样。公墓里没有人，墓碑与墓碑之间，阻隔着雨后清晨的雾气。我找了半天，才找到安心和那六位烈士的墓地。我把那束鲜花放在碑前，然后默默地站了很久。尽管周围没有人，但我还是忍着不让自己的眼泪从心里流出来，我在心里轻轻地对那墓碑说道：

安心，我的爱人，我的妻子，再见。

告别的心声刚刚落下，我似乎就听到了墓碑里有了回应，像是有人一步一步向我走来。走近时我听出那声音来自身后。我回过头去，我看到我的身后，站着老潘。不知为什么，看到老潘我的眼泪忽悠一下，终于掉下来了。

老潘目视着我，他插在大衣里的右手慢慢地拿了出来，伸到我的眼前，五指一松，手里有个东西掉出来，掉到半空中停住了，那东西上有两根细细的红绳，还在老潘的手上晃着。

红绳的另一头，悬着一枚玉观音！

透过清晨的雾水，我看到了观音菩萨玉面端庄，眉目依稀，光泽依旧，神态宛然。

老潘的声音，穿透清冽的雾气，哑哑地传来，在安静的墓园中，几乎带了些天籁似的回声。

"安心告诉我，如果你来了，就把这个给你，她说给你你就会明白的。"

我双手接过那枚玉观音，那大慈大悲的玉观音让我的身心有了一种觉醒般的感动。我亲了那块淡绿的玉石，我说："我以为，她没有留下话来……他们原来都说，她没有遗言。"

老潘沉默片刻，墓园里除了我吞咽泪水的声音，安静得有如灵境。老潘的话语，也犹如遥远的空谷足音，那足音环绕不绝，像一个巨大无边的声场，把天地间的一切，统统笼罩在其中。

"她走的时候说，她唯一牵挂的，唯一觉得对不起的，除了她的父母，就是你。她说，她只有拜托这块玉石来保佑你了，她让你别等她，她请你一定要过得比她幸福！"

我的泪珠挂在脸上，不再流下去。那泪珠和我的眼眸一样，凝固了半天，才听到了我的喉咙里发出的疑问。

"安心没有死，对吗？"

老潘没有回答。

他没有回答已经是一种回答。我恍如梦境地，再问一句："她还活着，对吗？"

老潘终于又开了口，他说："她让我告诉你，过去的那个安心，已经不在了，她让你别再找她了。现在她是另外一个人，一个你不认识的人。"

我冲上去，揪住老潘的衣服，我说不清是激动还是愤怒，我冲他大声地吼叫："你们把她弄到哪儿去了，你们又让她隐姓埋名去干什么？她不愿意干的！我知道她不愿意隐姓埋名地过一辈子！她跟我说过的！你们把她还给我！"

老潘又高又大的身体在我的撕扯下纹丝没动，他平静地说："我也不愿意她干的，这是她自己的意愿，是她的决心！"

我僵住了，我的手慢慢地松开了，我知道老潘说的是对的，老潘是从不让安心靠近任何危险的，他对她像对自己的女儿。安心能离开我重返战场，显然是下定了牺牲一切的决心！

老潘轻轻整理了一下被我扯乱的衣领，声音苍老地说："我这一辈子，真正敬佩的人不多。"

他停顿了一下，又说："她算一个！"

我转过身去，毫无方向地向雾气中走了两步，又茫然地站下来。

我抬起手，仔细地看着手心里的玉观音。玉观音善良的形象，似乎代表了我心目中最理想的母性，代表了母性宏大的慈祥和悲悯。我知道我应该高兴，不管怎么说，安心还活着，她在干她情愿为之献身的事业，她必定也会从中体会到幸福。我们以前就聊起过的：那种真正崇高的人，心中必定充满和洋溢着伟大的幸福！

老潘的声音在我的身后，变得温和起来，那声音像一个父亲在询问自己的儿女，他问："你敬佩她吗？"

我没有回答，我把象征着安心的那枚玉观音戴在脖子上，塞进衣服里，贴身地在心口上摆正。我说：

"请您告诉她，我回北京去了。我会一直守着我们的家，我会一直在我们的家里，等着她！"

我擦去脸上的眼泪，一个人走出了寂静的公墓。我回到招待所拿了我的东西，出门往火车站走去。出门时招待所服务台的一位老同志叫住我，问道："喂，小伙子，早上缉毒大队的潘队长来找你，找到了吗？"

我回到了北京。

我又回到了原来的赛马俱乐部重操旧业，我每天努力地工作，晚上再也不去泡吧蹦迪和下饭馆。为了多挣一点钱，我还找了一份家教的工作。我省吃俭用，每个月都汇一千块钱给南德缉毒大队的队长老潘，托他转寄给安心的父母。她的父母显然被公安机关转移到其他地区保护起来了。警察有警察的规矩，他们不便把地方告诉我，但老潘答应把我的钱和心意都转交过去。如果他就是安心的联络人，我想这些情况安心也应该是知道的，她一定是知道的！因为老潘在和我以后的通话中，再也没有劝我别再傻等了。当然他也从来没有向我透露过关于安心的哪怕是一点极其微小的消息。这是他们的纪律。

所有的同事、朋友，连同我的父亲，问到我又找女朋友了没有，我都说找了。他们一律做出惊讶好奇的神情，问道："哟，什么样儿啊，怎么也不领来让我们看看？"我就说："她不在北京，在外地呢。"他们当然还要刨根问底："在外地？她是干什么的？"我就说："对不起，她干什么的保密！"

我想，总有一天安心的组织上会让她退役的，只要她不死，他们总有一天会让她享受一下她应当享受的安定和平的普通人的生活，所以，我要等她！

除了一周两次去挣那份家教钱之外，我每天下了班都按时回家。我睡觉时总要摘下那枚被体温焐热的玉观音，端端正正地摆在身边空着的枕头上，象征着安心与我同床而眠。每天熄灯前，我从不遗忘地要把卧室和客厅之间的那扇门敞开来，我怕睡着了万一听不见深夜响起的敲门声。